Chère Jeanne-Aimée,
Toute ma vie je me souviendrai
de le grande richesse que
Victorien et Toi vous vous
êtes donnée : vos beaux
enfants. Vous avez enrichi
la terre. Merci de votre
générosité.

Yves.

Données de catalogage avant publication (Canada)

CHEVRIER, YVES, 1938-

ON NE PATINE PAS AVEC L'AMOUR

(Collection romans)

ISBN 2-922050-22-x

    1. TITRE

Les Éditions du CRAM inc.
1030, rue Cherrier Est, bureau 205
Montréal, Québec, Canada, H2L 1H9
Téléphone : (514) 598-8547
Télécopieur : (514) 598-8788
http://www.editionscram.com

Tous droits réservés
© Copyright Les Éditions du CRAM inc. 2000

Dépôt légal - 4e trimestre 2000
Bibliothèque nationale du Québec
Bibliothèque nationale du Canada
Bibliothèque nationale de France

ISBN 2-922050-22-x

Imprimé au Canada

*ON NE PATINE PAS
AVEC L'AMOUR*

Du même auteur :

Éditions du CRAM
Où il est le p'tit Jésus, tabarnac ?
Écoeure-moi pas avec ça, répondit Dieu

Révision
Julie Savard
Nicole Demers

Conception de la couverture
Christine Larose
Agence Braque

Distribution et diffusion

Pour le Québec :
Québec-Livres
2185, autoroute des Laurentides
Laval (Québec)
H7S 1Z6
Téléphone : (450) 687-1210
Télécopieur : (450) 687-1331

Pour la France :
D.G. Diffusion
Rue Max Planck B.P. 734
F-31683-Labege
Téléphone : 05.61.00.09.99
Télécopieur : 05.61.00.23.12

Pour la Suisse :
Diffusion Transat SA
Route des Jeunes, 4ter
Case postale 125
CH-1211-Genève 26
Téléphone : 022/342.77.40
Télécopieur : 022/343.46.46

Pour la Belgique :
Vander SA
Avenue des Volontaires 321
B-1150-Bruxelles
Téléphone : 00 32/2/761.12.12
Télécopieur : 00 32/2/761.12.13

À Michelle,
que j'aime gros comme Dieu.

NOTE DE L'ÉDITEUR

Bien qu'il constitue un livre distinct, *On ne patine pas avec l'amour* n'en est pas moins la dernière partie d'une trilogie amorcée avec *Où il est le p'tit Jésus, tabarnac?* et poursuivie avec *Écoeure-moi pas avec ça, répondit Dieu* (tous deux publiés aux Éditions du CRAM). Avis à ceux que l'univers attachant de Félix a séduit.

CHAPITRE I

Dans la vaste plaine du Saint-Laurent, la résurrection de la nature s'était opérée de bonne heure ce printemps-là. À Pâques, il ne restait plus aucune trace de neige. Et la troisième fin de semaine de mai, Lyne bêchait déjà son jardin, renchaussait ses framboisiers et humait les fleurs des pommiers qui bordaient son potager. Un week-end éreintant pour elle. Mais le printemps, c'était sa saison. Une femme qui avait horreur du renfermé, de l'étroit, de l'hiver. Il lui fallait de l'horizon. Aussitôt que son ex-mari fut parti, elle s'était fait aménager sur le toit de la cuisine un grand balcon, d'où elle pouvait voir à perte de vue les champs de maïs des environs. Et curieusement, malgré son besoin d'espace, pour enseigner elle portait immanquablement des tailleurs, même si elle s'y sentait un peu à l'étroit. Elle était convaincue que ce costume lui donnait de l'autorité en classe. Chaque mois de mai, elle guettait l'arrivée de ses deux hérons qui nichaient aux abords de la rivière. C'était le signe qu'elle pouvait travailler la terre de son jardin, mais surtout le signe d'une renaissance indispensable à sa vie. Périodiquement elle avait besoin d'éprouver que le danger est passé, que le soleil brillera plus longtemps à sa fenêtre, que l'hiver est bien fini, qu'elle peut ouvrir sa porte au vent chaud.

Le lundi qui suivit ses deux jours de jardinage lui parut bien long. Une belle journée chaude d'été comme on en a parfois au mois de mai, et qui ne donne pas du tout aux élèves le goût d'entrer en classe quand la cloche sonne. Et lorsqu'on est professeure de français en plus et qu'on doit capter l'attention de tous ces esprits à demi absents pendant les deux dernières heures de la journée... on a hâte que ça finisse.

Elle retrouva donc avec soulagement son bord de rivière, sa maison blanche et bleue, son chat, le jet d'eau relaxant de sa douche, et sa robe légère aux fines bretelles. Puis, avec un verre d'eau fraîche, elle monta sur son balcon, s'allongea sur une chaise, inspira longuement l'air de la campagne, puis l'expira fortement comme pour effacer tout d'un coup la lourdeur de sa journée, et laisser place à la paix tranquille de la fin de l'après-midi. Elle n'avait pas de programme précis pour la soirée. Une courte préparation de classe pour le lendemain et c'était tout. Se reposer de sa fin de semaine surtout. En commençant par se coucher tôt.

Le téléphone sonna.

- Ah... Pas moyen d'avoir la paix!

Elle entra et répondit froidement :

- Oui !

Et sur un ton beaucoup plus amical, elle ajouta :

- Ah ! c'est toi, Richard.

Son frère jumeau ne pouvait troubler sa paix. Ils se téléphonaient plusieurs fois par semaine. Ils ne pouvaient passer plus de quinze jours sans se voir. Lui habitait Longueuil, là où se trouvait l'école de Lyne. Elle, Saint-Basile-le-Grand, dans le rang du moulin. Ils étaient unis comme des jumeaux identiques et s'ennuyaient souvent l'un de l'autre. Ils se voyaient davantage depuis qu'il avait la garde de ses enfants. Elle venait fréquemment préparer le souper des petits après la classe.

Ce n'était pas tellement dans l'utérus de leur mère qu'ils avaient établi ces liens solides, mais dans la garde-robe de la chambre de Lyne où ils se réfugiaient, jeunes, quand leur père était violent. De longs moments à respirer sans bruit dans le noir. Ils avaient joué, pleuré, eu peur, et même dormi ensemble en cachette. Une amitié, une fraternité, une liaison que les conjoints de l'un et de l'autre n'avaient jamais comprise.

- Tu parles d'une belle journée, lui dit-il. Tes élèves? Comment étaient-ils?

- Sur une autre planète. Je n'étais pas tellement présente, moi non plus. Après le week-end que j'ai passé...

- As-tu travaillé dans ton jardin, comme tu l'avais prévu?

- Oui ! Les deux jours. A huit heures hier soir, j'étais dans mon lit.

- As-tu des nouvelles de Félix?

- Depuis une semaine, non!

- Il est bizarre, lui. Il y a trois semaines, il t'annonçait sa sortie de chez les curés. Il t'a appelée une fois depuis. Et c'est tout. Ou bien il est inconscient, ou bien il te fait marcher. Est-ce qu'il sait comment tu l'aimes? Est-ce qu'il sait que tu l'attends?

- Je ne l'attends pas. J'essaye de ne m'attendre à rien, mais je veux prendre tout ce qui passe, par exemple...

- Tu ne t'attends à rien, ma fleur? T'en es sûre? Après un téléphone de lui, à la fin de l'hiver, tu faisais des projets...

- Je me suis assagie depuis ce temps-là. Maintenant je ne désire qu'une chose. Revoir ses yeux. Ses yeux tendres et persistants. Et tellement lumineux au milieu de son visage barbu. Je ne croyais pas qu'un regard d'homme puisse encore me faire fondre comme ça. Je me sentais toute grande devant lui. Et tellement désirable. Je voudrais sentir encore son regard sur moi. J'en demande pas plus. Le reste, ce serait comme un vent frais qu'on n'attendait pas, un après-midi d'été chaud.

- Et si un gros orage survenait tout à coup, le soir de ton après-midi chaud?

- En même temps, j'ai peur, tu sais. Je le connais très peu, ce gars-là. On s'est vus, quatre ou cinq fois. C'est tout.

- Mais une de ces fois-là, ce fut une grosse fois!

Ils se mirent à rire. Il savait tout. Elle ne lui avait pas raconté son aventure avec Félix dans tous les détails. Seulement, pendant le mois qui a suivi cette grosse fois, elle n'avait cessé de lui parler de son curé, de son allure de prédicateur convaincant, engagé, dégagé, chaleureux, sensuel... et tout... et tout. Et les mois subséquents, Richard avait été témoin de son désenchantement progressif et de son attente silencieuse. Combien de fois il lui avait dit : « Oublie-le ton curé. Tu vois bien qu'il te fait marcher. » Richard était sensible à ce que pouvait vivre sa soeur. Sa fleur, comme il l'appelait. Il voulait la protéger, bien qu'il sache pertinemment qu'elle pouvait très bien se débrouiller toute seule.

- En tout cas! On verra bien, reprit-elle. J'ai l'intuition qu'il va se passer quelque chose bientôt. Comment vont les enfants?

- Justement, je t'appelais pour ça. Est-ce que tu es libre en fin de semaine prochaine? Les garderais-tu?

- Avec plaisir! mon *bird*.

Depuis leur enfance, ils s'appelaient «ma fleur» et mon «*bird*». Ce sont ces mots doux surtout qui avaient irrité l'ex-mari de Lyne. Et leurs téléphones fréquents. Quelque chose d'autre aussi, mais ça, il n'en avait jamais eu la preuve. Richard et Lyne ne pouvaient s'approcher l'un de l'autre sans se toucher le bras, l'épaule, le cou, la taille, sans aucune pudeur. Ils ne s'embrassaient pas cependant. Pas même sur la joue. Ce n'était pas dans leurs habitudes. Dans leur famille, on ne s'embrassait pas. Ni leur père et leur mère entre eux, ni leurs parents avec eux. C'était comme ça. Alors, lorsque Richard et Lyne se voyaient après un temps d'absence, leurs yeux devenaient pétillants, leur visage s'ouvrait sur un sourire abondant, ils s'entouraient les épaules en silence, et ensuite seulement ils se parlaient et prenaient des nouvelles l'un de l'autre. Pour rien au monde elle ne voulait perdre son frère jumeau. La même chose pour lui. Depuis tant d'années ils avaient trouvé de la sécurité et du bonheur à se voir, à être ensemble, à se téléphoner, à s'épauler, à rire, à respirer silencieusement dans le noir. Même adultes, il leur était arrivé de répéter le cérémonial de leur enfance, qui avait débuté dans la garde-robe les jours menaçants. Ils fermaient toutes les lumières, juste pour être saisis à nouveau par la peur envahissante que génère l'obscurité subite, pour le sentiment de sécurité que l'on trouve dans la présence calme et silencieuse de l'autre, et surtout pour la sensation de bonheur que procure la proximité des êtres qui s'attirent. Il y avait quelque chose de corporel, de charnel, de viscéral, dans leur amour fraternel, c'est sûr. Sexuel aussi. L'interdit de l'inceste était-il suffisamment puissant pour qu'ils ne se permettent jamais de passer à l'acte? Personne ne les a jamais vus aller plus loin que se toucher le cou, l'épaule, le bras ou la taille.

- Tu sais, continua-t-elle, ce n'est jamais une corvée pour moi de garder tes enfants. Soleille ne me quitte pas d'une semelle. Et

Loup est tellement indépendant et autonome qu'il ne demande pas mieux que de s'amuser tout seul. Quand me les amènes-tu? Je peux les prendre après l'école, vendredi soir, si tu veux.

- Je te les laisserai samedi matin. C'est sur mon chemin. Je vais faire de l'escalade avec une copine du labo dans le bout de Kamouraska. Un endroit superbe, paraît-il. Elle vient de cette région-là, elle.

- Est-ce que tu t'es fait une nouvelle blonde?

- Non! Non! Je m'entends bien avec elle. C'est tout.

- Parfois, ça commence comme ça, tu sais.

- Disons que... si elle veut aller plus loin, j'haïrais pas ça...

- Je te le souhaite bien. Après deux ans, tu serais dû.

- Je ne suis pas pressé.

- As-tu eu des nouvelles de Lorraine depuis le procès?

- Non! Elle devait prendre les enfants un week-end sur quatre. Depuis deux mois, elle n'a pas donné signe de vie. Pour l'instant, Soleille et Loup ne semblent pas trop en souffrir. Elle leur en a tellement fait voir la dernière année qu'elle ne leur manque pas trop. Du moins, c'est ce qu'il me semble. J'espère qu'elle va bien. J'espère surtout qu'elle prend régulièrement ses médicaments... De toute façon, je n'y peux rien.

- À quelle heure, samedi?

- J'ai bien peur que tu sois obligée de te lever plus tôt que de coutume. Si on veut faire un peu d'escalade ce jour-là, faudrait partir vers... Huit heures, ça te va?

- Pour toi, je ferai un petit effort. Soleille va m'aider à semer mes graines. Il me semble que, l'an dernier, les enfants étaient là quand j'ai ensemencé mon jardin.

- Ça se peut.

- À samedi alors. Prends bien soin de toi, mon *bird*.

- Merci encore.

À peine Lyne avait-elle raccroché le téléphone qu'il sonna à nouveau. Elle croyait que Richard avait oublié de lui dire quelque chose. Non. C'était Myriam.

- Salut, ma grande. Tu placotes longtemps au téléphone avec d'autres que moi, maintenant?

- C'était Richard.

- J'ai bien pensé que c'était lui. Il va bien?

- Je crois qu'il a une nouvelle blonde. Il ne me l'a pas dit clairement, mais juste le timbre de sa voix me laisse croire qu'il se passe quelque chose de nouveau. Une femme du labo.

Myriam lança :

- Lui, il trouve ses blondes parmi ses copines du laboratoire. Tout proche. Toi, tu vas chercher tes chums loin... Pas de nouvelles?

- Non ! Mais ça ne devrait pas tarder. Je te le dis, je sens quelque chose.

- Je ne me fie pas trop à ton flair. L'hiver passé, tu as flairé souvent... Et il ne s'est rien passé.

- Tu trouves que c'est rien, toi? Le fruit est mûr. Il ne me reste qu'à le cueillir.

- On verra bien. Avec lui, faut pas trop parler de fruit mûr. C'est à sa pelure qu'il faut que tu sois attentive.

- Oui, je sais.

- Bon! Je ne t'appelais pas pour te parler de lui. Est-ce à toi que j'ai passé L'arc-en-soi de Denis Pelletier?

- Oui!

- J'en ai besoin pour le prêter à un élève qui vient me voir en thérapie.

- En fin de semaine prochaine, je garde les enfants de Richard. Si tu veux venir, tu es la bienvenue. Je te remettrais ton livre. Tu pourrais aussi m'aider à semer mon jardin.

- Es-tu folle, toi? Tu sais comme j'hais jouer dans la terre. Si j'y vais, ce sera pour prendre une marche le long de la rivière avec Lou. Il est tellement fin cet enfant-là. Tiens! On pourrait aller cueillir des têtes de violon ensemble.

- Je pense qu'il est trop tard. Les fougères sont déjà toutes à leur grosseur. Peut-être qu'il reste des têtes encore enroulées. Tu me le dis, si tu viens. Bon! Je te laisse. J'ai faim. À demain ! Bye!

- Tu ne veux plus me parler?

- Non! J'ai faim! Bye!

- Bye, alors!

Myriam et Richard étaient les deux êtres qui avaient le

plus d'importance pour Lyne avant qu'elle ne connaisse Félix. Myriam, une petite bonne femme énergique que Lyne avait connue plusieurs années auparavant à l'université. Au Café Campus précisément. En prenant un verre, elles s'étaient rendu compte qu'elles étaient nées le même jour, la même année. Un lien s'était établi. Et ne s'était jamais dénoué.

Félix commencait à prendre beaucoup de place dans la vie de Lyne. Ils avaient fait l'amour ensemble une fois, un an passé, et ne s'étaient jamais revus. Ils s'étaient parlé au téléphone, c'est tout. Elle avait surtout joui de sa présence dans la solitude de sa douche, en murmurant des airs tendres. Certes, il avait grande importance pour elle. Dans sa tête. Dans son coeur. Mais ce qui se passait en Félix maintenant, elle n'en savait rien. Félix, après les événements qui l'avaient troublé jusqu'à remettre sa prêtrise en question, s'était ressaisi, avait juré de ne plus la revoir et, pour dissiper la présence de Lyne en lui, s'était étourdi dans un ministère effréné et radical qui ne l'avait mené nulle part, si ce n'est à son point de départ : une remise en cause de lui-même. De son célibat surtout. Un questionnement au bout duquel il s'était rendu compte que son amour passionné pour Lyne, refoulé pendant plusieurs mois, était bien réel et qu'il ne devait ni ne pouvait le taire. Par la suite il avait réalisé que le bonheur qu'il avait éprouvé à suivre sa vocation et son destin, particulièrement les dernières années dans ce petit village du Bas-Saint-Laurent, avait été bien réel aussi et qu'il ne le renierait jamais. Tous ces changements en lui ne s'étaient pas opérés sans déchirements, mais le constat était clair, Dieu lui en était témoin, une autre étape de sa vie commençait. Et Lyne en ferait partie.

Il avait quitté Saint-Juste-du-Lac vers sept heures et demie. L'heure où, tous les lundis, Alicia et Hector entraient au magasin général pour y jouer leur partie de *pool*. Comme le traversier avait sans doute déjà décollé du quai, Félix n'avait d'autre choix que de contourner la grande baie du lac Témiscouata pour se rendre à Notre-Dame, Cabano, puis Rivière-du-Loup. Rendu à Saint-Louis-du-Ha! Ha! il pensa tout à coup aux truites qu'Alicia et Hector lui avaient données avant de partir. Il s'arrêta pour acheter de la glace et du papier journal. Et les emballa soigneusement pour les conserver. Il avait cinq heures de route à faire. Allait-il téléphoner à Lyne? L'avertir qu'il arrivait? Non. Il voulait lui faire une surprise.

Félix n'était pas rendu à Sainte-Anne de la Pocatière que Lyne, à Saint-Basile, dormait déjà, la fenêtre grande ouverte, recroquevillée en crevette au bord de son lit *king*. Félix, en traversant la région de Kamouraska, se laissa impressionner par ces curieux îlots rocheux dans la plaine, semblables à de grosses bêtes géantes endormies ou pétrifiées après le retrait des eaux.

Il était passé là deux mois auparavant, en sens inverse, en descendant le fleuve, rentrant de la dernière visite chez son thérapeute à Québec. Il en avait eu besoin. Une décision comme celle-là n'avait pas été facile à prendre. Deux forces s'étaient opposées en lui. Quelque chose comme le devoir et la passion. Non, ce n'est pas tout à fait juste. Félix s'était donné corps et âme à sa mission pendant vingt ans, et avec bonheur, particulièrement ces dernières années dans ce village des Appalaches. Donc c'était plus qu'un devoir, c'était sa vie. Tout jeune, Dieu l'avait conduit sur cette voie. Dieu avait décidé pour lui d'une certaine façon. Plus justement, Dieu avait décidé en lui. C'était bien mystérieux tout ça. Et puis voilà que Félix n'avait plus voulu faire la volonté de Dieu. Pour éviter qu'il se sente coupable le reste de ses jours, il avait été amené à modifier sa conception de Dieu. Sans renier l'Être extérieur à lui, comme il se l'était jusqu'alors représenté, Félix s'était mis à l'écoute de sa Source intérieure. Dans son cheminement, il avait découvert que la volonté de Dieu ne pouvait pas différer de sa propre volonté profonde. Et tout au fond de son âme, il avait délié les dernières amarres qui le liaient à l'église catholique. Il avait voulu retrouver sa liberté. Il lui avait fallu de l'aide pour démêler tout cela. Au retour de sa dernière entrevue avec son psychologue, ces îlots rocheux de la région de Kamouraska lui avaient fait penser, cette fois-là, à de gros oeufs qui vont éclore dans la plaine au bord de la mer. Il avait eu le sentiment qu'il venait de se libérer d'une coquille, que l'air avait une qualité nouvelle, que le ciel était plus bleu, la route plus dégagée, que l'été serait plus chaud, l'amour plus partagé. Et Dieu tout aussi présent.

Ce soir, alors qu'il montait le fleuve, il aurait dû n'avoir de pensées que pour Lyne. Il s'en allait la voir, la retrouver. L'attente de toute une année, contenue et surcontenue, le désir d'elle maintes fois réprimé, son amour avoué, son âme apaisée.

Il aurait dû avoir la bride sur le cou. Quelque part dans son coeur, dans sa tête, dans sa conscience, il avait extrêmement hâte de la serrer dans ses bras, de voir ses yeux, d'entendre sa voix, de se rendre compte qu'il avait oublié certains traits de son visage, de la regarder et la trouver plus belle que jamais. C'est pour cela que, sans s'en apercevoir, il roulait très vite. Cent trente, cent quarante. C'était trop vite pour la région de Saint-Pascal, où les policiers sont sévères.

Les trois dernières semaines d'émotions multipliées dans sa paroisse avaient engourdi Félix; de même que les courses exténuantes, les nuits raccourcies et les journées gonflées d'imprévus l'avaient étourdi. S'il voyait dans certains éléments du paysage de grosses bêtes géantes endormies ou pétrifiées après le retrait des eaux, c'est qu'il était encore saisi par toutes les ruptures qu'il avait dû faire en quittant sa paroisse. Des dizaines et des dizaines de visages peuplaient sa mémoire, des liens tenaces et souvent affectueux inondaient son coeur, des scènes touchantes d'adieu lui revenaient sans cesse, la paroisse entière le poursuivait sur cette route qui remontait le fleuve, et les quatre petites truites d'Alicia et d'Hector ne quittaient pas sa pensée. Tout un coin de pays l'avait adopté, apprivoisé, hébergé, gâté. On lui avait laissé prendre toute la place qu'il voulait. On lui avait fait confiance. Presque tous lui avaient donné leur amitié. Il partait chargé. Les truites n'en étaient que le faible symbole. Ce n'est pas pour rien qu'il avait voulu les conserver au frais.

Et ses amis du presbytère. Florence, sa vieille compagne qui le devinait, prenait soin de lui comme son dernier fils et savait si bien se servir de l'humour pour passer son amour. Luce. Ah! sa Luce, la première qui était venue habiter chez lui avec Aimé, son vieil ami inconditionnel. Luce qui surprenait toujours avec ses sentences sages, ses réflexions innocentes, mais combien percutantes pour celui qui pouvait être assez humble pour les entendre. Laurent et Rémi, ces deux grands quêteux d'amour. Vrais et instantanés. Leurs grands projets étaient si simples que seuls les gens vrais comme eux s'offraient pour les aider. Alcide le patenteux. C'est à croire qu'il nourrissait son imagination de café instantané tellement elle était créatrice et qu'il en buvait. Et sa compagne Jennifer, cette maman dans l'âme qui, espérant beaucoup d'enfants, veillait délicatement sur son premier-né en même temps que sur la maisonnée du presbytère. Joce, qui savait drôlement concilier amour et liberté, tellement que Florence, la voyant faire avec son bébé, la traitait de mère dénaturée. Et Ronald, son *chum*, le bûcheron, le réaliste, le raplombé de la vie. Toutes ces belles têtes au coeur aussi doré qu'amoché, ils étaient les amis de Félix, avec qui il avait partagé sa maison. Sa famille reconstituée.

Ainsi, ses deux grandes familles élargies, ses deux paroisses de Saint-Juste-du-Lac et des Lots-Renversés à qui il avait fait ses adieux officiels, trois semaines auparavant, à la messe du premier dimanche après Pâques du printemps 1980, il les portait avec lui en remontant le fleuve vers Québec. Des visages, des êtres attachants et tellement accueillants. Comment aurait-il pu ne pas se donner entièrement pour eux ? Nounou, Monique, Ti-Louis Lévesque, Ti-Gus Lambert, le grand Robert Ouellet, les motards, les jeunes avec qui il jouait au hockey, Alicia et Hector. Cet Hector qu'il avait trahi. Et tous ces engagés dans le développement rural dont il avait partagé les attentes et les exaltations. Félix était venu là pour apporter sa contribution à la survie de ces villages. Il partait le coeur plein. Pas étonnant qu'il n'ait téléphoné à Lyne que trois fois au cours de ces dernières semaines.

C'est l'image soudaine du geste d'Alicia qui avait déclenché cette avalanche de souvenirs émouvants. Dès les premières fois que Félix l'avait côtoyée en arrivant dans la paroisse, il avait été impressionné et charmé par elle. Et durant ces années où ils avaient eu à travailler ensemble dans les organisations du village, sa compagnie avait toujours été agréable, et souvent désirée. Malgré que Félix se soit ressaisi à un moment donné et ait pris ses distances, les paroles d'Alicia, ses gestes, son attitude et ses yeux noirs rieurs ne l'avaient jamais laissé indifférent. Et ce soir, à son départ, elle avait été comme le symbole vivant de tout ce qu'il avait vécu de beau et de bon en cette campagne du Témiscouata, et qui lui faisait dire d'ailleurs qu'il venait d'y vivre les plus belles années de sa vie.

L'attirance amoureuse, c'est fort. C'est plus fort que Dieu. Non ! C'est Dieu lui-même : Félix l'avait finalement constaté. Lyne, une fille de la ville au parfum délicat, était venue en ce coin de paradis du Bas-Saint-Laurent, avait troublé, questionné et déstabilisé ce jeune curé heureux. Affolé, il avait bien cru que la lutte se serait faite en lui entre Lyne et Dieu. Il n'y avait pas eu de vaincu. Félix se dirigeait droit chez elle, dans le rang du Moulin de Saint-Basile-le-Grand.

Au-dessus de la route devant lui, Vénus brillait déjà dans le ciel, à l'ouest. Étincelante comme une étoile. La seule à cette heure du jour. Félix pensa à celle qui avait guidé les mages vers leur destin. Et en ce soir de mai, cette étoile de la tombée du jour attira tellement son attention qu'il ne put s'empêcher de croire qu'elle le guidait effectivement vers son destin, et qu'au plus profond de lui il accomplissait la volonté de Dieu.

Plus il approchait de sa destination, plus il se sentait fébrile. Son corps tout entier lui semblait plus léger. Un petit courant de nervosité passait de ses jambes au haut de sa tête. Il ne pouvait le contrôler. Il ne voulait pas non plus. Il aimait ressentir ce petit engourdissement qui avertit qu'on entre dans un autre état. Des images de la maison blanche de Lyne surgissaient, telle qu'elle lui était apparue dans le noir, le soir où ils étaient allés au cinéma, un an auparavant. Il sentit dans la partie supérieure de sa tête une légère pression, suivie d'un flottement nuageux, délicieux à ressentir, sécuritaire même. Il ne savait pas si ses jambes flottaient, tellement elles lui semblaient comme enveloppées. Dans son ventre; il n'avait jamais ressenti cela, juste en dessous du nombril, c'était d'une sensibilité extrême. Il se toucha à cet endroit et s'aperçut qu'il y sentait battre son pouls. Et son sexe s'éveillait comme un arc-en-ciel sous la pluie. Il roulait vite. Dans cet état, c'était même dangereux. Lyne avait pris toute la place en lui.

En passant devant l'église de Saint-Basile, il se souvint qu'elle lui avait dit qu'elle habitait à un kilomètre de l'église. Il s'orienterait bien toute sa vie par rapport aux églises ! Il trouva facilement la maison juste après le pont qui enjambe la rivière. Tout était noir. Lyne dormait depuis longtemps. Il éteignit le moteur. Un instant plus tard elle allumait la lumière de sa chambre.

CHAPITRE II

-J'ai pas rêvé. J'ai bien entendu une auto dans la cour, se dit Lyne.

De la fenêtre de sa chambre elle ne pouvait voir. Mais elle entendit des pas sur le gravier. Toute seule dans sa maison, habituellement elle n'avait pas peur. Mais en pleine nuit, qui pouvait bien arriver chez elle sans prévenir ? Elle pensa tout de suite à Félix. Mais ne pouvait pas y croire. Lui, du stationnement, ne pouvait voir la lumière de sa chambre. Soudain, il se rendit compte qu'il arrivait bel et bien comme un voleur. Il toussa.

- C'est lui, chuchota-t-elle en se mettant les deux mains sur la bouche.

Elle regarda autour d'elle. Comme elle n'avait qu'un t-shirt sur le corps, elle enfila ses jeans, descendit et ouvrit vite. Il était là, les deux mains dans les poches, adossé au poteau de la galerie.

- Est-ce que vous avez une chambre de libre, madame?

- Non, monsieur! C'est complet.

Ils s'avancèrent lentement l'un vers l'autre. Il lui dit :

- J'avais oublié que tu étais aussi grande.

Il prit la tête de Lyne dans ses mains. Elle était là, immobile, les bras allongés le long du corps. Elle n'osait pas le toucher. Elle s'était tellement contenue. Son homme à la longue tunique blanche. Elle mit ses deux mains sur lui. Et lentement monta vers les épaules, prit sa tête à son tour, l'amena vers elle et l'embrassa. Toute une année d'attente s'exprimait dans ce baiser. Un baiser qui devint de plus en plus mouillé. Soudain, elle s'écarta de lui. Retira vite son t-shirt et continua de l'embrasser dans la nuit chaude. Félix avait levé ses interdits. Une grande liberté dans ses mouvements. Faut croire que ces gestes-là sont innés. Il appuya son visage sur ses seins, les mouilla de sa salive. Et de ses mains, ses lèvres, sa langue, ses yeux, ses joues, ses cheveux, il la touchait, la pressait, la soulevait. Plutôt que de fermer les yeux et goûter toutes ces attentions, elle le regardait la prendre comme un jeune homme. Et sur la galerie de la petite maison blanc et bleu de la route du Moulin, là devant la porte, ils s'aimèrent comme des assoiffés. Félix ne put se contenir et précipita la finale. Lyne l'aurait souhaitée moins subite. Plus préparée de longue main peut-être! Mais bon! On ne peut pas tout avoir! Depuis le temps qu'elle désirait ce moment! Un mois auparavant, elle avait même commencé à prendre des anovulants. Juste après le téléphone où il lui avait appris sa décision.

Trois fois ils firent l'amour cette nuit-là. Enfin! Félix dira trois, Lyne deux. Il comptait celle du petit jour comme une fois de nuit. Comme de raison, elle n'alla pas travailler le lendemain. Ils prirent leur petit-déjeuner sur le balcon face aux immenses champs de terre brune prêts à être ensemencés de graines de maïs.

Attentive au bouleversement qui s'opérait dans la vie de Félix, Lyne lui dit :

- Te voilà rendu ici… Est-ce possible? À quoi tu as pensé en te réveillant ce matin?

- Ce matin? Je n'ai pas eu le temps de penser… En me réveillant, tu m'as sauté dessus!

- Et maintenant?

- Tu ne peux pas savoir. Tu ne peux pas savoir ce que je ressens en ce moment. C'est difficile à expliquer. J'ai l'impression que j'ai toute la vie devant moi. Je me sens… au ciel. Quand j'étais petit, alors que je croyais au ciel, je me souviens très bien avoir désiré y aller. Pour vrai. C'était très fort en moi. D'abord, on n'y mourait pas. Une vie sans fin. Puis c'était l'inconnu, mais un inconnu sans inquiétude ni insécurité, à cause de l'amour qui devait régner partout. Et surtout la lumière. Je me souviens qu'on nous promettait tout plein de lumière. Comme cet avant-midi.

Lyne se leva, vint s'asseoir sur ses genoux et lui dit, un bras autour du cou :

- Eh bien moi, mon petit garçon, je suis au septième ciel!

Il appuya sa tête contre elle, entoura sa taille et regarda la vaste campagne, comme s'il voyait loin devant. Puis, la serrant davantage dans ses bras, il avoua :

- Si tu savais comme ça fait longtemps que j'attends ce moment.

Elle, les yeux fermés, savourait son bonheur, croyant quasiment rêver. Elle lui dit :

- Apparemment, tu avais l'air d'un gars qui pouvait s'en passer, mais j'ai toujours deviné qu'en toi il y avait une grande soif d'amour et de tendresse.

- Tu avais deviné ça, toi? Ma petite v'limeuse, va! Je me demande comment j'ai fait pour vivre toutes ces années-là sans femme.

- Tu avais toujours plein de femmes autour de toi.

- Plein de femmes et une femme, c'est pas pareil. Je me demande s'il n'y a pas au fond de chacun et chacune le rêve de vivre avec quelqu'un à ses côtés un jour. La force d'attraction qui existe partout dans l'univers doit bien se retrouver au coeur de tous les êtres humains. En tout cas, dans mon coeur à moi, elle a toujours existé. Quand au cinéma je vois de beaux petits couples qui auraient ce qu'il faut pour s'aimer, mais qui pour toutes sortes de raisons n'y arrivent pas, ça me touche beaucoup. Les amours impossibles, ça me fait pleurer.

Elle mit délicatement son index sur le menton de Félix et dit, en se moquant de lui :

- Tu es un grand sensible...

- Ça me rappelle ma vie à moi.

Il la serra à nouveau dans ses bras et dit :

- Je t'aime!

- C'est la première fois que tu me le dis.

Elle l'embrassa doucement. Néophyte en amour, Félix ne pouvait embrasser Lyne sans que son corps ne s'excite.

- J'ai encore le goût de toi, dit-il, gêné.

Assise sur lui, elle l'avait bien senti. Elle se leva, ouvrit la robe de chambre de Félix, puis la sienne. Félix était là, assis verticalement, prêt pour l'amour, en plein soleil, sans aucune pudeur. Bien lentement, elle s'assit sur lui.. Il émit un petit « Ah... » Et ils restèrent enlacés un très long moment. Ils ne bougeaient pas. Elle voulut s'activer sur lui. Il dit :

- Non ! Ne bouge pas. Tu n'es pas bien comme ça?

- Ah oui, mon amour!, dit-elle en caressant tendrement ses cheveux.

- J'aime t'aimer tranquillement, dit Félix. Quand on s'excite fort, comme cette nuit, j'ai peur. Je ne suis pas habitué à tant de... voracité. Je me sentais même violent parfois. Je voulais te posséder, te manger. J'avais une faim sans fin de toi. C'était tellement bon que je ne pensais qu'à moi. Et après, je ne te l'ai pas dit, mais je me sentais très seul. Vide même. Toi, est-ce que tu ressentais cela aussi?

- Non... moi je goûtais mon plaisir.

- Et après?

- J'en voulais encore!

Ils rirent ensemble.

- Tu vois, là, en ce moment, reprit-elle, moi j'aimerais bouger pour mieux me sentir vivre. Pas toi?

- Je ne sais pas. Non, je suis bien ainsi.

- Ah ! Mon beau curé... Je t'aime, lui dit-elle en le serrant fort.

Félix bougea un peu, pour la sentir davantage. Elle aussi. Après un moment, il lui dit :

- Maintenant, je voudrais que cet instant dure toujours. J'ai le sentiment de ne pas juste prendre, comme cette nuit, mais de donner aussi. Enlacés, on est tellement proches que j'ai l'impression qu'aucune distance ne nous sépare. Je sais bien que ça ne peut pas durer. C'est comme... une sécurité totale. Une expression que tu connais bien, je pense.

Il commençait à prendre moins de place en elle. Le soleil chauffait leur corps sur le balcon. Ils décidèrent d'entrer. Sur le pas de la porte, Félix ajouta :

- Dans mes livres de morale catholique, on appelait cela une étreinte réservée.

- Quoi ? ... Oui, pour être réservé, c'était réservé. Est-ce qu'il y en a d'autres trucs comme ça qui se trouvaient dans tes livres de morale et que tu vas me montrer? Et au confessionnal, tu as dû en apprendre des tas.

- Ah ! Tu verras en temps et lieu.

Elle s'approcha de lui. Dans son dos, elle lui dit tout bas:

- Moi aussi j'en ai des trucs à te montrer.

- Mes valises dans l'auto... Ah ! Mon Dieu ! J'oubliais mes truites. Je ne sais pas si elles seront encore assez fraîches.

- Quelles truites?

- Alicia, une femme de là-bas, me les a offertes avant de partir. Je m'habille et je m'occupe de cela.

- Moi, je vais prendre une douche. À tantôt, mon amour.

À l'auto, Félix déballa vite le paquet de papier journal. Il en avait mis tellement épais que les journaux avaient fait fonction d'isolant. La glace était fondue, mais depuis peu seulement. Les quatre petits poissons auxquels Félix tenait tant étaient encore bien frais. Il s'empressa de les mettre au réfrigérateur.

Le coffre de l'auto était bondé de bagages. Allait-il entrer tout cela? Il n'avait pas eu avec Lyne une discussion franche sur la durée de son séjour chez elle. Dans sa tête naïve à lui c'était clair. Il était sorti de chez les curés pour venir habiter avec elle. Et il lui semblait bien qu'elle le désirait aussi. Finalement, il n'entra qu'une valise. Et il ressortit pour entendre couler l'eau de la rivière tout près de la maison. Elle avait été construite sur les mêmes fondations que le moulin à farine qui s'y trouvait autrefois, le barrage ayant cédé avec le temps. Et le bruit constant de l'eau en cascade révélait bien qu'il y avait encore une énergie cachée capable de générer plein de choses à cet endroit. Il trouvait Lyne chanceuse d'habiter là. Lorsqu'il entra, il l'entendit parler au téléphone dans sa chambre. Peu après, il entendit miauler un chat dehors à la porte. Il le fit entrer. Il avait dû passer la nuit à chasser. Il fila droit à son bol de nourriture, qu'il trouva vide. Félix fouilla mais ne trouva rien qui pouvait ressembler à de la nourriture pour chat. Il s'accroupit.

- Viens! Si tu n'as rien à manger, tu auras au moins un peu d'affection.

Le gros chat gris poilu leva la tête vers Félix et fit : « Sh........ »

- Oh là là! Je ne suis pas le bienvenu chez vous.

Et le chat s'en vint se coucher sur le tapis du salon. Lyne descendait à la salle de bain. Elle n'avait pas encore pris sa douche, elle avait plutôt téléphoné à Richard. Elle était nue. Félix dit tout bonnement, comme si de rien n'était :

- Ton chat...

- C'est une chatte, reprit-elle.

- Ta chatte...

- Qu'est-ce qu'elle a ma chatte? dit-elle sur un ton langoureux, en souriant.

Félix ne savait pas que ce mot pouvait avoir un autre sens. Il continua sérieusement :

- Elle n'a pas l'air d'aimer les hommes.

- Non, c'est un fait. Depuis le départ de mon ex, elle n'aime pas les hommes. Mais moi...

Elle s'approcha de lui et dit sur un ton racoleur :

- Viens prendre ta douche avec moi. Je connais une sorte d'étreinte... Savonnée, celle-là.

- Encore?

Sans attendre sa réponse elle se dirigea vers la salle d'eau. Il la suivait des yeux. Tout aussi attirante de dos, elle ferma la porte sans dire un mot. Il resta planté là. Il regarda la chatte qui le fixait, puis il frappa à la porte et entra.

- Est-ce que je t'ai déjà parlé de mon frère Richard? lui dit-elle, occupée à faire couler l'eau à la bonne température?

- Ton jumeau? Oui, tu m'as montré sa photo un jour. C'était lui au téléphone?

- Est-ce que tu aimes l'eau très chaude?

- Pas trop. J'étouffe.

- Oui, c'était lui. Je lui ai annoncé que j'avais de la grande visite.

Puis elle enjamba le rebord du bain et tira le rideau pendant que Félix enlevait ses vêtements.

Il faisait face à un miroir qui couvrait tout le mur de la salle de bain. Il n'avait pas coutume de se regarder devant la glace dans la tenue d'un homme parcouru d'un bout à l'autre de son corps par le désir impérieux d'une femme. Félix n'avait jamais pris le temps de se regarder avec autant d'intérêt. Avant ce jour, son corps était un ennemi pour lui, ou du moins un terrain où il ne fallait pas aller jouer, une pente sur laquelle il ne fallait pas s'aventurer. Et s'il avait pu lui procurer du plaisir, ça avait été de bien d'autres façons que celle qu'il allait emprunter maintenant. Il était calme. Curieux, il touchait son corps doucement devant le miroir. Il n'eut pas le temps d'explorer bien avant. Lyne lui dit :

- Viens!

Il entra sous la douche. La chatte de Lyne était venue se coucher tout juste au bord de la porte de la chambre de bain. Pour écouter de plus près? Pour défendre sa maîtresse? Pour suivre son ennemi à la trace? Mine de rien, elle faisait semblant de n'avoir aucune intention derrière la tête, comme font les chats. Mais Dieu sait ce qu'ils mijotent dans leur petite caboche.

Pendant ce temps, Lyne passait ses mains savonneuses sur le cou de Félix, dans son dos, sur ses reins, ses fesses... L'eau giclait sur leur corps et amenait avec elle des coulées de savon comme les pluies torrentielles qui descendent des montagnes. Félix était inondé de joie. Les mains glissantes de Lyne exploraient. Toute cette année d'attente où elle avait réprimé sa passion grondait en elle. Elle était prête à tout. À s'attarder davantage sur le corps de Félix qu'elle ne l'avait fait dans la nuit. Toucher, embrasser, lécher ces petits coins secrets... vers où l'inspiration du moment nous mène. De tout l'abandon qu'il pouvait, Félix se laissait faire. Il ne pensait qu'à lui. Il recevait en abondance. Une sorte d'état de grâce nouveau! Les deux mains appuyés sur le mur de la douche, il cria. Le chat ouvrit les yeux et détourna la tête. Jamais de toute sa vie Félix n'avait vécu pareil plaisir. Lyne était contente. Félix se retourna, prit Lyne dans ses bras, la serra très fort et pleura.

C'était beaucoup de changements dans sa vie. Il avait souvent poussé son corps à bout en faisant du jogging, alors que les jambes n'en peuvent plus et que seule la concentration sur les muscles fatigués à l'extrême peut faire courir un kilomètre de plus ou sur la patinoire en jouant au hockey, alors qu'il n'avait pas eu le temps de reprendre son souffle et qu'il devait retourner sur la glace et donner un autre effort; ou dans sa méditation silencieuse, alors qu'il où il n'en peut plus de retenir l'un ou l'autre de ses membres et qu'il faisait l'immense effort de ne pas bouger. De ces poussées ultimes, il en avait toujours été fier. Elles lui avaient donné du réel contentement. Mais cette jouissance-ci, que lui avait procurée Lyne... Cet au-delà de son corps dans son corps. Cet état de haut-voltage humain. Cet engourdissement suave. Y goûter ainsi, sans retenue ni interdit ni culpabilité. Ce n'était pas le ciel, il le savait bien. Mais quel beau bonheur terrestre !

- Tu connais de ces trucs, ma chère... lui dit-il, alors qu'il eut retrouvé la parole...

Puis, ils restèrent enlacés sous la douche pendant un bon moment. Tant qu'il resta de l'eau chaude.

Ils entendirent miauler à la porte.

- Elle est jalouse, dit Félix, alors qu'il s'épongeait devant le grand miroir. Elle a faim. Tantôt je n'ai rien trouvé à lui donner. Où mets-tu ta nourriture pour chat ?

- Je n'en ai pas. Mes chats ont toujours mangé la même nourriture que moi.

- Au fait, reprit Félix, tu n'avais pas plusieurs chats ?

- Les deux autres sont morts. L'un était malade, l'autre s'est fait écraser par une auto.

La chatte miaula à nouveau.

- Je vais aller lui donner à manger, reprit Lyne.

Félix se retrouva seul devant le miroir. Soudain, il se sentit mal. Un drôle de malaise. Il n'était pas bien dans sa peau. Dans sa nouvelle peau. Une sensation, entre l'angoisse et le vertige, apparut dans le haut de son corps, de la poitrine à la tête. Il ne s'affola pas cependant, il s'était déjà retrouvé dans un état semblable plusieurs fois au cours de l'hiver, alors qu'il n'était pas encore totalement décidé à changer de vie. Il s'habilla. Ne voulant pas montrer à Lyne sa faiblesse, il sortit de la chambre de bain et dit :

- Pendant que tu nourris le chat, je vais dehors un instant.

Le grand air ne suffit pas à l'apaiser. Il prit le sentier qui longeait le bord de la rivière. À une bonne distance de la maison, il s'arrêta et s'assit dans l'herbe. La tête dans les mains, il se concentra sur sa respiration. L'angoisse sourdait toujours en lui et le faisait paniquer. Alors, il se redressa. Et le dos bien droit, les jambes allongées et les mains relâchées sur ses cuisses, il concentra sa pensée sur l'endroit où battait son cœur. Puis, après une bonne inspiration, il produisit un long Ôm grave qui résonna dans sa poitrine. Ce qu'il reprit plusieurs fois. Il avait appris de son psychothérapeute à faire vibrer ainsi son corps au rythme de la vie. Ces bienfaisants Ôm répétés, expirés par tant d'Orientaux depuis des siècles, ce jour-là au bord de la rivière qui coulait tout à côté de la petite maison blanc et bleu du rang du Moulin, replacèrent Félix dans le sillon de sa vie et l'apaisèrent.

Non! C'était trop! Son corps n'avait pu supporter. Ou sa conscience peut-être? Ses principes, sa morale, ne s'étaient pas encore ajustés. Il fallait sans doute du temps pour cela. L'eau de la rivière coulerait. Le temps s'écoulerait. Faut bien dire qu'en douze heures Félix s'était beaucoup agité... Plus que dans ses quarante ans de vie!

Lyne était sortie, et, ne l'ayant pas vu, avait emprunté le sentier à son tour.

- Si c'est pas mon beau lapin dans l'herbe, dit-elle en l'apercevant. Je me doutais bien que tu avais pris cette direction. Est-ce que tu aimes mieux être seul? Je ne voudrais pas violer ton intimité.

- Non! Ça va maintenant.

Et il ajouta :

- As-tu faim, toi?

- Un peu, oui. Mais avant, j'aimerais marcher dans le sentier et te montrer comme c'est beau.

- O.K., répondit-il en se levant.

Et il ajouta :

- Que dirais-tu de manger de la truite?

- J'aimerais bien. Les poissons qu'une femme de là-bas t'a offerts avant de partir?

- Oui! Alicia et Hector.

Ils se mirent à marcher côte à côte sous les arbres. Il prit sa main. Toute une haie de gros saules bordait cette rivière qui sillonnait la plaine. Au cours des âges, elle avait creusé son lit et dégagé des murailles de terre de chaque côté, d'une dizaine de mètres de haut. À certains endroits, l'érosion avait provoqué des éboulis et le sentier descendait et longeait la rive. Malheureusement, l'eau n'était pas très propre. Les engrais chimiques et les pesticides l'avaient complètement dénaturée. Malgré tout, Lyne se trouvait chanceuse d'avoir ce beau parc juste dans sa cour.

- Alicia et Hector, qui est-ce, demanda-t-elle?

- Ce n'est pas un couple.

Il se tourna vers elle en souriant, et dit :

- Lui, tu le connais.

- Ah, oui?

- La fois où on a fait l'amour dans le petit bois de cèdres à Saint-Juste.

- Nous étions jeunes à cette époque-là.

- Ben voyons, c'est l'année passée.

- Nous étions fous et fringants comme des adolescents, reprit-elle. On s'était désirés tout l'après-midi. Il faisait un temps splendide, je me souviens. Et avec ce décor magnifique devant nous. Le beau grand lac Témiscouata et les collines de l'autre côté. Je me sentais grande, je faisais vibrer le coeur de monsieur le curé, et il remplissait le mien.

- Une vraie poétesse...Te souviens-tu, nous étions assis sur un tas de pierres, et tout à coup un gars est venu par les champs en bicycle. C'était Hector.

- Oui, oui, je me souviens. Il avait l'air bizarre.

- Et bien, figure-toi donc, qu'il nous a suivis. Et nous a vus faire l'amour sous les cèdres.

- Ben, voyons donc, toi!

- Je te le dis! Et toute la paroisse l'a su.

- C'est pas vrai!

- On a rapporté cela au conseil de fabrique. Ils m'ont questionné. Je n'ai pas pu avouer que c'était vrai. Je n'étais pas capable. Vois-tu ça? Un curé qui fait l'amour avec une belle fille de la ville dans les bois de sa paroisse et qui tout bonnement dit sa messe le dimanche? J'ai réussi à leur faire croire que c'était faux, qu'Hector avait tout inventé. D'autant plus qu'il était moins crédible que moi.

- Pauvre Hector! Tu ne lui as pas fait ça. Mais c'est épouvantable!

Sans s'en rendre compte, il lâcha sa main.

- Il m'en voulait à mort. J'ai passé une année très difficile.

- Est-ce que tu leur as dit aux gens avant de partir qu'Hector n'avait pas menti?

- Non. L'occasion ne s'est pas présentée. C'est vrai, j'aurais dû. C'est étrange, l'idée ne m'en est jamais venu. Peut-être que je trouvais que j'avais suffisamment payé ma bêtise. Une fois, il m'a cassé la clavicule avec une baguette de *pool*. Une autre, il a voulu me rentrer dedans avec son tracteur. Et la dernière fois, on a engagé le combat et je me suis retrouvé avec un oeil au beurre noir.

Elle riait.

- Tu ne méritais pas moins.

- Dis donc, toi! Tu prends pour lui?

- Faire l'amour, il n'y avait pas de mal à ça.

- On voit bien que ce n'est pas toi qui étais le curé de la paroisse.

- Tous les jours, dans l'une ou l'autre maison de ton village, il y avait des gens qui faisaient l'amour. Pourquoi pas toi et moi dans un petit bois de cèdres?

Il s'arrêta net.

- Tu penses vraiment ce que tu dis?

- Oui! Qu'est-ce que ça t'a donné de ne pas avouer tout de suite que tu étais en amour, que tu ne pouvais plus te passer d'une femme dans ta vie, et que tu allais lâcher les curés. De toute façon, c'est ce qui t'est arrivé un an plus tard. Tu n'aurais pas passé cette année difficile. Et surtout tu n'aurais pas fait vivre à Hector tout ce qu'il a vécu.

- Bon! Ça va! C'est assez! Tu ne vas pas me faire revivre toute ma culpabilité. Je lui ai demandé pardon. Tout est correct maintenant entre nous. La preuve, c'est qu'à mon départ, il était fier de m'apporter des truites qu'il avait pêchées avec Alicia.

- Quand j'étais petite, c'était souvent moi qui me faisais accuser quand Richard faisait des mauvais coups. J'ai même mangé des volées. Alors aujourd'hui quand, quelqu'un subit le même sort, je suis portée à le défendre. C'est viscéral en moi.

Félix s'arrêta pour ramasser une branche. Une petite boule s'était formée dans sa poitrine. Lyne avait élevé la voix. Félix, remué, s'inquiétait de ce que Lyne pouvait penser de lui, maintenant qu'elle avait découvert cette faille. L'aimait-elle moins ? Il fallait qu'il sache. Heureusement, Lyne lui prit la main et dit :

- Je m'excuse, Félix. Peut-être que tu as eu raison. Je n'étais pas dans ta peau. C'est difficile de se mettre dans la peau d'un curé.

Rassuré, Félix rit. Lyne ajouta :

- Viens! Retournons! Nous allons manger tes truites.

Ils étaient silencieux. La nature s'y prêtait. Lyne s'en voulait d'avoir réagi ainsi. Félix pensait à l'année qu'il venait de passer, à Hector qu'il aurait pu effectivement innocenter avant son départ, à Alicia qui ressemblait à Lyne sur certains côtés, car elle aussi parfois l'affrontait et le démasquait. Tout son monde de là-bas reprenait vie par le fait même. Et que Lyne l'ait remis en question le faisait s'ennuyer de ce bon temps où il n'était pas contesté et où il régnait en maître, prêtre et célibataire.

CHAPITRE III

Félix était habile de ses mains. Les jours qui suivirent, il supplia Lyne de lui donner quelques petits travaux à exécuter pendant qu'elle allait enseigner. Il avait du mal à rester à ne rien faire. La promenade du matin dans le sentier de la rivière ne remplissait même pas son avant-midi. Il aurait bien pu prendre un bon livre, s'asseoir et lire. Prendre du bon temps, alors qu'il venait de traverser une période difficile. Non. Fallait qu'il soit toujours utile. Qu'il fasse quelque chose de ses dix doigts. Et en plus, quelque chose de visible. Félix avait un pressant besoin d'être reconnu. Un quêteux d'appréciation. Il traînait, accrochée à sa nature, une insécurité qui le faisait presque quémander son droit à l'existence et supplier adroitement qu'on l'aime. Une maladie bien humaine. Félix ignorait qu'il en était atteint. Dans sa paroisse, il se donnait tout entier. On l'appréciait. Cela faisait partie de sa vie de curé de se dépenser pour les gens… et d'être récompensé au centuple. Comme il arrive lorsque l'on donne.

Avec les quelques outils rudimentaires dont disposait Lyne, il réussit à réparer, rénover, arranger, peinturer, raboter, sabler ou ajuster tout ce qui figurait sur la liste de choses à faire qu'elle avait dressée. Il était fier de lui. Le premier jour, elle fit le tour de ses réalisations et le remercia. Ils firent même l'amour sur la chaise qu'il avait réparée…Cependant, les deux jours suivants, elle ne se soucia pas de lui montrer qu'elle appréciait ce qu'il faisait.

- Tu ne remarques rien? lui-dit-il aussitôt qu'elle fut entrée.

Elle n'avait pas encore déposé son porte-documents après sa journée d'enseignement.

- Non!

- Tu ne vois pas que j'ai repeint les portes d'armoire de la cuisine.

- Ah, oui! Ça fait propre hein?

En voyant le mélangeur sur le comptoir, elle ajouta :

- Tu as réparé ça aussi? Merci!

Félix s'attendait à des « Ah!... tu as fait ceci, mon bel amour! » « Oh!... que c'est beau! » ou « Que c'est commode un homme dans une maison... » Il aurait voulu manifester sa déception, dire qu'il se sentait incompris, seul. Il ne s'en donna pas le droit, habitué à comprendre les gens. Il se contenta du petit merci qu'elle avait exprimé. S'il avait réagi ou l'avait questionnée, il aurait au moins compris que Lyne attachait beaucoup moins d'importance que lui aux compliments. Félix s'aperçut néanmoins que vivre au quotidien avec elle ne serait pas toujours facile et qu'il devrait trouver une façon de régler ses différends avec elle. Faute d'avoir reçu une appréciation, il vint vers elle et allait parler, lorsqu'elle dit en déposant sa mallette sur la table de la cuisine :

- Encore une journée de classe, et la semaine est finie.

Félix lui dit :

- Tu oublies quelque chose : tu ne m'as pas embrassé.

- Excuse-moi, mon beau chéri. Je ne pensais qu'à enlever ce tailleur au plus vite et à me mettre en tenue légère. Il fait un peu chaud pour ce temps-ci de l'année.

En s'approchant d'elle pour l'embrasser, il lui dit :

- Je peux t'aider à l'enlever, si tu veux.

- Ah! Vraiment?

Puis, elle reprit :

- Dis donc, toi? Tu reprends le temps perdu! J'ai eu énormément chaud aujourd'hui. Je vais prendre ma douche.

- Non... dit-il d'une voix suppliante. Maintenant, ici, sur la table.

En quelques jours, elle avait eu le temps de remarquer que lorsqu'il la désirait ses yeux devenaient bleus comme des cinq piastres et qu'elle ne pouvait rien refuser à des yeux bleus de la sorte. Elle recula vers la table, se donna un élan et s'assit carrément dessus. Elle écarta les genoux. Il se glissa dans son antichambre, et avant de l'embrasser lui dit :

- Quand j'étais jeune, mon père embrassait toujours ma mère en entrant de travailler. Tu n'as pas cette habitude-là, toi? Faut que je te le demande?

- Tous les jours, en rentrant de l'école, on a fait l'amour… Tu te plains, la bouche pleine...

Elle hésita, puis ajouta en souriant :

- Gros gourmand de curé!

Puis c'est elle qui l'embrassa avec appétit. Son joli petit costume rose vola en l'air. Et comme les nouveaux amants qui, respectueux l'un de l'autre aux préliminaires, s'écoutent et se font plaisir, puis à mesure que l'excitation les emporte, se précipitent vers la grande chevauchée, Félix et Lyne, sur la table de la cuisine de la petite maison blanc et bleu du rang du Moulin, firent l'amour à côté du grille-pain qui était resté là depuis le matin.

Au souper, Félix annonca à Lyne que le lendemain il irait au siège social de sa communauté religieuse pour essayer de s'entendre avec ses anciens supérieurs au sujet d'une espèce de prime de séparation. Il leur demanderait de garder sa Dodge Dart vieille de quatre ans et les deux ou trois mille dollars à son nom à la banque. Quand elle entendit cela, elle dit :

- Est-ce que j'ai bien compris? Ton auto plus deux mille piastres? Tu leur as donné vingt ans de ta vie… Et tu leur demandes quatre à cinq mille piastres? C'est ridicule. Les communautés religieuses sont riches à craquer. Je ne sais pas combien tu devrais leur demander, mais au moins de quoi subsister pendant six mois ou un an. Dix, vingt mille piastres, au minimum.

- Elles ne sont pas si riches que cela. Pas la mienne en tout cas. Elle a quelques placements, et c'est tout. Les vieux dans les infirmeries, ça coûte cher.

- N'essaye donc pas de les défendre. Tu en es sorti maintenant. Tu leur as donné ta vie. Tu m'entends : donné gratuitement. Un petit vingt mille, ce ne serait que symbolique d'ailleurs.

- Ben voyons! Elles ne peuvent pas donner vingt mille à tous ceux qui s'en vont. Depuis vingt ans, la moitié a sacré le camp. Et puis, c'est pas à la communauté que j'ai donné ma vie, c'est aux gens que j'ai côtoyés, les étudiants, les paroissiens.

La communauté ne me doit rien. Si je voulais partager leur magot, je n'avais qu'à rester.

- Tu as un bien drôle de raisonnement. Tout l'argent que tu as gagné au cours de ta vie de prêtre, tu l'as partagé avec ta communauté? C'est à eux maintenant de partager avec toi. Je ne veux pas dire qu'ils doivent t'entretenir jusqu'à la fin de tes jours, comme les députés, mais au moins te donner une prime de séparation.

- Justement! Parlons-en des primes de séparation. Je suis contre cela. Quand je vois les présidents des banques et des compagnies recevoir des milions lorsqu'ils quittent. Pour services rendus... Voyons donc! Ils ont eu un salaire pendant qu'ils travaillaient. Pourquoi une prime en plus ? Quand je demande quelques milliers de dollars à la communauté, ce n'est même pas mon dû que je demande, mais la charité. C'est ainsi que je me sens. Je leur demande de m'aider à démarrer dans ma nouvelle vie.

- De la charité? T'es fou!

- C'est librement, bien librement que j'ai voulu partager avec eux pendant vingt ans. J'ai été payé au centuple pour cela. Je ne vais pas leur demander de me payer en plus. Non! L'argent qu'ils ont, ce n'est plus à moi.

- Comprends donc que c'est à cause de toi qu'ils ont amassé de l'argent. Toi et les autres. Ils vous en doivent une partie.

- C'est toi qui ne veux pas comprendre qu'au fond de moi je n'ai passé aucun contrat avec eux. C'est avec Dieu que j'avais passé un contrat. Et lui, il m'a payé amplement. Et il ne me doit aucun arrérage. Il continue même à me faire parvenir mes versements. Avec lui je ne manquerai jamais d'argent. Je n'en aurai pas des masses. Mais je n'en manquerai pas.

- Si c'est comme cela, ton Dieu n'est pas juste.

- Tu n'as pas à te plaindre de lui. Tu as eu ce que tu voulais.

Félix attendait sa réaction. Elle ne vint pas. Il continua :

- Si tu savais… Avec une auto et trois mille piastres à la banque, je me sens riche. Je ne dois pas une cenne. À personne. Pas d'hypothèque. Toi, tu devras sans doute débourser de l'argent pendant quelques années encore pour payer ta maison. Ne te fais pas de souci pour moi. Je ne me sens pas lésé du tout. Je t'avoue que s'ils ne me donnaient rien du tout je les trouverais mesquins. Mais je les crois plus honnêtes et plus charitables que cela.

- La charité! La charité! Ce n'est pas une question de charité. Je n'en démords pas, c'est une question de justice.

- Bon! Je vois qu'on ne s'entendra pas là-dessus.

Voyant bien qu'elle ne pourrait le convaincre, Lyne tendit la main vers l'assiette de Félix et lui dit :

- As–tu fini ?

- Oui ! Oui !

Elle se rendit au comptoir, revint, et debout lui dit :

- Est-ce qu'on mange une fondue pour souper, demain ?

- Oh ! c'est une bonne idée. Mais j'ai pensé qu' une fois rendu à Montréal je pourrais continuer vers Lachute pour visiter mon père et ma mère. Je leur ai écrit pour leur annoncer la nouvelle, sans plus. Faudrait bien que je leur donne signe de vie. Je suis sûr qu'une décision comme celle-là a dû les affecter. C'est important pour moi que j'aille les réconforter.

- Tu ne m'aideras pas à semer mon jardin en fin de semaine ? lui demanda-t-elle, désappointée.

- J'ai bien peur que non. Peut-être dimanche, si je reviens samedi soir.

- Tes parents sont à leur retraite. Tu pourrais y aller lundi. Moi, tu me vois seulement la fin de semaine.

- Et les soirs, ajouta Félix.

- Moi qui rêvais de semer mes graines avec toi… Envoye donc ! Tu peux téléphoner à tes parents pour leur annoncer que tu iras au début de la semaine. Envoye donc ! Mon pit ! Fais-moi plaisir… Et dans ta communauté, tu iras lundi, ça fera pareil.

Ce ne fut pas surtout le ton sur lequel elle dit cela qui convainquit Félix, mais la voyant debout près de lui, en jeans et t-shirt blanc, la main sur la hanche, belle, séduisante comme au premier jour, il se sentit fondre. Ses raisons ne tenaient plus. Son charme avait eu raison de lui tout simplement. Il dit :

- Tu es une sacrée enjôleuse !

En regagnant le comptoir, elle lui demanda :

- Est-ce qu'un jour tu vas m'emmener dans ta famille ?

- Toi? Est-ce que tu aurais le goût d'y venir?

- Pas tout de suite. Je suis trop gênée. Je passerais pour celle qui t'a débauché. Donne-leur le temps de digérer. Après quelques mois, quand ils verront qu'on est ensemble pour vrai, ça me fera plaisir de les rencontrer.

C'était la première fois qu'elle s'engageait pour un aussi long terme. Elle avait bien dit à Félix qu'il pouvait débarquer tous ses bagages et les entreposer dans la chambre d'amis. Elle était folle de joie à l'idée de voir son amant chez elle, mais elle ne parvenait pas à faire des projets à long terme. Elle ne comprenait pas. Ne se comprenait pas. Elle ne voulait pas savoir non plus. Elle était heureuse ainsi. Un jour à la fois. Ou plutôt trois mois à la fois, puisqu'elle se voyait encore avec lui dans quelques mois.

Après avoir déposé le bol de laitue sur la table, elle entoura son cou et dit :

- Tu es un sacré bon gars, toi ! J'ai frappé le gros lot!

Elle s'assit sur ses genoux et, le regardant dans les yeux, lui dit

- Je vais t'avouer quelque chose : la première fois que je t'ai vu dans la cuisine du presbytère, alors que Myriam m'avait emmenée à Saint-Juste, et que j'ai vu tes yeux, je me suis dit : « Si un jour je parviens à voir son coeur, je serai la femme la plus chanceuse de la terre. »

- Et puis? L'as-tu vu?

- Ça n'a pas pris de temps à part de ça. Cinq minutes plus tard, Luce faisait une crise d'épilepsie dans la salle à manger. Et la façon dont tu t'es approché, dont tu lui parlais, la touchais, te préoccupais d'elle, même si elle était inconsciente, m'a montré ton coeur. J'avais jamais vu un homme si doux. À partir de ce moment-là, j'ai voulu te connaître.

Félix devint ému, les larmes au bord des yeux.

- Tu te souviens, reprit-elle, par la suite je t'avais écrit pour te donner la recette de crêpes suzettes. Tu m'avais dit, à mon départ : « Tu m'enverras ta recette de crêpes. » Jamais je n'aurais osé t'écrire.

- Et c'est cette lettre qui a tout déclenché. Un jour, je suis venu à Montréal pour une réunion. On est allés au cinéma. Puis je suis venu coucher ici. Je me demande comment on a pu faire pour ne pas dormir ensemble ce soir-là. Je te désirais tellement.

- Et moi donc! D'ailleurs, tu ne pouvais pas le cacher.

- Si tu avais fait les premiers pas, je crois que je n'aurais pas pu résister.

- Jamais je n'aurais osé. Je ne voulais surtout pas t'effaroucher. Comment tu faisais pour résister à des tentations pareilles?

- Oui, tu peux le dire... que tu étais une tentation! Je ne sais pas comment j'ai fait. J'avais le don de me mettre dans des situations délicates. Imagine un peu ! Venir dormir chez toi alors que je savais très bien qu'il se passait quelque chose entre nous deux. Je m'étais fixé comme objectif de ne pas être réservé avec les femmes, comme les curés pouvaient l'être auparavant, d'avoir des rapports amicaux même, mais de ne pas dépasser certaines limites au-delà desquelles j'aurais eu le sentiment d'être un profiteur. J'étais tout de même infidèle en liant leur coeur et le mien. Je le sais maintenant, mais à ce moment-là je me croyais correct.

- Sais-tu que c'est toi qui m'a provoquée le premier. Je n'étais pas du tout à la recherche d'un autre homme à cette époque. Mon ex-mari était parti depuis un petit bout de temps. Le soir des crêpes, j'ai senti que tu t'intéressais à moi d'une façon particulière.

- Je ne me souviens pas de ça.

- Oui ! Oui ! Tu t'en souviens, dit-elle en riant.

Et elle reprit en montrant son cœur.

- Fouille un peu là-dedans. Tu verras… Et je vais te dire… Je sentais que tu avais besoin de plus qu'une amie…

- Voyons donc, toi!

- Tu es menteur en plus, mon coquin, ajouta-t-elle en lui frappant la poitrine de l'index.

Ce n'est pas pour rien qu'à mon départ tu m'as demandé de t'envoyer la recette. Et je vais te dire aussi... Ton destin venait de basculer. Ce dimanche-là, quand je t'ai vu à la messe dans ta longue tunique blanche, je me suis dit : lui, je le veux. Moi qui ne crois pas en Dieu, l'espace d'un instant j'y ai cru.

- Tu as beaucoup de pouvoir sur lui!

- Tu étais déjà cuit, mon petit garçon! Et tu ne le savais pas.

- Et maintenant que tu m'as?

Lyne l'entoura, le serra fort contre elle et dit :

- Je ne te lâcherai pas de sitôt.

Félix était heureux. Lyne aussi. C'est bien curieux le destin, le hasard, la providence, la vie. Félix filait le parfait bonheur, curé dans sa paroisse du Bas-Saint-Laurent. Et voilà que par la toute petite porte entrouverte en son cœur Lyne s'est introduite pour voir, juste pour voir. Comme le grain de sable dans l'huître...

Depuis l'arrivée de Félix sur la route du Moulin, lui et Lyne passaient leurs soirées dehors, tellement il faisait beau à la fin de mai, cette année-là. Mais après la vaisselle, avant de sortir, Lyne se rendait immanquablement à la chambre pour téléphoner. Soit à Richard. Soit à Myriam. Un rituel. Félix en profitait pour faire un peu de rangement, ou attendait tout simplement dehors. Les premiers jours, il ne se rendit même pas compte qu'elle téléphonait. Mais plus tard, ce petit rituel le tannait. Pendant que madame donnait des nouvelles de sa journée à sa petite amie ou à son jumeau, monsieur attendait dehors, une demi-heure, trois quarts d'heure, et même une heure parfois. Il ne dit rien. Il n'allait quand même pas être jaloux. Il était sûr de l'amour de Lyne. Mais les jours passaient, et Myriam et Richard semblaient prendre toujours la même place dans la vie de Lyne. La même heure du soir après la vaisselle. Félix était-il sorti de chez les curés pour partager la femme qu'il aimait avec deux autres personnes ? Il connaissait bien Myriam. Elle avait de la voile, naviguait large, et avait de l'influence sur Lyne. Richard, il le connut quand il vint mener les enfants le samedi matin de son départ pour l'escalade. Juste le temps de lui serrer la main et d'identifier celui à qui s'adressait Lyne au bout du fil. Malgré qu'il lui apparut sympathique, il n'en restait pas moins un rival. Pendant une heure le soir après la vaisselle ! Félix aurait dû comprendre Lyne, lui qui avait l'habitude de prendre les gens tels qu'il sont. Lui qui se félicitait de ne pas vouloir changer les autres, mais les laisser exister, les faire exister même. Pour la première fois de sa vie, sans doute, il prenait conscience de la force du sentiment de jalousie. Il ne pouvait pas le contrer comme il voulait.

Le week-end ne se passa pas du tout comme prévu. Il plut pendant les deux jours. Myriam ne vint pas chercher son livre. Et Félix et Lyne passèrent leur temps avec Loup et Soleille, non pas dans le jardin, mais dans la maison, à jouer à la cachette et au jeu des serpents et des échelles. Loup se retira aussi souvent qu'il le pouvait pour jouer avec la chatte. Elle qui n'aimait pas les mâles. Faut croire qu'elle fit une exception pour lui. Soleille, elle, avait adopté Félix. Elle retrouvait en lui la douceur de son père.

Le lundi matin, après s'être facilement entendu avec le responsable des finances de sa communauté sur le montant de la prime de séparation, Félix s'engagea sur la route de Lachute.

En ouvrant la porte, sa mère parut surprise en même temps qu'heureuse.

- Tu as coupé ta barbe!

- Oui! En passant à Montréal je suis allé chez le coiffeur. La grande opération. Je me sens tout nu.

- Henri! Viens voir! Une apparition!

Félix embrassa sa mère. Il la sentait heureuse, mais avec un brin de retenue.

- Regarde donc qui c'est qui est là! dit son père qui apparut derrière, tout épanoui. Pas de barbe, ça te rajeunit.

- Oui, c'est vrai, renchérit sa mère Anita. Je t'aime tellement mieux sans barbe. Depuis combien de temps tu l'avais ?

- Une dizaine d'années.

- Viens t'asseoir! dit son père. Quand tu as téléphoné, on n'avait pas eu de nouvelles de toi depuis ta lettre.

Ni son père ni Anita, sa mère, n'osaient parler de la sortie de Félix. Ce n'était pas à proprement parler une bonne nouvelle pour eux. Malgré le fort courant anticlérical des années soixante-dix, les défections en masse des religieux et des religieuses et la baisse prononcée de la pratique religieuse, les parents de Félix étaient restés fiers d'avoir un fils prêtre. Lui, il était resté fidèle ! Il n'avait pas défroqué !

Félix regarda tout autour de lui dans la pièce, et dit :

- Il me semble qu'il y a quelque chose de changé ici.

- Oui ! dit sa mère. On a changé le piano de place. Je ne joue plus beaucoup. Ce n'était pas nécessaire qu'il soit si éclairé par la lumière de la fenêtre.

Puis elle ajouta :

- Tu vas manger avec nous ?

- Bien sûr, fit Félix. Je débarque pour un mois. Avez-vous de la place ?

- Tu n'es pas sérieux ? lança-t-elle.

Le visage d'Anita était devenu resplendissant.

- Non ! c'est des farces.

- Où est-ce que tu vas habiter ? demanda son père.

- Chez mon amie Lyne, pour l'instant, reprit Félix, tout heureux de prononcer son nom devant eux.

En entendant ce nom, le visage d'Anita changea. Félix ne savait pas s'il devait continuer à leur parler d'elle. Il leur demanda plutôt des nouvelles de ses frères et sœurs.

- Justement, commença Henri, c'est de Nicole, ta soeur, qu'on a appris la nouvelle.

Henri n'était pas un homme qui exprimait facilement ses sentiments. Mais il n'aimait pas que les choses traînent. Il savait qu'il fallait en parler. Le plus vite serait le mieux. Il continua :

- On a reçu ta lettre le lendemain. J'ai pas été surpris. Il y avait tellement de femmes qui tournaient autour de toi. Je me suis toujours demandé comment tu faisais. Un homme, c'est pas fait pour vivre sans femme.

Anita n'en revenait pas qu'il dise cela :

- Ben voyons donc, toi, Henri. Tu trouves pas ça beau, un homme qui donne sa vie pour les autres ? Il avait l'air heureux, Félix.

Elle se tourna vers Félix. Il n'avait jamais remarqué comme sa mère avait des yeux perçants. D'un beau bleu, mais perçant. Et ce jour-là, d'un beau bleu perçant triste et un brin agressif.

- Tu feras bien comme tu voudras, reprit-elle sur un ton raisonnable, c'est ta vie. On va s'habituer, je crois bien. Faut dire que tu n'étais pas un curé comme les autres. J'ai souvent craint pour toi. Je ne te le disais pas, mais je trouvais que tu en prenais pas mal large avec les règles de l'Église catholique.

- On n'est pas pour revenir là-dessus, Anita. C'est du passé. Moi aussi, ça me fait de la peine, ajouta Henri les yeux pleins d'eau et un motton dans la gorge. On avait un curé dans la famille. Et là on n'en a plus! C'est tout!

Et pour dissiper sa peine bien visible, il dit :

- Prenons un coup!

- C'est vrai, ajouta Anita, on ne t'a rien offert à boire.

Elle ne pouvait se faire à l'idée qu'elle ne serait plus jamais une mère de prêtre. Des larmes coulèrent sur ses joues. En se mouchant, elle dit :

- En tout cas, moi j'ai une blessure là-dedans ici, en montrant son coeur. Et c'est pas un peu de vodka qui va la guérir. Ça va prendre du temps. Pour moi, c'est comme un beau rêve qui s'éteint. Il me semble qu'un prêtre dans une famille c'est comme un paratonnerre.

Félix était ému de voir pleurer sa mère. Il vint près d'elle. Entoura ses épaules de son bras et dit :

- Ne pleure pas ! Je me rapproche de vous. Je serai à une heure de route d'ici. Tu me verras plus souvent.

- Mon petit garçon ! fit-elle, les yeux pleins d'eau, en prenant sa main dans la sienne.

Tout près d'elle, il voyait bien son cœur grand ouvert. Il voulut lui ouvrir le sien :

- Maman ! J'aime une femme. Elle est tout pour moi en ce moment. Tu as connu cela toi aussi. Je veux vivre autre chose. Une sorte de liberté que je n'ai jamais connue.

Elle écoutait attentivement, sans regarder Félix. Puis elle tourna son visage encore tout mouillé de larmes vers lui, et dit lentement :

- Mon pauvre petit garçon ! Si tu crois qu'une femme va remplacer le bonheur que te procurait ta vocation... Il n'y a rien qui puisse remplacer Dieu.

Félix regardait sa mère dans les yeux. Elle soutint son regard. Il baissa les yeux et déposa un baiser dans ses cheveux. Anita lui dit :

- Tu vas rester avec nous autres un petit bout de temps. Ta chambre est prête.

- Oui ! reprit Félix. Pendant quelques jours.

Comme Félix était le seul à ne pas s'être marié, dans le cœur d'Anita son grand garçon n'était pas encore parti de la maison. Elle appelait toujours la « chambre de la visite », la chambre de Félix.

Henri avait préparé les trois petits coups de fort. Il les distribua. Leva son verre. Il vint pour parler, mais se tut. Félix leva le sien. Anita aussi, mais un peu moins haut que les autres.

Ils se regardèrent tous les trois. Personne n'osait dire quoi que ce soit. Félix dit :

- À Dieu !

Après une gorgée, Anita partit avec son verre en disant :

- Je vais aller finir de préparer le dîner.

- Est-ce que tu as besoin d'aide, lui demanda Félix ?

- Tantôt, répondit-elle. Si tu veux mettre la table.

- Vendredi passé, enchaîna Henri, on est allés à des funérailles à Montréal...

- Ah, oui? fit Félix.

- Au service de mon cousin Roméo.

- Celui qui était menuisier?

- Oui! C'était triste. Il n'y avait presque personne dans l'église. Au sous-sol, après la messe, ta mère et moi on a parlé longtemps avec les trois demoiselles pour qui il travaillait depuis plusieurs années. Il y en a une qui était drôle. La plus vieille. Elle m'a fait rire. Tu comprends, ça faisait vingt ans qu'il s'occupait de leurs immeubles. Elle disait : « Un homme à tout faire, comme lui, on va avoir de la misère à en trouver un. Un homme de confiance de même, c'est rare. »

Henri s'était arrêté, n'étant pas certain s'il devait continuer. Puis il dit :

- Je crois bien que toi, ça ne t'intéresserait pas un *job* de même.

Il dit cela en guettant la réaction de Félix. Il continua :

- Tu es habile. Tu te souviens, quand t'étais jeune, Anita disait souvent : « Si Félix peut revenir du collège... » Faut croire que je ne réparais pas les affaires à mesure qu'elle me le demandait.

- Je ne sais pas du tout ce que je vais faire, dit Félix. Pour l'instant, j'ai de l'argent pour vivre quelques mois. Ils m'ont laissé ma Dodge.

- C'est bien du moins! reprit son père.

- Je t'avoue que je n'ai jamais pensé à devenir menuisier.

- Ce sont tous des petits jobs que tu serais capable de faire. J'ai plein d'outils dont je ne me sers plus. Je pourrais te les prêter pour commencer. Je te l'dis. Ce serait le vrai job pour toi. Je vais te laisser le numéro de téléphone de Simone, la femme de Roméo. Elle pourrait te mettre en contact avec les soeurs... Robitaille. Oui, c'est ça. Robitaille. Ces femmes-là habitent dans le bas de la ville. Sur la rue Frontenac, je pense. Où est-ce qu'elle reste ta...

- Ma blonde ?

- Oui, ta blonde ?

- Sur la rive sud de Montréal.

- Tu vas nous la présenter un jour ?

- Bien sûr. Viens-tu, on va aller finir notre verre avec Anita dans la cuisine.

- Vas-y. Moi, je vais chercher du café à l'épicerie.

- Laisse. Je vais y aller.

- Non ! Ta mère sera contente que tu passes un moment seul avec elle. Depuis un mois, elle est souvent triste. Va !

Lorsque Félix entra dans la cuisine, sa mère se mouchait. Il la prit dans ses bras.

- Pauvre maman ! Je te donne de la misère, encore à ton âge.

- Oh... tu sais, j'en ai vu d'autres. Je pense que ce qui me fait de la peine, ce n'est pas tant que tu sortes de chez les curés. Au fond de moi, ça fait longtemps que j'ai mis une croix là-dessus. Tu étais tellement marginal que je me suis dit : « À force d'être dans la marge, à un moment donné il va sortir de la page. » Ce qui me chagrine le plus, c'est qu'on va te perdre pour de bon. T'étais l'aîné, mais je te considérais comme mon dernier, puisque tu n'étais pas parti de la maison. En prenant une femme comme les autres, on va rester tout seuls ton père et moi. Ça nous gardait jeunes de voir qu'il nous en restait encore un.

- Bien voyons, maman, je te l'ai dit : tu vas me voir plus souvent. Je vais habiter à une heure d'ici. Tu vas voir. Je suis sûr que tu l'aimeras tout de suite mon amie. Tu verras comme elle est gentille.

- Comment elle s'appelle déjà ?

- Lyne.

- Qu'est-ce qu'elle fait ?

- Comme toi, autrefois. Elle est professeure. Vous allez bien vous entendre, j'en suis sûr.

Puis il ajouta, en regardant vers le poêle :

- Qu'est-ce que tu nous as préparé?

- De la choucroute. Je sais que tu aimes beaucoup cela. Henri aussi en raffole.

- Qu'est-ce qu'on dit de moi quand je ne suis pas là, fit ce dernier en entrant.

Félix dit aussitôt :

- Que tu n'aurais pas pu faire un curé. Tu aimais trop les femmes.

- Non! On n'a pas dit cela, reprit vite Anita.

- Pas les femmes, reprit Henri. Une femme.

Puis, après avoir déposé le café sur le comptoir, il regarda Félix, sourit, et vint embrasser sa femme dans le cou.

Félix passa deux belles journées à se faire dorloter par Anita et à s'entretenir avec son père. En apprenant que Félix avait fait quelques petits travaux chez sa blonde avec des outils de fortune, il insista pour qu'il apporte avec lui son coffre d'outils, au cas où il y aurait d'autres petits trucs à réparer. Il dut insister.

Au départ, par la fenêtre de l'auto, en les voyant tous les deux, après quarante-cinq ans de mariage, encore attentifs l'un à l'autre et amoureux, Félix dit :

- Est-ce que vous avez objection à ce que je rêve de devenir un jour heureux comme vous en mariage ?

Anita, après un moment, passa son bras sous celui d'Henri, regarda son mari, puis Félix et dit :

- Est-ce qu'on peut être contre le bonheur ?

Félix décolla.

CHAPITRE IV

Félix fit vite le tour de ce qui nécessitait une réparation ou une rénovation dans la maison de Lyne. Et les quelques jours où il s'adonna à ces petits travaux il y prit un plaisir fou. Aucun stress. Il allait à son rythme. Il devait souvent user de son imagination. Un travail captivant pour une personne habile de ses mains. Le vrai job pour lui, comme avait dit son père. Minute là! Il n'avait pas fait son cours classique, ses études en théologie, en sociologie, en poterie, pour devenir homme à tout faire dans des immeubles du bas de la ville. En vingt ans de prêtrise il avait acquis une expérience qui pourrait lui servir bien autrement. D'ailleurs, il ne savait même pas si les dames Robitaille l'engageraient. Mais cette idée de travailler de ses mains ne le quittait pas. Lyne ne l'encourageait pas dans ce sens. Un tel travail le valoriserait-il suffisamment? Il se lasserait de réparer des serrures, de raboter des portes, de peinturer, de poser des tuiles, de déboucher des éviers et de faire le grand ménage des appartements vides. Il avait d'autres cordes à son arc. Il serait bien plus utile dans un CLSC où ils avaient besoin de monde avec une formation comme la sienne. Il ferait un bon travailleur social.

- J'ai une idée, dit tout à coup Félix. Je pourrais faire ce travail durant cet été, et en septembre me trouver un emploi, « qui me convient plus », comme tu dis.

- Mon chéri, reprit Lyne, je serai en congé tout l'été. J'aimerais que tu sois là, avec moi. Après tant d'années où tu n'as pas pris de vacances, tu pourrais t'arrêter un peu. D'abord, es-tu certain que tu serais capable de faire tous les travaux qu'on te demanderait ? C'est ton père qui t'a mis cela dans la tête.

- Pas du tout ! J'ai toujours voulu travailler de mes mains.

Je ne m'engagerais pas pour le reste de ma vie. Je peux essayer, je verrai. J'ai le goût de changer. Il me semble que ça me reposerait.

- Après tout, tu as peut-être raison, reprit Lyne. C'est vrai qu'un travail manuel te reposerait. Ça te donnerait le temps de te trouver un emploi que tu aimes. Mais au moins, organise-toi pour être avec moi cet été.

- Oui! Oui! Promis. Je n'avais pas envisagé un changement de carrière. Je ne sais pas du tout ce que j'aimerais faire. Je n'ai pas eu le temps de songer à cela. Je vais leur téléphoner aux trois madames pour voir si elles ont trouvé quelqu'un pour remplacer Roméo.

- Va les voir. Quand elles te verront, elles ne pourront pas te refuser.

- C'est une bonne idée, reprit Félix, bien décidé.

Fernande, Blanche et Béatrice Robitaille habitaient sur la rue Frontenac, près de la rue Ontario. Elles étaient nées là. Toute leur vie, elles avaient été coiffeuses. Elles l'étaient encore. Seulement pour se coiffer l'une l'autre cependant. Toutes les semaines, chacune se faisait laver les cheveux, les faisant friser et teindre s'il le fallait. Dans le même salon qui avait servi à leur mère avant elles. Dans le quartier, tout le monde connaissait les soeurs Robitaille. Des femmes réservées, coquettes, célibataires, et d'affaires. Depuis longtemps elles plaçaient leur argent dans des immeubles d'habitation. Pas de dépenses folles. Il n'y a pas de meilleurs placements que cela, disaient-elles. Pour nos vieux jours. L'une avait quand même quatre-vingts, Fernande. Très alerte encore. On lui en donnait à peine soixante-dix. Blanche, la plus coquette des trois, et la plus réservée aussi, avait soixante-douze. Et Béatrice commençait tout juste à retirer sa pension de vieillesse. C'est elle qui gérait l'entretien des immeubles et de qui le vieux Roméo prenait ses ordres. Blanche tenait la comptabilité et signait les chèques. Et Fernande s'occupait des relations publiques, répondant à la porte et au téléphone et faisant les commissions. Ce que Fernande accomplissait aussi avec grand soin, c'était de sélectionner un nouveau restaurant toutes les semaines. Chaque dimanche soir, les trois soeurs Robitaille allaient manger à l'extérieur, fraîchement coiffées, vêtues comme des reines.

C'était leur seule sortie de la semaine.

Félix frappa donc à leur porte. Un triplex de pierre grise avec des auvents de mauvais goût en fibre de verre jaune sale. Après un bon moment, il vit un oeil apparaître entre deux lattes de store espacées par deux doigts crochus. Comme l'oeil persistait Félix se détourna. Puis il entendit le bruit de deux ou trois serrures qu'on débarre. Et la porte enfin s'ouvrit.

- C'est à quel sujet, lui demanda Fernande, une main sur la hanche, l'autre sur la porte à moitié ouverte.

- Simone, la femme de Roméo, votre homme engagé, m'a donné votre adresse.

- À quel sujet, répéta-t-elle sur le même ton.

- Mon père est le cousin germain de Roméo. Vous l'avez rencontré aux funérailles.

- Ah! Oui, oui, oui! Entrez, monsieur.

Elle se retourna et cria :

- Béatrice! Blanche! On a de la visite.

Puis à Félix :

- Venez vous asseoir.

Elle le fit passer au salon. Mais pas le salon comme on l'entend d'habitude. Au salon de coiffure. Il se vit offrir une grosse chaise en cuir à bascule. Fernande prit l'autre. Quand sa soeur Blanche arriva, elle lui laissa sa place et se planta debout devant Félix. Il n'avait pas eu le temps de dire un mot.

- Ah, comme ça, c'est votre papa et votre maman qu'on a vus aux funérailles de Roméo, commença Fernande. Du monde ben d'adon. Hein, Blanche? Votre nom à vous, c'est quoi?

- Moi, c'est Félix. Félix Thivierge.

- Thivierge! Ça me revient, continua-t-elle. Elle, c'est ma soeur Fernande.

- Enchantée, dit-elle.

- Ah Roméo! continua Fernande, on s'était habituées à lui. Ça faisait presque vingt ans qu'il travaillait pour nous autres. Il va nous manquer.

- C'est justement pour cette raison que je viens vous voir.

Béatrice apparut à son tour dans le cadre de la porte.

- Elle, c'est mon autre soeur, Béatrice.

- Bonjour Monsieur, dit-elle.

Félix se leva, lui serra la main, et celle aussi de Blanche. Puis il se tint debout derrière la chaise de coiffure, les bras appuyés sur le dossier. Il se sentait envahi. Ou plutôt entouré. Car elles semblaient intéressées à sa personne. Faut croire qu'à part Roméo il n'y avait pas beaucoup d'hommes qui entraient là.

- J'aimerais savoir, hasarda Félix, si vous avez trouvé quelqu'un pour remplacer Roméo.

- Non! répondirent-elles en choeur.

- Depuis quelques jours, continua Béatrice, on cherche dans le journal. Mais ça nous coûte d'engager quelqu'un qu'on ne connaît pas.

- Moi, est-ce que je ferais votre bonheur?

- Vous voulez dire comme menuisier? demanda Béatrice, surprise.

- Vous savez faire ça vous? Vous avez plus l'air d'un professeur... ou... je sais pas moi, d'un dentiste, que d'un homme à tout faire.

- Justement reprit aussitôt Félix, j'ai tout fait dans ma vie. J'ai été professeur, animateur, potier, réparateur Maytag, plombier, chauffeur de poids lourd, chauffeur de fournaise, bûcheron, laveur de vitres, fossoyeur et même curé.

- Y est drôle en plus! dit Blanche qui n'avait pas encore prononcé un mot.

- C'est pas vrai? Vous n'avez pas tout fait ça? demanda Fernande, très surprise.

- Non! Non! C'est des farces.

Il se demanda s'il leur dirait tout de suite qu'il avait été curé. Comme il crut que ça augmenterait ses chances, il dit :

- J'ai été curé, ça c'est vrai.

- Hein! reprirent-elles à nouveau en choeur.

Blanche semblait la plus intéressée à en savoir plus.

- Un vrai curé de paroisse, là? Avec la grande tunique blanche, le dimanche, et tout le kit. Ça devait bien vous aller à vous. Ouaouw! Hein, les filles?

- Et depuis quand vous ne l'êtes plus?

- Quinze jours!

- Hein! clamèrent-elles, en choeur à nouveau.

Félix voyait bien qu'il avait joué la bonne carte.

- C'est pas parce que j'ai été curé que je ne sais rien faire de mes dix doigts. J'ai toujours été bricoleur. Je sais faire n'importe quoi.

Il était allé un peu loin. Mais bon! Béatrice, la gérante des travaux, prit aussitôt la parole :

- On a besoin de vous tout de suite. Monsieur... Votre nom déjà?

- Félix.

- On a un trois et demi à remettre à neuf le plus tôt possible. On l'a loué à une Française qui fait un stage par ici. Une très jolie Française à part ça. Vous ferez attention à vous. Elle prendra possession du logis aussitôt qu'il sera prêt. Du lavage, des réparations de plâtre, de la peinture, et une serrure supplémentaire à poser. Ça vous va?

- Vous m'engagez tout de suite? fit-il tout heureux.

Sans s'être consultées, elles répondirent ensemble comme trois petites filles de la maternelle :

- Tout de suite!

Mais pourrait-il prendre deux mois de vacances cet été? C'était beaucoup pour deux à trois semaines de travail!

- Il y a un petit problème, répliqua-t-il. Au mois de juillet, et une partie du mois d'août, j'aimerais prendre des vacances avec ma blonde.

- Pas de problème! On va s'arranger.

On voyait bien que Béatrice avait pris les choses en main.

Deux jours plus tard, Félix s'amena avec tout l'équipement qu'il avait pu trouver dans le hangar et la cave chez Lyne, plus le coffre d'outils de son père. Il frappa à nouveau à la porte du premier étage du triplex en pierre grise. Même scénario. L'oeil à travers le store. Le bruit des trois serrures. Et Fernande une main sur la hanche, l'autre appuyée sur la porte, grande ouverte cette fois.

- Bonjour, Monsieur Thivierge.

Félix ne se souvenait pas s'être fait appeler monsieur

Thivierge une seule fois dans sa vie. Au début de sa prêtrise, on l'appelait père Thivierge. Puis ce fut Félix presque tout le temps.

- Vous allez me gêner, vous là. Appelez-moi Félix, je vous en prie.

- Passez à la cuisine. Vous prendriez bien un bon café.

- Et mon travail?

- Après.

À la cuisine, Béatrice déposait des muffins sur la table et versait du café dans une grosse tasse. Un couvert avait été mis exprès pour lui.

- J'ai déjeuné, moi, là.

- Un petit café ne vous fera pas de tort.

Il y avait un bon moment que Félix avait mangé. Le temps de se rendre à Montréal et de traverser le pont Jacques-Cartier à l'heure de pointe.

- Je veux bien.

Blanche sortit de la chambre de bain, salua monsieur Thivierge, et vint s'asseoir en face de lui, à la table. Béatrice y était déjà avec Fernande. Félix était intimidé. Mais pas assez pour ne pas prendre un muffin. Fernande lui dit :

- Dire qu'il y a quinze jours vous étiez encore curé. C'est pas croyable. On en a parlé, mes soeurs et moi. On se demandait comment vous faites. On est habituées à voir les curés toucher des objets sacrés à l'église. Et puis là. Bang! Tout d'un coup, vous touchez plus à ça. Vous remplacez le calice par un marteau, l'hostie par du bois, le ciboire par... je sais pas moi, par une varlope. Ça doit vous faire bizarre. Vous trouvez pas ?

- Je vous avoue que je ne me suis pas posé cette question-là.

- On vous regarde les mains... continua Fernande. On ne dirait pas qu'elles sont faites pour un marteau.

- Voyons donc, vous autres! Je ne suis pas né avec un ciboire dans les mains.

- Ben, pour nous, ajouta Fernande, les prêtres sont là pour le sacré. Pour nous rappeler qu'il n'y a pas juste ce qu'on touche et ce qu'on voit, mais qu'il y a quelque chose, en dessous, derrière, de l'autre bord, dedans, je sais pas moi. Ils sont là pour nous rappeler que Dieu existe. Et pour nous aider à y croire. Un point c'est toutte. Je vous dis qu'il y a des curés des fois... je veux pas parler en mal contre eux autres... mais ils nous font pas penser à Dieu pantoute.

Fernande passait son temps dans les revues de toutes sortes : de décoration, d'actualité... Elle était même abonnée depuis longtemps à la revue des Jésuites, *Relations*. Quand ses soeurs n'occupaient pas le salon de coiffure, elle y demeurait toute la journée à lire ou à regarder des émissions instructives à la télévision. Blanche, la coquette, était la seule qui avait eu un *chum* dans sa vie. Il lui arrivait de passer des heures à faire sa toilette après le déjeuner. Et habituée à s'occuper de la comptabilité du salon de coiffure, elle aimait jouer avec les chiffres. La longue facture de la commande d'épicerie, elle la vérifiait, article par article. Et toutes les dépenses de chacune de la maisonnée, elle les entrait scrupuleusement dans son grand livre bleu. Béatrice semblait être la femme active de la maison. Elle n'avait surtout pas le temps de lire. Elle bougeait tout le temps. Changeait les meubles de place. S'activait au ménage, au lavage. Pour les repas, c'était simple. Fernande s'employait à faire cuire les muffins pour le déjeuner. Béatrice, le dîner. Et Blanche, le souper. Sauf le jeudi, jour d'épicerie, où Béatrice s'absentait pour la journée.

- Tout ça, c'est pour vous dire, enchaîna Fernande, que ça nous fait drôle de vous voir vous occuper de nos affaires. Faire les grands ménages, peinturer, et tout et tout. On va s'habituer, je crois bien. C'est pas qu'on n'est pas contentes de vous avoir. C'était justement d'un homme de confiance dont on avait besoin.

- Si on ne peut plus avoir confiance dans les curés, dit Béatrice.

- Bon! fit Félix. Faudrait bien que je pense à abattre un peu d'ouvrage.

- C'est sur la rue Rouen, reprit-elle, le 2010. Au troisième étage. Pour le lavage des murs, la peinture et le plâtrage, on a tout ce qu'il faut dans la cave, ici. Roméo tenait son petit coin propre et bien rangé. Venez voir.

Fernande lui lança :

- On va être portées à vous comparer à Roméo. Ne vous en faites pas!

Et elle dit à Béatrice :

- Quelle sorte de finition tu choisis pour le trois et demi? Pas encore de la peinture semi-lustrée ? Toi, et ton maudit semi-lustré. Aujourd'hui c'est du fini perle qu'ils mettent partout. Ou du satiné. Je l'ai lu dans mes revues. T'es vieux jeu avec ton semi-lustré.

- Voyons donc toi! Du semi-lustré, c'est bien plus lavable.

- Du perle, c'est juste un cran plus mat et c'est toutte. Bon! Bon! Fais comme tu veux, c'est toi la patronne.

- Je vais écouler le vieux stock de semi-lustré. La prochaine fois on verra. Venez, Félix!

Dans la cave, Béatrice lui fit visiter le coin de l'homme engagé. On se serait cru dans un petit magasin général. Il y avait de tout. Du solvant à peinture à la solution à décaper, du savon doux au détergent le plus puissant, tous les aérosols possibles, à partir de la sous-couche pour le métal jusqu'au lubrifiant et au silicone liquide pour le glissement des tiroirs. Les pinceaux de différentes grosseurs étaient alignés par ordre de grandeur sur des clous. Des bacs à peinture. Il y en avait bien cinq ou six étalés comme des photos de famille sur un mur de salon. Tout le matériel de plâtrage, lui, se trouvait à part. Du plâtre de Paris, assurément, du bouche-pores au latex et à l'huile, du ciment à joints, des ciments pour le béton, du mortier. Et les truelles? Des petits bijoux de truelles : pour le mortier, pour tirer les joints de plâtre, de brique, pour les petites, les moyennes et les grandes fissures. Une vraie quincaillerie. Et la peinture? Elle occupait la moitié de cette grande pièce. Des cinq gallons, des gallons, des litres, des demi-litres, des quarts de litre. Du blanc semi-lustré, il en restait encore, et pour longtemps. Faut croire que Béatrice avait profité d'une vente. Félix remarqua finalement que les chiffons étaient tous pliés au bout de l'établi comme les serviettes dans une armoire de chambre de bain. Il en fallait du stock pour entretenir les six immeubles à logements que possédaient les soeurs Robitaille. Quarante logis en tout. Roméo passait la majeure partie de son temps à travailler pour elles.

Félix se sentit tout de suite chez lui dans cet environnement. Béatrice lui dit :

- Ça, c'est votre domaine.

- Je vais essayer de le conserver propre et ordonné. De nature, je ne suis pas très porté sur l'ordre.

- Faudra que vous le soyez, reprit Béatrice d'une manière

un peu plus autoritaire, parce que nous on ne tolère pas le désordre.

Félix avait bien peinturé quelquefois dans sa vie. Là, on le payait pour le faire. Huit piastres de l'heure, pour commencer. Une grosse différence avec les deux dollars et demi qu'il gagnait au moulin à scie des Lots-Renversés alors qu'il était curé-ouvrier. Il était bien conscient que les soeurs Robitaille lui payaient une formation d'homme à tout faire. C'est sûr que pour certaines tâches il se sentirait en terrain totalement inconnu. Il était confiant. Déterminé à ne reculer devant rien, il proclama bien haut devant ses patronnes qu'il était habile en tout.

C'est donc équipé de toute sa bonne volonté qu'il entreprit de remettre à neuf le logement de la rue Rouen. Un appartement meublé. Le prélart de la cuisine était à peu près correct. Les couvertures de vinyle des chaises légèrement écorchées, mais les armoires et les comptoirs, c'était du neuf. Dans le salon, le divan et les fauteuils, d'un brun tout ce qu'il y a de plus Légaré, étaient restés propres. Et par la belle grande fenêtre qui touchait presque le plafond, plombait le soleil chaud du mois de juin. Félix l'ouvrit grande. Il faisait encore plus chaud dehors qu'en dedans.

Le téléphone sonna. Un téléphone cellulaire que Béatrice avait acheté à Roméo. Ça venait tout juste de sortir sur le marché. Même si ce truc coûtait assez cher, elle s'était décidée à se le procurer, pour les fois où elle devait absolument rejoindre son homme engagé. Félix en avait hérité. Elle lui annonçait que la jolie Française devait y laisser ses malles au cours de l'après-midi.

Félix aimait bien peinturer. Mais laver des murs et des plafonds, il avait rarement fait cela dans sa vie, s'étant toujours organisé pour le laisser à d'autres. Pourtant sa patronne avait bien exigé qu'il lave avant d'étendre la couche de peinture. Il s'y soumit, se rappelant que son vieil oncle, qui était peintre en bâtiments, soutenait que le lavage valait une couche de fond. D'ailleurs, Béatrice ne lui avait donné que de la peinture de finition. Armé de patience, d'un seau, d'eau, de savon et de chiffons, il attaqua son premier *job* d'ex-curé. Au milieu de l'après-midi, il avait fini. Ça sentait le propre. Il était fier. D'autant plus qu'il voulait finir le lavage avant que la locataire ne passe. Elle serait contente de voir son logement propre. Fidèle à lui-même, Félix avait une autre occasion de contenter quelqu'un et de s'attirer son estime.

Aussitôt qu'il eut remisé son matériel, on frappa. Félix vint ouvrir.

- Bonjour Monsieur, dit une jolie et jeune dame, madame Robitaille m'a dit que je pourrais déposer mes malles ici aujourd'hui sans inconvénient.

- Pour une Française, elle n'a pas beaucoup d'accent, pensa Félix. Peut-être vient-elle d'une région de la France où ils ont le même accent que nous. Et puis elle n'est pas si belle que cela. Mais elle a un petit quelque chose...

- Elle m'a dit aussi que vous pourriez m'aider. Un taxi a amené mes deux grosses malles. Les autres valises, je les apporterai quand j'aménagerai.

- Je vais vous aider avec plaisir.

- Je vous attends en bas.

- Je descends avec vous, ajouta Félix. De quelle région de la France venez-vous?

- Je suis de Rennes en Bretagne.

- Vous avez le même accent que nous, là-bas?

Félix venait de prononcer « là-bas » à la française.

- Pas du tout, Monsieur. C'est que, voyez-vous, je suis au Québec depuis deux ans.

- C'est long votre stage.

- Je ne suis pas en stage. C'est un échange de services entre les P.T.T. français et Postes Canada.

Comment se faisait-il qu'elle ait pris l'accent québécois en si peu de temps, alors qu'habituellement les Français gardent leur accent très prononcé même après cinquante ans de vie au Québec?

Ce fut toute une aventure que de monter ces deux malles. À chaque palier, ils durent s'arrêter. Elle refaisait le plein d'énergie. Félix ne s'en plaignait pas, il se trouvait bien en sa compagnie. Très bien même. En haut, il lui dit :

- Est-ce que vous voulez vous asseoir un peu? Prendre un verre d'eau? Vous avez eu chaud, hein?

- Non merci, dit-elle avec hésitation.

Puis elle ajouta vivement :

- Il n'y a sans doute pas de téléphone ici...

Il répondit :

- Si! Si! Un cellulaire. Un nouveau truc sur le marché.

- J'ai renvoyé mon taxi. Je voudrais en appeler un autre.

Félix ne savait trop que faire. La regarder téléphoner. Préparer son composé de plâtre. Se tourner vers la fenêtre. Il avait chaud. Il ne restait pas en place. Finalement il se tint debout dans la fenêtre, fixant l'immeuble d'en face. Soudain il l'entendit lui dire : « Encore une fois, merci Monsieur » avant de disparaître.

Félix avait prononcé plusieurs mots à la française. Pourquoi s'était-il comporté ainsi avec elle ? Drôle de phénomène! Pourquoi? Pour se mettre à son niveau? Pour s'approcher d'elle? C'était inconscient tout cela. Mais ce dont il fut bien conscient c'est que la belle-Française-pas-si-belle-que-cela lui avait fait de l'effet. Beaucoup d'effet même. En forçant après ses grosses malles ils avaient beaucoup ri. Ils étaient devenus vite proches l'un de l'autre. Comme ça se produit parfois. Cette femme simple qui très curieusement semblait prendre du plaisir à parler québécois sans aucune moquerie. Félix ressentait cela comme une espèce de flirt. Cette étrangère que Félix sentit vite copine. Et lui qui n'avait aucun mal à devenir vite copain! Mais devenir copain copine en si peu de temps, il n'avait jamais vécu cela. De plus elle était vêtue d'une robe d'été, courte, qui laissait facilement deviner son corps. Elle aurait eu un manteau d'hiver que ça lui aurait fait le même effet. Elle avait provoqué chez lui le désir d'être proche. Proche, proche! En riant ensemble, un moment ils s'étaient même touchés. Il l'avait désirée. Toutes les fois qu'elle s'était assise sur la malle, à chaque palier, il avait eu du mal à ne pas arrêter son regard sur ses cuisses. Entre ses cuisses. Elle avait eu chaud. Les avait-elle écartées légèrement pour laisser circuler l'air? Ou avait-elle fait exprès? Ouf ! Était-ce tout simplement sa façon de se comporter? La manière française? Ou bien si elle l'avait désiré, lui, le menuisier de service? Il n'avait pas inventé cela. Il en était sûr, elle avait émis des ondes elle aussi. Ouf! Mais comment se faisait-il qu'une fois rendue en haut elle n'ait plus eu le même comportement? Qu'elle soit disparue subitement? Il avait beau vouloir se distraire et brasser sa peinture, la chimie avait opéré. Il avait déjà vu au cinéma un homme et une femme se rencontrer dans un parc, se dire quelques mots à peine, et être tellement attirés l'un par l'autre qu'ils avaient fait l'amour tout de suite, là, dans l'herbe. À lui, ce n'était jamais arrivé qu'il ressente une telle attirance physique pour une femme. S'était-il protégé de ces pulsions derrière sa prêtrise ? Et maintenant ? Son amour fou de Lyne ne lui suffisait-il pas ? Il avait honte.

Fallait quand même qu'il travaille. Il s'apprêtait à boucher tous les petits trous dans les murs laissés par les anciens locataires. La porte s'ouvrit. Il pensa tout de suite, l'espace d'un éclair, que la Française était revenue. Un gros boum dans son ventre. Il se retourna. C'était Lyne.

- Qu'est-ce que tu fais ici, toi? dit-il avec l'air d'un homme pris en défaut.

- Tu n'as pas l'air content. Comme j'ai fini de bonne heure, j'avais le goût de te voir à l'oeuvre. Ce sont les demoiselles Robitaille qui m'ont donné l'adresse.

Félix vint vers elle et l'embrassa. Il allait lui demander des nouvelles de sa journée, lui conter son aventure. Non. Il maintint ses lèvres sur les siennes, les remua pour l'exciter. Elle en fit autant. Le corps de Félix n'avait pas perdu l'appétit qui s'était aiguisé peu de temps auparavant. Une autre femme l'avait excité. Il avait une longueur d'avance sur Lyne. Il la désirait là, tout de suite, sur-le-champ. Tout à coup, il s'arrêta. S'écarta et dit :

- Il faut que je te dise quelque chose.

Et dans la grande fenêtre lumineuse, debout devant elle, il lui conta ce qui venait tout juste de lui arriver. Lyne écoutait sérieusement au début, puis esquissa un petit sourire. Félix n'en revenait pas. Alors qu'il lui avait fallu prendre son courage à deux mains pour exprimer ce qu'il venait de vivre, elle semblait prendre cela à la légère.

- Ben voyons donc, Félix! Tu es un gars tout à fait normal. Ça ne t'était jamais arrivé auparavant?

Elle s'approcha de lui, caressa sa joue du revers de la main :

- Tu sais, je t'aime encore mieux sans barbe.

Puis, fronçant les sourcils, elle continua :

- Mon cher pit ! Tu as l'air bouleversé. Ne t'en fais pas pour cela.

- Ce qui me bouleverse surtout, c'est que j'allais faire l'amour avec toi alors que c'est d'elle que j'avais envie il y a quelques minutes.

- Mon pauvre chéri…

Elle allait se moquer de lui. Mais se ressaisit. Et respecta sa manière de penser. Sinon, elle lui aurait dit : « Si tu savais, mon chéri, combien de fois j'ai fait l'amour avec toi dans ma douche ou dans mon lit, alors que tu n'étais même pas présent… » Elle avait pris soudainement conscience de la délicatesse de Félix envers elle. Elle dit :

- Excuse-moi, Félix ! Je ne me rendais pas compte…

- C'est comme si je t'avais trompée…

Elle caressa à nouveau sa joue et dit :

Mais il ne s'est rien passé entre elle et toi. Ton corps t'a joué un tour, c'est tout.

- Et là, j'allais… Mais c'est de la fausse représentation. C'est du mensonge.

Lyne prit les deux mains de Félix dans les siennes, et dit :

- Tu es un amour de curé. Je t'aime dans toute ta candeur.

Encore piteux, Félix se laissa prendre par Lyne. Après une peur… on aime se faire bercer. Dans ses bras, il oublia vite ses scrupules. Et dans la grande fenêtre lumineuse du trois et demi de la rue Rouen, Lyne détacha lentement la ceinture de Félix. Et reprenant là où ils s'étaient arrêtés, ils s'embrassèrent à nouveau. Lorsque Félix glissa ses mains sous sa jupe…

- Tu n'as pas de petite culotte ? fit-il tout surpris. Tu es allée enseigner comme cela ?

- Non… répondit-elle. Je l'ai enlevée avant de partir de l'école.

- Ah ! Ma v'limeuse !

Et, alors que Félix gagnait huit piastres de l'heure, ils firent l'amour sur le divan brun Légaré, devant la grande fenêtre lumineuse du trois et demi de la rue Rouen.

CHAPITRE V

Le lundi suivant, Félix avait terminé de peindre l'appartement et de le mettre en ordre. Ne restait que la serrure supplémentaire à poser. La locataire avait pris possession du logis la veille. Comme les autres matins, Fernande débita par deux fois son petit mot gentil à Félix lorsqu'il franchit la porte : « Vous avez bien dormi? Vous avez bien dormi? Le café est prêt, il vous attend. Le café est prêt, il vous attend. »

Puis elle se réfugia dans le salon de coiffure pendant que Félix passait à la cuisine prendre ses ordres de Béatrice. Encore assise à la table avec sa soeur Blanche, sa patronne lui dit :

- On s'est levées tard. On a mangé comme des cochonnes au restaurant hier soir. Et en revenant on a regardé le film à la télé.

- Où êtes-vous allées manger?

- Au Petit Extra, pas loin d'ici, sur Ontario. De la nourriture française. On aime ça aller là. Y a plein d'artistes de Radio-Canada. On a vu Bernard Derome. Savez-vous! Y est plus beau en réalité qu'à la télé. Vous ne prenez pas de muffin?

- Je ne boirai pas de café, non plus. Il fait trop chaud.

- Un verre de jus?

- Non! Merci! J'ai pris un bon déjeuner, ce matin. J'avais de la visite à la maison. Un grand ami que je n'avais pas vu depuis un an. On va manger ensemble au restaurant ce midi. Il était curé, lui aussi.

Oups! Félix venait de dire une phrase de trop. Blanche en profita.

- Il a jumpé pour une femme, lui aussi?

- Non! Pour un homme!

- Ah! Oui?

- Non! C'est des farces!

- Ça aurait bien pu. De nos jours! Y en a des couples d'hommes dans nos loyers. Hein! Béatrice?

- Il y a quelques années, dit cette dernière, ils habitaient plus à l'ouest. Fabre, Papineau, Visitation. Dans ce coin-là. Aujourd'hui, ils s'étendent par icitte.

- Rien que de penser que deux hommes font l'amour ensemble, reprit Blanche, mon lumbago me r'pogne. Qu'est-ce que vous pensez de ça, vous, Félix?

- Moi, ça ne me dérange pas, fit Béatrice. Ceux à qui j'ai loué, ils avaient l'air ben correct.

- J'ai des amis homosexuels, commença Félix. Ils ne l'ont pas toujours été. C'est-à-dire qu'ils ne le savaient pas avant l'âge de trente ou quarante ans. Ça ne s'est pas déclaré tout d'un coup. Il y en a un qui a même suivi une thérapie avec un psychiatre. Lui, il voulait redevenir hétéro. Il n'a jamais pu. Tant qu'il n'a pas eu accepté d'être un homo, il n'a pas été bien dans sa peau. Depuis que le monde est monde, il y en a des homosexuels. Chez les animaux, il semble que c'est fréquent aussi.

- Justement ! dit aussitôt Blanche. On n'est pas des animaux. Y a plus de morale!

- La société est plus permissive, ajouta Félix. C'est vrai.

- Ben, moé, je vais vous dire, enchaîna Fernande qui venait d'apparaître dans la porte de la cuisine. Aujourd'hui, c'est la guerre entre les hommes et les femmes, c'est évident. Les femmes avaient le dessous depuis que le monde est monde. Et là, parce qu'elles se réveillent, ben des hommes n'en veulent plus de femmes, c'est trop bâdrant ! Et les femmes, je les comprends. Un gros macho, je pourrais pas endurer ça, moi non plus. Même pas un petit macho. Ça fait que... il ne leur reste plus grand choix. Ça peut pas faire autrement. Si un jour ils viennent qu'à s'entendre mieux, ça va changer. C'est vrai! Les féministes aujourd'hui, parce qu'elles veulent prendre du pouvoir, elles font peur à ben des hommes. Ça fait que... ils se matchent ensemble chacun de leur bord. Je le vois dans mes revues. C'est rendu ben compliqué la relation de couple. Dix conditions pour réussir son couple, que je lisais l'autre jour. Heille! c'est rendu un job à temps plein. Y en a qui se tannent et qui choisissent le plus facile. C'est vrai! C'est moins compliqué de vivre deux gars ensemble. Deux femmes ensemble. Si en plus, comme vous dites, la société est plus permissive et que la morale leur défend pas de faire l'amour...

- Ouach! fit Blanche.

- Je suis allée à une conférence de Jean Vanier, l'autre jour, continua Fernande. Vous le connaissez, Félix? Il racontait qu'il était allé rendre visite à des prisonniers, et que passant devant une cellule il vit deux hommes en train de faire l'amour. Tout le monde dans la salle retenait son souffle. On se demandait bien ce qu'il allait en dire. Crois-le ou non, Blanche, il dit qu'il avait été touché par la tendresse de ces deux hommes. Il a trouvé cela beau. Depuis ce temps-là, j'ai changé d'avis sur eux autres. En plus, pour moé, c'est une mode! Une mode comme une autre. Dans cent ans, si les hommes et les femmes se raccordent, y en aura beaucoup moins. Vous allez voir. Je dis cent ans. Ce sera peut-être plus. Les femmes en ont gros à rattraper. Et ça va prendre du temps avant que les hommes comprennent ça. Ils ne lâcheront pas le morceau facilement.

- J'aime ben mieux pas voir ça, fit Blanche. J'en vois ben assez de même.

- Ça a du bon sens ce que vous dites, Fernande, dit Félix en regardant l'heure. Bon! Où est-ce que je vais après avoir installé la serrure de la jolie Française. Elle n'est pas si jolie que cela, vous savez.

- Vous trouvez? reprit Blanche. Moi, si j'étais un homme, ça me ferait de l'effet sur le thermostat, je vous le jure.

- Vous êtes drôle, vous Blanche, dit Félix. Vous qui dites pas un mot d'habitude. Quand il est question de sexe, vous n'êtes plus arrêtable.

- C'est parce qu'elle a eu un chum pendant des années, dit Fernande. Il ne voulait pas la marier. Elle s'est tannée. Elle est en appétit plus que nous autres.

- Voyons donc! Toé! fit Blanche.

- Faudrait aller poser une autre serrure à la locataire du deuxième sur Des Érables en haut de Sherbrooke, dit Béatrice. C'est urgent. Le reste, ça peut attendre au mois d'août. S'il y a des urgences, on se débrouillera bien. C'est le seul bloc qu'on possède au nord de Sherbrooke. Les immeubles sont beaucoup plus chers par là.

- Même en bas de Sherbrooke, fit Blanche, les blocs ne sont plus achetables.

- Je vous souhaite une belle journée chaude, fit Félix en se levant.

Depuis quelques jours, on était en pleine canicule. Et à Montréal, la canicule, c'est collant. Pas de vent qui vient du large. Juste des briques et de l'asphalte qui emmagasinent la chaleur humide et la distribuent à qui mieux mieux jusque tard dans la nuit. Sur la rue Rouen, il faisait chaud, comme ailleurs. Quand Félix entra chez la locataire pour poser la serrure, elle déballait ses malles, en bikini.

Félix déposa ses outils et s'apprêta à percer des trous dans la porte, pour fixer la serrure.

- Ça ne vous gêne pas que je reste habillée ainsi, lui dit-elle. Il fait tellement chaud à Montréal. La première chose que j'ai faite en arrivant, ce fut de me mettre à l'aise.

- Non! Non! Vous êtes bien correcte de même, dit-il en souriant.

En effet, elle était ben correcte de même! On aurait dit que ce lundi matin elle ne lui faisait pas le même effet sur le thermostat. Pas assez subtile peut-être! Il s'empressa néanmoins de fixer l'une ou l'autre des pièces de la serrure. Il ne voulait pas flâner là dans ces conditions. La Française (il avait oublié son nom) se penchait et se repenchait juste dans son champ de vision, pour prendre ses choses au fond des malles. Ce matin, elle ne parlait pas. Chacun à son affaire. Poser une serrure de porte c'est simple. Mais faut pas être distrait. Quand on fixe ensemble les deux pièces finales et qu'on assemble les deux petites tiges dans le trou du mécanisme du pêne, faut absolument que le pêne soit en extension. Et allez donc savoir pourquoi, Félix oublia de le mettre dans la bonne position. Quand les dernières vis furent installées, il serra vitement ses outils. Puis, histoire de vérifier si le tout fonctionnait, il mit la clé à la serrure. Le pêne obéissait bien de l'extérieur, mais pas de l'intérieur. Félix se reprit. Même chose. Au mois de juillet, en pleine canicule à Montréal, ville humide et collante s'il en est une, alors que tu voudrais en finir le plus vite possible avec ta serrure, que tu t'es juré que tu ne te laisserais pas distraire, qu'une femme pavane impunément son joli petit cul devant toi depuis une heure, et que la serrure que tu croyais bien posée te contrarie, n'obéit pas comme tu veux et te rend ridicule, t'as chaud!

- Y a quéque chose qui ne va pas? lui dit-elle dans un parfait québécois, en passant devant lui, une pile de livres dans les mains.

- Non! tout va très bien, lui répondit-il sèchement sans la regarder.

Félix était devenu impatient et agressif. L'objet de son impatience c'était la serrure bien sûr, mais il mettait la faute sur elle. C'est elle qui l'avait distrait. C'était à cause d'elle si la serrure ne fonctionnait pas bien. Il avait de plus en plus chaud. Il regarda l'heure. Il restait une heure avant son rendez-vous avec Constant.

- Est-ce que je peux avoir un verre d'eau, s'il vous plaît? demanda-t-il.

- Avec plaisir, monsieur! Un petit moment! Je vais la laisser couler un peu. Elle sera plus froide.

Il s'était avancé.

- Tous vos livres se trouvaient dans ces deux malles-là? Elles pouvaient bien être pesantes.

- Voilà, Monsieur!

Et elle retourna à sa besogne. Comment se faisait-il que la semaine précédente elle se soit montrée si copine, et aujourd'hui distante? Ce verre d'eau remit de l'ordre dans les pensées de Félix. Il se souvint qu'il n'avait pas placé le pêne dans la bonne position au point de départ. En un rien de temps, il démonta les pièces, les remonta et inséra la clé pour vérifier le bon fonctionnement. Le tout marchait à merveille. Il salua la dame, prit ses outils et sortit.

Finalement, il n'avait pas trouvé désagréable de ressentir ce que vivent les mâles au printemps. Éprouver sa puissance, sa valeur, son charme et son pouvoir tous ensemble reconnus et en voie d'être testés…

Il avait hâte de retrouver son ami Constant. Une année s'était écoulée depuis que ce dernier eût quitté Lejeune, un village voisin de Saint-Juste. Il avait dormi à la maison. Et au déjeuner, les deux ex-curés n'avaient pas eu le temps de se raconter leur vie en détail.

Félix l'amena dans un restaurant où il y avait des banquettes. Pour être plus tranquilles. Comment veux-tu parler à l'aise quand tu es assis et que d'autres personnes trônent là, à une petite table juste à côté, comme si tu les avais invitées à la tienne.

- Que c'est bon de se revoir! dit Félix. Je me souviendrai toujours du dernier repas que nous avons pris ensemble dans ton presbytère, où tu m'avais servi du chevreuil. Tu te souviens?

- Non!

- Ben! Voyons! Tu ne te souviens pas? C'est la fois où tu m'avais traité d'innocent parce que j'avais fait l'amour avec Lyne dans un petit bois au bord du lac... Et comme ça, tu n'es plus avec Julie.

- C'est récent. Depuis quinze jours seulement.

- Ça n'allait plus?

- Tu sais, elle me manque... Je crois bien avoir pris la bonne décision. On n'était pas faits pour aller ensemble. Julie était jeune. Elle venait de finir sa scolarité de doctorat et commençait la rédaction de sa thèse. Un an. Nous sommes restés juste un an ensemble. Je ne conseillerai à personne de commencer une relation avec quelqu'un qui est train de rédiger une thèse. Des plans pour virer fous tous les deux. D'abord, on ne se voyait pas. Elle travaillait le soir et la nuit. Elle disait qu'elle pouvait davantage se concentrer. Souvent elle travaillait à sa thèse les fins de semaine. Le pire ce n'était pas l'emploi de son temps. J'aurais pu m'y faire. Je me disais : y a un boutte à toutte. Mais les humeurs! Mon Dieu! Ses humeurs! Ça, je ne pouvais pas m'y faire. Elle m'engueulait pour un rien.

Le serveur vint apporter le menu et deux verres d'eau.

- Je comprends un peu ce que tu veux dire. J'ai déjà cohabité avec un gars qui rédigeait sa thèse de doctorat. Mais lui, il n'était pas de mauvaise humeur.

- La vie n'était pas plus drôle pour elle. Elle était bien consciente de ce qui nous arrivait. Mais elle voulait passer à travers. Il arrivait qu'on se fâchait. Elle me disait : « Constant, sois patient, sacrament! » Quand on faisait l'amour, fallait pas qu'il y ait de temps mort, je la voyais partir dans ses pensées. Sa maudite thèse! Au début je m'intéressais à son sujet. Les capacités d'apprentissage des trisomiques, c'est intéressant.

- Un doctorat en quoi?

- En éducation. C'est passionnant, un sujet comme celui-là. Mais ça n'a pas pris de temps que ses « mongols» je ne voulais plus en entendre parler. C'est vrai que je n'étais pas patient. Ce qui me tombait sur les nerfs surtout, c'était son entêtement à vouloir finir sa thèse en dix-huit mois. Rien ne pressait. On aurait pu s'arranger financièrement. Non! Fallait que ça se fasse. On s'est laissés, mais je l'aime encore. Il aurait suffi qu'elle dise qu'elle accepte de reporter la date d'échéance et de prendre davantage le temps de vivre. Faut dire que ce fut de ma faute aussi. Je m'étais fait une idée de la vie de couple. Tu sais comme j'étais actif et toujours prêt à rendre service quand j'étais curé. Pas une minute à moi. J'envisageais la vie à deux comme tout le contraire d'une vie débridée où tu ne prends pas le temps de vivre. J'aurais dû être capable de la comprendre : toute ma vie de curé j'avais été concentré sur mon travail. Enfin! C'est fait! C'est moi qui suis parti.

- Je ne comprends pas. Tu l'aimais encore et tu es parti .

- Quand elle n'était pas de mauvaise humeur et qu'on prenait le temps de vivre, tout allait bien. Mais ces moments-là étaient de plus en plus rares. Les belles images de notre vie de couple s'estompaient tranquillement. Quand elle filait un mauvais coton au début, j'essayais de comprendre. Je la dorlotais davantage. Mais vint un moment donné où je n'avais plus la même patience. Je la laissais faire et je fermais ma gueule. Là, je ne me reconnaissais plus. Dans ce temps-là, j'étais rendu que je la haïssais. Mais tu vois, maintenant elle me manque. Je m'ennuie.

Félix voyait bien que Constant éprouvait de la difficulté à supporter l'absence de Julie. Ils s'étaient quittés pour avoir la paix. Mais le coeur de Constant n'était pas en paix. Un homme bien intentionné et attentif comme lui devait se dire qu'il n'avait pas fait tout ce qu'il aurait dû pour protéger leur couple. Sa peine était bien visible. Félix mit sa main sur les deux mains croisées de Constant, serra légèrement et la retira en disant :

- Pauvre toi, tu es peiné que ça n'ait pas marché, vous deux.

- On avait les mêmes goûts pourtant, les mêmes idées sur l'éducation, on pratiquait les mêmes sports, mais il y avait sa maudite thèse.

- Quand elle aura fini sa thèse, tu pourras la relancer.

- Si tu avais assisté à notre séparation, tu ne dirais pas ça. Elle voyait bien elle aussi que ça ne marchait plus. Mais je pense qu'elle aurait pu tolérer cette situation encore un bout de temps. Moi, je n'en pouvais plus. On ne s'est pas laissés en bons termes. Elle était tellement en maudit le jour où j'ai quitté la maison qu'elle s'est arrangée pour ne pas être là.

- Elle t'aimait encore, elle, à ce que je vois, dit Félix.

- J'ai eu le goût de lui téléphoner plusieurs fois, mais je n'ai pas osé.

- Tu vois bien que ce n'est pas fini entre vous deux.

- J'aimerais bien te croire.

Le serveur revint.

- Est-ce que vous avez choisi?

- Non! Pas encore! fit Constant. Qu'est-ce que tu manges, toi?

- Je prends le pain de viande. J'en ai mangé la semaine passée. Il était bon. Comme tu peux le voir, ce n'est pas de la grande cuisine. Mais j'aime l'ambiance. La madame que tu vois au comptoir, c'est elle la propriétaire. Le serveur, c'est son garçon. C'est plutôt une cantine qu'un restaurant. Ce n'est pas ouvert le soir. Elle ferme à trois heures. Et ce n'est pas ouvert non plus les fins de semaine.

- O.K. Le pain de viande, moi aussi, dit Constant.

Après le moment de silence qui s'ensuivit, ce dernier reprit :

- Ce qui n'a pas aidé du tout notre relation, c'est qu'au début on n'a pas eu l'occasion de passer beaucoup de temps ensemble à ne rien faire. Juste vivre. Quand je suis arrivé chez elle à la mi-juillet, il ne lui restait que quinze jours de vacances avant de commencer la rédaction de sa thèse. Les deux semaines ont été vite passées. Et en septembre, je commençais à enseigner.

Le serveur se planta devant eux sans dire un mot, s'étant aperçu qu'ils avaient fait leur choix.

- Deux pains de viande! dit Félix.

- Si je comprends bien, dit Constant, tu prendras des vacances avec Lyne cet été. Profitez-en bien. C'est très précieux. Parle-moi de tes amours. De ton nouveau job.

Félix se demandait s'il ne lui parlerait pas de la Française. Il était tenté de lui faire part de sa pulsion. Il se ravisa. Peut-être ne s'agissait-il que de fantasmes machos ? Aussi, il aimait bien davantage lui parler de Lyne.

- Ah! Moi, je flotte! Ça me coûte de te raconter tout ce que je vis.

- Envoye! Ça va me redonner de l'espoir.

- Je te le dis, je flotte! On est toujours en train de faire l'amour. Je n'aurais jamais pensé qu'on pourrait avoir le goût à répétition de même. Mais le plus gros changement dans ma vie, ce n'est pas cela. Ce qui est nouveau… Comment je te dirais bien cela… C'est le bonheur que j'éprouve à être désiré. C'est sûr qu'avant je pouvais être valorisé par certaines personnes, mais pas comme en amour. Heille! Tu te sens exister, c'est pas compliqué.

- Voilà messieurs! dit le serveur en déposant les assiettes.

- Merci! dirent Félix et Constant.

- C'est rapide! ajouta Constant.

- Toi, reprit Félix, tu as dû vivre l'amour un peu de cette façon-là aussi, au début?

- Moi, elle me valorisait, c'est sûr. Elle venait à Lejeune aux fêtes champêtres. Et je sentais bien qu'elle me considérait autrement que les autres. Tout ce que je faisais l'intéressait. Moi aussi je l'admirais. Une fille brillante et attentive. Elle avait une façon d'entrer en contact avec les trisomiques qui m'épatait. Ils devaient avoir le sentiment d'exister en sa présence. Je l'aimais comme un fou. Quand on parlait d'éducation ensemble, on voulait transformer la planète entière. Avec elle, il n'y avait plus de temps, plus d'espace. Je me demande encore comment ça se fait qu'on en est arrivés là. Elle était beaucoup plus jeune que moi. Au fond, on n'était pas prêts à vivre en couple ni l'un ni l'autre. On pensait que ça irait tout seul. Je ne sais pas. Moi qui avais été si proche des petits groupes qui démarraient des projets dans le JALL et qui essayais d'analyser avec eux ce qui ne marchait pas dans leur fonctionnement, j'ai été incapable de suivre l'évolution de notre couple.

Félix lui coupa la parole en disant :

- Mange! Ça va refroidir.

Puis il demanda au garçon qui passait :

- Est-ce que je peux avoir un Seven-Up, s'il vous plait? Et toi, Constant?

- La même chose. Oui! Un Seven-Up.

Et Constant ajouta vite :

- Tu me disais, au déjeuner, que tu aimais beaucoup travailler de tes mains. Tu es devenu menuisier ! Tu parles !

- J'ai déjà commencé à sacrer. Ça s'apprend vite. La semaine dernière, j'ai mis le pied dans ma panne à peinture. Mon bas de pantalon en était rempli. Le plancher. Le mur. Un gros dégât. Ça méritait bien un bon criss. Même que je pense en avoir lâché plusieurs. Criss ! de criss de criss de criss! Je ne finissais plus de dire criss.

- Terminé, messieurs? vint leur demander le serveur.

- Oui! C'était bon!

- Dessert? Café?

- Non merci, répondit Constant. Il fait trop chaud. Ça va aller comme ça.

- Moi non plus, ajouta Félix.

Puis il dit à Constant :

- J'espère qu'on se verra plus souvent. J'espère surtout qu'il se produira une autre étincelle entre vous deux. Ne désespère pas. Profite de ce temps-là pour voir clair en toi. Peut-être que ce n'est pas du tout la femme qu'il te faut. On ne sait pas ce que la vie nous réserve. Peut-être aussi qu'il y a une belle madame qui t'attend quelque part.

- C'est bizarre que tu dises cela. Justement la semaine dernière, je suis allé à un vernissage dans une galerie à Québec. Et la gérante ou la propriétaire, je ne sais pas, m'a accosté pour me demander si je connaissais l'artiste qui avait peint la toile que j'étais en train de regarder. Je te le dis, elle est venue me parler.

- Tu lui étais tombé dans l'oeil.

- Une belle madame à part de ça. De mon âge, peut-être un peu plus âgée. Je l'avais remarquée en entrant. Mais je ne serais pas allé lui parler. On est restés juste cinq minutes ensemble. Mais cinq belles minutes. Curieusement, on a parlé de voyage. Elle voyage beaucoup. Moi pas. Mais ça ne fait rien. On se rejoignait. Je pourrais te la dessiner tellement je me souviens de son visage. Je ne sais même pas son nom. Je l'appelle la belle madame de la galerie. C'est curieux que tu aies dit qu'il y avait peut-être une belle madame qui m'attend quelque part. Enfin! On verra bien. Tu ne m'as pas beaucoup parlé de Lyne. Ce fut tellement rapide au déjeuner ce matin, elle partait pour l'école. Elle est charmante. C'est comme si elle me connaissait depuis longtemps. Pas gênante du tout.

Le garçon vint pour se faire payer. Ils réglèrent. Félix dit :

- Je suis attiré par cette femme-là, tu peux pas savoir. Je la veux tout le temps. Je pourrais tout lui donner. Il y a quelque chose en elle qui me fait perdre mes moyens. Je ne sais pas si c'est ça l'amour.

- Ça, mon chum, on appelle ça la passion. C'est la période où on ne voit pas clair. Moi, ce fut très court.

- Je ne te dirai pas qu'elle est parfaite. Elle a des petits côtés qui me fatiguent. C'est sûr.

- Déjà ? fit Constant.

- Elle a la manie, tous les soirs, sans exception, de téléphoner à son amie Myriam ou à son frère Richard. Je te dis : tous les soirs. Il y a des jours où je n'y porte pas attention. Mais d'autres fois, ça m'énerve. C'est épouvantable comme ça m'énerve.

- Pourquoi tu ne lui en parles pas ?

- Je me dis qu'elle a bien le droit de téléphoner à son frère et à son amie. Il n'y a pas de mal à ça. Je n'ai pas à être jaloux. Je sais comment elle est liée à son frère. C'est son jumeau.

- Dis-lui que cela te fatigue.

- J'essaie plutôt de la comprendre. Je sais que c'est important pour elle, ces petits mémérages quotidiens. Je ne sais pas comment elle réagirait si je lui disais que ça me fatigue. Pour l'instant, je ne vois pas comment je pourrais faire autrement. Je l'aime, et ça me suffit. Si tu me demandais pourquoi je l'aime, je ne saurais pas quoi te répondre. Parce qu'elle est fine avec moi, généreuse. Parce qu'elle me comprend. Parce qu'elle me bouscule un peu et me fait me connaître davantage. Parce que ses yeux me font fondre. Parce qu'elle me donne du plaisir quand on fait l'amour. Je ne sais pas… C'est tout cela ensemble.

- Tu veux dire que tu l'aimes parce qu'elle t'aime.

Félix regarda Constant un moment sans dire un mot. Puis :

- Peut-être, oui ! Mais il y a plus. J'aime lui faire plaisr. C'est pas forçant du tout de lui donner, à elle. Je l'aime. Bon !

Ils rirent tous les deux. Félix se leva et dit :

- Je vais aller jouer au serrurier.

- Tu as un front de boeuf. Tu n'as pas l'expérience des serrures, toi. À part les serrures de tabernacle.

- Le truc, c'est de faire comme si on connaissait ça. Pendant ce temps-là, j'apprends. C'est comme en amour.

- Sacré Félix! Toujours un peu fou!

Rendu sur le trottoir, en plein soleil, Constant demanda :

- As-tu des nouvelles des gens de ta paroisse? Du presbytère?

- Non! Je n'ai communiqué avec personne depuis mon départ. J'aurais cru que je me serais ennuyé d'eux davantage. Pendant que je travaille, parfois certains visages me reviennent. Je retournerai un jour, c'est sûr.

- Bon! fit Constant. Il faut que j'y aille. Je te souhaite un bel été avec Lyne. C'est dans ces deux mois-là que tout se décide. Tu vas prendre des plis. Elle va en prendre aussi. Et vous allez vivre avec tout le temps. Je te souhaite de prendre les bons plis.

Félix se sentit obligé de lui souhaiter quelque chose lui aussi. Il dit gauchement :

- Peut-être qu'il te faut deux femmes pour être heureux…

- Je vais commencer par une.

Et ils se quittèrent.

CHAPITRE VI

- Où veux-tu que je monte le bûcher pour le feu de la Saint-Jean-Baptiste? demanda Félix à Lyne. Dans le stationnement ou derrière les pommiers?

- Qu'en penses-tu?

- Ce serait plus sympathique au fond de la cour, derrière les pommiers, et moins dangereux que près du garage.

- Tu as l'intention de faire un gros feu? reprit-elle alors que Félix attendait debout près du grille-pain et qu'elle dégustait son café à la table.

- Si l'on trouve assez de bois, j'aimerais bien qu'il soit gros. À la Saint-Jean, ça prend un feu... respectable. Les enfants de Richard vont être impressionnés.

- Crois-tu? Ils le seraient davantage par des feux d'artifice. Je pourrais en acheter quelques-uns.

- Non! Pourquoi des feux artificiels? répondit Félix, légèrement contrarié. Un feu de bois c'est bien plus vivant, surtout s'il est imposant.

- Si tu veux impressionner les enfants aujourd'hui, il faut que tu utilises les gadgets qui se trouvent sur le marché.

- À bien y penser, je ne veux pas les impressionner, mais leur donner du plaisir et en prendre moi aussi avec eux. Danser autour du feu.

- Je ne suis pas sûre que Loup va vouloir danser. Il aime trop s'amuser tout seul.

- Je suis certain qu'il va adorer mettre du bois dans le brasier ou s'occuper à déplacer les bûches avec une branche.

- Rien n'empêche que l'on fasse partir quelques pétards, continua Lyne avec plus d'insistance.

Félix savait bien que trois ou quatre feux éclatés dans le ciel du rang du Moulin le soir de la Saint-Jean-Baptiste ne viendraient en aucun cas nuire à l'ambiance du feu de camp, bien au contraire. Mais Félix était un pur. Anti-consommateur achevé. Depuis la fin des années soixante, alors que les jeunes de cégep cherchaient le salut du côté de Karl Marx, Sri Aurobindo, Herbert Marcuse, Wilhelm Reich ou Baird T. Spalding, il ne voulait plus annoncer la bonne parole de l'évangile comme les curés l'avaient fait avant lui. Les étudiants n'avaient plus d'oreilles pour l'entendre. Alors Félix avait résolu de rompre avec les fonctions traditionnelles de la prêtrise catholique et de prendre le maquis. Il n'avait plus que faire des sacrements et de tout le bazar. Avant tout, Jésus avait été l'initiateur d'une pensée, d'une façon de prendre la vie, de la mener à terme, et finalement de la donner. Si l'évangile de Jésus pouvait retrouver quelque crédibilité ce ne pouvait être que par des actes, croyait Félix. Et bien d'autres avec lui le pensaient aussi. Par ailleurs, alors que les gens sérieux clamaient de tous côtés que l'ère nouvelle s'appelait postindustrielle et qu'il en résultait une société de consommation de masse, Félix, pour contrer l'aliénation engendrée par cette consommation, s'était senti appelé à vivre ni plus ni moins que le dénuement de Jésus qui n'avait de pierre où reposer sa tête. Une certaine pauvreté volontaire. Il soupçonnait que le détachement de tous les nouveaux petits gadgets superflus de la consommation moderne lui enseignerait le chemin de la liberté. Et peut-être donnerait-il à d'autres le goût de s'y aventurer. Ses années de prêtrise dans ce village du Bas-Saint-Laurent l'avait confirmé dans son choix. Il s'y était remis à prêcher en proclamant : « Bienheureux êtes-vous si l'on vous demande votre manteau, donnez aussi votre chemise. »

Accéder à la demande de Lyne le contrariait profondément. Le brasier traditionnel de la Saint-Jean-Baptiste comportait tout ce qu'il fallait pour fêter, s'amuser, chanter et fraterniser, alors que le lancement des feux d'artifice ne demandait aucune participation, si ce n'est des oh! et des ah! à la suite de leur éclatement dans le ciel.

Félix en voulait au fondement même du capitalisme qui incite les fabricants de tout acabit à produire dans le seul but de faire profiter leur mise de fonds sans tenir compte des véritables besoins des gens.

Il ne voulait pas faire de concession. Il tenait maintenant à cela plus qu'à son évangile. Dans son âme et conscience la seule cause qui lui restait c'était celle de la liberté. Malgré la propagande encore forte où l'on dénonçait le communisme comme un système qui nie toute liberté individuelle, Félix voyait en cette nouvelle société de surconsommation le danger d'une perte d'autonomie et surtout le support d'un mensonge inouï, celui de faire croire que le bonheur avec un grand H se trouve dans l'accumulation des produits de bien-être.

Auparavant, célibataire et curé, Félix était roi et maître de ses achats, ne se procurant que le strict nécessaire. Maintenant, il devait composer avec quelqu'un qu'il aimait, à qui il voulait faire plaisir et qu'il ne voulait pas contrarier. Qu'allait-il faire? S'opposer à Lyne? Risquer la confrontation pour trois ou quatre pétards? Allaient-ils avoir un différend toutes les fois qu'un achat lui semblerait superflu? Lyne ne semblait pas être sensible à cette simplicité de vie qui avait donné tant de liberté à Félix et demeurait la seule cause qui lui restait. Il n'était plus prêtre, mais son coeur n'avait pas changé. Son cœur de missionnaire battait toujours dans sa poitrine.

C'était curieux comme une simple conversation de déjeuner ait pu éveiller en lui tant de questions.

- Bon O.K! fit-elle. Je n'en achèterai pas. Mais si Richard en apporte tu ne peux pas l'empêcher de les allumer.

- Tu ne vas quand même pas lui demander de les acheter à ta place, ma v'limeuse, lui dit-il sur un ton plus léger.

- J'ai déjà parlé de feux d'artifice avec lui. Mais je te promets que je ne lui en reparlerai pas. On n'avait pas précisé qui les achèterait.

- Dis donc! Richard et toi, vous en tramez des choses dans mon dos!

- Tes rôties sont prêtes depuis longtemps, mon pit, lança Lyne.

- Ah! Tabarouette! Je les oubliais. Je vais les réchauffer un peu. Tu commences plus tard aujourd'hui? Il est déjà huit heures et demie et tu n'es pas encore partie.

- C'est le dernier jour des examens. Et je surveille seulement à dix heures. Dans deux jours, les élèves seront en vacances. Ouf! Ça va faire du bien. Après la Saint-Jean-Baptiste, plus que deux jours de présence à l'école, et c'est fini pour deux mois.

- Je t'aurai à moi tout seul? questionna Félix.

Quand il lança cela, il pensait aux élèves. Mais ses paroles résonnaient encore qu'il pensa aussi à Richard et à Myriam. Lyne était toujours fidèle à son rituel après la vaisselle du soir, et Félix ne l'avait toujours pas accepté. D'abord, il soupçonnait Myriam de vouloir ainsi prendre sa revanche, étant donné qu'elle avait eu moins de succès que Lyne avec Félix. Puis, Richard, lui, restait toujours d'une certaine manière un rival. Ils s'étaient rencontrés, Félix et lui, le samedi où Lyne avait gardé les enfants. Le contact avait été franc, cordial et même chaleureux. Ni l'un ni l'autre n'avaient été déçus. Richard ne ressemblait pas beaucoup à Lyne. Il avait son nez et ses yeux. Lui, grand blond, elle, grande brune. Le jumeau de Lyne, par certains aspects, ressemblait même davantage à Félix qu'à sa sœur. Deux hommes doux, centrés sur les autres. Richard était biologiste. Passionné par tout ce qui bouge autour de lui. Un biologiste dans le sens étendu du terme. Son intérêt pour tout ce qui vit, sa curiosité naturelle, son ouverture peu commune sur la vie des autres, l'avaient sans doute amené à se consacrer à ce domaine. Félix trouvait Lyne chanceuse d'avoir un frère comme lui. Mais il restait quand même un rival.

Au déjeuner, Lyne s'assoyait en biais devant la table, les jambes croisées, grignotant négligemment quelques bouchées de pain rôti et sirotant longuement son café, face à la fenêtre qui donnait sur les cascades de la rivière. Habituellement elle se levait tôt, justement pour pouvoir jouir de ce moment privilégié. Elle était radieuse, ce matin-là. L'expectative des vacances toutes proches la détendait. Son nouveau look de surveillante d'examen en jeans et chemise blanche la rajeunissait. Et le bonheur secret de voir tout simplement Félix évoluer dans sa maison lui mettait de la lumière dans les yeux.

Lyne n'avait pas tout de suite saisi le sens des mots que Félix avait prononcés. Lorsqu'elle en prit conscience, elle frissonna presque. Cela lui rappelait trop une certaine personne qui n'avait cessé de déprimer après le départ de son mari et qui après vingt ans l'attendait encore. Elle se ressaisit et dit :

- M'avoir à toi tout seul? Tu crois que c'est possible?

Elle déposa lentement sa tasse sur la soucoupe, et regardant Félix attentivement elle ajouta:

- Tu crois même que c'est souhaitable?

Félix étendait du beurre sur ses rôties. Il s'arrêta pour la regarder. Scruta ses yeux. Et continua de beurrer son pain. Lyne savait qu'elle venait de dire quelque chose qui le touchait. Depuis le départ de la maison, elle avait tellement mis d'effort, jour après jour, pour se défaire du modèle de relation dépendante qu'elle avait eu sous les yeux, et s'être donné l'aplomb qui la caractérisait maintenant, que même Félix ne réussirait pas à la troubler.Elle le fixa avec amour. Comme on regarde avec tendresse un enfant qui apprend à marcher et qui est surpris de se voir tomber sur le fessier. Félix comprenait mal que Lyne ne puisse pas être toute à lui alors que, lui, il avait tout donné pour elle. Tout quitté pour la suivre. Vingt ans de sa vie, Félix les avait donnés à Dieu. C'est à elle maintenant qu'il donnait tout. Et elle venait lui dire qu'il n'était pas souhaitable qu'il l'ait à lui tout seul. Mais ne l'aimait-elle donc plus? Ou moins? Il se sentit profondément seul. Lui qui avait tant besoin d'être aimé...

- Tes *toasts* vont être froids, qu'elle lui dit, calmement.

Voyant qu'il était devenu non seulement songeur, mais triste, Lyne se leva, vint près de lui, poussa légèrement la table et s'assit sur ses genoux. Elle n'avait pas du tout le sentiment d'avoir dit quelque chose qui ait pu provoquer une tragédie. Et elle était bien consciente des paroles prononcées.

- Mon pauvre pit! Je t'aime plus que tout au monde. Je t'ai tellement désiré... Maintenant que je t'ai, je vais profiter de toi. C'est curieux à dire, mais c'est un peu cela. Profiter de ta tendresse. De ton corps. J'aime ta démarche, tes grosses mains, tes épaules. Oh... Tu me diras qu'aimer c'est aussi, et surtout, donner. Mais ce don n'est pas gratuit. Je te donne de la tendresse, de l'amour, parce que je suis attirée par toi. Je te donne pour te faire plaisir, pour que nous soyons bien ensemble. Je t'ai désiré, je te désire, parce que tu m'attires. Mais je ne veux pas t'avoir tout à moi. Ça me fait peur. J'ai peur d'être envahie. Et le jour où je serais tout à toi, j'étoufferais. Je ne t'aime pas moins pour autant. Mon cher chéri, je suis folle de toi. Est-ce que c'est assez? Est-ce que ça peut te rassurer? Oui! Je suis folle de toi.

Avant qu'il ne réponde, elle se leva et se rassit sur lui, mais cette fois face à lui, en l'entourant de ses jambes. Il avait l'air plus apaisé. Il appuya sa tête sur sa poitrine sans dire un mot. Tout en caressant ses cheveux, Lyne lui dit :

- Tu vas voir. On va passer un bel été ensemble.

Ils restèrent ainsi un bon moment. Félix semblait en sécurité, les yeux fermés, la tête appuyée contre elle.

- Mon Dieu, je vais être en retard à l'école, fit-elle en se levant subitement. Quelle heure il est?

- Tu as en masse le temps, reprit Félix.

Lyne courut prendre son sac à main et sa serviette, revint donner un bec à Félix. Et lui effleurant la joue de sa main, lui dit : « Relaxe! Ne te fais pas de souci. On a toute la vie. » Et sortit.

Félix versa de nouveau du café dans sa tasse, mit de la confiture sur ses rôties froides et monta sur la terrasse. Le ciel était gris mais il n'allait pas pleuvoir. Il faisait bon dehors. Aucun vent. On aurait dit que le temps s'était arrêté. Pas de chien qui aboyait, ni d'auto sur la route. Aucune machine aratoire dans les champs. Seul le bruit sourd des cascades s'imposait à Félix en même temps que l'immense plaine d'un vert maïs naissant.

Félix avait réalisé, la tête contre Lyne, combien il était fragile. Y avait-il donc un si grand trou dans son cœur? Avait-il donc tant besoin d'être aimé? Au moindre doute, il paniquait. Était-ce cela l'amour? L'amour de Lyne le faisait exister, avait-il dit à Constant. Était-il donc si dépendant qu'à la moindre parole de Lyne qui semait le doute en lui il perdait son assurance? Peut-on aimer sans craindre de perdre? Et est-ce que l'amour vient toujours combler une carence? Heureusement, Lyne l'avait finalement rassuré : « On a toute la vie. »

Assis à la terrasse de la maison blanc et bleu, Félix ne connaissait pas l'avenir. Cependant, il était convaincu qu'à ce moment de sa vie il se trouvait au bon endroit. Au fil des ans il avait appris à être curé. Il devait maintenant apprendre à aimer. Il perçut alors d'une façon très nette que Richard était entré dans la vie de Lyne bien avant lui. Et qu'il y était pour rester. Il aimerait Lyne telle qu'elle est. La jalousie referait surface. La peur du partage aussi, mais au moins il savait maintenant que son grand appétit d'amour le rendait fragile.

Dans les jours suivants, il y aurait le feu de la Saint-Jean-Baptiste, auquel il tenait tant. C'est lui qui avait proposé cela à Lyne. Myriam y serait, avec Richard et ses enfants. Félix avait hâte de les voir. De les voir d'un autre œil. Maintenant, il fallait le monter ce fameux bûcher. Gros. Félix le voulait gros. Il s'était fixé cette journée pour amener le bois à l'endroit convenu avec

Lyne, derrière les pommiers. Décidé, il se leva, vint à la cuisine pour ranger, enfila de vieux vêtements, sortit et s'engagea dans le sentier qui longe la rivière sous les saules.

Toute la matinée et tout l'après-midi, tel un castor qui transporte des branches pour réparer sa digue le lendemain d'une grosse pluie, Félix apporta tellement de bois mort, surtout des branches de saule, qu'il n'eut pas la force de monter le bûcher ce jour-là. Le lendemain, comme il avait appris chez les scouts, il planta un grand piquet d'environ cinq mètres de haut. À la base, minutieusement, il appuya des brindilles tout autour. Puis de la même manière, il disposa des petites branches par dessus. Ayant toujours l'intention d'obtenir un immense brasier, Félix ne voulait surtout pas en rater l'allumage. Comme il n'était pas sûr que le bois ramassé soit complètement séché, il prit bien soin de n'augmenter que progressivement la grosseur des branches. Après un certain temps, alors qu'il venait d'appuyer du gros bois toujours d'une manière circulaire, on avait l'impression de se trouver en présence d'une tente indienne. L'endroit à découvert, qui faisait figure de porte, servirait de passage pour aller mettre le feu aux petites brindilles au centre. Félix était fier de son feu. Du moins de ce qui allait devenir un feu.

Quand Lyne revint de l'école, elle sortit de l'auto et entra à la maison sans regarder dans la direction du bûcher. Comme un gamin, avant même de la saluer et de l'embrasser, Félix dit :

- As-tu vu mon feu?

- Quel feu?

- Notre feu de la Saint-Jean. Viens voir!

- Ah! Tantôt! Je suis crevée. Avec ce temps lourd qu'il faisait aujourd'hui…

- Viens voir par la fenêtre. Juste un petit moment.

- Où ça? reprit-elle avec impatience.

- Tiens! Regarde!

- Mais! C'est donc bien gros! s'exclama Lyne. Tu vas mettre le feu aux pommiers.

- Bien, non! Je m'y connais en feu.

Elle se détourna, sans plus d'intérêt pour l'œuvre de Félix, puis vint s'écraser dans un fauteuil en disant :

- Quelle journée de fou! J'aime cent fois mieux donner des cours que surveiller des examens.

Encore une fois Félix s'étonna et fut même choqué de voir que Lyne ne s'intéressait pas à ce qu'il avait fait dans la journée. Mais il n'en fit pas un plat, réprima son irritation et s'efforça plutôt de compatir avec elle en essayant de comprendre comment il pouvait être plus fatigant de surveiller une salle d'examen que d'enseigner. Il vint vers elle, se pencha, lui donna un bec de bienvenue, et lui dit :

- Ce n'est pourtant pas forçant de se planter debout devant une classe et de regarder les étudiants faire fonctionner leurs petits neurones.

Lyne ne prisa pas du tout cette réplique de Félix. Ni non plus le petit ton ironique sur lequel il lui avait lancé cela. Vraiment contrariée, énervée par lui, elle lança :

- Heille! Plutôt que de parler à travers ton chapeau, va donc jouer au scout dehors. Et laisse-moi récupérer en paix! Tu ne sais pas tout ce qui peut se passer dans une salle d'examen, toi. Ça paraît que tu n'as pas mis les pieds dans une école depuis longtemps. Va jouer dehors! Va!

Félix, planté là, démonté de la voir réagir ainsi, ne se sentant coupable de rien, ou presque, voulut d'abord faire baisser la tension. Il dit en riant :

- C'est ce que ma mère me disait quand j'étais trop tannant.

Lyne venait de passer une journée effroyable. Elle avait surpris un élève à copier. Des bouts de papier qu'il sortait de ses poches. Un grand de secondaire IV. Elle n'avait rien fait d'abord. Elle connaissait bien cet élève, son histoire familiale, ses échecs répétés. Son premier réflexe avait été de fermer les yeux. Et ce dernier, ayant toujours eu d'excellents rapports avec elle, se croyait en toute sécurité. Il devint de plus en plus arrogant, étalant même les feuilles froissées sur son bureau pour les transcrire. Lyne s'était levée et avait circulé dans la classe, non pas pour le surprendre, mais pour lui faire cesser son copiage sans qu'elle intervienne; or l'élève n'avait pas bronché. Il avait continué de transcrire ses textes dans le plus grand calme. Elle avait bien vu que les voisins de ce dernier surveillaient ce qu'elle allait faire. Finalement, bien malgré elle, Lyne s'était approchée de lui. Et sans dire un mot, elle avait ramassé les brouillons qu'il avait sortis de ses poches, puis avait regagné sa place de surveillante en avant de la classe. L'élève défait, mais la tête haute, avait quitté la classe en silence en ne regardant personne. Tout le reste de la journée, Lyne n'avait pu se défaire de l'image de ce grand jeune homme venant de subir un autre échec. Et assise dans le fauteuil de son salon avec en face d'elle ce grand boy-scout qui voulait à tout prix qu'elle admire son bûcher, l'image persistait. Qu'aurait-elle pu faire d'autre ? Comment aurait-elle pu s'organiser pour ne pas humilier ce jeune ? À la sortie de la classe, elle avait cherché à le retrouver. Elle ne le reverrait sans doute plus, vu la fin de l'année scolaire.

Elle n'avait pas le goût de conter cela à Félix maintenant. Et sa dernière remarque n'était pas de nature à la faire rigoler. Sur le ton de quelqu'un qui en a plein son casque, elle insista en disant calmement :

- Je suis sérieuse, Félix. Va faire un tour dehors. J'ai besoin d'être seule.

C'était la première fois de sa vie qu'on le mettait dehors. Sa mère, ça ne comptait pas. Il ne s'était pas fait foutre à la porte ni d'une classe ni d'un collège. Il avait bien failli se faire évincer d'un presbytère parce que des indésirables habitaient avec lui, mais sans plus. Et là, celle qu'il chérissait le plus au monde, celle-là même qui d'une certaine façon l'avait sorti de son bresbytère, le sommait ni plus ni moins d'aller jouer dehors. Mais était-ce une manie chez elle ? Pour qui se prenait-elle ? Si elle voulait tellement avoir la paix, elle aurait pu aller se promener au bord de la rivière, monter dans sa chambre, prendre un bon bain, ou même lui demander de préparer le souper s'il le voulait bien.

Félix la regardait. Lyne avait fermé les yeux et attendait. Il vint pour parler à nouveau. Dire n'importe quoi. Il sortit. Comme quelqu'un qui va bouder. Cette fois, il ne se disait plus : il n'y a pas de quoi en faire un plat. Il y avait bel et bien un plat. Qu'il avala. De travers. Dehors, il jeta un coup d'œil sur son imposant montage de branches en forme de tente indienne.

- Effectivement, se dit-il. Il est gros !

Puis, il se dirigea vers les grands saules de la rivière. Ces grands arbres aux fortes branches retombantes sont invitants. Pour vous y appuyer et laisser passer la colère en écoutant couler la rivière.

Lorsque Félix revint, Lyne avait pris sa douche, s'était lavé les cheveux et venait de commencer à préparer le souper sur la musique celtique d'Alan Stivell, qui remplissait la maison.

- Est-ce qu'on mange sur la terrasse, mon pit ou si on mange à l'intérieur? lui cria-t-elle de la cuisine.

Il n'en revenait pas. Une heure plus tôt elle l'engueulait. Et là, sans broncher, elle l'appelait « mon pit ». Il s'avança doucement presque sur la pointe des pieds pour ne pas réveiller la mauvaise humeur qui dormait peut-être encore en elle. Il était content de la voir, rayonnante, turlutant l'air de harpe celtique qui résonnait dans la pièce. Il vint vers elle et dit :

- Je t'aime beaucoup mieux quand tu chantes que lorsque tu cries après moi.

Le visage clair et dénudé de toute trace d'animosité, elle répliqua :

- D'abord, je n'ai pas crié. Puis tu méritais juste ça. J'étais vraiment choquée, tu sais. Tu ne t'es pas vu. Tu ne pensais qu'à ton feu de la Saint-Jean. Tu as bien dû t'apercevoir que j'avais la mine basse. J'ai surpris un élève à copier aujourd'hui. Un élève que j'aime beaucoup en plus. Ça m'a bouleversée.

Elle s'arrêta. Elle devait penser à cet élève. Que faisait-il maintenant? Comment s'en était-il sorti? Elle regarda Félix dans les yeux :

- Je m'excuse quand même de t'avoir foutu à la porte… Je suis sortie avant de prendre ma douche. Je te cherchais. Où étais-tu?

- Au bord de la rivière.

- Puis je me suis approchée de ton immense bûcher. C'est impressionnant. Tu fais les choses pas à peu près. C'est vrai! Tu m'impressionnes! Tu es vraiment habile de tes mains.

Félix fut ému par cette marque d'appréciation et d'affection. Il s'approcha d'elle, lui enleva le couteau qu'elle utilisait pour peler les carottes, prit ses mains dans les siennes, et dit sérieusement :

- J'ai eu peur de toi tantôt, tu sais.

- J'espère bien! lui dit-elle en se dégageant légèrement.

- Je ne te connaissais pas si… autoritaire.

- Pas du tout! J'avais besoin d'être seule. Et je t'ai demandé de me foutre la paix. C'est tout.

Félix se sentait encore un peu lésé dans cette affaire. C'est vrai, il aurait pu être plus attentif à elle. Mais elle aussi. Pourquoi n'avait-elle pas été impressionnée la première fois qu'elle avait aperçu l'illustre bûcher? Il avait le goût de lui faire remarquer... Mais bon! se dit-il. On n'en parle plus. Puis il l'entoura de ses grands bras habiles et l'embrassa.

- Ça c'est un beau bec de bienvenue! dit-il.

Il ne fut plus question du feu avant le jour même de la Saint-Jean-Baptiste. Richard arriva dans l'après-midi avec Loup et Soleille. Sans feux d'artifice. Myriam était descendue avec eux. Comme on annonçait de la pluie pour la soirée, Félix, aidé de Richard, fixa l'extrémité d'une grande bâche sur un cable tendu entre deux pommiers, et l'autre au sol, pour ainsi faire un abri qui garantirait du mauvais temps. Pas de remise à cause de la pluie. Félix avait tellement confiance en son bûcher qu'il ne craignait pas que la pluie l'éteigne. Pendant ce temps, Myriam avait pris le sentier de la rivière avec Lou. Et Lyne, dans la cuisine, expliquait à Soleille ce que c'était des *tacos*.

Félix était content que Richard se soit offert pour installer la bâche avec lui, maintenant qu'il avait fait le ménage dans sa tête et que Richard n'était plus une menace pour lui.

- Est-ce que tu connaissais cette région-ci? lui demanda Richard.

- Non ! Pas du tout ! J'y suis venu pour la première fois l'an passé. Non ! Il y a deux ans. Le soir où je suis allé au cinéma avec Lyne. C'est cette fois-là où tout a commencé d'ailleurs. Là où j'ai réalisé que j'étais attiré par elle.

- Avant cela, tu n'étais pas attiré? Ou tu ne le réalisais pas ?

- Tu es un subtil, toi, Richard...

Félix était en confiance avec Richard. Un être écoutant. Il se sentait en famille. Il continua :

- Elle est astucieuse, ta sœur. Elle m'a toujours respecté. Elle avançait à ma vitesse. Elle devait savoir que si elle m'avait brusqué je me serais braqué.

- Oui, je sais qu'elle avançait à ta vitesse, répondit Richard en souriant.

- Tu es au courant de tout?

- J'étais aux premières loges, mon vieux!

Félix avait le sentiment qu'il s'entendrait bien avec son beau-frère. Il voulait le connaître davantage.

- C'est quoi ton travail de biologiste?

- De ce temps-ci je fais une recherche sur la nourriture de la truite brune dans les rapides de Lachine.

- Es-tu engagé par la ville de Montréal?

- Non! Je travaille pour une firme de consultants. Cette recherche nous a été commandée par le Ministère.

- Tu m'as l'air d'un gars curieux d'apprendre, ouvert. Est-ce que c'est une qualité importante pour un biologiste? C'est la première fois que j'en rencontre un dans ma vie.

- Ce qui est important c'est d'aimer tout ce qui bouge. Oui! la curiosité aussi, c'est un atout. Pour n'importe quel travail scientifique, d'ailleurs.

Alors qu'il plantait le dernier piquet pour retenir la toile au sol, Richard continua :

- Tu veux absolument qu'on le voit flamber, ce feu. Tu prends tes précautions. J'avoue que ce serait dommage qu'il pleuve.

- L'an dernier, ajouta Félix, j'étais à Saint-Juste et il a plu, justement. Pour quelques centaines de personnes, il n'était pas question de prévoir un abri.

- Dire que ma sœur est rendue avec un ancien curé!

- La chanceuse! fit Félix.

- Elle qui ne veut rien savoir des curés…

- Et moi donc! Si tu savais comme je suis chanceux d'être tombé sur une femme comme elle. Une perle!

Et Félix reprit, après avoir pris une gorgée de bière.

- Comme ta sœur est une séparatiste inconditionnelle, est-ce que dans votre famille vous êtes tous du même bord?

- Mon père, je ne sais pas. Ma mère, je suis à peu près certain qu'elle a voté oui, le mois passé, au référendum. Moi, dans le fin fond de moi, je suis indépendantiste. Mais tu vois, je travaille au labo avec des Anglais. Je m'entends plutôt bien avec eux. Disons que ça me ramollit un peu. Je suis moins catégorique.

Félix vint pour s'asseoir sur le banc qui se trouvait là près du bûcher. Il dit à Richard :

- Veux-tu une autre bière?

- O. K., répondit-il.

Félix entra et sortit presqu'aussitôt de la maison. Assis tous les deux, ils reprirent leur conversation.

- Moi aussi, dit Félix, je mets des bémols à mon vote, mais c'est pas pour les mêmes raisons que toi. Quand on apprenait l'histoire à la petite école, on nous disait que la France en 1760 nous avait abandonnés et que les Anglais étaient devenus nos sauveurs. Des sauveurs qui ont tout fait pour nous éliminer par la suite! Ils n'ont pas pu, mais ils nous ont bossés depuis ce temps-là, par exemple. Ils n'ont jamais arrêté de nous fourrer. Si Trudeau a fait passer sa loi des deux langues officielles, c'est parce qu'il n'y en avait qu'une avant. Nous étions deux peuples fondateurs. Et une langue officielle. Ça n'a pas de bon sens! Moi aussi, je suis comme toi. Dans le fin fond de moi, je serai toujours indépendantiste. Mais je m'aperçois aujourd'hui, dans la société où on vit, qu'il n'y a pas juste les Anglais qui veulent nous fourrer. C'est toute la machine capitaliste de consommation qui est en train de nous fourrer de bord en bord. Il y a plein de bons Canadiens français là-dedans. C'est contre tout ce monde-là qu'il faut se battre. Qu'on obtienne notre indépendance, O.K., mais en même temps qu'on change les règles du jeu dans notre nouveau pays. Bâtir un pays, je veux bien, mais faut que l'État se tienne debout. Avec des politiques sociales et culturelles auxquelles il tiendra mordicus devant ses petits amis financiers de New York et d'ici. Que l'État se préoccupe de la répartition des richesses aussi, mais surtout qu'on construise un pays autour de valeurs autres que celle du seul bien-être matériel. Un bonheur de bébelles c'est pas un bonheur, ça!

- Monsieur le curé! Vous êtes un vrai missionnaire, vous! lança Richard pour se moquer de Félix.

Et il continua :

- Tu as besoin de te lever de bonne heure pour convertir ma sœur. C'est une acheteuse de bébelles!

- Oui! Je m'en suis aperçu, répliqua Félix.

Sur le sentier de la rivière, Loup précédait Myriam. Il déboucha sur le stationnement près de la maison, et vint en courant vers son père :

- Papa! Papa! On a vu un nid d'oiseau grand comme ça, dit-il tout excité en ouvrant les bras. Avec des petits dedans. La maman était dans l'eau pas loin et faisait : rahnk! rahnk! rahnk!

- C'est vrai? fit Richard en levant les yeux vers Myriam.

- Oui, des hérons bleus. On est sortis du sentier et on a

descendu au bord de la rivière. À cet endroit, elle tourne et ça forme une petite baie marécageuse avec plein de broussailles qui poussent entre les pierres. On sautait d'une pierre à l'autre quand le héron s'est envolé juste devant nous.

- On a eu peur! dit Loup. Un gros gros gros oiseau.

Cette fois, il força pour étendre les bras autant qu'il put. Sachant bien que l'ampleur des ailes dépassait l'extrémité de ses petits bras d'enfant de sept ans.

- C'est bizarre, dit Richard. Tu es certaine, dit-il, en s'adressant à Myriam que c'étaient des hérons. Ils nichent d'habitude en colonies dans les îles.

- Je connais ça, des grands hérons. Lyne t'a certainement déjà parlé de ses hérons. Ce couple vient chaque année. Elle m'a même raconté qu'un hiver ils sont restés par ici. Elle les voyait boire au pied des rapides.

- Les petits, papa, ils avaient la bouche grande ouverte. Un grand cou et une grande grande bouche. C'était pas beau! Il y en avait trois.

- On n'est pas restés longtemps pour ne pas les déranger.

Loup se mit à courir vers la maison. Ils l'entendirent crier, en entrant,

- Soleille! Soleille! On a vu un nid d'oiseau…

- C'est impressionnant à voir, fit Myriam.

Et elle continua :

- Et vous? On prend sa petite bière de la Saint-Jean-Baptiste?

Elle leva la tête au ciel. Et voyant les nuages, elle dit :

- J'espère qu'il ne pleuvra pas. Mettez-vous en prière, Monsieur le curé! fit-elle en riant.

- C'est déjà fait! répondit aussitôt Félix. J'ai même eu une distraction pendant ma prière. C'est à ce moment-là que j'ai décidé d'installer une toile.

- Si je comprends bien, tu n'as pas tellement confiance, dit-elle en se tournant vers la maison. Je vais voir si Lyne a besoin de moi pour le souper…

Richard dit, en la regardant s'éloigner :

- C'est un moyen pétard!

Félix sourit et dit :

- Qu'est-ce que tu veux dire?

- Rien! Elle peut exploser n'importe quand! Pleine d'énergie! Elle en a à revendre. Je me demande si elle n'est pas en compétition avec ma sœur. Ce sont pourtant deux grandes amies. Je suis sûr que Myriam t'a déjà fait de l'œil.

- Comment ça se fait que tu sais cela?

- Hein! Je te le disais. Moi aussi, figure-toi donc.

En plus de leur sympathie naturelle l'un pour l'autre, les deux hommes venaient de se trouver un trait commun. À ce moment, Lyne sortit et vint vers eux.

- Est-ce que ça vous dérange qu'on soupe tôt? dit-elle, une main déposée sur l'épaule de Richard et caressant le cou de Félix de l'autre.

- Pas du tout, ma fleur, répondit Richard. D'ailleurs les enfants ont déjeuné très tôt ce matin. Et ils ont dîné tôt aussi. Imagine-toi donc qu'à six heures ce matin ils étaient debout. Ils ne tenaient pas en place : « À quelle heure on va partir, papa? Lève-toi! »

- Je te dis que Loup est excité, dit Lyne. Soleille supplie Myriam de l'amener voir les oiseaux elle aussi.

- Après le souper, j'irai avec elle, dit Félix. Myriam n'a qu'à me dire où c'est.

- Je me doutais, reprit Lyne, qu'ils devaient nicher par là. Ils arrivent ici au printemps. Il fallait bien qu'ils pondent des œufs quelque part . Entrez-vous?

- Je suis bien curieux de voir ça, moi aussi, dit Richard. Un nid de héron dans les marécages.

- Tu peux y aller avec Soleille, reprit aussitôt Félix.

- Non! Non! Si elle veut y aller avec toi, c'est bon qu'elle connaisse…

Après un moment d'hésitation, il continua :

- … son nouvel oncle. J'irai avec Loup un peu plus tard. Il voudra certainement y retourner.

Le repas de *tacos* terminé, Félix emprunta le petit sentier avec Soleille. Une enfant merveilleuse de six ans. Les enfants de cet âge-là, il les connaissait peu. À l'école de Saint-Juste, lorsqu'il s'y présentait pour rencontrer les élèves dans les classes, il trouvait que c'était peine perdue de leur parler de Dieu et de Jésus puisque les parents à la maison, depuis la disparition du petit catéchisme, ne s'y retrouvant plus et remettant en question eux-mêmes leurs croyances, ne transmettaient plus le message chrétien à leurs enfants. Faute de suivi à la maison, il avait abandonné ses sermons aux enfants, au grand étonnement des professeurs de catéchèse. Il se rendait quand même régulièrement à l'école… mais pour jouer avec les plus grands du primaire… et leur apprendre à fabriquer des cerfs-volants. Donc, il n'avait jamais côtoyé d'enfants de l'âge de Soleille.

La petite suivait Félix. Il s'arrêta. Et la fit passer devant lui.

- Je vais te suivre.

Le soleil n'était pas près de se coucher. Malgré les nuages, on voyait bien que la journée allait encore se prolonger. On en était aux plus longues de l'année. Lors des petits bouts de sentier droit elle trottinait. Même si elle connaissait à peine Félix, elle semblait en confiance avec lui.

- Est-ce que tu as déjà vu un nid d'oiseau, toi? lui dit-il.

- Oui! À la maison on a un nichoir d'hirondelles. Papa a enlevé le vieux dedans après l'hiver. Toi, est-ce que tu aimes les oiseaux?

- Bien… Oui! J'aime les animaux.

- Est-ce que tu aimes les serpents?

- Tu es drôle, toi. Pourquoi les serpents?

Soleille s'arrêta net. Et d'un air professoral dit à Félix :

- Moi, j'aime les dinosaures. Notre maîtresse à l'école a apporté un petit serpent dans un aquarium. Et elle a dit que c'était l'ancêtre des dinosaures.

Puis elle se remit à marcher.

- Ah, oui? Tu es sûre de cela, toi?

- Oui! répondit-elle sans hésitation.

- Tu m'en apprends des choses.

- Est-ce que c'est encore loin? reprit-elle.

- Myriam m'a dit que lorsque nous enjamberons la grosse branche de saule couchée dans le sentier nous serons à peu près à moitié chemin.

Puis Félix lui demanda :

- Est-ce que vous avez des petits animaux à la maison?

- Oui! On en a plein. Des poissons. Un hamster… Des grenouilles. Une tortue… Et deux tourterelles.

- Dis donc! C'est un vrai zoo, chez vous.

- Mon père est biologiste, tu sais.

Jusqu'au saule ils continuèrent en silence. Alors que Félix enjambait l'obstacle, Soleille passait tout bonnement dessous.

- Es-tu fatiguée? demanda Félix.

- Non!

- Encore dix minutes. Est-ce que ça te va?

- Oui!

Puis elle reprit aussitôt.

- Ma tante Lyne et toi, est-ce que vous allez avoir des enfants?

- Oh là là! Tu passes aux grandes questions, toi, maintenant…

Après un moment de silence, Félix dit :

- Est-ce que tu penses qu'on devrait?

Sans hésiter, elle dit : « Oui! »

- Bon! Je vais y penser…

- Est-ce que c'est loin encore?

- Non! On arrive. Quand la rivière tourne vers la droite, m'a dit Myriam, il y a un marécage dans une petite baie, à gauche. Et c'est là.

La petite se mit à marcher plus vite. Après un moment, ils trouvèrent l'endroit. Soleille prenait un soin délicat pour ne pas faire de bruit. L'un des deux hérons adultes se tenait tout près du nid. L'autre devait être allé pêcher. Soleille se tourna vers Félix, mit l'index sur sa bouche et éleva légèrement les épaules. Puis lui fit un tel sourire… Jamais Félix n'avait vu pareil sourire d'enfant. Soleille et Félix entendaient crier les petits à travers les roseaux, à dix mètres devant eux, mais ne les voyaient pas. Le grand héron ne bougeait pas, prêt à partir au moindre danger. Soudain, il plia légèrement ses longues jambes minces, s'éleva, tel un hélicoptère, et passa juste au-dessus des intrus, en faisant *rahnk rahnk*. Soleille ne put s'empêcher d'exprimer sa surprise et son émerveillement en découvrant l'ampleur des ailes de ce majestueux oiseau. Puis elle demanda à Félix :

- On peut aller voir les petits?

- Oui! On va faire vite.

Comme les petites jambes de Soleille ne pouvaient franchir les espaces entre les dernières pierres avant d'accéder au nid, il la prit dans ses bras. Elle s'accrocha à son cou et il la déposa juste au-dessus du nid. Les trois petits oiseaux au long cou, saisis de peur devant le danger, criaient à s'égosiller. Soleille, les bras pendant le long du corps, complètement décontractée, en extase devant la vie à son plus beau, goûtait sans doute un des grands moments de sa courte existence. Instinctivement, Félix s'éloigna d'une pierre et laissa Soleille seule avec les oisillons. Ils arrêtèrent de crier. Dans le calme de cette petite baie à roseaux régnait une ambiance sacrée. Félix, Soleille et les petits hérons, en harmonie avec la nature, en profitèrent pendant une longue minute. Le grand héron vint troubler cette paix. Félix prit Soleille à nouveau et l'amena jusqu'à terre. Aussitôt sur le sol, elle se tourna vers le nid. Les petits s'étaient remis à crier et le héron adulte s'était posé.

Au retour, Soleille posait toutes sortes de questions à Félix sur les oiseaux, croyant qu'il en savait autant que son père. Lorsqu'ils croisèrent Richard et Lou, elle voulut retourner au nid avec eux. Richard savait que deux enfants font doublement de bruit. Il ne voulut pas. Comme elle insistait et disait en pleurant que Loup, lui, y allait bien pour une deuxième fois, il dut céder. Félix revint à la maison.

- Les filles! dit-il en arrivant. Il y a longtemps que je n'ai pas vu quelque chose d'aussi beau. On ira, Lyne, ensemble. Les petits hérons sont là pour un bout de temps. Ils ne sont pas près de voler.

Puis il ajouta :

- Avez-vous vu le ciel? Des gros nuages menaçants! J'espère qu'ils ne se feront pas prendre par la pluie. Le plafond de nuages est bas. Notre Saint-Jean-baptiste est à l'eau, je pense bien.

- Oh! Monsieur le curé connaît les secrets du ciel! fit Myriam.

- S'il vous plaît! Lâchez-moi avec votre « monsieur le curé », dit Félix, irrité.

- Tu es encore plus beau quand tu te choques, reprit-elle.

- Bon! Bon! fit-il pour clore l'incident.

- Sais-tu quoi? lui dit Lyne.

- Richard nous demande si l'on veut garder les enfants quinze jours au mois de juillet. Qu'est-ce que tu en penses?

Sans hésiter, Félix répondit :

- Avec grand plaisir!

- Ah oui? reprit-elle. Tu serais d'accord?

- Bien oui! Ma pitte! Si tu savais comme j'ai vécu des beaux moments avec Soleille tantôt.

- Tu vas voir, enchaîna-t-elle, en s'approchant de lui, on va vivre de vacances uniques avec eux. On ira à la Ronde.

Elle l'embrassa et lui dit :

- Merci, mon pit!

- Dites-donc, vous autres, vous avez quelque chose en commun avec les oiseaux : mon pit, mon *bird*, ma pitte…

Richard et les enfants revinrent en courant. La pluie avait commencé.

- Mon pauvre pit, fit Lyne. Toi qui as mis tant d'effort à ton bûcher.

- S'il ne pleut pas trop fort, reprit Félix en regardant par la fenêtre, on pourra le faire flamber quand même. Et on se mettra sous la toile.

Mais il plut à boire debout toute la soirée. Au début, Félix était déçu. Mais plus la soirée progressait, plus il était content de la tournure des événements. Peut-être que son feu de camp n'aurait pas permis qu'ils aient tous les six autant de plaisir. Il n'y a rien comme des jeux aussi banaux que le colin-maillard, la chaise musicale ou la cachette pour que chacun se révèle sous son vrai jour. Lyne n'avait plus rien d'une maîtresse d'école autoritaire en tailleur lorsqu'elle se roulait par terre pour éviter que Soleille, les yeux bandés, ne l'attrape. Et lorsque Richard se cachait, il n'avait pas peur d'être découvert recroquevillé comme un serpent sur une tablette de garde-robe. Myriam et Félix, aussi compétitifs l'un que l'autre, tournaient autour des chaises, concentrés sur la musique, comme s'il y avait un million en jeu. Et Loup, qui d'habitude aimait s'amuser seul, fit reprendre deux fois le jeu de la chaise musicale tellement cela l'excitait. Jouer à colin-maillard peut paraître enfantin mais, comme ils jouèrent en silence, Richard, en se concentrant sérieusement sur la provenance des bruits et des respirations, put identifer les cinq personnes en cinq minutes. Myriam, à ce jeu, y allait par intuition, en se jetant partout au hasard.

Passer une soirée à se chercher, à se toucher, à se bousculer, à rire, à pactiser ou à se confronter, il n'y avait rien de mieux pour donner à Félix la chance de connaître la famille de Lyne au naturel. Il faut, il est vrai, une certaine dose de simplicité pour se prêter à ces jeux. Mais si au bout du compte il y a le petit bonheur réservé au contact des cœurs, ça vaut la peine de se porter volontaire.

Sur le lit *king* de leur chambre, couché sur le dos, les mains derrière la tête, alors que Lyne prenait sa douche, Félix pensait à cette soirée chaude de tendresse, étincelante de regards allumés et mouillée de rires aux larmes. Elle lui rappelait les veillées du presbytère avec Florence, Luce, Aimé, Rémi et les autres, et les soirées d'amateurs à la salle paroissiale où sans complexe ni retenue ni esprit de compétitivité, chacun offrait son talent à la magie du spectacle.

Un sentiment étrange surgit en lui. Après une belle veillée comme celle-là, avec des personnes qu'il chérissait, il avait le sentiment d'être égoïste. Il la trouvait bien petite sa paroisse. Il n'était plus prêtre, il le savait. Mais Jésus était toujours pour lui un modèle. Dieu lui avait donné Lyne. Mais pas congé d'évangile. Lui qui à la suite de Jésus voulait lutter contre toute puissance démoniaque qui aliène l'homme, lui enlève sa liberté et lui promet des bonheurs qui n'en sont pas, lui qui avait prêché le grand respect de Jésus pour les rejetés de la société, que ferait-il maintenant qu'il n'avait plus de presbytère à partager, plus de chaire pour prendre la parole? Félix n'avait pas de réponse.

Quand Lyne revint dans la chambre, il reposait, les yeux fermés. Elle s'allongea près de lui en respectant son silence. Quand il bougea, elle dit, en regardant au plafond :

- Une soirée comme je n'en ai pas vécu depuis longtemps. Jouer à la cachette! On s'amusait autant que les enfants!

CHAPITRE VII

Depuis deux jours déjà ils gardaient les enfants. À quatre pattes dans le jardin à faire le sarclage. Une tâche dont on veut se débarrasser et que l'on retarde toujours. Lyne avait résolu de l'accomplir dès le début des vacances. En un mois, des mauvaises herbes avaient poussé un peu partout, même dans les allées. Loup et Soleille ne réussissaient pas à distinguer les brins d'herbe des carottes et des échalottes encore toutes menues. Pour contourner les pieds de laitue, ça allait. En somme, ils se sont amusés davantage qu'ils se sont rendus utiles. Ils avaient bien plus l'esprit aux manèges de la Ronde. Le mercredi avait été prévu pour cette sortie. Puis quatre jours de camping au parc d'Oka. Le bûcher de la Saint-Jean-Baptiste n'allait pas passer l'été planté là, à regarder les étoiles. Un soir de beau temps, on l'allumerait avec les petits. Finalement deux jours d'auto, deux soirs en motel, et une belle journée au zoo de Saint-Félicien. Tout cela pendant que Richard escaladait avec une gang de *chums* les parois qui surplombent le lac Louise dans les Rocheuses.

L'expérience des hérons et la soirée de la Saint-Jean-Baptiste avaient créé entre Soleille et Félix un lien très fort. Et Lyne prenait plaisir à les entendre discourir tous les deux dans le jardin sur des sujets aussi graves que la disparition des dinosaures, la pollinisation des pommiers ou l'accouplement des vers de terre. Lyne disait à qui voulait l'entendre qu'elle n'aurait pas d'enfants, ne pouvant s'imaginer dans le rôle de mère, mais elle voyait bien Félix avec une petite fille...

Après le bain des enfants et les douches, la petite famille allait se mettre à table lorsque le téléphone sonna. Félix répondit.

Lyne l'entendit répliquer, le visage étonné et grave :

- Quoi! T'es pas sérieux! Quand c'est arrivé?

Puis :

- Qu'est-ce qui s'est passé?

Elle l'entendit aussi demander :

- C'est quand les funérailles?

Et finalement ajouter :

- Bien sûr que je vais y aller.

Après avoir déposé l'écouteur, visiblement atterré, il regardait Lyne sans dire un mot.

Respectueuse, Lyne ne voulait pas intervenir. Il dit :

- C'est Florence… Elle est décédée ce matin…

Après un petit moment, il ajouta :

- Elle était contente de retourner vivre dans sa maison. En paix. À la fin, au presbytère, les grosses gangs l'épuisaient… Et cette pauvre Luce… qui habitait avec elle, je me demande bien où elle va aller rester.

Félix vint s'asseoir à la table avec Loup et Soleille. Il dit :

- Toute une bonne femme! Toute une botte femme, comme elle disait.

Lyne servait les enfants en silence.

- J'ai pensé à quelque chose, lui dit Félix. Les funérailles auront lieu jeudi après-midi. Qu'est-ce que tu dirais si nous devancions notre voyage en Gaspésie. Nous irions à Saint-Juste en nous en allant.

- Et les enfants? questionna Lyne.

- Ils viendraient en voyage avec nous. On les a pour deux semaines.

- Moi, je veux aller à la Ronde, fit Loup.

- Moi aussi, ajouta Soleille aussitôt.

Lyne et Félix se regardèrent.

- On ira en revenant, dit Félix sur un ton consolateur.

- Non! insista Loup. On devait y aller demain.

- On verra… fit Lyne.

Et à Félix :

- On parlera de tout cela ce soir.

Il n'y avait pas trente-six solutions : ou bien Félix allait aux funérailles en vitesse le jeudi et revenait le lendemain, ou bien ils y allaient tous ensemble en joignant cette dernière visite à Florence à leur voyage en Gaspésie. Lyne connaissait Florence pour avoir passé deux fins de semaine avec elle au presbytère. Tous les autres de la maisonnée, éparpillés maintenant dans le village et les rangs de la paroisse, Laurent, Rémi, Luce, Aimé, Joce et Jennifer avec leur bébé, Alcide et Ronald, elle aimerait les revoir aussi. Bien sûr, il était peut-être un peu tôt pour se montrer. C'était elle la voleuse de leur curé! Quant à Félix, il ne serait pas retourné dans sa paroisse aussi tôt. Mais bon! C'est Florence qui en avait décidé ainsi. Ils partiraient en voyage tôt le jeudi matin. La Ronde? Au retour.

Saint-Juste, c'était presque sur la route du tour de la Gaspésie. À Rivière-du-Loup, ils n'étaient qu'à trois quarts d'heure vers l'est, sur la route d'Edmundston.

L'homme de pont du petit traversier qui fait la navette entre Notre-Dame et Saint-Juste, d'un bord à l'autre du lac Témiscouata, ne put s'empêcher, en s'adressant à Félix, de reluquer la grande et jolie brune qui veillait sur ses deux jeunes enfants près de l'auto.

Loup et Soleille, accroupis près de Lyne, intrigués, regardaient le lac par le trou servant à passer les amarres lors des accostages. Ils trouvaient curieux, alors que c'était le bateau qui avançait, que ce soit l'eau qui s'écoule à toute vitesse le long de la coque. Félix paya le montant du passage à l'homme de pont et s'en vint s'accouder au parapet de métal à côté de Lyne.

- Quel pays magnifique! dit Félix.

- Dire que tu as tout quitté cela pour une femme, dit-elle en passant son bras sous le sien.

- Mais quelle botte femme! reprit Félix en lui donnant un baiser sur la tempe.

Et il ajouta :

- Tu vois la haute montagne qui tombe à pic dans l'eau, là-bas à droite. C'est la montagne du haut fourneau. Autrefois, un traversier faisait la navette entre Cabano et le pied de la montagne. Et il y avait là une fabrique de chaux. Faut croire que ça prend des hauts fourneaux pour faire de la chaux. Et un peu avant, sur la rive, tous les petits chalets que tu vois, ce sont des camps de pêche. C'est là, à l'embouchure de la rivière

Touladi, que vont frayer plein de petits poissons à l'automne. Des corégones. C'est pour cette raison que le traversier s'appelle Le Corégone. À cet endroit, il y avait un gros camp de bûcherons qui appartenait à la compagnie Fraser de Cabano. Ça fait longtemps de ça. Les vieux m'ont conté qu'un automne la glace avait pris de bonne heure, le ferry avait été remisé, alors le *foreman* de la compagnie avait forcé les gars à passer sur la glace fragile pour se rendre au camp et commencer la saison de bûchage. Tu vois, ils avaient large à traverser. Et au cas où ils auraient calé, il leur avait donné à chacun une longue planche pour ne pas se noyer. Fallait-ti être idiot pour demander ça à ses hommes! Les gens de par ici en ont mangé de la misère.

Le capitaine du bateau, à son affaire, manoeuvrait la roue. Cela ne l'empêchait pas de regarder en direction de Lyne. « C'est donc elle! » pensa-t-il.

- J'ai le trac, dit Lyne, en serrant fort le bras de Félix.

- Voyons, donc, toi! C'est pas une pièce de théâtre, c'est des funérailles.

- Je suis sérieuse, tu sais. J'en ai mal au cœur.

- Ça va bien se passer, tu verras. Tu n'as qu'à te tenir avec les gens du presbytère. Tu les connais. Et les enfants de Florence, je suis certain qu'il vont t'adopter tout de suite. C'est comme des frères et soeurs pour moi. Ils sont venus tellement souvent coucher au presbytère.

En montant la longue côte sinueuse qui mène au village, Félix ne pouvait s'empêcher de dire, à chacune des sept ou huit maisons étalées le long du parcours, « Ici, les Dubé, là, les Ouellet, là, les Dufour... » « Ha! Tiens, Octave Michaud est en train de lambrisser sa maison en neuf! » « Je vais vous montrer où habitait Florence... C'est la maison blanche, là-bas, à droite devant nous. »

- C'est qui Florence? demanda Loup.

- Une grand-maman extraordinaire, lui répondit Lyne.

Devant la maison de Florence, Félix modéra. Plus aucun commentaire. Il regardait cette longue galerie où un jour, assis avec elle, il lui avait demandé de venir habiter au presbytère avec Aimé, Luce et lui. « À Noël j'irai », lui avait-elle répondu. L'auto s'arrêta presque, tellement Félix était loin dans ses pensées.

- Tu prends le côté de la route, lui dit Lyne.

- Est-ce que ça dure longtemps, des funérailles? demanda Loup. Ça doit être plate!

- Non! C'est jamais plate, des funérailles. Parce que si tu y assistes c'est que tu connais la personne qui est là dans le cercueil.

- C'est quoi un cercueil? demanda Soleille.

- Nous y voilà, dit Félix. C'est l'église et le presbytère de Saint-Juste.

- Je te montrerai, dit Lyne à Soleille. Tu verras dans l'église.

- Oh là là! Y a du monde! dit Félix.

La place de l'église était remplie d'autos. De même que le devant de la salle municipale. Plus aucun espace libre non plus dans le stationnement du magasin général chez Victorien. Félix ne se gêna pas et alla se garer dans l'entrée de la maison chez Nounou, son ancien bedeau. Il était sûr d'y être le bienvenu. Peut-être était-elle encore à la maison? La cérémonie n'avait lieu qu'une heure plus tard. Effectivement. Elle le vit débarquer. Et sortit.

- Ah ben! Si c'est pas Félix! lui cria-t-elle de sa galerie.

- Descendez! dit Félix à Lyne et aux enfants.

Malgré sa taille bien supérieure à la moyenne, Nounou était agile. Elle fut tout de suite rendue à l'auto. Et ne put s'empêcher d'entourer Félix de ses gros bras et de le presser sur elle. Lyne comprit vite que Félix était en terrain familier et qu'elle ne devait pas se surprendre des attentions qu'on aurait envers lui! Nounou, une inconditionnelle de Félix, contourna vite l'auto et vint accueillir Lyne. Elle l'avait vue une fois au presbytère. Nounou ne laissa pas paraître son malaise. Mais il lui était difficile d'accueillir, le cœur ouvert, cette femme qui lui avait enlevé son curé.

- C'est-ti à vous ces beaux enfants-là? lui dit-elle.

- À mon frère, répondit Lyne.

- Ils sont avec nous pour deux semaines, dit Félix.

- Ah vous! reprit Nounou, vous avez beau ne plus être curé, ça va toujours vous prendre votre petite paroisse pareil.

Puis elle demanda aux enfants :

- C'est quoi son nom à cette belle p'tite fille-là?

- Soleille, lui répondit la belle petite fille.

- Est-ce que tu vas à l'école?

- Oui! En première année.

- Et toi?

- Loup!

- Loup quoi?

- Loup! reprit-il.

- Loup comme... Loup?

- Ben oui!

- C'est rare qu'on voit ça. Soleille aussi, c'est rare.

Puis se tournant vers Félix, Nounou poursuivit :

- Cette pauvre Florence nous a quittés. La chanceuse, elle n'a pas souffert. Elle est morte dans son sommeil.

Les années que Florence avait vécues avec Félix et sa gang au presbytère avait été parmi les plus belles de sa vie. Tout le monde l'entourait, la vantait, la valorisait, l'aimait. À près de quatre-vingts ans, elle était le boute-en-train de la maison. À cause d'elle, la cuisine était devenue la plaque tournante des lieux. On y venait la consulter, l'aider, la faire raconter, lui emprunter de l'argent… et lui donner des petits becs dans le cou. Félix avait avec elle des comportements de mari, de frère, de fils. Ils étaient tous les deux comme le père et la mère de la maisonnée.

- J'ai hâte de la voir, dit-il à Nounou.

- Vous ne la verrez pas. Le cercueil est fermé.

- C'est bien vrai. Elle disait souvent : « Y sont pas pour venir me rire dans face. Ma tombe va être fermée. Y ont assez ri de moé de mon vivant. »

- Est-ce que vous entrez cinq minutes? demanda Nounou.

- Non, merci, répondit Félix. Je vais aller tout de suite à l'église. Toi, Lyne, est-ce que tu viens avec moi maintenant? Ou bien si tu te rendras à l'église juste pour la célébration?

- Vous avez ben beau, reprit Nounou. Vous pouvez attendre à la maison avec les enfants. Vous serez seuls. C'est pas gênant. Moé, faut que j'aille grailler l'autel.

- Moi, les salons mortuaires, j'aime pas tellement, fit

Lyne. Et puis, je prendrais bien un grand verre d'eau. Les enfants, venez avec moi.

- Je vais avec Félix, dit Soleille. Je veux voir le cercueil.

- O. K., viens avec moi, ma pitte, fit Félix.

Nounou introduisit Lyne et Loup dans sa maison alors que Félix prit la direction de l'église, tenant Soleille par la main. Il était fier d'arriver en ce lieu bondé de monde accompagné de cette belle enfant. De plus, cette petite de six ans le sécurisait. Il ne savait pas comment il serait acueilli par ses anciens paroissiens. Avant d'ouvrir la grande porte, il s'accroupit devant elle, prit ses deux petites mains dans les siennes et lui dit :

- Florence c'est une grand-maman que j'ai connue quand je vivais ici. Une madame que j'aimais beaucoup. Elle est morte. Elle ne vivra plus. Comme un des petits poissons de ton aquarium, l'autre jour. Ils l'ont couchée dans la belle grosse boîte en bois en avant de l'église. C'est ça un cercueil. On va rencontrer plein de monde. Elle a dix enfants. Ils seront tous là.

- Dix enfants?

- Oui! Huit garçons et deux filles. Ils seront contents de te connaître, j'en suis sûr. Ils étaient devenus mes amis.

- Pourquoi tu n'as pas eu d'enfants, toi? lui dit-elle.

- Toute la paroisse, c'étaient mes enfants, mes frères, mes soeurs. Viens! je vais te les présenter.

La main dans la main, l'ex-curé de Saint-Juste et Soleille pénétrèrent dans l'église. De coutume, on exposait les morts dans la salle municipale. Les enfants de Florence avaient obtenu que l'église tienne lieu de chapelle ardente. Faut croire que Florence était déjà rendue au paradis. C'était la fête là-dedans! Ses huit gars et ses deux filles dispersés dans la foule donnaient le ton à l'assemblée. Des gros et grands gars qui parlaient fort. Les filles aussi. Ils avaient été élevés dans la paroisse et connaissaient tout le monde. Florence n'était pas nécessairement le sujet de conversation. Personnage controversé dans la paroisse, d'abord à cause de son accointance avec tous les *freaks* de la ville qui avaient habité au presbytère avec elle et qui n'étaient pas toujours bien vus dans cette paisible campagne, à cause aussi de son franc-parler proverbial, mais peut-être surtout du fait qu'au temps où elle élevait sa famille dans le rang des Collines où elle et son mari tiraient le diable par la queue, pauvres parmi les pauvres, elle avait toujours voulu prendre sa place et marcher la tête haute. Et des pauvres de même, c'est controversé!

On était venu de Québec et de Montréal pour les funérailles de Florence. Certains n'étaient pas revenus à Saint-Juste depuis le départ de leur famille. Après avoir vite fait le tour de la sempiternelle question « Et toi, qu'est-ce que tu fais maintenant? » par petits groupes autour de l'un ou l'autre des enfants de Florence, on s'est surtout remémoré le temps des camps en bois rond, des écoles de rang, des chemins boueux du printemps, des gros hivers où la neige s'amassait jusqu'en haut des fenêtres, des lampes à l'huile, de la poche de farine qui devait durer tout l'hiver, et somme toute de la misère noire que personne ne voulait revivre. Félix s'introduisait dans le premier petit groupe planté derrière l'église où la plus jeune des deux filles de Florence était en train de raconter comment sa mère était une personne qui avait beaucoup chanté dans sa vie. Elle chantait tout le temps. Triste, elle chantait des complaintes. À la première neige, « C'est l'hiver ma chérie. » Aux jours qui précédaient les retours du chantier de son mari, des chansons d'amour. Pour endormir ses petits, des berceuses et des berceuses. Tout l'automne, des cantiques de Noël. Toujours des chansons qui traduisaient ses émotions du moment. Et combien de fois on l'a surprise à prier en chantant : « Aimer Jésus, l'adorer en silence ». Elle arrêtait alors sa besogne, entonnait, immobile, la première strophe, puis se remettait à travailler. Et lors des veillées, pas moyen de lui faire sortir un son : « Moé, je chante pour me tenir en vie, disait-elle quand on la suppliait de chanter. À ce que je sache, y a pas personne en danger de mort icitte à soir. »

- C'te pauvre vieille, ajouta sa fille, une chance qu'elle a chanté sa vie. Autrement, j'pense qu'elle n'aurait pas pu passer au travers. C'était comme une thérapie pour elle. Ça sortait par là.

En apercevant Félix, elle s'avança. Il la serra dans ses bras. Elle se dégagea et dit :

- T'es donc ben fin d'être venu. Qu'elle doit donc être heureuse de voir que t'es là avec nous autres. Elle pensait bien que tu serais le curé « qui lui fermerait les yeux ». Tu te souviens qu'elle disait cela? Elle a été bien heureuse avec vous autres au presbytère. C'est-ti à toi cette belle petite fille-là?

- Non! C'est ma nièce.

La petite se colla à la jambe de Félix, qui reprit :

- Elle s'appelle Soleille. Excuse-moi! Je vais aller prier un petit moment sur la tombe de Florence. Viens! Soleille!

Félix regarda droit devant lui. Et tenant la main de Soleille, il se rendit directement au cercueil, faisant bien attention de ne rencontrer le regard de personne pour ne pas être intercepté. Il s'avança bien près du cercueil et y posa la main, les yeux fermés pour ne pas être distrait par les gens tout autour qui parlaient fort et riaient. Le contact du cercueil en bois verni clair avec le corps de Florence à l'intérieur le fit frémir. Les moments de bonheur vécus avec elle au presbytère prirent tout à coup de la place à l'intérieur de son ventre, à l'endroit même des émotions intenses de la vie. Aucune circonstance particulière de leur séjour de quatre années ensemble ne lui revenait. Seulement des émotions. De présence séduisante. De gaieté débridée. D'inquiétude partagée. D'attentions amoureuses. Son ventre en était inondé. Et ça montait jusqu'au coeur. Il était sûr qu'elle était là. Encore. Il ne lui avait pas fermé les yeux. Mais elle ouvrait les siens, lui montrant qu'il peut être simple le bonheur de l'amour, qu'il faut le goûter quand il passe, ne pas l'escamoter, savoir l'apprécier surtout pour ne pas chercher ailleurs, et finalement s'en souvenir toujours : c'est ce qui nous fait croire aux jours noirs qu'il est encore possible.

Soleille bougea. Un homme se tenait tout près d'eux. En silence aussi. Félix, reprenant conscience des bruits environnants et des conversations omniprésentes, ouvrit les yeux et regarda Soleille qui avait levé la tête vers l'homme derrière lui. Ce dernier mit sa grosse main sur l'épaule de Félix. C'était le plus jeune des garçons de Florence. Les deux hommes s'étreignirent. Florence parlait souvent de ses enfants. Félix les avait d'abord connus par ce qu'elle lui en avait raconté. Ils avaient tous et toutes beaucoup d'importance pour elle. Les premiers temps où elle vivait avec Félix, il aurait pu les nommer tous les dix sans les avoir jamais vus. Comme tous les parents, elle se défendait bien d'avoir des préférés. Mais ce dernier garçon semblait bien être « le sien ». En tout cas, il savait faire les choses! Et mieux que tous! Félix s'était attaché à lui. Il venait souvent à Saint-Juste.

Félix n'eut pas à faire le tour de la famille. À mesure que l'heure de la cérémonie approchait, les enfants se regroupèrent autour du cercueil. Lyne, chez Nounou, voyait l'heure arriver. Et toujours pas de Félix. Il lui avait dit qu'il viendrait la chercher. Il l'oubliait. En famille avec les enfants de Florence, il n'y pensait plus. Soleille dit à l'oreille de Félix :

- J'ai envie!

- Va chez Nounou. Dans la maison où est Lyne. Ah! C'est vrai! J'avais dit que je viendrais la prendre juste avant la cérémonie.

Il s'excusa et partit avec Soleille. Il eut du mal à sortir de l'église, se faisant accoster par l'un ou l'autre de ses anciens paroissiens. Certains se méprenaient et l'appelaient encore « Monsieur le curé ».

À la maison chez Nounou, Lyne attendait Félix avec impatience. Assise à la table de la cuisine, elle feuilletait un catalogue de *Primes de luxe*, pendant que Loup regardait la télévision.

- Est-ce que vous venez? lui dit Félix en entrant.

- Je suis gênée, fit Lyne, d'aller parader devant tout le monde. « C'est elle! » qu'ils vont chuchoter.

- Quand bien même que les gens te regarderaient... Tu es belle. Elle portait un superbe costume d'été chocolat au lait avec pantalon. Et on a deux beaux enfants avec nous.

- Bon! Bon! Viens! Loup, dit-elle finalement. Où est Soleille?

- Elle s'en vient, fit Félix.

Lorsqu'ils entrèrent dans l'église, les lieux avaient changé d'allure. En silence chacun écoutait le prêtre. Félix aurait aimé aller s'asseoir avec les enfants de Florence à l'avant. Trop gêné, il prit place à l'arrière. Soudain il aperçut Luce à deux bancs devant lui. Il y avait de la place à côté d'elle. Il profita d'un moment où la foule se leva pour s'avancer avec Lyne et les enfants. Luce l'accueillit avec un sourire de surprise et lui dit à voix basse :

- Que j'suis contente de te voir! J'pensais que tu n'viendrais pas.

Il l'embrassa sur la joue.

- Heille! Pas dans une église.

Luce avait été une des premières à venir habiter au presbytère. Après le départ de Félix de la paroisse, elle s'en était allée vivre avec Florence. Qu'allait-elle devenir maintenant? Elle serait bien capable de se débrouiller toute seule, mais personne ne la croyait assez responsable pour cela et, elle ne se croyait pas en assez bonne santé. À ce moment où on chantait « Ajoute Seigneur, un couvert à ta table, tu auras aujourd'hui un convive de plus ». Félix s'inquiétait de savoir où Luce irait bien habiter? Il se sentait encore responsable d'elle. L'idée lui passa par la tête de demander à Lyne « d'ajouter un couvert à leur table » en attendant qu'elle se trouve un endroit ou qu'il lui en trouve un. Il avait hâte de pouvoir lui demander ce qu'elle comptait faire.

À la fin de la cérémonie, les croque-morts s'avancèrent pour sortir le cercueil. L'instant le plus macabre des funérailles. Macabre pour ceux qui ne sont pas impliqués émotivement. Et terriblement prenant pour ceux qui le sont : il marque le temps de la séparation définitive. Félix, voyant le cercueil de Florence passer près de lui, et ses enfants qui la suivaient, les yeux rougis, prit la main de Luce et vint dans l'allée avec elle, à la suite de la famille. Lyne suivit avec les enfants. Jusqu'au cimetière ils marchèrent ainsi en silence la main dans la main. Luce n'aimait pas démontrer publiquement ses sentiments. Mais là, orpheline de sa meilleure amie, elle acceptait que Félix, son meilleur ami aussi, l'accompagne tendrement. Félix avait toujours eu un faible pour Luce. Il admirait sa vivacité d'esprit, sa simplicité, sa foi surprenante et son humour percutant. À son départ du presbytère, il lui avait avoué qu'il n'avait jamais vécu avec pareille femme dans son entourage.

Au cimetière, après que le prêtre eut prononcé les dernières prières, les huit garçons de Florence et ses deux filles, avec leur conjoint, se tenaient serrés en silence, regardant la tombe suspendue au-dessus de la fosse, garnie d'un ensemble de roses. Ils remettaient à la terre celle qui les avait mis au monde. Chacun pensait sans doute à un moment ou l'autre de sa vie où Florence avait été généreuse, avait pleuré, avait fait la folle, avait aimé, avait chanté. Elle qui avait tant chanté! Le plus jeune de ses gars regarda sa sœur à ses côtés, lui fit un beau sourire et spontanément d'une voix chaude entonna :

Si demain tu cueilles une rose…
Les autres enchaînèrent avec lui :
Dont le cœur est déjà fané
Dis-toi bien que cette rose
Est la dernière de l'été.

Hier encore au voisinage
Fleurissait tout un jardin
Dont il ne reste qu'un feuillage
Que l'hiver brûlera demain

En amour comme en toute chose
En amour comme en amitié
Si ton cœur trouve une rose
Cette rose il faut la garder

Florence l'avait tant chanté. Les larmes coulaient, mais la joie, la joie de la présence, inondait le cimetière de Saint-Juste. À la fin, celui qui avait entonné s'avança, prit deux roses et les donna à ses deux soeurs. Il en prit d'autres et en donna une à chacun de ses frères. Puis, il en prit une autre, chercha du regard. Trouva Félix. Et lui dit :

- Tiens! Toi aussi! Tu as bien pris soin d'elle…

Félix s'approcha, les larmes aux yeux, prit la rose et retourna à sa place en ne regardant personne : il était trop ému. Toute la vie de Florence inondait son cœur. Cette vie bien besognée, sacrifiée, soufferte par bouts, priée souvent, déridée par moments surtout sur le tard, finalement envolée et mystérieusement continuée. Le prêtre avait dit à l'église : « Notre sœur Florence baigne dans l'amour divin. » Félix, sa rose à la main, entre Luce et Lyne, baignait silencieusement dans ses larmes, alors que tout le monde présent, recueilli, fixait la tombe. Pour signifier que le temps était venu de quitter les lieux, le gérant des pompes funèbres se pencha et actionna un petit levier qui fit descendre tranquillement la tombe à mi-fosse où elle s'immobilisa. Florence entrait en terre. La terre de cette paroisse qu'elle avait, avec son mari, défrichée, ensemencée, arrosée, fait fructifier. Elle l'ensemençait à nouveau.

Le cimetière de Saint-Juste était entouré d'un boisé d'érables, de trembles, de merisiers, de hêtres. Des grands arbres où on pouvait s'attendre à trouver des dizaines d'oiseaux. Ce jour-là, cet après-midi-là, à cet instant-là, on aurait dit qu'ils étaient des milliers à chanter l'arrivée de Florence en paradis.

Au lunch, dans le sous-sol de l'église, ça parlait fort. Comme avant les funérailles. « Vous fêterez ma mort! » avait écrit Florence dans son testament. Tout le long des grandes tables montées et garnies par les femmes du cercle des fermières s'alignaient les membres de la famille, les amis, les paroissiens venus dire à Florence un dernier merci. Toute la gang du presbytère y était, sauf Alcide qui gardait la petite Esther. Même les petites filles de Joce et de Jennifer. Luce, Aimé, Félix et Soleille mangeaient ensemble. Aimé le potier, cet ami de longue date. Le premier à être venu s'installer avec Félix au presbytère. Un ami du temps où Félix était aussi potier. Lyne, de l'autre côté de la table, était assise aux côtés d'Alicia. Celle qui avait donné quatre petites truites à Félix à son départ.

Il se passe des choses dans la vie… Autrefois on les disait providentielles. Aussitôt après le départ de Félix, Aimé se vit offrir une petite maison à la croisée du rang du P'tit Canada et de la côte du Chômage, celle du vieux couple des Levasseur rendus en foyer. Il l'acheta. Un mois plus tard, Florence mourait.

- C'est à croire, dit Aimé à Félix, que cette maison devait servir à d'autres qu'à moi tout seul. Comme toi et ton presbytère. Hier, j'ai décidé d'inviter Luce à venir habiter chez moi.

Félix trouva ce geste si humainement grand qu'il en fut ému. Il ne pouvait même pas dire un mot. C'est Luce qui parla :

- J'étais dans rue… Puis, là, j'y suis pu.

Elle glissa son bras sous celui d'Aimé, qui la regardait avec un sourire d'amitié. Elle ajouta :

- Mon bien-aimé restera toujours mon bien-aimé.

- Sacrée Luce, lui dit-il.

Elle se pencha pour voir Félix et dit :

- Il reste fidèle, lui!

Seule Luce pouvait lancer des vérités comme celle-là. Ils rirent tous les trois. En plus d'être ému par cette nouvelle, Félix était inquiet. Combien de temps cette alliance allait-elle durer? Ils étaient souvent à couteaux tirés ces deux-là. Mais en même temps ils respectaient leurs limites. Si Aimé avait eu autant d'humour que Luce, ça aurait marché à coup sûr. Car elle en avait à revendre. Lui, il n'était pas tellement acheteur. Mais c'était un homme d'une grande vie intérieure. Comme Luce d'ailleurs. Leur point commun à eux deux. Celle d'Aimé transpirait dans son art, la poterie. Celle de Luce ne se dégageait guère. Bien peu de gens savaient l'évaluer à sa juste valeur. Enfin! Une histoire à suivre que celle de ces deux êtres farouches, mais honnêtes et bien voulants.

Lyne n'avait rien entendu de leur propos. Alicia et elle, en grande conversation, semblaient avoir trouvé un intérêt commun.

- De c'temps-ci, oui! Je sarcle mes deux jardins, disait Alicia en riant. Non! Je reste à la maison. J'élève mes deux enfants. Au printemps, je vais à la pêche dans les ruisseaux. L'été, je m'occupe de mes deux jardins et je vais aux petits fruits. L'automne, je fais mes conserves. Et l'hiver, j'ai plus de temps à consacrer à la paroisse. La fête de Noël. La semaine de Pâques. Après, les lacs dégèlent. Et c'est la pêche qui recommence. Il faut pas que j'oublie aussi : tous les lundis soir je vais jouer au *pool* au magasin général avec Hector. Ça me fait sortir de la maison.

- Oui, je connais Hector, reprit Lyne. Félix m'en a parlé.

Jusqu'à ce moment-là Alicia était assez sereine. Tout heureuse de revoir Félix, de manger en face de lui. C'était le même homme. Il n'avait pas changé. Il n'avait pas perdu de sa prestance, de son calme, de sa sécurité, de son charme. Elle trouvait que son timbre de voix, légèrement plus grave, le rendait davantage mâle. Le sexe sans doute, pensa-t-elle secrètement. Mais lorsque Lyne dit qu'elle connaissait l'histoire d'Hector, que Félix lui en avait parlé, elle ne put retenir la bouffée d'émotion qui surgit en elle.Une jalousie sournoise qu'elle n'avait jamais laissé monter. Même lorsque Félix avait annoncé qu'il quittait la prêtrise pour vivre avec une femme. Le respect sans doute. Mais là, aujourd'hui, alors qu'elle était assise juste à côté de la chanceuse qui avait fait l'amour avec lui dans le petit bois de cèdres chez Joachim, scène d'ailleurs qu'Hector avait vue de ses yeux vue et Félix niée publiquement, son amour secret de Félix refaisait surface. Lyne s'aperçut qu'Alicia regardait en direction de Félix. Elle la vit aussi se ressaisir. Alicia lui dit :

- Félix me disait tantôt que vous vous apprêtez à faire le tour de la Gaspésie. C'est bien drôle à dire, hein... Mais je vis aux portes de la Gaspésie et je n'y suis jamais allée.

- Ah non?

- Mon mari bûche dans l'bois tout l'été. Et l'hiver c'est pas bien bien l'temps d'aller virer par là.

- Et vous Lyne? Quel travail vous faites?

- Tu peux me tutoyer. Je suis enseignante.

Alicia ne put s'empêcher de penser : « On sait bien! Une femme de bûcheron, c'est pas assez instruit pour lui. » Mais aussitôt, elle se ravisa. Elle ne le pensait pas vraiment. Sa jalousie l'avait fait déraper. Elle se ressaisit à nouveau. Ajusta même son dos au dossier de la chaise. Elle fixa ses jolis yeux noirs volontaires sur ceux de Lyne et dit :

- Je suis très contente pour Félix. Il a l'air heureux. Et je suis contente pour vous aussi. Pour toi, pardon! Je suis portée à te vouvoyer. Revenez tant que vous voudrez dans la paroisse. Je suis certaine que les gens vont vous accueillir.

- Jusqu'à maintenant tout le monde a été bien gentil avec moi.

Puis elle s'adressa à Félix, qui n'eut pas de mal à l'entendre puisqu'il avait prêté l'oreille à leur conversation après qu'il eut entendu Alicia dire : « Il a l'air heureux… »

- Les enfants commencent à fortiller un peu. Il faudrait peut-être partir. Ou au moins se lever.

Pendant que Félix s'entendait avec Lyne sur l'heure de leur départ, Alicia regardait Félix délicieusement, comme on regarde en photo un kiwi, une mangue ou une figue sur son arbre, sachant bien qu'on n'aura jamais la chance de le cueillir. Félix ne s'aperçut de rien. Lorsqu'il se leva, il se souvint qu'il n'avait pas dit à Alicia combien ses truites avaient été bonnes. Après l'avoir remerciée, il lui demanda de saluer Hector et la quitta.

- Lyne! dit Félix. Je vais saluer les enfants de Florence, et je te rejoins chez Nounou.

Félix ne voulait pas demeurer plus longtemps à Saint-Juste. Pas cette fois-ci. C'était trop tôt. À sept heures et demie, Félix, Lyne et les enfants reprenaient le traversier. Direction Rivière-du-Loup, Matane, Gaspé, Percé, Paspébiac, Miguasha et la vallée de la Matapédia.

Au motel de la Plage, à Rivière-du-Loup, il ne faisait pas encore noir que Soleille et Loup dormaient dans l'un des deux lits *queen*. Les rouges magnifiques du coucher de soleil sur le fleuve s'étaient estompés pour faire place à des rose-violet foncé.

L'arrière du motel donnait sur la plage. Pas de beau sable blond comme il s'en trouve beaucoup plus loin sur la rive nord du fleuve, mais des petits cailloux gris mouvants sur lesquels il n'est pas agréable de marcher. Lyne et Félix sortirent et vinrent entendre et voir de près les vagues essouflées terminer leur course sur le rivage.

- Les enfants n'ont pas été tannants, dit Félix.

Lyne ne répondit pas tellement elle était absorbée par le décor. Un fleuve d'une telle étendue qui, après les brassages de sa journée, va se coucher paisiblement sous sa couverture de petites vagues innocentes, c'est toujours impressionnant pour les gens des grandes villes.

- Tu as été bien accueillie… reprit Félix.

Lyne fit aussitôt :

- Shut…!

Lui, il aurait aimé partager ses impressions, livrer ses émotions. Il voulait connaître ses réactions à la journée qu'elle venait de passer. Des couchers de soleil et des fins de journée sur le fleuve, il y en aurait tous les soirs le long du voyage.

- Pas tout de suite, fit-elle. Tantôt…

Ce que Félix n'aimait pas, c'était son ton. Exactement comme celui que prend un parent en position d'autorité qui veut faire attendre son enfant. Il n'était pas habitué à ce genre de relation avec quelqu'un. Même dans son monde religieux, très hiérarchisé, on ne lui parlait pas sur ce ton. Et pourquoi madame ne tiendrait-elle pas compte de son goût à lui de revenir sur la journée. Il ne fallait pas en faire un plat. Mais Félix se sentait frustré. Malgré les cailloux mouvants, il partit marcher sur la plage, comme si de rien n'était.

- Où vas-tu, fit-elle?

Vu le bruit des petites vagues, il fit mine de ne pas comprendre.

- Félix! Où vas-tu? reprit-elle un peu plus fort.

Il se retourna à peine, et inventa :

- Je vais voir le tronc d'arbre échoué sur la berge, là-bas.

- Non… reprit-elle en le suppliant. S'il te plaît… Reste avec moi. Viens… On va admirer ce beau ciel ensemble. Ce serait mieux de ne pas nous éloigner à cause des enfants. Ça n'arrive pas souvent qu'on a l'occasion de voir ensemble ces belles couleurs au bord de la mer.

Le nouveau ton qu'elle prit désarma Félix. À peine une minute auparavant, il était concentré sur ses impressions de la journée. Et voilà que maintenant, parce qu'elle avait changé d'attitude et surtout qu'il avait du mal à supporter les déplaisirs de Lyne, à cause de sa constante soif d'être aimé, de sa sensibilité à ce genre d'appel manipulateur, Félix ne put s'empêcher de faire volte-face et de revenir vers elle. Lyne n'avait pas bougé. Elle lui tendit la main :

- Viens mon pit! Regarde! Il n'y a qu'une seule étoile. Et très brillante. Comme c'est beau! Tu ne trouves pas?

- C'est pas une étoile. C'est la planète Vénus.

- Peu importe. C'est beau quand même.

Félix s'approcha tout près d'elle, mais ne la toucha pas. Ne prit pas sa main non plus. Il était incapable d'aller plus loin.

- Cette journée finit bien, ajouta-t-elle. Tu ne trouves pas?

Ils restèrent là à regarder le fleuve, les pieds calés dans les cailloux gris. Jusqu'à ce qu'il fasse suffisamment noir pour que de vraies étoiles apparaissent dans le ciel.

Félix s'endormit en pensant à Florence. En pensant aussi à Lyne. À la scène de la plage. Allait-il toujours faire comme elle veut et taire ses besoins? C'est quoi une vie de couple? On cède chacun son tour? On trouve un terrain de compromis ou l'un tient son bout et l'autre s'habitue? Un genre de question que Félix n'avait jamais eu à se poser quand il était curé...

CHAPITRE VIII

- Papa! dirent en chœur Soleille et Loup, lorsqu'ils virent apparaître l'auto de Richard dans la cour.

Ils n'avaient pas vu leur père depuis quinze jours. Ils sortirent de la maison en vitesse, laissant la porte grande ouverte. Soleille sauta littéralement dans les bras de son père pour l'embrasser. Puis, lui dit :

- Nous as-tu apporté un cadeau?

Loup était moins expressif. Il attendait son tour, ayant surtout des choses à raconter.

- Papa! On a vu un poisson avec des poumons.

- Tu as vu ça, toi?

- Et on est allés fouiller dans les falaises avec des marteaux.

Richard regarda en direction de Lyne, qui s'approchait de l'auto. D'un regard plein de chaleur, il lui dit :

- Je me suis ennuyé de toi, ma fleur.

Lyne vint tout près, posa sa main sur la hanche de Richard et dit :

- Moi aussi, mon *bird*.

- Vous êtes allés à Miguasha? demanda-t-il.

Félix répondit :

- Oui!

- Salut, toi! dit Richard à Félix en lui serrant la main. Et la paternité?

- J'ai passé pour leur père tout le long du voyage. Et Lyne pour leur mère. On s'est bien amusés. Tu as des enfants adorables.

- On est allés en bateau, dit Soleille, et Félix s'est fait arroser. C'était drôle!

Et les enfants rirent à nouveau de bon cœur.

Soleille rappliqua :

- Papa! Est-ce que tu nous a apporté des cadeaux?

- Oui! fit Loup. Des cadeaux?

- Pas des cadeaux, répliqua Richard. Un cadeau. Chacun un gros cadeau.

Il ouvrit le coffre de l'auto, en sortit une valise et dit :

- Entrons!

- Et les Rocheuses? demanda Lyne, qui marchait près de lui.

- Je n'avais encore jamais rien vu d'aussi impressionnant dans ma vie. Et une fois à Calgary, on est allés voir les restes des dinosaures dans les Bad Lands. Ça aussi c'est très impressionnant.

- Des dinosaures? reprirent en chœur les enfants. Tu as vu des dinosaures?

- Non, des squelettes de dinosaure. Je vous promets que je vais vous y amener un jour.

Soleille et Loup parurent satisfaits et ne posèrent pas d'autres questions là-dessus. Dans la maison, Richard ouvrit la valise :

- Un cadeau pour ma tante Lyne… dit-il en sortant un premier sac. Un autre pour mon oncle Félix…

Félix sursauta. Puis se dit : « Bien Oui! Je suis leur mononcle… » Richard leur avait rapporté chacun une veste en laine polaire. Magnifique!

- Ben voyons! Mon *bird*, c'est bien trop beau.

Félix était gêné. Richard leur dit, avant d'offrir les cadeaux aux enfants :

- D'avoir gardé mes enfants pendant deux semaines et m'avoir permis de faire un voyage de célibataire, ça me valait bien plus encore. Ça me fait plaisir de vous les offrir. Bon! Les enfants maintenant… Voilà pour Soleille… Et voilà pour Loup! Attention! C'est lourd. Et cassant.

Soleille, la première, découvrit l'objet en entier. Les yeux grands ouverts. Elle dit :

- Oh… Un petit dinosaure qui sort de son œuf.

- La même chose… fit Loup. Non! C'est pas la même espèce.

- Ce n'est pas pour jouer, dit Richard. Mais pour mettre sur la commode dans votre chambre. Regardez! Ça s'allume.

Éclairé de l'intérieur, l'œuf en porcelaine translucide laissait entrevoir les membres arrière et le bas du corps du petit dinosaure encore emprisonné. Deux pièces superbes, que Soleille et Loup n'avait pas l'air d'estimer à leur juste valeur. Richard se doutait bien qu'ils auraient préféré des gadgets à piles. Mais somme toute, il était content de ses achats. Il dit :

- Ils sauront bien apprécier un jour.

- Où il est ton minou? demanda Loup à Lyne.

- Il doit être dehors. Il se tient dans les grandes herbes autour du jardin de ce temps-ci.

Il sortit. Et Soleille la suivit.

- Raconte-nous ton voyage, demanda vite Lyne.

- Moi aussi je voudrais que vous me racontiez le vôtre, reprit-il. Le lac Louise! Mes agneaux! Quel endroit! C'est céleste! La place par excellence des amoureux.

Lyne et Félix se regardèrent. Félix ne recommençait ses travaux de maintenance qu'à la mi-août. Et Lyne, son école, à la fin de l'été. Il leur restait quatre semaines de vacances.

- Je pense à faire ce voyage dans les Rocheuses depuis des années, dit Lyne.

- C'est l'occasion rêvée, ma fleur. Vous verrez, vous ne le regretterez pas. Je vous le dis, le lac Louise, c'est magique! Non seulement tu t'émerveilles devant ce lac d'un vert émeraude avec l'imposant glacier qui se mire dedans, mais tu sens ton cœur en appétit... Il y a quelque chose dans l'air qui invite au bonheur. Tu es là au bord du lac avec ces montagnes qui t'envoûtent… qui te sécurisent.

- On ne peut pas ne pas y aller ma pitte, dit Félix, conquis par les paroles de Richard.

- C'est un peu loin, reprit Richard. Quatre à cinq jours de route d'ici. Mais ça vaut le coup. Il vous reste un mois de vacances? C'est bien suffisant.

- Et mon jardin? questionna Lyne. Dans un mois, il aura l'air d'un derrière de grange. Et ma chatte.

- Ne n'inquiète pas. Je prendrai soin de tout ça, fit Richard.

Elle entoura la taille de Félix et dit :

- Ce pourrait être notre voyage de noces.

Félix pencha la tête vers Lyne, et fit un signe affirmatif avec un sourire amoureux.

- On va y penser sérieusement, reprit-elle. On va compter nos sous.

Félix continua :

- On prendrait ton auto, ou la mienne?

- La mienne. Elle est un petit peu moins vieille.

- Vous avez l'air décidés, fit Richard.

- Est-ce qu'on irait en camping? continua Félix, toujours en insistant.

- Oui! Ça va nous coûter moins cher. Myriam nous prêtera son matériel.

- C'est bizarre, hein! Quand j'étais jeune prêtre, je conseillais aux couples qui voulaient se marier d'aller faire du camping ensemble. Je leur disais qu'ils auraient une petite idée de ce qu'est la vie commune. Je ne sais pas où j'avais pris cette idée-là. En camping, tu as tellement d'occasions de prendre des décisions : le choix du camping, le choix du site, l'orientation de la tente, l'emplacement de la table, de la corde à linge. Tu es toujours en train de négocier. L'endroit idéal pour voir comment tu fonctionnes en couple. Ça passe ou ça casse.

- Tout un conseil pour un curé! dit Richard. Tu les forçais à coucher ensemble avant le mariage.

- Ils étaient rares, ceux qui ne s'étaient pas essayés... fit Félix. De toute façon, je ne me souviens pas qu'on ait suivi mon conseil.

Puis il regarda Lyne :

- Si jamais on y va...j'ai bien hâte de nous voir, le premier soir.

- C'est toi, le scout, lui dit-elle, moqueuse. Je ferai comme tu voudras.

- Et puis? demanda Félix à Richard, l'escalade au lac Louise? Raconte-nous.

- On a été là cinq jours. Il a plu deux jours. Mais les trois autres jours... Fantastique! Tu domines cette vaste étendue verte. Tu te croirais au-dessus d'une immense table de *pool*. C'est à peu près le même vert. Je n'ai jamais fait d'escalade dans des conditions pareilles. Mais ça ne fait rien. Le décor! Vous verrez : quand vous prendrez le sentier à droite du lac, vous verrez les murs. Vous passerez même juste en dessous des grimpeurs.

- Ça me donne le goût de partir, dit Lyne.

Effectivement, ils décidèrent d'y aller. Et quatre jours plus tard, à la barre du jour, ils quittaient tous les deux la maison blanc et bleu de la route du Moulin. La Toyota Corolla blanche de Lyne, chaussée en neuf, graissée, huilée, lavée et *simonizée*, prit la route de l'Ouest. Lyne était au volant. Comme Félix s'était endormi tard la veille, il sommeillait aussitôt passé Montréal, le soleil n'étant pas encore levé.

Lyne était fière de sa Toyota. Elle l'avait achetée neuve. C'était sa troisième Toyota Corolla. Pour elle il n'y avait pas de meilleure voiture sur le marché. Seulement, elle grossissait tout le temps! Sa première était de petite catégorie. Sa seconde, de catégorie supérieure. Et finalement celle-ci, elle l'appelait sa grosse bagnole. Évidemment, les prix avaient augmenté en conséquence. Lyne avait ouvert sa fenêtre pour ne pas sommeiller. Elle aussi s'était endormie tard. « Comme on est bien les cheveux courts », se dit-elle. Pour le voyage, elle s'était décidée à les couper. Pourtant, elle était attachée à ses longs cheveux. Ça lui donnait plus de possibilités pour se coiffer. Sur le cou, les fins de semaine, lissés sur le côté et attachés derrière pour l'école, en queue de cheval pour les travaux de la maison, et avec une barrette au-dessus de l'oreille, pour séduire Félix, et la semaine et les fins de semaine. Les cheveux coupés court, elle avait l'air d'une gamine, disait-elle. Ils ne seraient pas encore bien longs pour l'entrée des classes. Mais elle compenserait par la couleur de ses costumes.

Ce n'était pas le temps de penser à l'école. L'air frais du matin ne suffisait pas pour la tenir éveillée. Elle inséra une cassette de Catherine Lara, sa chanteuse préférée. Elle aimait bien son audace, sa façon neuve de mêler le violon à ses rythmes rock. Et ses paroles où l'on sent la vie qui veut éclater tout le temps.

Le soleil se levait et luisait sur l'asphalte. Lyne le voyait dans son miroir. Elle le vit d'autant mieux qu'elle venait de passer du Québec en Ontario. Et l'asphalte d'Ontario est de meilleure qualité, faut croire. Ou de moins bonne. En tout cas, elle y est toujours plus neuve. Ça se voit quand on passe la frontière. Donc, le soleil se levait sur l'asphalte de l'Ontario quand Félix se réveilla au son de *Nuits magiques*. Lyne tambourinait sur le volant.

- On a fait un beau petit dodo? dit-elle le nez en l'air, sans regarder Félix.

- Où on est rendus? fit-il en relevant le dossier de son siège.

- En Ontario.

Il regarda l'heure.

- Et il est seulement six heures et demie. Je pense que je vais me recoucher. Je m'endors encore. Est-ce que ça va, toi? Tu ne t'endors pas trop?

- Moi, je suis très heureuse! reprit-elle, encore le nez en l'air. Tu peux dormir. Tout va très bien.

Il abaissa le siège à nouveau et s'installa pour dormir.

- Est-ce que tu peux baisser le son un peu, s'il te plaît? lui demanda-t-il.

- Bien sûr, mon pit!

Tout le long de cette chanson de Catherine Lara, Félix ne put dormir. La minute que ton cerveau commence à s'activer et ta conscience à s'éveiller, le sommeil ne vient pas. Une chanson que Lyne adorait. Ça se voyait. Elle prononçait les mots en même temps que la chanteuse. Et mordait dedans. Et voyez-vous, tout cela troublait Félix. Il se demandait comment il se faisait que Lyne puisse adorer ces *Nuits magiques*, alors qu'elle semblait filer le parfait bonheur avec lui. Catherine Lara chantait la magie de ces nuits où tu rencontres quelqu'un qui t'attire, que tu laisses entrer dans ta vie, dans ta chambre, dans ton lit, avec qui tu dors sous tes draps blancs, et qui au matin s'en va, sans laisser de traces. Ces nuits magiques, Félix ne les connaissait pas. Peut-être Lyne les connaissait-elle. Il ne savait pas tout d'elle. Alors qu'il était là, présent dans sa vie, comment pouvait-elle aimer une chanson pareille? Complètement réveillé, il se releva.

- Tu ne dors plus?

- Je n'ai pas réussi à me rendormir. Il va faire beau aujourd'hui.Un beau soleil.

- Est-ce que tu as faim? lui demanda-t-elle.

- Oui! Un peu.

- Tiens! Juste ici. Il y a un restaurant.

Un petit restaurant de routier comme on aime tant s'y

arrêter, croyant que la nourriture y sera meilleure qu'ailleurs. Pas à cet endroit. Les œufs n'étaient pas assez cuits, les rôties trop foncées au goût de Lyne, le café loin d'être aussi bon que dans la maison blanc et bleu du rang du Moulin. Enfin, comme première expérience de restauration, ce n'était pas très probant. Heureusement, tous les soirs, ils mangeraient en camping leur propre nourriture.

Quand même rassasiés, ils reprirent la route. Avec Félix au volant. Comme la fraîcheur du matin avait complètement fondue au soleil, ils ouvrirent les fenêtres toutes grandes pour avoir de l'air. Ils étaient tous les deux du même avis : quand on roule au soleil, la ventilation par les fenêtres ouvertes vaut bien mieux que l'air conditionné. Surtout si on a les cheveux courts. Toute la journée, les villes et les villages passèrent. La fatigue des conducteurs s'accumulait. Le soleil, fatigué lui aussi, allait se coucher. Depuis un bout de temps, Félix et Lyne surveillaient les panneaux annonçant les terrains de camping. Tout à coup ils en virent un qui semblait être un camping d'État. Sur le bord du lac Supérieur. Ils avaient fait un sacré bout de chemin! Comme on était en juillet, ils durent se contenter d'un site éloigné de la plage. Lyne et Félix avaient des goûts semblables. D'une façon intuitive, ils avaient été attirés par l'affiche du bord de la route. De la même manière, ils choisirent un emplacement encadré entre deux haies de sapinage et d'aulnes, avec une ouverture sur le soleil levant. Il fait tellement bon de soulever la toile de la tente le matin et d'y voir le soleil qui nous attend.

Ils étaient crevés. Ils ne mangèrent même pas ce qu'ils avaient prévu pour le souper. Ils optèrent pour le moins compliqué. Des céréales et des fruits. Et le ciel était encore bien rouge à l'ouest du grand lac que déjà, tous les deux, avant de s'endormir, voyaient défiler des lignes blanches sous leurs paupières closes.

Il plut dans la nuit. Mais ils ne s'en aperçurent même pas. Ils durent donc, le matin, attendre que le soleil soit assez haut pour bien sécher la tente. Encore une journée ensoleillée. Avec les fenêtres ouvertes et les cheveux au vent. Félix commençait tout juste à s'habituer à prendre du bon temps. Il y avait un côté jouisseur, latin, en lui qu'il n'avait jamais laissé s'exprimer du temps où il était prêtre. Maintenant, il ne se sentait plus en service commandé. Il n'avait plus rien à prouver, rien à défendre, rien à annoncer. Il ne parlait plus au nom de quelqu'un. Il n'avait de comptes à rendre qu'à lui-même. Étendu sur le dos, dans la tente entrouverte, les doigts croisés et les bras derrière la tête, il souriait à la vie, pendant que Lyne, la tête sur son épaule, caressait du doigt les poils de sa poitrine. Il avait donné vingt ans de sa vie. Il prenait une pause maintenant.

Lyne était heureuse de le voir si détendu. Elle avait craint au début, lorsqu'elle le voyait angoissé après avoir fait l'amour, qu'il ait du mal à jouir de la vie. Elle caressa longuement son ventre. Elle lui dit :

- Sais-tu quoi? J'ai le goût de galoper sur toi.

- Galope mon amour! Galope!

Félix n'eut pas besoin de longs préliminaires. Lyne non plus. Par la porte de la tente entrouverte, on aurait pu voir Lyne jouir de la vie, le dos arqué, les bras élevés, les doigts glissés dans ses cheveux courts, mais personne ne passa par là.

Après qu'ils eurent pris un gros déjeuner sur la table de pique-nique, la Toyota Corolla reprit la route vers l'Ouest. Mis à part quelques vues panoramiques magnifiques sur le lac Supérieur, la route du nord de l'Ontario n'offre pas de spectacle intéressant. Malgré qu'ils ne firent d'arrêts que pour le nécessaire, ils ne purent joindre Winnipeg ce jour-là. Le lendemain seulement. Lyne avait hâte de voir la maison de Gabrielle Roy, à Saint-Boniface. Et Félix de se remémorer l'histoire de Louis Riel. Félix avait bien lu *Bonheur d'occasion* quand il était au collège. Sans plus. Lyne était une inconditionnelle de Gabrielle Roy. Juste d'être plantée là devant la maison où elle avait habité lui faisait revivre les si belles émotions qu'elle avait éprouvées en lisant *La petite poule d'eau, La montagne secrète, La route d'Altamont, Ces enfants de ma vie...* Comment ne pas être ému en marchant sur le trottoir où avait dansé à la corde et joué à la marelle celle qui a toujours le mot juste pour nous faire découvrir la grandeur de l'âme humaine, dans ses beautés comme dans ses tristesses. Lyne savait faire vibrer ses étudiants à cette grande dame de notre littérature. Elle leur faisait voir qu'il y a mille manières d'aligner les mots à la suite les uns des autres pour décrire un fait, un geste, une émotion. Mais que celle de Gabrielle Roy était unique. Par des mots très simples, que tout le monde peut comprendre, elle réussissait à décrire un fait banal, une émotion simple, de telle sorte qu'on en ressortait grandi, un peu plus instruit sur la nature humaine, et surtout mystérieusement enchanté.

Au musée Louis Riel, Félix n'en revenait pas comme il avait oublié cette page de son histoire. La ténacité de cet homme, ses ambitions pour son peuple, la justesse et la vérité de sa cause, et surtout la manière barbare que le gouvernement utilisa pour le faire taire et l'éliminer.

C'est nourris du contact de ces deux personnages inspirants que Lyne et Félix circulaient sur les trottoirs de Saint-Boniface. Les adultes qu'ils rencontraient parlaient le français entre eux. Pourtant, on était à plus de mille kilomètres du Québec. En plein cœur de Winnipeg subsiste cet îlot français avec ses écoles, sa bibliothèque, sa paroisse, sa librairie. Félix et Lyne n'en revenaient pas. Ils affichaient même une certaine fierté. Leurs cousins de l'Ouest se tenaient debout. S'étaient affirmés. Avaient conservé leur culture.

L'âme joyeuse, Félix et Lyne aperçurent un attroupement d'enfants devant la cour de récréation de l'École Gabrielle Roy. Sans doute des activités de loisirs d'été. Un jeune homme leur vendait de la crème glacée.

- En veux-tu une? demanda Félix à Lyne.

- Oh oui! Avec plaisir!

Ils s'approchèrent. Pas un de ces enfants ne parlait français.

- Ce doit être une école anglaise, fit Lyne.

- Non, regarde! C'est l'École Gabrielle Roy.

Lyne voulut en avoir le cœur net. Elle questionna un enfant :

- Au Manitoba, est-ce que vous avez de l'école durant l'été?

Un premier enfant répondit dans un français parfait.

- Non Madame, nous sommes en camp d'été.

- On n'aime pas assez l'école pour ça, reprit un autre.

- *Come on!* dit un autre à ces deux-là. *Let us play!*

- Tu vois, dit Félix à Lyne. Entre eux, ils parlent seulement l'anglais. Est-ce que tu crois que lorsqu'ils seront grands ils vont tenir à apprendre le français à leurs enfants. Dans deux générations, je ne sais pas si on parlera encore français ici?

- C'est triste! dit Lyne.

- C'est triste. Mais c'est la loi du plus fort. Ce qui est étonnant, c'est qu'ils parlent encore le français.

- Quant à cela, on pourrait dire la même chose du Québec. Nous aussi on est immergés dans une mer d'anglophones.

Félix ne savait trop quoi répondre.

- Tu les fais capituler trop facilement, toi, continua Lyne. Je suis certaine que ces gens vont continuer de lutter. Peut-être que ces enfants-là, à vingt ans, vont retrouver la fierté d'être francophones. On ne sait jamais comment l'histoire peut tourner.

Lyne était une fonçeuse. Une sprinteuse. Elle avait tenu mordicus à Félix. Elle l'avait eu. Elle pouvait comprendre les revirements, les motivations subites. Félix, plutôt style coureur de fond, voyait les choses à long terme.

- Si le Québec devient un État souverain, dit Lyne, soucieuse, les minorités comme celle-ci, que vont-elles devenir?

- De toute façon, reprit Félix, elles sont appelées à disparaître. Comme les francophones de la Nouvelle-Angleterre.

- Tu n'as vraiment pas de cœur!

- Qu'est-ce que tu veux que je te dise. C'est ainsi.

Lyne ne parla pas pendant un bout de temps. En mangeant sa crème glacée à la vanille, elle pensait à Gabrielle Roy. Il n'y aurait donc plus de francophones de l'Ouest pour nous émouvoir comme elle, pour captiver nos enfants comme Carmen Campagne, pour nous enchanter comme Daniel Lavoie. Ou pour motiver nos luttes comme le métis Louis Riel... C'était triste! Oui! C'était triste!

Félix avait tellement hâte de se retrouver dans les plaines qu'ils ne moisirent pas à Winnipeg. Deux jours de temps à filer à travers ces blés verts pas encore à maturité. Ce n'était pas du tout comme il se les était imaginées, ces plaines. D'abord, on ne pouvait pas dire qu'elles s'étendaient à perte de vue. Il y avait toujours un petit vallon ou une petite colline qui brisait la ligne d'horizon. Et puis, en Saskatchewan, on était loin des riches fermiers des documentaires de la télévision. La route longeait davantage des pacages pour les bœufs, quand ce n'était pas carrément des terres infertiles qui faisaient penser davantage au désert du Sahara qu'aux plaines de l'Ouest canadien. Mais, malgré tout cela, Félix traversait cette contrée avec beaucoup d'intérêt. En Alberta, on aurait dit que les troupeaux de bœufs ressemblaient plus à ceux des films westerns. Mais toujours pas de cow-boys! Quand la route passait près d'une maison de ferme, Félix scrutait les alentours des bâtiments pour voir le type de machinerie agricole qu'ils utilisaient. Lyne, étonnée, lui dit :

- Dis donc! Mon pit! As-tu déjà été fermier dans une autre vie, toi?

- Pas dans une autre vie? Dans celle-ci! Quand j'étais jeune, à partir de sept ou huit ans jusqu'à treize ans je passais l'été chez mon oncle à la ferme. Peut-être pas tout l'été, mais un gros mois, certain. Hein qu'elle était fine cette matante-là! Quand je pense à elle, ce ne sont pas des images qui me viennent, mais des *feelings*. Des *feelings* de tendresse. Alors tu comprends que je sois resté attaché à la ferme. Il me vient aussi des souvenirs de senteurs : celle du foin, du maïs, de l'avoine, de l'étable, des poulaillers, de la porcherie, de la chambre à lait, du silot à grains. Revivre les moments agréables de notre enfance nous apporte de la sécurité : c'est bien curieux ça! Les vaches dans l'étable : cette image demeure la plus forte de toutes. Les premières années où j'allais chez ma tante, j'avais peur de circuler dans l'allée longeant les têtes de vache. Puis petit à petit je m'y suis aventuré. Je me trouvais même en sécurité devant ces grosses bêtes dix fois plus grosses que moi, qui semblaient gentilles. Elles étiraient leur grosse langue vers moi. J'aurais pu être davantage impressionné par le gros étalon noir de mon oncle, un canadien pur-sang. Mais non! Les vaches. Tu parles! Et d'ailleurs, si tu me demandais aujourd'hui quel est mon animal préféré, je répondrais sans hésiter, la vache.

- Tu es drôle! Mon pit!

- Toi, Lyne, les moments de sécurité de ton enfance, t'en souviens-tu?

En silence, Lyne fouillait dans son passé. Elle hésita. Puis, elle dit :

- Dans le fond de la garde-robe.

- Hein? fit-il.

- Oui! Avec Richard. Pour échapper à la violence de mon père.

- Eh bien!… C'est toute une expérience de sécurité.

- Dans le fond de la garde-robe de ma chambre. De là on ne l'entendait pas gueuler après ma mère. Heureusement, il n'est jamais venu voir là. Je te le dis! Pour moi, il n'y avait pas d'endroit plus sécuritaire. C'est là que Richard est devenu si précieux pour moi.

Elle regarda Félix :

- Tu es le premir homme à qui je parle de cela. Mon mari n'aurait rien compris. Richard fait tellement partie de ma sécurité intérieure que je me sens un peu dépendante de lui. Myriam trouve que c'est maladif. Elle, c'est son métier de voir des bibites partout. Moi, je me dis que tout le monde a des dépendances affectives. À divers degrés. Moi, je dépends de mon jumeau. Point! Tu vois. Le fait de parler de lui me fait m'en ennuyer. Je vais lui téléphoner ce soir.

Félix fut tenté de lui confier comment il avait été jaloux. Comment les téléphones du soir l'avaient souvent irrité. Mais comme elle venait de lui faire partager un côté secret de sa vie, il ne voulait pas changer de sujet. Il dit plutôt :

- Tu ne me parles jamais de ton père et ta mère. J'aimerais les connaître.

- Il n'y a qu'elle qui sait où il est. À ce temps-ci de ma vie, je ne veux pas le voir. Ma mère : on ira la voir une bonne fois. Disons que... je lui en veux d'avoir été aussi molle avec mon père, de l'avoir toléré si longtemps. Et surtout, de l'attendre encore. Mais au moins, je peux la voir. Sans trop de flammèches.

Ils arrivaient à Calgary. Au loin, la chaîne des Rocheuses. On a beau être séparatiste, et ne pas en vouloir de cette fameuse chaîne de montagnes, on a le cœur qui réagit quand on en approche. Il était six heures du soir. Même s'il leur restait plus d'une heure de route, ils décidèrent de foncer, pour se retrouver le plus tôt possible au pied de cette épine dorsale des Amériques qu'il avaient depuis longtemps repérée dans leurs livres de géographie.

Sauf à quelques rares endroits, les sommets n'étaient plus enneigés. On était en juillet. Des pentes de neige, Lyne et Félix en avait déjà vu, mais des masses gigantesques de rochers gris, alignés devant eux comme un barrage infranchissable du nord jusqu'au sud, ça, jamais de leur vie ils n'en avaient contemplé. Ils s'arrêtèrent. Lyne prit une, deux, trois, quatre photos panoramiques, pour graver quelque part un spectacle si impressionnant. Félix avait bien conservé quelques photos de son enfance, mais il avait horreur de cette manie de tout photographier. Il admettait toutefois que c'était une façon de s'arrêter pour regarder, pour contempler, pour sélectionner ce qu'on veut garder en mémoire. Son procédé à lui ne différait pas beaucoup. Devant une scène qu'il admirait, il la fixait bien comme il faut de ses yeux, se laissait impressionner par les éléments principaux, tâchait d'imprimer dans sa mémoire tous les détails possibles, et terminait par l'enchantement final. Il trouvait que ces photographies qu'il logeait dans sa mémoire devenaient accessibles n'importe quand, en plus d'avoir laissé des marques subtiles dans son subconscient.

Après leurs prises de vue respectives, Félix vint derrière Lyne et entoura son cou. Sa tête contre la sienne, il dit :

- Fallait bien que je sorte de chez les curés pour voir quelque chose d'aussi beau.

- Est-ce que tu crois encore en Dieu, lui demanda-t-elle?

- Bien sûr! Mais un tel décor ne me rapproche pas de lui, mais de toi. Je suis chanceux d'être ici avec toi.

- Moi aussi, ajouta-t-elle, en se retournant et prenant Félix dans ses bras.

Et alors qu'il regardait les montagnes et elle la plaine, il lui dit :

- J'ai du mal à croire que Dieu a créé l'univers. Ce que je crois dur comme fer, par exemple, c'est que c'est lui qui m'a mené vers toi. Pas une seconde, je n'ai regretté d'avoir fait ce choix.

Puis la serrant bien fort, il ajouta :

- Mon bel amour. Je t'aime.

Par-dessus son épaule, elle voyait la plaine. Et pensait à tout le chemin parcouru. Depuis les crêpes suzettes de Saint-Juste jusqu'au pied des Rocheuses. Elle était fière d'elle. Elle pensa tout à coup à sa mère, qui disait : « Ma petite fille! Le bonheur c'est comme du sucre à la crème. Quand on en veut, on s'en fait! » Puis subitement, elle s'écarta de lui et dit :

- As-tu faim, toi? Je commence à avoir un petit creux.

- Dans moins d'une heure, on devrait être à Banff. On va planter notre tente là?

- Ça me va!

Puis, elle l'embrassa et dit :

- Mon beau scout!

Pendant l'heure qui suivit, on n'entendit dans la voiture

que des « Oh!… » des « Ah!…. » des « Regarde!… » des « As-tu vu à gauche?… » des « Ouf! Je n'en reviens pas!… » Et un « Mon pit, que je suis heureuse! » À voir la route sillonner la vallée de Kananaskis, on dirait que la croute terrestre, il y a des milliards d'années, s'était soulevée de façon à laisser un passage le long de la rivière Bow, pour entrer jusqu'au cœur du mastodonte. Lyne prenait des photos. Et Félix conduisait. Ce qui ne l'empêchait pas de photographier à sa façon. Plus ils avançaient, plus les sommets semblaient imposants. Félix avait le sentiment d'être un peu voyeur. Lyne aussi avait la même impression. Comme s'ils entraient dans l'intimité de la montagne et levaient le voile sur ses beautés secrètes. Particulièrement à ce moment privilégié où le soleil descendait et donnait aux surfaces exposées à l'ouest des luminosités qui frisaient le doré, puis plus tard des ocres désertiques mystérieux, pour se terminer par des rouges d'enfer qui les renvoyaient à la création du monde. Il faisait brun quand ils arrivèrent au camping, tellement ils s'étaient arrêtés souvent pour jouir de la vue et de la vie.

Il n'y avait plus d'emplacements libres. À leur disposition cependant, un champ, sans service d'eau courante, où ils pouvaient monter leur tente pour la nuit. Le lendemain, il y aurait sans doute de la place au camping. Tous ces renseignements, ils les eurent en français. Depuis Saint-Boniface, pas un mot de français, nulle part. Et voilà que dans ce parc fédéral on donnait le service dans les deux langues. Ah! C'est vrai! Le Canada est un pays bilingue… Les terrains de camping fédéraux en font foi!

- Qu'est-ce qu'on fait? demanda Lyne.

- Est-ce qu'on a le choix? questionna à son tour Félix.

- On peut toujours essayer de trouver un motel quelque part …

- Je suis fatigué! reprit-il. Et je ne me vois pas aller cogner à cinquante-six portes, et demander s'ils ont de la place. Et puis, ça va coûter bien plus cher. À Banff, ici, ça ne doit pas être donné. Pour une nuit… on n'en mourra pas si on utilise une toilette sèche.

- J'aimerais bien prendre une douche, moi.

- Tu la prendras demain, ta douche. Je vais faire un marché avec toi : on couche sous la tente ce soir, et lorsqu'on sera au lac Louise, on prendra une chambre un soir à l'hôtel. Juste au bord du lac.

- Non! C'est ce soir que je veux prendre ma douche.

Félix vit bien qu'il ne réussirait pas à lui faire changer d'idée. Et sa fatigue à lui? Sa frustration? Allait-t-il faire une crise pour lui faire entendre raison? Comment faire cela? Il ne se sentait pas du tout la force, en ce moment, d'essuyer ses foudres. Choqué, il prit le volant et dit :

- Embarque!

L'atmosphère était tendue. Il n'y eut pas cinquante-six portes où frapper. Banff, ce n'est pas Laval. Les motels ne pleuvent pas. Aucune place! Nulle part!

- On n'est quand même pas pour aller à l'hotel Banff Springs, fit Félix, toujours frustré. Ça doit coûter une fortune. Et pourquoi y aurait-il plus de place là qu'ailleurs?

Par-dessus le marché, c'est Félix qui, chaque fois, devait débarquer pour s'informer.

- Heille! fit-il. Cette fois-ci, c'est toi qui débarques. J'ai mon criss de voyage!

Elle alla se renseigner au Banff Springs Hotel. Rien, là non plus. Elle n'était pas fière d'elle. Tout ce branle-bas, pour revenir au point de départ. Félix arrêta l'auto. Un endroit magique surplombant la rivière Bow. Depuis un bon moment déjà, ils n'admiraient plus rien. Il sortit. Lyne demeura à l'intérieur.

- Ouf! fit-il en expirant longuement.

Puis, moins fort, entre ses dents :

- Tu parles d'une tête dure!

Lyne n'avait pas l'air frustrée. Elle feuilletait un livret touristique. En levant les yeux vers les montagnes, elle se dit : « Faire un voyage de cinq jours pour arriver dans un si beau décor… et dire qu'on va chier dans des toilettes qui puent. J'en reviens pas. » Elle ne pouvait se détacher de cette image. Ouvrant la porte de l'auto, elle sortit et dit :

- Bon! O.K. C'est correct. On va y aller à ton camping de fortune.

Félix ne pouvait pas revenir de sa frustration en si peu de temps.

- Wow! Wow! fit-il. D'abord, c'est pas MON camping. Et puis, laisse-moi le temps de reprendre mon souffle. Tu me fais monter dans le prunier, ensuite tu voudrais que j'en redescende tout de suite. Tu es inconsciente? Ou quoi!

- Dans le prunier! Tu es drôle, mon pit!

- Veux-tu bien me dire pourquoi c'est si urgent de prendre ta douche ce soir?

- C'est pas la douche, ce sont les toilettes. Ça pue, des toilettes sèches.

- Toute une princesse aux petits pois numéro un! Je te le dis! Avant de se coucher, on ira dans un restaurant. C'est tout.

- Moi, c'est le matin.

- Eh bien! on ira demain matin. Et puis, pour éviter de se retrouver dans une situation pareille demain soir, il faudrait peut-être faire une réservation au camping du lac Louise.

- Tu m'a promis qu'on irait à l'hôtel...

- Ah ben! C'est le boutte!

Et il continua :

- ...si tu acceptais de coucher sous tente ce soir.

- C'est ce qu'on va faire...

Félix ne savait pas s'il devait rire ou couver sa frustration. Cette réplique de Lyne l'acheva. Il sourit et dit, en faisant un signe négatif de la tête :

- Toute une gijouine!

- C'est quoi ça, une gijouine? dit-elle en s'avançant vers lui avec hésitation.

- C'est une princesse aux petits pois qui manipule son chum jusqu'à ce qu'il soit choqué ben noir.

- Je ne t'ai pas manipulé. J'ai horreur des toilettes sèches. Bon!

- O.K.! On ne reviendra pas là-dessus. Viens! On va téléphoner pour faire nos réservations.

Elle voulut se rendre jusqu'à lui. Se ravisa. Et prit sa place dans l'auto.

Comme de raison, pour le lendemain, c'était complet au Château du lac Louise. Le surlendemain, s'il y avait une annulation, ils auraient une place. Pour ce qui est du camping, ils ne pouvaient réserver. Même système qu'à Banff : un camping de fortune pour les gens en attente. Ils n'avaient pas prévu qu'il serait si compliqué de se trouver un endroit pour dormir. Ils s'accommodèrent des incertitudes que suscitèrent ces inconvénients. Félix avait bien raison de proposer aux jeunes couples de partir en voyage...

Le lendemain, Lyne se promit qu'elle ferait attention pour respecter davantage les goûts de Félix. Elle ne savait pas qu'il avait horreur du magasinage. S'il avait besoin d'un morceau de linge ou autre, son choix était vite fait. Il payait et sortait. Sur l'avenue principale de Banff, s'il est un endroit exotique pour magasiner, c'est bien là. Félix n'en revenait pas qu'elle achète des cadeaux à tout le monde, Richard, les enfants, sa mère, Myriam, les parents de Félix qu'elle ne connaissait même pas. En plus de ce qu'elle choisit pour elle et lui.

- Je vais t'attendre à l'auto, lui dit-il, au bout de sa patience.

- Tiens! Apporte ces deux gros sacs.

Assis sur un banc, une plate-bande de fleurs à ses pieds et l'imposant mont Cascade devant lui, Félix essayait de comprendre Lyne. « Peut-être qu'elle est tellement envoûtée par le paysage que ça la rend folle…? Sans doute aussi veut-elle faire partager son bonheur à tous ses amis… Je ne sais pas. Moi, en tout cas, ça me rend fou de la voir acheter toutes ces bébelles. » Elle arriverait tantôt et dirait : « Regarde, mon pit, ce que j'ai acheté pour ta mère. » Félix oublia tout cela. Et profita de la chance qu'il avait d'être là, au pied de ces montagnes si imposantes. En leur présence il éprouvait un sentiment de bien-être étrange qu'il avait du mal à nommer. Il se sentait protégé par ces géants. Il se sentait en sécurité. Voilà! De la sécurité. Était-ce leur puissance qui provoquait cela? Ou leur couleur? D'un gris tellement tendre. D'habitude le gris n'inspire rien. Mais celui des Rocheuses nous parle. Doucement. Intimement. Jamais paysage sur terre ne lui avait fait tant d'effet. Il ne lui suffisait pas de photographier cette montagne, selon sa méthode. Il lui fallait plus. Il courut à l'auto. Sortit un crayon et du papier. Et écrivit :

Je suis en peine
De la montagne
Que je vais quitter.
Mon éden
Ma compagne
Ma sécurité.

Lyne arriva. Elle dit :

- Regarde, mon pit, ce que j'ai acheté pour ta mère…

Ils quittèrent Banff le lendemain. Ils avaient tellement hâte d'arriver au lac Louise.

Est-ce dû aux caprices du relief ou à la volonté ferme des paysagistes et des architectes? Pour accéder au lac Louise, pour le voir de ses yeux, pour la première fois, il faut marcher. Ce n'est que progressivement, au rythme des pas, que nous saisissent d'abord le majestueux mont Victoria et son glacier, puis la couleur de l'eau.

Lyne et Félix descendaient tout bonnement dans le large sentier, sous les arbres. Lorsque le spectacle s'ouvrit devant eux, elle s'arrêta net. Entoura la taille de Félix. Mit la tête sur son épaule. Et demeura ainsi, en extase, pendant un bon moment. Puis ils avancèrent à travers les touristes, pour se rendre jusqu'au bord de l'eau. La contempler, oui! Mais plus, la voir de près, la toucher. Toucher l'émeraude. Une eau de cette couleur, un lac de cette couleur, donnait à Félix la même sensation que la montagne. Le calme, la sécurité. Et ce mont Victoria en haut devant. Son glacier flamboyant. Avec cette croûte terrestre éclatée en guise de rideau qui descend de chaque côté du lac… Éblouissant! Félix et Lyne ne parlaient pas. C'était beau! C'est tout! D'ailleurs, est-ce que le ravissement peut se communiquer? Peut-on être ravi de la sorte, à deux? C'est beau, ça te rentre dedans. Si tu respires les yeux fermés, tu sens le paysage te dominer. Non, il te pénètre. Il te grandit. Il t'élève à son niveau. Il te fait participer de sa gloire. Et quand tu ouvres les yeux, la magnificence de la luminosité rose-brun de son rocher central éclairé au soleil de midi te saute dessus d'abord. Puis lentement tes oreilles entendent, ton nez sent, ta peau aussi sent. Ton esprit contemple. Et ton cœur se réjouit.

- Richard avait raison, dit Félix, le lac a la couleur d'un tapis de table de *pool*.

- Franchement! reprit aussitôt Lyne, c'est tout ce que tu as à dire? Moi, je trouve qu'il avait plutôt raison de dire que c'est la place idéale pour des amoureux. On va lui téléphoner, ce soir, pour le remercier. O.K.? Viens! On va aller voir si on peut obtenir une chambre à l'hôtel.

C'était écrit dans les cieux. Arrangé avec le gars des vues. Prévu d'avance par le romancier. Une chambre les attendait. En plus, elle donnait sur le lac.

- Avec une chance pareille, dit Félix à Lyne, tu ne crois toujours pas en Dieu?

- Moi! Vois-tu! C'était en admirant le lac…

Ils réservèrent la chambre pour deux soirs. À un prix qui dépassait amplement leurs moyens. Félix dit :

- On écourtera notre voyage. Et on mangera du beurre de peanut.

C'est curieux, les sentiments qui nous animent quand on entre la première fois dans une chambre d'hôtel avec son amant, sa maîtresse, sa femme, son mari. C'est comme si le temps s'arrêtait. Ou plutôt, comme si rien avant n'avait existé. Comme si un nouveau jour commençait. Des meubles neufs, un nouveau lit, une fenêtre inespérée avec des tentures qu'on a hâte de tirer pour voir sur quoi elle donne, sur quel horizon elle s'ouvre.

Félix et Lyne vivaient cela ensemble pour la première fois. En entrant dans la chambre, Lyne se rendit à la fenêtre et tira le rideau. Le spectacle était moins saisissant que dehors. La magie du contact avec la nature jouait moins. Le lac Louise était devenu un lac comme les autres beaux lacs des Rocheuses. À droite, Lyne vit un large sentier où s'engouffraient de nombreux marcheurs.

- Est-ce que tu viens marcher? C'est sans doute au bout de ce sentier que se trouvent les murs où Richard est venu faire de l'escalade.

Ils mirent les bottes de marche qu'ils avaient achetées pour le voyage. Longer cette grande nappe émeraude, aux eaux claires, en amoureux, Richard avait bien raison, c'était le bonheur! Tout l'après-midi, ils flanèrent dans ce sentier. Se mirant dans le lac, s'embrassant sur un banc, observant les grimpeurs, et toujours s'émerveillant, s'émerveillant, s'émerveillant. Au souper, ils ont joué les riches, à la salle à manger. Se baladèrent dehors jusqu'au coucher du soleil, qui leur en mit plein la vue. Puis regagnèrent leur chambre. Après avoir pris sa douche, Félix, au lit, attendait Lyne qui se lavait et se rafraîchissait à son tour. À sa sortie, toute belle dans son déshabillé blanc, aussi resplendissante que le mont Cascade de Banff au soleil de l'avant-midi, Lyne s'approcha de Félix, dégagea sa cuisse, mit le genou sur le lit. Son sourire en disait long. Tout à coup, son visage changea. Elle dit :

- Mon Dieu! On avait dit qu'on appellerait Richard pour le remercier.

- Pas tout de suite! Voyons!

Elle était déjà au téléphone. Félix sauta sur l'appareil. Et dit :

- Non! Demain soir, ça fera pareil! Il n'attend pas après notre appel.

Lyne le regarda, surprise. Et lui dit calmement :

- Qu'est-ce qui te prend? Je l'appellerai si je veux.

- Est-ce que tu crois que ça a du bon sens? On allait faire l'amour… Et tu sautes sur l'appareil pour appeler Richard. Ça ne va pas dans ta tête?

Lyne restait calme. Elle ajouta même, en souriant :

- Est-ce que tu es jaloux? Ça fait huit jours qu'on est ensemble et je ne lui ai parlé qu'une fois. On a toute la nuit pour faire l'amour. Quand bien même on prendrait une demi-heure pour le saluer.

Félix se trouvait ridicule. Mais il ne lâcha pas le morceau. Constant, son ami curé, lui avait bien dit que les plis qu'ils prendraient ensemble durant le premier été seraient bien difficiles à faire disparaître par la suite. Il ne voulait pas lui donner toujours raison. Il voulait se protéger. Il gardait sa main sur le téléphone et dit :

- Non! Tu ne lui téléphoneras pas.

Félix ne s'affirmait pas souvent de la sorte. Il était rouge. Lyne dit, en écartant la main de l'appareil:

- Tu es ridicule, mon pit. C'est bon! Je ne lui téléphonerai pas. J'attendrai à demain.

Après un moment de silence, elle dit :

- Puis! Qu'est-ce que cela t'a donné? Je n'ai même plus le goût de faire l'amour.

Félix était fier de lui. Fier de son geste. Mais que Lyne ait abandonné si vite le faisait se sentir coupable. Du moins, il questionnait son geste. Il s'était opposé à elle en voulant se protéger. Il avait le sentiment d'avoir gagné. Mais à quel prix! Il avait tout foutu en l'air. L'ambiance, la belle journée qu'ils venaient de passer, et peut-être le voyage. Comment allait-il réparer? Pouvait-il? Il ne connaissait pas les réactions de Lyne dans une telle situation. Allait-elle le bouder? Passer l'éponge?

Demeurer froide? Il se rendit à la chambre de bain. Se donner le temps de penser, d'établir une stratégie, peut-être. Il prit même une seconde douche.

Lyne ne comprenait tout simplement pas. Monsieur avait fait sa petite crise de jalousie! Monsieur avait voulu du sexe tout de suite! Ça ne pouvait attendre? Des vices cachés qu'elle ne connaissait pas de lui. Richard attendrait... Il était plus raisonnable, lui. La colère montait en elle. C'était trop ridicule. Pourtant, dans la journée Félix avait semblé d'accord pour téléphoner à Richard. Puis elle se rendit compte que la soirée à la chandelle qu'elle avait prévue était foutue. Elle lui en voulait.

Qu'allait-elle faire? Dans quel état Félix sortirait-il de la chambre de bain? Soudain, elle eut une idée. Vite elle quitta son déshabillé, mit un jean et une chemise, ses sandales, prit une petite valise, son sac à main. Et se planta debout devant la fenêtre. Comme une femme prête à quitter les lieux.

Peu après Félix sortit. Elle restait là sans dire un mot, le dos tourné, à regarder le lac dans la pénombre. Quand il la vit, une grosse boule se forma tout de suite dans sa poitrine. Une grosse boule d'ennui. Il la voyait déjà partie. L'imaginer absente lui donnait mal au ventre. Un mal qui le replongea dans sa jeunesse au temps où il avait décidé de se priver de femmes pour devenir prêtre. Le choc fut violent à ce point-là. Sa bêtise lui sautait dans la face. Il n'osait pas dire un mot pour ne pas détériorer la situation davantage. Elle se retourna enfin en disant :

- Je t'ai fait peur! Hein!

Tellement ému par ce qu'il venait de ressentir, Félix était au bord des larmes. Il se jeta sur le lit et enfouit sa tête dans les oreillers.

- Ben! Voyons! Mon pit! C'était une farce.

Elle pensa le laisser poireauter un petit moment avec sa peur. Mais ne le put pas. Elle ne pouvait le faire souffrir davantage. Elle regrettait son geste. Elle vint dans le lit. Posa la main sur son dos. Et le caressa en silence. Félix n'avait pu retenir ses larmes. C'était trop. Il vit comment il était attaché à elle. Elle était toute sa vie. Il se retourna. Le visage mouillé et rougi, il dit :

- Pourquoi tu me fais des peurs de même?

Elle riait. Mais d'un sourire qui cachait une certaine gêne.

- Tu sais bien que je ne pourrais pas te laisser.

À genoux dans le lit, elle le prit dans ses bras. Et le berça un moment.

- Pauvre pit! Tu trembles encore.

Elle finit par le calmer et le consoler en pressant sa tête sur ses seins. Soudain, Félix glissa ses mains sur ses seins. Les caressa puis se dégagea et dit :

- S'il te plaît! Ne me fais plus jamais cela.

Et il replongea son visage entre ses seins, pendant qu'elle caressait ses cheveux. La tempête était terminée. Le bateau flottait au gré des petites vagues qui subsistaient. Lyne enleva tous ses vêtements et s'étendit sur le dos. Toute l'animosité ne s'était pas effacée de leur corps. Félix était moins tendre que d'habitude. Plus pressé. Et Lyne presque féroce. Pendant que Félix s'agrippait avec force à ses fesses et s'activait en grognant, Lyne lui labourait le dos et y imprimait de longues marques rouges.

Le lendemain, ils mirent véritablement leurs bottes à l'épreuve. Une randonnée de six heures au pied du glacier Victoria. En passant par le majestueux lac Agnès. Épuisés, au retour, ils ne pensèrent qu'à manger et dormir. Somme toute, leur séjour d'amoureux au lac Louise se résumait à une balade, une discorde, une randonnée… et des émotions à la tonne. Ils étaient comblés. Si, pour un nouveau couple, le camping est le mode idéal pour se connaître... que dire d'une chambre d'hôtel!

Les montagnes Rocheuses ne se résument pas à Banff et au lac Louise. Loin de là. Tout le long de la route des glaciers, qui mène à Jasper, et plus loin, au mont Robson, le plus haut sommet de la chaîne, Félix, à tout moment, immobilisait l'auto pour contempler. Lyne avait pris un crayon et un carnet à son tour. Et comme une étudiante en travail commandé, elle aligna tous les qualificatifs possibles qu'elle pouvait attribuer aux montagnes : friables, enneigées, rondes, jeunes, stratifiées, rocheuses, glacières, boisées, dénudées, escarpées, embuées, illuminées, mi-ombragées, flamboyantes, glorieuses, dentelées, hachurées, boursouflées, campées, profilées, concaves, inclinées, isolées, érodées, effilées, infranchissables, convexes, regroupées, bien installées.

Les adjectifs de Lyne ne décrivaient que des montagnes sous leur plus beau jour. Faut croire que la montagne était bien décidée à ne leur montrer que son côté gentil, puisque le soleil les accompagna tant qu'ils ne furent pas arrivés dans la plaine.

Et rendus là, il plut tellement abondamment qu'ils ne purent se rendre dans les Bad Lands voir un des plus grands cimetières de dinosaures au monde. Un canyon de plusieurs kilomètres carrés où avaient été emprisonnées et pétrifiées pas moins de trente-cinq sortes de dinosaures, il y a soixante-cinq millions d'années. Ils durent se contenter du musée de Drumheller où, à partir de véritables ossements, un tyrannosaure rex trône parmi d'autres espèces dans une forêt reconstituée de l'ère secondaire.

Lyne et Félix sortirent de ce musée complètement abasourdis. Ces gigantesques serpents à quatre pattes ne peuvent laisser indifférents. Félix réalisait comment l'humain n'est sur terre qu'un petit mammifère passager. Et fragile! Bien fragiles aussi les deux oeufs de dinosaure en porcelaine, exactement comme ceux de Loup et Soleille, que Lyne avait achetés pour elle-même et pour Myriam.

Dans la plaine, Lyne et Félix, silencieux, roulaient vers l'est. Pour la dernière fois du voyage, Félix écrivit :

Quelle main a fripé
        la terre comme du papier?
Ou dessiné au crayon
        montagnes et canyons?

CHAPITRE IX

Alors que tout le monde prend la vie de biais en juillet et août, Aimé la prenait de front. On ne le voyait presque pas dans Saint-Juste. Il se concentrait sur les nouvelles créations qu'il exposerait au Salon des métiers d'art de Montréal. Certains potiers dessinent les pièces avant de les modeler dans l'argile et de les reproduire par tournage, moulage ou autrement. Croquis sur croquis, tant qu'ils ne sont pas pleinement satisfaits. La plupart, au gré de leur technique préférée, laissent la terre s'imposer d'elle-même et produire les courbes qui semblent inscrites en elle. Faut beaucoup de docilité et d'humilité pour agir ainsi avec l'argile. Pour la laisser donner elle-même ses formes. Particulièrement au tour, alors que tout se fait si vite. La glaise semble fécondée par l'eau qui gicle des doigts du potier avant de donner naissance au fruit qu'elle portait.

Aimé procédait tout autrement. Il se comportait comme s'il était lui-même l'argile. Il laissait la vie le pétrir, le heurter, le centrer sur la roue, le mouiller et faire surgir dans sa tête, dans son coeur, dans tout son corps, des formes, des couleurs, des objets hétéroclites parfois. De ses bras, ses mains, ses doigts, il traduisait dans l'argile ce qui était né en lui, ce qui avait éclaté en lui, ce qui s'était créé en lui. Durant les mois d'été, il perdait toujours du poids. Il mangeait peu. Jeûnait même. Pour être plus disponible. Pour se laisser façonner mieux. Aimé imprimait sans hésitation dans sa glaise avec beaucoup de dextérité ses conceptions originales. Des doigts de fée. Tout ce qu'il touchait s'appelait harmonie, beauté, sensualité. Certaines années, il créait des objets qui n'avaient aucune utilité. Du gratuit. Pour rendre la vie plus agréable.

Ça se vendait moins, mais il s'en foutait. D'autres fois, des objets bien pratiques sous des formes complètement neuves et controversées, mais toujours belles à voir. L'année des aquariums reste une année mémorable. Il avait travaillé comme un fou tout l'automne pour résoudre les problèmes pratiques suscités par le mariage du verre et de la céramique.

Et la couleur! Il serait faux de dire qu'Aimé n'aimait pas la couleur. Il était très coloré lui-même! Seulement, il considérait que chaque argile possédait sa propre couleur. Il s'agissait de la mettre en valeur. Les enveloppes de glaçure avaient été inventées pour des raisons pratiques, la conservation des liquides, la résistance aux chocs, l'entretien, l'hygiène, etc. Aimé préférait les glaçures naturelles produites par les dépôts de cendre de bois. Selon leur endroit dans le four, les pièces étaient léchées par les flammes des brindilles de bois et prenaient des couleurs passablement nuancées. Vu l'absence de grosses couleurs vives sur les pièces, on aurait cru que cette étape de la coloration était vite bâclée. Loin de là. Aimé pouvait passer des heures devant ses pots prêts à enfourner à imaginer les conditions auxquelles il les soumettrait pour obtenir les nuances espérées.

En ce début de septembre, l'étape de la conception était terminée. Aimé s'affairait à la production. Cette année, il avait conçu un service de vaisselle. Pour la première fois il s'était résigné à en concevoir un. Auparavant, il avait peur de devenir esclave d'une telle production. Il ne voulait pas passer le reste de sa vie à remplacer les assiettes, les bols ou les tasses que les gens casseraient.

Installé sur son tour à pied, toute la journée, ses doigts, mêlés à l'eau et à la glaise, avaient façonné des tasses. Cinquante. Parfaitement identiques. Le potier néophyte est toujours émerveillé devant la précision du maître artisan. Le voir reproduire exactement la même courbe, la même hauteur et la même largeur l'étonne. C'est peut-être le côté le plus impressionnant de la tâche de l'artisan. La précision. C'est vrai pour tous les métiers d'art. Mais ce que le potier lui-même trouve le plus exigeant, tout comme l'écrivain, c'est la présence intense. La dextérité, cela s'apprend. Une question de temps, de pratique. C'est en tournant qu'on devient tourneur. En écrivant qu'on devient écrivain. Le plus difficile, c'est de s'y mettre et d'y rester. De s'attabler, de s'asseoir sur son tour et de ne pas bouger de là. Une vertu qui s'appelle la constance. Dans les premiers instants, elle s'exprime par la volonté de s'y mettre. Puis, elle devient vite le plaisir d'y être. Mais attention, elle se transformera subitement en souffrance des obstacles ou lassitude des répétitions. Pour rebondir en joie de la création et même en bonheur de voir s'exprimer son être tout entier.

Ce jour des tasses, Aimé avait été tenté plusieurs fois de descendre de son tour pour fumer une deuxième, troisième ou quatrième cigarette. Produire des tasses ne le passionnait pas particulièrement. La monotonie de la répétition justement. Quand même! Devant ses cinquante tasses alignées sur la table, il était fier. C'était impressionnant aussi! Six heures auparavant, cinquante boules de glaise de même grosseur s'amoncelaient sur la même table, et voilà que par la magie de ses mains mouillées avait surgi, comme une naissance, un cinquantuplet de petits bols identiques. Il les couvrit d'un polythène afin qu'ils ne sèchent pas et qu'il puisse le lendemain y accoler les anses, se lava les mains et sortit de l'atelier.

Étant donné l'âge avancé de sa camionnette, Aimé ne l'utilisait pas pour venir au travail. Il empruntait à pied toujours le même parcours. Il traversait le champ de baseball derrière l'église, contournant le monticule des lanceurs, passait devant le cimetière en jetant un coup d'oeil sur la pierre tombale ou plutôt la céramique tombale de madame Dubé qu'il avait lui-même façonnée, pour voir si elle résistait aux intempéries et au temps. Puis il rentrait chez lui par la route gravelée du P'tit Canada, jusqu'au carrefour de la côte du Chômage.

De loin, il ne s'aperçut de rien. Mais plus il approchait de la maison plus il s'inquiétait de voir les fenêtres du deuxième étage grandes ouvertes avec des couvertures et des couvre-pieds étendus sur les rebords. Que se passait-il?

Vers trois heures, Luce s'ennuyait. C'était le jour de la rentrée scolaire. Les autobus jaunes s'étaient remis à circuler dans le rang. Elle ne voyait pas pourquoi elle ne ferait pas elle aussi sa rentrée d'automne. Elle décida de faire le grand ménage de la maison. Sa mère ne le faisait-elle pas deux fois par année, au printemps et à l'automne? Elle s'attaqua d'abord aux trois chambres, la sienne, celle d'Aimé et la chambre de la visite. De front. Comment avait-elle pu s'y prendre pour descendre les trois matelas à l'extérieur pour les faire aérer? Les draps des lits séchaient paisiblement sur la corde à linge. Lorsqu'il entra, elle terminait de laver le plancher de la chambre d'Aimé. Ces grosses planches de pin non peintes qu'Aimé s'était empressé de décaper quand il avait acheté la maison. C'était beau à voir. Mais Luce n'était pas belle à voir. Elle avait ni plus ni moins brossé le plancher à la main comme Donalda. Aimé lui dit, sur un ton convenable :

- Tu as entrepris de faire le grand ménage? On vient de le faire, au printemps. C'était pas sale.

- Ah! Mon p'tit gars! La crasse, si tu lui donnes un pouce, elle en prend deux! C'est ben plus agréable de vivre dans une maison qui sent bon. Elle pue, ta maison.

À la fin de cet été plutôt pluvieux, effectivement une légère senteur de cave terreuse et humide avait envahi la maison. Depuis son acquisition, Aimé voulait percer un deuxième soupirail pour l'aération mais, à cause de l'épaisseur du solage de pierre, il n'avait pu se décider à entreprendre ces travaux.

- Tu trouves pas, reprit-il sur un ton toujours convenable en regardant l'heure, que tu aurais pu choisir un autre moment de la journée pour commencer. Il est six heures et dix. Et regarde dans quel état tu es.

Elle qui d'habitude avait le teint plutôt pâlotte, agenouillée près de son seau, son visage rougeaud contrastait avec le *smock* blanc dont elle était vêtue. Aimé pensa tout de suite à son épilepsie.

Fatiguée de sa journée, il était sur le bord de s'impatienter. Il se retenait, craignant le pire. Et pour lui et pour elle. Elle avait le don des incongruités. Miss Incongruité lui aurait très bien convenu.

- Je vais descendre préparer le souper, dit Aimé.

- J'ai fait un pâté chinois, cet avant-midi. T'as juste à le réchauffer.

Elle savait faire le pâté chinois, l'omelette au four, le gruau, cuire les patates, le spaghetti et la soupe aux pois. Elle ne voulait pas sortir de ce régistre. Non pas qu'elle n'aurait pas été capable de cuire les viandes ou préparer les salades et les desserts. Elle ne voulait pas. Elle savait bien que, si elle entreprenait de réussir autre chose, la responsabilité de la cuisine lui incomberait totalement. « J'ai pas la santé », qu'elle disait. Elle aimait trop être libre de son temps. Libre. N'en devoir à personne et que personne ne lui doive rien. Faire ce qui lui plaisait. Et quand ça lui plaisait. Sa mère et son père l'avaient habituée ainsi. Depuis l'âge de treize ans, où on l'avait opérée au cerveau, elle avait entendu répéter : « T'es une enfant malade. » Jusqu'à l'âge de trente-six ans, elle n'avait fait qu'à sa tête, et ses parents s'en étaient accommodés. Au presbytère, avec la gang, elle avait dû faire des compromis. Faut bien dire que c'est plus facile de céder sur quelques points avec des étrangers qui te trouvent originale, qui s'intéressent à toi, qu'avec tes parents. La vie avec Aimé, ce n'était pas simple. Ils ne formaient pas un couple. Ils n'étaient pas « obligés » l'un à l'autre, mais ils n'en constituaient pas moins un couple pour le quotidien, le poids des humeurs, le respect de l'espace vital, et pour l'amour minimum nécessaire pour vivre à deux sans faire sauter la baraque.

Ce soir-là, si Aimé n'avait pas puisé dans son fonds de réserve son cent dix pour cent, il l'aurait fait sauter, la baraque. En invitant Luce à venir chez lui, il avait escompté lui donner la responsabilité de la maison, lui, étant la plupart du temps à l'atelier. Il espérait ainsi lui donner confiance en elle-même, voire atténuer ses sautes d'incongruité. L'aider à acquérir plus de constance. Ce n'était pas facile pour lui de sacrifier la gérance de sa maison. Il savait bien que de revenir le soir de travailler et de voir les meubles et les cadres changés de place l'irriterait énormément. Mais il était prêt à cela.

Très tôt il s'aperçut qu'elle s'en foutait éperdument de la gérance de sa maison. Elle voulait bien faire la cuisine par-ci par-là, balayer ou repasser quelques morceaux de linge de son bien-aimé quand ça lui tentait. Mais surtout pas devenir femme de maison. Étant libre d'homme, elle ne voyait pas pourquoi elle ne serait pas libre de maison. Ça allait ensemble. Dans sa tête, dans son coeur, Aimé n'était pas son homme. Elle le respectait beaucoup. Admirait sa générosité. Avait de la reconnaissance sans borne envers lui. C'était son sauveur, comme Florence et Félix l'avaient été avant lui. Tous les soirs, elle en remerciait Dieu dans ses prières. Elle soignait avec attention le lien précieux qui les unissait. Elle le savait, sa vie en dépendait. Elle aussi, elle devait puiser dans son fonds de réserve. Non pas les fois comme ce soir où elle s'était sentie incomprise. Ça, elle s'en foutait. Elle s'accommodait assez bien des humeurs des autres, n'y accordant pas trop d'importance. Non! Ce qui la fâchait le plus, c'était qu'Aimé fasse des pressions pour qu'elle agisse de la façon qu'il l'entendait ou qu'elle change sa manière de penser. Sa liberté. Fallait pas toucher à sa liberté.

Le pâté chinois réchauffé, les rougeurs de Luce atténuées, le couvert mis, un petit vent frais sifflant au contact du moustiquaire de la porte, le calme revenu dans l'âme d'Aimé, ils se mirent à table pour souper.

- Après le repas, lui dit-il, je vais t'aider à monter les matelas et faire les lits. Les draps doivent bien être secs.

- Je vais appeler François et lui demander s'il veut venir t'aider. Je ne me coucherai pas tard.

- Ben, voyons, Luce!

- Je suis au coton!

- Pourquoi tout ce branle-bas si tu savais que tu n'aurais pas la force de continuer. Toi, des fois! Tu me casses les bonbons.

- J'aurai à peine la force de faire mon lit.

Aimé n'en revenait pas. Pourtant, des épisodes comme celui-là il en vivait souvent. Pourquoi donc l'avait-il invitée chez lui? Irrité, il la regardait manger. Aimé planifiait tout et prévoyait même les heures où il fumerait ses cinq cigarettes dans la journée. Elle, c'était le désordre incarné, dans sa tête, dans sa chambre, dans son emploi du temps. Seuls ses disques westerns se retrouvaient toujours dans le même ordre. Elle en avait huit. Aussitôt son assiettée terminée, elle prit son paquet de cigarettes et s'en alla s'asseoir dans le fauteuil près de la fenêtre. Elle se leva aussitôt après et vint en offrir une à Aimé.

- Es-tu rendu à ta quatrième ou ta cinquième aujourd'hui?

- Non merci. J'ai mon quota pour aujourd'hui.

- Envoye donc! Une sixième! T'es tendu! Ça va t'aider à relaxer. Fais-toi s'en pas. Ça fait quarante ans que je suis de même. Je peux pas m'en empêcher. Je suis comme un cheval qui part à l'épouvante. J'aime ça partir en peur. Qu'est-ce que tu veux que je te dise? Je me sens vivante dans ce temps-là. J'ai l'impression que ma vie sert à quelque chose. Ça dure pas longtemps, je le sais. J'ai pas la force de continuer. Envoye donc! Une sixième! Pour m'accompagner. Tu te souviens, autrefois, on sortait accompagné. Une cigarette accompagnée, c'est le fun aussi.

Aimé sourit et prit la cigarette qu'elle lui offrait.

- T'as le don de me faire enrager, toi. T'as le don aussi de me faire passer l'éponge.

- Sais-tu quoi? qu'elle lui dit aussitôt.

- Non!

- Quand j'étais petite, avant mon opération, en prenant mon bain, ma mère venait me laver le dos avec une grosse éponge. Une vraie éponge de mer, là. Je ne sais pas où elle avait pris ça. Après mon opération dans la tête, je ne voulais plus la voir dans la chambre de bain. Y a jamais personne qui me l'a fait depuis. Est-ce qu'on en a une éponge ici?

- Je pense bien que oui. Mais certainement pas une éponge de mer.

- Ça fait rien. Est-ce que ça te gênerait de venir me la passer dans le dos quand je prendrai mon bain tout à l'heure?

- Qu'est-ce qui te prend tout d'un coup?

- Y a ben rien que toi qui serais assez bon pour faire ça. Y a juste toi qui as été capable de prendre mes sautes d'humeur et mes partages en peur sans rouspéter. Félix, au presbytère, il était bien bon avec moi, mais il ne m'aurait pas laissé m'énerver sur le grand ménage comme cet après-midi.

- Moi non plus, je t'aurais pas laissé faire si j'avais été ici.

- Ah bon! En tout cas!

En retournant s'asseoir près de la fenêtre, elle dit :

- C'est oui ou c'est non?

Elle avait l'air d'y tenir. Et surtout de croire que ce geste de tendresse lui revenait à lui. Curieusement, cela semblait être un honneur qu'elle lui faisait. Il comprit qu'elle était sérieuse, que ce n'était pas un caprice. Il dit oui.

- Humm! Qu'elle est bonne, dit-il en respirant à fond.

- Le fruit défendu, mon p'tit gars!

Ils fumèrent en silence. Ce n'est pas pour rien que la vie les avait réunis tous les deux. S'ils s'attiraient, c'est qu'ils se ressemblaient. Se cachait au fond d'eux une grande naïveté. Fallait être naïf pour demander cela. Et tout aussi naïf pour dire oui. Dans leur cas, le mot naïveté n'était pas tout à fait exact. Il aurait plutôt fallu parler de vérité. Pourquoi aurait-il fallu que ce soir-là elle enfouisse son désir de se faire flatter le dos comme une enfant? Et lui, pourquoi lui aurait-il dit non? Par pudeur? Par peur? Il savait qu'elle n'avait aucune autre intention. Aimé aimait Luce. Il aimait la voir dans son décor. Il aimait piger parfois dans ses réserves pour lui donner le meilleur de lui-même. Et puis Aimé était un artiste. Il n'avait pas peur de l'inconnu.

Comme elle lui avait proposé, François, le voisin, vint aider Aimé à tout remettre en place. Luce n'avait pas bougé de sa chaise. En silence, elle avait fumé presque autant de cigarettes que le quota d'Aimé. Pensait-elle qu'elle était allée trop loin? Se remémorait-elle ces bons moments où sa mère lui lavait le dos avec une vraie éponge de mer? Ou se demandait-elle si son grand ménage d'automne était terminé? Finalement, c'est Aimé lui-même qui fit couler l'eau de son bain, avec un savon moussant à la mandarine. Il aimait ces odeurs. Elle, jamais. À l'eau claire.

- Le bain de madame est prêt, dit-il en entrant dans la cuisine.

- Quoi? Quoi? Quoi? dit-elle en se levant et en revenant à la réalité.

- Bon bain! lui dit-il en indiquant la direction de la chambre de bain.

- Bon ben quoi? questionna-t-elle.

- Voyons, Luce! Tu me disais que tu voulais prendre un bain.

- Ah oui, c'est vrai.

- Si tu veux toujours te faire laver le dos, tu le diras.

- Je pense que ce ne sera pas nécessaire.

- Ah bon? Si tu changes d'idée, tu me fais signe.

Pendant qu'il s'apprêtait à laver la vaisselle, il l'entendit s'exclamer :

- C'est quoi toute cette *broue*-là? Humm... Ça sent bon!

Au bout d'une quinzaine de minutes, alors qu'Aimé terminait de passer le balai dans la cuisine, il entendit :

- Aimé! Est-ce que tu veux m'apporter une éponge?

- Sacrée Luce! dit-il à mi-voix.

Elle ne le regarda pas quand il entra. Courbée vers l'avant, les mains sur ses seins, le nez dans les bulles :

- S'il te plaît... lui dit-elle.

Aimé n'avait pas de femme dans sa vie depuis qu'il était venu au presbytère. Il semblait bien s'en accommoder. Félix, son ami, connaissait peut-être son histoire. Il était marié à la terre, qu'il disait quand on l'interrogeait là-dessus. En voyant Luce, son dos, ses épaules, le chignon de son cou, il se rendit compte tout à coup qu'il entrait terriblement dans son intimité.

Beaucoup plus que d'habitude. Toujours sûr de lui, il se sentit fragile subitement. Il s'agenouilla près du bain, trempa l'éponge dans l'eau. Une vulgaire éponge bleue comme on en retrouve sous les éviers. Et lentement il la passa dans son dos. De bas en haut. D'un côté à l'autre. Tendrement.

- Comme c'est bon! dit-elle. Tu fais ça aussi bien que maman.

Après quelques instants de délices, elle dit :

- Bon! Ça va faire! Si tu continues, ça va te faire bander. Puis là on n'est pas sortis du bois.

Aimé n'en revenait pas. Jamais elle n'avait parlé de sexe avec lui. Luce avait connu les hommes avant le presbytère. Elle les connaissait bien. Tu leur donnes un pouce, ils en prennent deux. Comme la crasse. Aimé commençait à prendre plaisir à passer et repasser l'éponge sur son beau dos blanc. Mais pas au point où il désirait Luce. Juste le plaisir de lui faire plaisir... Enfin! Il valait mieux ainsi. Il sortit.

Dans la fenêtre du passage, le soleil de septembre se couchait déjà à l'ouest. Cinquante tasses, un grand ménage, un bain moussant et une éponge bleue comme on en trouve sous les éviers. Quelle journée!

CHAPITRE X

- Je ne peux pas te parler longtemps, Myriam. Je donne mon cours dans dix minutes. Tu n'as pas changé d'idée pour ce soir… On va toujours voir *Le dernier métro* de François Truffaut? C'est à sept heures au Parisien. J'ai des choses à te raconter. Ah! J'oubliais : est-ce qu'on soupe ensemble… Oui! Ça te va? … Je te retrouve à ton bureau après mes cours. Bye!

Myriam adorait le cinéma. Comme elle habitait tout près du Dauphin, elle y allait presque toutes les semaines. Au temps où Lyne habitait seule, elles se donnaient souvent rendez-vous avant le film. Ce serait la première fois que Lyne sortirait seule avec Myriam depuis l'arrivée de Félix dans le décor. Avant de quitter la maison, le matin, elle l'avait averti qu'elle rentrerait tard. Elle lui avait lancé cela sans rien ajouter de précis, juste pour le tester. Bon test. Il avait réagi. Le temps de la surprise passé, elle l'avait tout de suite rassuré : c'était pour aller au cinéma avec Myriam. « Ah bon! » avait-il fait.

Malgré les pressions de Lyne pour qu'il se cherche un autre emploi, Félix était retourné voir ses patronnes de la rue Frontenac. Elles l'attendaient avec un gros contrat, qui s'étendrait sur plus d'une année : rénover les cuisines et les chambres de bain des quinze loyers de leur immeuble de la rue Champagne. Une magnifique bâtisse à pignons. Justement celle qu'on illustrait au tout début du téléroman *La rue des Pignons*. Les sœurs Robitaille possédaient déjà cet immeuble au temps du célèbre téléroman. Elles avaient bien failli le vendre à cette époque-là. Son prix avait grimpé tout d'un coup, vu sa polularité. Elles l'avaient conservé. « Il vaudra encore plus cher quand on sera vieilles! » Et là, elles n'étaient pas des petites vieilles. Mais si elles voulaient profiter de leur argent avant de mourir, fallait y penser. Félix commençait à ne plus être gêné avec elles. Il leur avait dit, pour les tester : « Qu'est-ce que vous faites avec tout votre argent? » « On en profite en masse! avait répondu Fernande. On ne manque de rien. Notre petit souper du dimanche soir nous suffit. Faire des voyages, on n'aime pas ça. Béatrice en ferait. Mais, toute seule, elle ne veut pas. Non! On est ben heureuses de même. On donne de l'argent à la paroisse; on chauffe l'église quasiment à nous autres toutes seules. Quand on était plus jeunes, on travaillait six jours par semaine. On n'avait pas le temps. À c't'heure qu'on est vieilles, on n'a pas été habituées à d'autre chose qu'à rester à la maison. On va danser quelques fois par hiver au Vieux Munich, c'est tout. On donne à Centraide. On est connues dans l'organisation. Depuis que c'est fondé, on leur donne un joli montant par année. Ils aident beaucoup de monde dans ce coin icitte. Ça fait que... on n'est pas si riches que ça, vous savez. En plus, depuis que vous êtes là, vous êtes notre rayon de soleil quotidien, comme était notre vieux Roméo avant vous. C'est précieux ça, vous savez. »

Depuis ces confidences, Félix arrêtait les saluer toutes les fois qu'il circulait sur la rue Frontenac. Il appelait cela « passer au bureau ». Depuis la troisième semaine du mois d'août, il était souvent passé au bureau puisque c'était le chemin pour se rendre chez le marchand de bois de la rue Hochelaga. Un jour, sur la table de la salle à manger, deux boîtes de carton ouvertes trônaient, avec des morceaux de papier journal chiffonnés tout autour. « Allez-vous déménager? » leur avait-il demandé. Béatrice l'avait invité à regarder le long buffet sur lequel une trentaine de petits bibelots, en plâtre, en porcelaine, en bois, en pierre, en onix même, ou en tissu, attendaient, pêle-mêle, qu'on leur trouve une place pour nicher. Et il y en avait encore tout autant dans les boîtes. On était à la veille de la fête du Travail. Et ces figurines illustraient chacune un homme ou une femme en train de pratiquer son métier. Un forgeron, un cordonnier, une boulangère, un foreur, une fermière, une coiffeuse bien entendu. Leur mère avant elles collectionnait des figurines de différents métiers. Et elles avaient continué la tradition. Chaque année, à pareille date, le vendredi précédant le lundi de la fête du Travail, elles sortaient la collection. Chacune sa tâche. Fernande s'était chargée de monter les boîtes de la cave et d'y enlever la poussière. Sa participation s'arrêtait là. Elle était retournée dans le salon de coiffure lire ses revues. Blanche déballait les boîtes, et minutieusement dégageait les précieux objets du papier journal. Béatrice disposait ces petits bonhommes et ces petites bonnes femmes çà et là sur le buffet. Certains sur des piédestaux recouverts d'un tissu, comme la coiffeuse, le menuisier, le prêtre, d'autres en retrait, comme le forgeron, le réparateur de parapluies, le violoneux, et d'autres en devant de scène, comme le postier, le maçon, le notaire. Félix était passé là dans l'avant-midi. Lors de sa visite de l'après-midi, Blanche et Béatrice s'appliquaient encore à changer certains de place. Félix trouvait ces femmes très créatrices.

Le jeudi de la deuxième semaine de septembre, comme d'habitude, il avait quitté la maison peu après Lyne. Et en entrant au bureau, Fernande lui dit :

- Passez à la cuisine! Passez à la cuisine! Mes sœurs ont quelque chose à vous dire.

Les muffins et le café l'attendaient.

- On a décidé, lui dit Blanche d'un ton solennel, qu'on vous ferait les cheveux. Les cheveux longs, ça ne vous fait pas bien.

- Sacrées vous autres, va! Je pensais justement aller chez le coiffeur. Comment avez-vous pu le deviner? Mais je ne sais pas si je devrais vous faire confiance. Je ne veux pas les couper beaucoup plus court. À laquelle de vous trois je peux faire le plus confiance?

- À moi! s'empressa de répondre Blanche.

C'est elle d'ailleurs qui avait proposé cela à ses sœurs. Glisser ses doigts dans les cheveux de Félix pendant un quart d'heure ne lui déplaisait pas du tout.

- Moi, je vais vous laver les cheveux, ajouta Béatrice. C'est mon job d'habitude.

- Heille! Heille! fit Félix. Je ne suis jamais allé chez une coiffeuse. Toujours un coiffeur. Plutôt même un barbier.

- Faites-nous ce plaisir-là, fit Blanche d'une manière qu'il ne pût refuser. On s'ennuie de la coiffure. Et on n'est pas pour commencer à reprendre du service. Envoyez donc!

Félix voyait bien qu'il n'avait pas le contrôle de la situation. Il se sentait comme un joujou au milieu de la pièce. En même temps, il ne voulait pas leur déplaire. Il accepta.

- Passez au salon! fit Blanche. On va vous faire une belle tête. Vous allez voir!

- Pas tout de suite! répondit Félix. Il faut que j'aille travailler. Mon chantier m'attend.

- Vous irez plus tard. Dans une heure, vous y serez.

- Ah les femmes! fit Félix. J'ai de la misère à leur dire non.

Une fois assis sur la grosse chaise à bascule rembourrée, Félix n'avait d'autre choix que de se laisser dorloter. Se faire laver la tête... quel bonheur! Une seule fois dans sa vie, sauf quand il était tout jeune, quelqu'un d'autre lui avait lavé la tête. Un barbier. Sans doute très délicat. Il s'en souvenait encore. Sa mémoire avait retenu surtout le feeling de tout son corps. Un engourdissement fin qui avait duré tout le temps du lavage. Cette fois-ci, celui de Béatrice ne provoquait pas le même effet en lui. Peut-être était-elle plus brusque avec les hommes à grosses bottines de contruction?

Fernande, dans l'autre chaise, regardait par la fenêtre ouverte, ou tantôt jetait un oeil sur Félix, ou sur sa revue *L'actualité*.

- Tiens! Elle est encore là, elle, ce matin!

Depuis peu, une jeune femme prostituée offrait ses services sur le trottoir juste en face de leur porte.

- Je me demande bien, continua Fernande, qui c'est qui peut avoir le goût d'eux autres de bonne heure de même le matin.

Tout à coup on entendit un gros « boum ». Puis la jeune femme crier :

- Regarde-moé pas! Regarde où tu vas! Maudit maquereau!

Un homme, au volant d'une Jeep Cherokee, s'était laissé distraire par elle. Et venait d'emboutir l'arrière d'une autre auto. Sachant qu'un policier allait apparaître bientôt, la femme disparut. Fernande, debout dans la fenêtre, commentait les événements à mesure, pendant que Béatrice frottait vigoureusement la tête de Félix avec une serviette pour l'assécher. Puis celle-ci dit à sa sœur Blanche :

- Je te le passe!

Tout enveloppé de rose, Félix venait de prendre l'allure d'un gros bonbon avec une tête et des bottines. Avant de fermer les yeux, il dit :

- Je vous avertis, je les veux à peine plus courts.

- Je vous promets! répondit Blanche.

Si elle voulait que son client revienne, il ne fallait pas le contrarier. Félix ferma les yeux. Elle attaqua. Bien doucement. Blanche se comptait bien chanceuse de pouvoir se contenter tout en pratiquant son métier. Dès la première rencontre avec Félix, elle s'était vue en train de lui couper les cheveux. Un seul homme s'était intéressé à elle dans sa vie. Elle finirait sans doute sa vie toute seule. Comme ses sœurs. Pour avoir une meilleure estime d'elle-même, elle avait besoin de prendre du temps tous les matins pour se faire belle. Cela lui donnait de l'assurance. Sans quoi elle n'aurait pas été aussi fonceuse, et n'aurait pas insisté auprès de Félix. Elle était fière d'elle-même.

Glisser son peigne tout le long des cheveux de Félix, les prendre dans sa main et en couper un petit bout. Puis recommencer. Elle n'en demandait pas plus. Pourquoi en vouloir plus, alors que ce petit bonheur remplissait déjà son cœur.

Félix ne pensait pas du tout au travail qui l'attendait. Qu'on touche sa tête, ses cheveux. Qu'on prenne soin de cette partie de son corps le faisait littéralement frissonner. Il ne savait pas pourquoi. Un coiffeur, une coiffeuse, un barbier ne peuvent qu'avoir le geste délicat. Vraiment, Félix, chaque fois, éprouvait une petite jouissance. Du temps où il était prêtre, elle figurait parmi les jouissances qu'il se permettait. Quinze minutes de toucher permis! Il paraît que, si les chimpanzés se cherchent des poux à travers les poils, c'est surtout parce qu'ils adorent la sensation que cela leur procure.

Blanche et lui étaient aux oiseaux. Tout ce temps-là, Fernande avait commenté l'accident. Personne ne l'écoutait. Béatrice était retournée à la cuisine.

- Qu'est-ce que vous pensez de ça, vous, Félix, la prostitution?

Comme il n'avait pas répondu, Blanche insista. Félix ne pouvait quand même pas lui dire : « Laissez-moi tranquille! Je suis en train de jouir! » Il dit, un peu frustré qu'elle l'ait sorti de son état second :

- Quand j'étais curé, une chance qu'elles étaient là pour me soulager!

- Vous n'êtes pas sérieux, vous là, cria Fernande en se retournant vivement.

Blanche arrêta les opérations, se planta devant Félix, et le regarda d'un air effaré, son peigne et ses ciseaux en main. Félix faisait durer le suspense.

- Dites-moi que c'est vrai, fit Blanche sans réfléchir, et je vous crève les yeux.

Elle avait dit cela en levant ses ciseaux en l'air.

149

- Ben, voyons donc! Blanche! Tu sais bien que c'est pas un gars de même, dit Fernande.

- Bien, non! C'est des farces! ajouta Félix.

- Une chance! fit Blanche. Je pense que je ne vous aurais plus jamais parlé.

- Je ne sais pas trop ce que je pense de cela, reprit-il. Je n'ai jamais eu à réfléchir là-dessus. Dans ma paroisse, il n'y en avait pas. Ces pauvres filles, en tout cas, elles n'ont pas l'air tellement heureuses.

- C'est encore drôle, fit Fernande. L'autre jour, à la télévision, il y en avait une qui disait aimer son métier. Mais je ne la crois pas. J'ai ben de la misère à croire qu'une femme puisse faire ce métier-là. Et être heureuse.

- On ne sait pas ce qui se passe dans leur tête, reprit Félix. Peut-être que ça leur prend cela pour se sentir en vie. On ne sait jamais.

- En tout cas, elles ne sont pas toutes heureuses. Ça c'est sûr! La petite qui circule devant, icitte, elle n'a pas l'air à trouver ça trop jojo. Elle doit faire de l'argent, par exemple. Parce qu'elle ne reste pas longtemps sur le trottoir. Il y a toujours une âme charitable qui l'embarque.

- Oui! Une âme charitable! fit Blanche, en coupant un dernier cheveu qui se retroussait au-dessus de l'oreille de Félix.

- Voilà Monsieur, continua-t-elle. Regardez-vous dans le miroir. Une belle bête, hein?

- C'est parfait! dit-il en se regardant d'un côté, puis de l'autre. Et c'est gratis, en plus?

- C'est moi qui devrais vous payer, ajouta Blanche, gênée.

Félix lui devait bien plus que le prix d'une coupe de cheveux. Il la remercia chaleureusement. Et s'en vint prendre les ordres de sa patronne, Béatrice, à la cuisine.

- Est-ce qu'il y a des urgences? Je continue de rénover la chambre de bain de Victor et Momousse?

- Oui! Il faut la terminer le plus tôt possible. Ils n'aiment pas que ça traîne, ces deux-là.

Félix avait du plaisir avec eux. Deux homosexuels qui occupaient un loyer de la rue des Pignons. Comme l'un était comédien et l'autre infirmier à l'hôpital le soir, ils dînaient souvent à la maison le midi. Et Félix mangeait son lunch à leur table. Comme Victor appelait toujours son ami Momousse, Félix ne savait pas son nom. Il l'appelait Momousse lui aussi. L'autre ne s'en vexait pas.

- Il me reste environ quatre jours d'ouvrage, dit Félix à Béatrice, en descendant à la cave pour y chercher la truelle à étendre la colle à céramique.

Félix en était à sa seconde chambre de bain. La plomberie le faisait suer. Ce n'était pas sorcier pourtant. Il apprenait sur le tas, avec le code du bâtiment qu'il s'était procuré. Il l'observait à la lettre. En août, il avait dû adapter une cuisine et une chambre de bain pour une handicapée en chaise roulante. Comme Béatrice avait eu droit à une subvention de la ville de Montréal, un inspecteur était passé pour s'assurer que l'argent avait été dépensé selon les normes. Il n'avait rien eu à redire. C'était parfait. Il reste que de tous les travaux qu'il entreprenait la plomberie restait celui qui le rendait le plus insécure. Il finissait toujours ses jobs trempé. Faut dire aussi que les fois où il avait à manipuler un contenant d'eau, il était dix fois plus gaffeur.

- De quel signe tu es toi? lui demanda Momousse, de sa fine voix pointue, le midi, à la table?

- Je suis Cancer.

- Un signe d'eau! Tu devrais pourtant être à l'aise avec l'eau, toi.

- Je suis probablement un Cancer dénaturé, puisque j'ai peur de l'eau. J'ai peur en eau profonde. Je n'ouvre jamais les yeux dans l'eau. J'ai horreur du mouillé.

- Tu as horreur du mouillé? … Est-ce que c'est pour cette raison-là que tu t'es fait curé…?

Félix ne saisit pas le rapport. Victor regarda Momousse, puis Félix, attendant de voir comment il réagirait.

- Excuse-moi! reprit Momousse en mettant sa main sur le bras de Félix.

Félix travaillait dans leur logis depuis six jours. Il les trouvait sympathiques. Momousse surtout. Il n'était pas gêné. Victor, plus réservé, aimait discuter avec Félix de religion, de Dieu.

- Est-ce que tu vas prendre un thé, demanda ce dernier à Félix.

- Oui, s'il te plaît. Ça va être bon avec mon *May West*.

- Combien il te faudra de temps encore pour terminer? lui demanda-t-il.

- Quatre jours.

C'était la première fois que Félix entrait dans l'intimité d'un couple d'homosexuels. Le premier jour en passant devant la porte de leur chambre à coucher, Félix ne put s'empêcher de jeter un coup d'œil sur le lit... Histoire de jeter un coup d'œil sur leur lit!

- Tu as joué le rôle d'un curé pendant vingt ans, dit Victor, c'était devenu une seconde nature pour toi. Imagine si, au théâtre, je jouais le même rôle tous les soirs pendant vingt ans. Je ne sais pas si mon personnage aurait de l'influence sur moi, sur ma vie. C'est indéniable. Une certaine osmose s'opérerait sans doute à mon insu.

- Il est vrai, lui dit Félix, que toi, tu incarnerais ton personnage trois heures par jour. Moi, je crois que j'avais perdu mon identité. J'étais devenu un curé. Même si je faisais attention pour ne pas avoir l'air d'un curé, si je m'efforçais d'avoir des préoccupations autres que cléricales et si je ne faisais pas de *jokes* de curé...

- Conte-nous une *joke* de curé, fit tout de suite Momousse.

- Je n'en connais pas.

- À quoi ça ressemble?

- Il y en a deux sortes. Les *inside jokes,* que tu dois être curé pour comprendre. Des farces catholiques, quoi! Puis les *jokes* classiques de curé, dans lesquelles il y a toujours une fine pointe d'ironie, habituellement pas charitable du tout. Les sujets préférés sont les femmes et les évêques. Et il n'est question de cul qu'à mots couverts. Toujours avec finesse. Ah! C'est vrai! Une troisième sorte aussi : les histoires à double sens.

- Essaye de te souvenir de quelques-unes... insistait Momousse. Ça doit être tripant.

- Non! Non! Je te le dis : je n'en sais pas.

- Tu ne devais pas bien jouer ton rôle, dit Victor... C'est effrayant ce que tu disais tantôt... Que tu avais perdu ton identité.

- Ce que je veux dire, c'est que je m'étais éloigné de mes propres goûts. Quand tu es curé, tu penses aux autres. Tu dis les paroles d'un Autre. Tu viens que tu oublies tes propres besoins.

- J'ai du mal à comprendre, continua Victor, qu'un curé puisse être ouvert aux autres sans qu'il connaisse ses propres besoins, ses propres goûts. Sans qu'il se connaisse lui-même. Comment veux-tu donner si tu n'as rien à donner? S'il fallait que je monte sur scène et que je n'aille pas chercher en moi les sentiments qu'éprouve mon personnage, je n'aurais rien à donner. Rien à livrer.

Momousse se demandait ce que Félix allait répondre. C'est Victor qui reprit. Et sur un ton un peu plus agressif.

- Vous autres, les curés, ce qui vous manque...

- Minute! Minute! fit Félix. Je ne suis plus un curé.

- Excuse-moi! Ce qui leur manque les curés, c'est le cul. Parce qu'ils se privent de sexe, ils se prennent pour des anges. Je le sais, l'oncle de ma mère est curé. Il venait nous voir à la maison. Il puait le faux. Il n'avait pas l'air ben dans sa peau. Ils viennent qu'ils s'éloignent de leur corps. De leurs besoins, comme tu disais. Quand ils ouvrent la bouche, ça sent juste l'éthéré, le désincarné. C'est pas étonnant qu'ils aient fait de Jésus un pur esprit. Le monde, c'est pas des caves. Ils ne peuvent plus croire à toutes ces conneries-là.

Même si Félix venait d'avertir Victor qu'il n'était plus curé, il voulut prendre leur défense :

- Tu as raison, commença-t-il par dire, quand j'étais curé, le fait de renoncer au sexe me plaçait dans une situation où je me croyais un peu à part des autres. C'est vrai. Un peu désincarné, même si je ne croyais pas l'être. Mais ce n'est pas ça qui rendait ton curé faux, je pense. On peut décider de se priver de sexe dans sa vie et avoir des contacts vrais avec les autres. L'amour et le cul, ça ne va pas nécessairement ensemble. Les vieux s'aiment. Et souvent, le cul, ils n'y pensent même plus. Et puis il y a d'autre chose aussi. Je ne veux pas juger l'oncle de ta mère mais, s'il avait un langage éthéré, c'est peut-être parce qu'il n'avait pas de vie spirituelle. Les curés qui parlent de Dieu à tour de bras et qui le connaissent juste dans leur tête, pas dans leur cœur, c'est vrai qu'ils résonnent comme des pianos faux.

Victor regarda Félix dans les yeux :

- Dis-moi! Toi, là! Je ne t'ai jamais vu aller quand tu étais curé... Mais qu'est-ce que tu disais de Dieu? Qu'est-ce que tu aurais à me dire de Dieu aujourd'hui? Pourquoi tu crois encore en Dieu?

- Je ne sais même pas s'il existe vraiment, dit Félix après un moment.

Momousse se leva et servit le thé. Félix développa son *May West*, le déposa sur la table et continua :

- Tout ce que je sais, c'est qu'il existe pour moi. J'ai oublié toute ma théologie. Il faudrait la refaire au complet d'ailleurs. C'est vrai que tous les mystères auxquels on a cru, il faudrait les réinventer à partir de ce qu'est Jésus pour nous autres aujourd'hui. Voir comment il nous inspire. Comment il peut nous révéler Dieu. Jésus, s'il était ici, il répondrait à ta question.

- J'en ai rien à foutre de Jésus, reprit Victor. Je ne le connais pas. Mais toi, qu'est-ce que tu as à me dire de Dieu?

- C'est lui qui mène ma vie! dit sans hésiter Félix.

Victor eut l'air surpris. Momousse écoutait tout cela avec intérêt mais n'intervenait pas. Victor ne dit pas un mot. Il savait que Félix s'expliquerait.

- C'est celui qui est présent à moi, autant que je le suis à moi-même. Qui me connaît autant que je me connais. Et même plus, je dirais. Qui m'aime... Qui me fait confiance... Et je pourrais continuer comme cela. Je vais vous faire une confidence...

Félix prit une bouchée de gâteau et dit, avant de reprendre:

- Comment se fait-il qu'on puisse parler si intimement ensemble. On se connaît à peine.

- Parce qu'on s'aime, fit Momousse.

- Je suis avec une femme depuis trois mois et demi. Je ne savais pas ce que c'était que de vivre en couple. J'étais habitué à décider moi-même de ma vie.

- Tu as dit, fit Momousse, que c'est Dieu qui menait ta vie.

- Ecoute-moi bien! Je n'ai pas fini. Maintenant que je vis avec une femme, j'ai l'impression parfois qu'elle veut mener ma vie. Par moments, je me sens frustré parce que j'ai l'impression que je n'ai pas voix au chapitre. Ce doit être la même chose pour vous.

Félix hésita, puis dit, tout rouge :

- Qui mène dans votre couple?

Ils se regardèrent tous les deux. Momousse pouffa de rire. Finalement, il dit :

- C'est moi.

- Eh bien! Quand je réalise que Dieu mène ma vie, je ne réagis pas du tout de la même façon qu'avec Lyne. Elle s'appelle Lyne. Je ne suis pas frustré du tout. Pas parce qu'il est plus grand, plus fort que moi, et que je lui laisse toute la place. Mais parce que j'ai la certitude que moi aussi je mène ma vie. La décision que j'ai prise de sortir de chez les curés, c'est moi qui l'ai prise. Mais, en même temps, je crois que c'est lui qui m'a amené là. Il m'aimait tellement qu'il s'est arrangé pour que je sorte de là. Si vous voulez : il m'a envoyé une femme pour me sortir de là. Et c'est comme ça dans tout le reste de ma vie. Demandez-moi pas comment expliquer cela... J'aime Dieu. Je ne l'aime pas parce que je prends plaisir à lui faire des guéli-guélis. Je l'aime parce qu'il est bon pour moi. Demandez-moi pas non plus comment ça a commencé cette histoire-là. Comme je vous disais au début : je ne sais pas s'il existe ou si on l'invente pour passer au travers nos pires moments, nos souffrances, notre mort. En tout cas, si c'est cela, je vous avouerai que Dieu est très commode. Et pas cher!

Ils rirent tous les trois.

Félix finit vite son gâteau, avec une gorgée de thé. Momousse ramassa les plats sur la table. Alors que Victor continua de boire lentement son thé en silence.

- Heille! fit Félix en regardant l'heure. Une heure et demie! Je devrai faire du temps supplémentaire, ce soir. Est-ce que ça vous dérangerait si je travaillais jusqu'à sept heures?

- Pas du tout! répondit Victor. On part tous les deux à quatre heures.

Félix était quand même assez avancé dans son travail. Il lui avait fallu refaire toute la structure du plancher et du mur derrière le bain, refaire la plomberie en entier, isoler le mur et le plafond, poser le gypse et tirer les joints de plâtre. Il avait le temps, au cours de ce long après-midi, de poser la céramique du bain et du plancher.

À sept heures, il n'avait pas encore terminé.

- Et dire, fit-il tout haut, qu'elles sont assises bien confortablement dans une salle de cinéma à attendre que le film commence... Il pensa qu'elles auraient pu l'inviter. Pourquoi ne sortait-il pas lui aussi avec un copain? Les mains pleines de colle à tuile, il chassa ces pensées et décida d'aller jusqu'au bout de son travail, le soir même. D'ailleurs, il avait avantage à poser toute la céramique dans la même journée.

Les deux femmes soupèrent ensemble.

- Sais-tu, fit Myriam une fois assise au restaurant, que nous ne sommes pas sorties ensemble depuis le 4 mai, le soir de nos anniversaires?

- Voyons donc!

- Je te le dis! Avec ton Félix… Tu me négliges.

- Je te promets, répondit Lyne, on va se reprendre. Faudrait pas qu'un homme se mette en travers de nous. Mon ex s'était habitué à nous voir partir ensemble. Félix! Je ne sais pas. Je pense qu'il est un peu jaloux.

- Pourtant, il devrait être habitué, reprit Myriam, il y avait plein de femmes autour de lui.

- Oui! Mais aucune en particulier.

Le serveur s'avança en glissant ses pieds négligemment sur le plancher.

- Ces dames veulent boire quelque chose?

- La blonde-pression, s'il vous plaît, demanda Lyne.

- Moi la brune, dit Myriam.

- Dis donc! fit Lyne en riant, après que le serveur se fût éloigné, faudrait pas que les craques du plancher soient trop profondes, il tomberait dedans.

Ells rirent longuement, ne pouvant s'en empêcher.

- Est-ce qu'on s'est vues depuis mon voyage dans les Rocheuses? demanda Lyne.

- Bien oui! Voyons! Tu es venue me porter le cadeau. Je l'ai mis sur ma commode dans le corridor. C'est tellement beau! Je le laisse toujours allumé. Je n'avais pas d'attirance particulière pour les dinosaures. Je les trouvais laids. Maintenant, je ne pourrais plus me passer de ma belle petite bibite.

Lyne se pencha au-dessus de la table, et dit à mi-voix :

- En parlant de petite bibite…

Elle se mit à rire. Vraiment, elles étaient fatiguées. Un rien les faisait rire. Elle reprit :

- En parlant de petite bibite… Le prof de philo…

Le fou rire les prit encore davantage.

- Celui qui t'a invitée à souper l'autre soir… Le trouves-tu de ton goût?

- Ce n'est vraiment pas mon genre, répondit Myriam. Il ne

m'est jamais arrivé de me tromper de même sur un gars. Prétentieux, un ego gros comme la table…

- Pour une psychologue… c'est pas fort comme diagnostic.

- Non! Je te le dis. Enfin! Que veux-tu? Je fais du jogging et je vais au Nautilus. Au moins, je me fais plaisir.

- J'en connais un qui veut faire de l'exercice…

- Qui?

- Félix veut faire de l'escalade. Richard va l'initier. Ils sont emballés de cela tous les deux.

- Puis après? On aura plus de temps pour sortir ensemble. C'est l'automne. On ira marcher dans les Adirondacks. Tu aimais ça, les autres années.

- Oui! Je sais bien!

- Ça te rend songeuse… Tu me caches quelque chose, toi.

- Depuis qu'ils ont décidé qu'ils iraient ensemble faire de l'escalade, ils se téléphonent. Même que Richard me parle quelques instants, puis il veut tout de suite parler à Félix.

Je ne sais pas ce qui s'est passé entre ces deux-là. D'abord Félix a eu la piqûre quand il a vu les grimpeurs se balader au bout des cordes au lac Louise. Ils étaient là, juste au-dessus de nous. C'est vrai qu'ils étaient beaux à voir. J'ai eu le malheur de lui dire que Richard se ferait un plaisir de lui apprendre. Mais je ne pensais pas que cette idée les exciterait autant.

- Ben voyons! Lyne! As-tu peur que Richard te vole ton Félix?

- Non! Mais…

Elle regarda Myriam d'un air découragé.

- Richard n'est plus le même avec moi. Félix, lui qui est si grippe-sou d'habitude, a acheté tout son gréement pour l'escalade.

- Bon! fit Myriam décidée. D'abord, tu vas te mettre les deux yeux devant les trous. Et tu vas regarder cela en face. Laisse-le s'amuser, ce pauvre Félix. Il a été vingt ans à se serrer la ceinture.

Elle se pencha à nouveau et dit à mi-voix :

- J'espère que tu ne te gênes pas pour lui desserrer sa ceinture…

- Ma pauvre petite fille, répondit Lyne, il est encore plus vite que moi là-dessus.

- Bien oui! Laisse-le s'amuser. Et Richard, il serait à peu près temps que tu lui donnes de la corde un peu. Tu n'es pas sa mère.

- Je sais… Je sais… J'ai beau me raisonner, répondit Lyne en penchant la tête.

Son amie était la seule personne qui pouvait lui parler de la sorte. Et ce n'était pas la première fois. Myriam savait que cette relation affective avec son frère la limitait dans sa vie. Elle s'en rendait compte encore une fois. Elle savait par ailleurs qu'elle y trouvait de la sécurité. Elle n'allait pas réussir à l'influencer ce soir, elle en était convaincue. Mais elle osa dire :

- Je pourrais te conseiller quelqu'un qui pourrait t'aider à démêler tout cela.

- Myriam! dit soudain Lyne, en levant la tête. Écoeure-moi pas avec ça! Tu ne peux pas savoir… Penses-tu que j'ai le goût de « démêler tout cela », comme tu dis. Il n'y a rien à démêler. Je sais que mon père est pour quelque chose dans ma relation avec Richard. Ma mère aussi. Penses-tu que ça me tente de recommencer ma vie. J'ai réussi à me tracer un chemin à travers tous les obstacles que j'ai traversés. Et je fonctionne très bien ainsi. Est-ce que j'ai l'air d'une femme malheureuse? Dis-le moi franchement.

Myriam la regarda. On sentait toute son amitié dans son regard. Elle lui dit :

- Non, ma belle!

- Richard fait partie des fondements de ma vie. C'est quoi le fondement idéal? La belle relation de confiance avec son père? La tendresse de sa mère? Pourquoi c'est pas correct que je sois attachée à mon frère? C'est lui qui a remplacé mon père et ma mère. Alors, je l'aime. C'est vrai que je dépends de lui. Que cela m'affecte quand je le vois s'éloigner de moi. Mais j'aime mieux cette dépendance-là que la dépendance à l'alcool, à la drogue ou à n'importe quoi et à n'importe qui.

Lyne vint les yeux pleins d'eau. Elle avoua à Myriam :

- Je ne veux voir personne se mettre en travers de nous. Tu m'entends?

Myriam mit la main sur celle de son amie. Lyne ferma les yeux, pendant que Myriam regardait leurs mains réunies. Finalement, elle dit :

- Lyne! Permets-moi une chose. Le jour où je te sentirai malheureuse, permets-moi de t'en parler.

Lyne, tout en se mordillant légèrement la lèvre, fit un signe affirmatif de la tête.

Le serveur vint déposer les deux verres de bière sur la table.

- J'étais sérieuse tantôt. Qu'est-ce que tu en dis d'un petit deux jours dans les Adirondacks. L'année dernière, ça nous a fait un bien énorme.

- Je vais y penser.

- Plutôt que de rester à la maison à te ronger les sangs, le grand air te fera du bien.

- Tu as raison.

- Sacrée cocotte, va!

Elles levèrent leur verre de bière. Myriam dit :

- À nos bibites!

CHAPITRE XI

Bien qu'à son travail Félix ait eu à prendre toutes sortes de positions, s'étirer un bras, une jambe, le cou, ou se contorsionner pour prendre un outil, poser le pied sur un escabeau, ajuster un tuyau sous un bain, ou installer une lampe au plafond, tous ces mouvements réunis ne constituaient pas un entraînement sérieux pour l'escalade. Quinze jours avant la grande fin de semaine d'initiation, Félix se mit sérieusement à pratiquer les exercices que Richard lui avait suggérés. Tous les soirs. Certains jours de travaux plus harassants, il n'avait pas le goût de s'y mettre. Mais l'intérêt pour cette discipline, à laquelle il avait pris goût, enfant, en s'agrippant aux arbres, aux clôtures ou aux échelles, le motivait à entreprendre sa série de mouvements. Aussi, l'idée d'apprendre à s'élever au dessus-du sol et de dominer l'espace le faisait rêver.

Mais chaque séance d'exercices rappelait un peu plus à Lyne que l'enthousiasme commun de Richard et Félix pour l'escalade distrayait son frère de sa relation avec elle. Elle avait peur que quelque chose d'eux, de leur histoire, s'estompe, s'envole. Le lien si fort du sang, et en même temps si fragile. Le lien de cette si grande proximité de neuf mois dans le ventre de leur mère. Le lien sécuritaire de l'obscurité de la garde-robe. Ce lien tenait du sacré. Personne n'avait le droit de venir s'immiscer entre eux et brouiller les ondes. Pourtant, elle ne pouvait que s'émerveiller de voir Félix s'astreindre à ses exercices, suer de tout son corps, se mettre en bonne condition avec tant de soin. Ces mains, ces bras, ces cuisses, qu'elle aimait tant caresser, qu'elle aimait tant sentir sur son corps. Ce cœur généreux qui battait fort à chaque étirement. Ces yeux bleu cinq piastres qui la faisaient fondre encore... Ce Félix qu'elle désirait passionnément, pourquoi fallut-il qu'il fasse dévier Richard de sa trajectoire?

Félix ne s'était rendu compte de rien. En multipliant ses contacts avec Richard, il avait même le sentiment de connaître davantage Lyne, d'entrer plus avant dans son monde. Deux jours avant le fameux week-end où Félix et Lyne, de part et d'autre, iraient faire de l'escalade et de la marche en montagne, Félix s'arrêta chez Richard après le travail. Le temps d'une bière. Ce qui amena Félix à la maison un peu plus tard que d'habitude. Les soirs de semaine, Lyne s'occupait du repas, puisqu'elle arrivait chez elle avant Félix..

Lyne trouvait très relaxant de préparer le repas à son retour de l'école. À mesure qu'elle alignait les aliments sur le comptoir, les images de ses élèves s'éclipsaient. Elle avait pris la résolution de préparer un plat nouveau chaque semaine. Et ce mercredi, c'était un pâté en croûte aux épinards, cœurs d'artichaut, noix de cajou et petites carottes du jardin. Au four pendant quarante minutes à 375 degrés. Quand Lyne recevait des amis, ils devaient s'asseoir à table aussitôt que les viandes ou les légumes étaient à point. Passé ce temps, elle trouvait qu'ils perdaient du goût, et surtout de leur fermeté et de leur couleur. Passé ce temps, elle faisait surtout du mauvais sang. Alors, cinquante minutes, et même soixante, après avoir mis son pâté au four, Félix n'était toujours pas rentré. Pourtant, il était réglé comme une horloge. Elle pouvait calculer qu'à six heures pile, ordinairement, il serait prêt à manger. Trois quarts d'heure plus tard, les rebords du pâté avaient durci, les légumes ramolli, et Lyne… commencé à s'inquiéter. Elle cacha néanmoins son désappointement et lui dit lorsqu'il entra :

- Mon pit! J'étais inquiète!

- Je me suis arrêté chez Richard, un petit moment.

En l'espace d'une seconde, les rebords du pâté venaient de durcir deux fois plus et les légumes de passer en bouillie!

- Tu le sais que j'aime pas servir les légumes trop cuits. J'avais fait un beau pâté. Ça ne sera plus mangeable. La croûte va être bien trop sèche. Si tu m'avais téléphoné, j'aurais retardé avant de le mettre au four. Je te le dis! Toi! Des fois!… On dirait que tu fais exprès pour me faire choquer. Qu'est-ce que tu lui voulais tant à Richard? Vous allez vous voir toute la fin de semaine. Toi et Richard, vous commencez drôlement à me pomper l'air…

La naïveté de Félix et sa ferveur de grimpeur néophyte l'avaient empêché de détecter la frustration de Lyne.

- Qu'est-ce qu'on a fait? demanda-t-il innocemment.

- Tu es dans mon chemin…

- J'espère bien… que je suis dans ton chemin.

- Tu comprends très bien ce que je veux dire. Depuis que vous êtes amis, tous les deux, Richard n'est plus le même avec moi. Je le sens loin.

Le fait d'avoir livré à Félix ce qu'elle avait sur le cœur l'apaisa un peu. Il vint pour s'approcher d'elle, la toucher :

- Bien, voyons donc!Ma pitte!Est-ce que tu penses vraiment cela?

Elle s'esquiva et dit :

- Viens manger mon souper pas mangeable…

- Lyne! Je te jure… Richard ne cesse de me parler de toi. Tu es la seule femme à qui il raconte tout. Il me l'a dit.

- Va te laver les mains! Et viens souper!

Félix fit comme elle dit. Et vint s'asseoir à table.

- Félix, tu ne peux pas savoir… lui dit-elle en lui apportant son assiettée de pâté très croûté!

- Tu ne peux pas savoir… Je t'en veux! Tu m'enlèves ce que j'ai de plus précieux au monde.

C'est la voix enrouée et les yeux dans l'eau qu'elle avait prononcé ces derniers mots. Elle continua, l'assiette de Félix en main :

- Je t'aime, mon amour. Mais sache bien que Richard est très très très important pour moi. N'oublie jamais cela! Je t'en veux d'être aussi naïf, et aussi innocent. Tu ne te rends compte de rien. Tu t'en vas tête baissée. Ou plutôt tête en l'air. Avec ton escalade! Tu le sais comme je suis attachée à lui. Tu sais tout ce qu'il représente pour moi. Ne m'oblige jamais à choisir…

Félix était dépassé par les événements. Il n'avait pas vu venir le coup. Et il ne savait surtout pas comment réagir. Il se rendait bien compte que son comportement avait atteint Lyne profondément. Il voulait bien compatir avec elle, la supporter dans son désarroi. Mais il n'avait aucune idée de ce qu'il devait changer dans son comportement.

- Mais… chérie… fit-il.

Elle était retournée au fourneau pour se servir. Il ne dit plus un mot. Il pensa qu'il serait mieux de garder le silence. De retour à la table, elle dit :

- Je sais ce que tu penses… Que je suis jalouse…. Que je ne veux pas partager Richard…

- Tu devrais te compter chanceuse, reprit Félix. Tu avais un homme dans ta vie. Maintenant, tu en as deux.

Félix croyait détendre l'atmosphère, tout en se montrant compréhensif.

- Figure-toi donc, mon petit garçon, que ce que je vis en dedans de moi, ce n'est pas une addition, mais une soustraction.

Elle vint pour couper le pâté avec sa fourchette.

- Je le savais que ce serait sec. Il était si beau mon pâté après quarante minutes de cuisson. Félix, je t'en prie, téléphone-moi, lorsque tu prévois que tu seras en retard.

Après un long moment de silence qui permit à Lyne de s'apaiser un peu, elle dit :

- Finalement, qui gardera les enfants de Richard pendant le week-end?

- C'est ta mère.

Même si Lyne aurait aimé mieux rester silencieuse, elle raconta à Félix :

- Quand ils étaient bébés, elle adorait les garder. Aussitôt que Soleille et Loup ont commencé à marcher, elle trouvait ça trop de trouble. Pauvre elle! Les efforts, c'est pas son fort! J'espère que les enfants ne trouveront pas trop le temps long. Mais elle est bien capable de les distraire. Quand elle arrête de s'apitoyer sur son sort.

- J'ai hâte que tu me la présentes, fit Félix.

- Tu la connaîtras bien assez vite.

- L'autre fin de semaine, on pourrait y aller?

- Oui! Si tu veux.

- Est-ce que vous avez décidé de l'endroit où vous irez marcher dans les Adirondacks, Toi et Myriam?

- Une amie lui a parlé d'un endroit extraordinaire au Québec. C'est pas très connu. Les hautes gorges de la rivière Malbaie. Il paraît qu'il y a une vingtaine de kilomètres de mauvaise route pour s'y rendre, mais qu'une fois là-bas on oublie vite le trajet.

Lyne réalisa qu'il ne lui servait à rien de s'acharner sur Félix. D'ailleurs, ce dernier ne voyait pas ce qu'il pouvait faire pour elle. Richard et lui s'adonnaient bien ensemble. Pourquoi saccager leur bonne entente ? Au fond, Lyne n'y gagnerait rien. Tout cela lui trottait dans la tête au cours de la soirée. Une fois au lit, Félix voulut revenir sur le sujet. Il la sentait malheureuse. Pour le moins piteuse. Habituellement, Lyne attaquait les problèmes de front. Ce soir-là, elle se réfugia dans un petit coin secret de son cœur, et ne voulut pas parler. Félix n'insista pas. Il s'endormit quand même inquiet de la voir ainsi.

Lyne, de son bord du grand lit *king*, ne s'endormit pas facilement. Elle avait beau se raisonner. Se dire qu'elle exagérait. Que Richard ne l'avait pas délaissée autant qu'elle avait pu le croire. Qu'elle était effectivement la seule femme à qui il contait tout. Que Félix n'était en rien menaçant… Sa peur de perdre la sécurité que Richard lui apportait était bien réelle. Elle est si fragile, la certitude de l'amour. Finalement, elle se glissa vers le milieu du lit. Ses pieds froids touchèrent les pieds chauds de Félix, qui dormait depuis un bout de temps. Puis elle se recroquevilla dans son dos, pour y puiser une autre sécurité. Celle que lui procurait, encore après quatre mois, sa vive passion pour lui.

Le samedi matin, Lyne déposa Félix chez Richard, leur donna à tous les deux ses recommandations, et s'en vint trouver Myriam chez elle. Il faisait froid pour un 29 septembre. Le soleil n'était pas au rendez-vous.

- Est-ce que tu prendrais un autre café avant de partir, demanda Myriam à Lyne, qui venait d'entrer chez elle.

- Ah !… Oui… Félix ne tenait pas en place. On n'a pas pris un gros déjeuner.

- Moi non plus, figure-toi donc. Je me suis levée tard. Et je ne voulais pas te faire attendre.

- On a tout notre temps, fit Lyne. Je vais descendre pour garer ma voiture un peu mieux. Et je remonte.

- Tes deux beaux mecs sont partis en gambade! lança Myriam lorsque Lyne revint.

- Oui! Je te dis que Félix avait la jambe alerte, ce matin.

- Après deux jours d'escalade, dit Myriam, tu vas voir qu'il ne lui restera pas grand-chose d'alerte…

- Richard me semblait plus attentionné envers moi ce matin, dit Lyne. Il avait son regard chaud des beaux jours.

- Ses yeux ne m'ont jamais laissée indifférente, tu sais, reprit Myriam.

- Dis-moi pas que tu vas te mettre de la partie, toi aussi!

- N'aie pas peur. Il ne veut rien savoir de moi.

- Est-ce que tu le fais, ce café? demanda Lyne. Je prendrais même de la confiture avec une rôtie. On a un long voyage à faire.

- Sais-tu ? fit Myriam, j'ai préparé un petit lunch pour le voyage.

Une heure plus tard, elles prenaient la route. Les deux hommes, eux, arrivaient au pied du mont Césaire à Val-David. La fébrilité de Félix paraissait sur son visage et même dans ses jambes. Comme un chien chercheur qu'on tient en laisse. Félix avait retiré de son sac à dos son casque, son baudrier, ses mousquetons, et s'était appareillé de tout son gréement.

- Tu n'as besoin d'aucun équipement pour tout de suite, lui dit Richard, en riant de lui. On va faire du grattonnage en bas de la paroi avant de grimper. Tout ce dont tu as besoin, c'est tes bottes… ta prudence, ta concentration et ton cœur grand ouvert. La montagne, ça devient vite une passion. Tu verras! Je suis content de partager ma passion avec toi. J'aurais tant aimé que Lyne fasse de l'escalade, elle aussi. Elle a peur. Viens!

Au pied du rocher, Félix regardait vers le haut.

- On commence à grimper par en bas, lui dit Richard, en riant à nouveau. Tu vois les prises. Vas-y! grimpe! … Non! Ne lève pas la jambe si haut. Il y a une prise là, juste en bas, à droite. Ne dépense pas toutes tes énergies maintenant.

En quelques secondes, Félix avait déjà posé le pied sur trois prises.

- Où tu t'en vas comme ça? lui demanda Richard. Tu es donc bien pressé! D'abord, décolle ton corps de la paroi, tu pourras ainsi davantage étudier le rocher et choisir tes prises. Et jamais de gestes précipités. C'est la règle d'or. Reviens sur terre! Et calme-toi un peu!

- La dernière fois que j'ai grimpé, dit Félix, c'était dans l'érable à giguère, derrière la maison chez nous quand j'étais jeune. On montait dedans à la course.

- Je vois que tu as des habiletés pour ça. Va plutôt vers la gauche. Tu verras que les prises sont plus rares et moins évidentes. Apprends à te tenir sur des grattons.

- C'est quoi des grattons?

- Ce sont de toutes petites prises.

Félix monta la hauteur de deux à trois mètres, et en redescendit. Il fit cela pendant une demi-heure. Richard en profitait pour le conseiller, l'encourager, le reprendre, le réprimander même lorsque Félix se précipitait sur les prises ou comptait davantage sur la force de ses bras que sur celle de ses jambes.

- On fait de l'alpinisme avec ses jambes. Ne jamais se déconcentrer de ses prises de pied.

Richard jugea que Félix avait réussi l'examen des premiers exercices. Il passa à la deuxième étape de l'initiation : l'assurance.

- Je vais monter quelques mètres et accrocher la corde à un piton. Tu vas m'assurer. Je mettrai toute ma confiance en toi. Si je tombe, c'est toi, au bout de la corde, et uniquement toi, qui peux me sauver.

Richard lui montra comment laisser couler la corde dans une main, puis autour de sa taille, puis la tenir fermement de l'autre main. Autre chose bien importante : ne pas quitter le grimpeur des yeux. Il faut qu'il y ait juste assez de jeu dans la corde pour que l'autre ne soit pas gêné, et pas trop pour qu'il ne tombe pas sur une longue distance. Exercice que Félix passa aussi avec succès.

- Enfin, fit Richard, le dernier apprentissage, c'est celui du rappel. C'est le dessert du grimpeur. Quand tu as peiné pour te rendre en haut, et que tu descends en rappel, c'est comme du bonbon. Tu verras! Tiens! Viens là. Il y a un petit sentier qui mène sur ce rocher. On va descendre de là en rappel. Je suis sûr que tu vas adorer cela. La première fois, c'est épeurant.

Une fois le dos dans le vide et les deux pieds sur le rocher, Félix resta là immobile, pendant quelques instants, pour contrôler sa peur. Puis comme un pro, en trois sauts de kangourou à la verticale, il était à terre. Félix se croyait bon. Richard lui dit :

- C'est parfait Félix. Mais tu as été très imprudent. C'est très dangereux pour un débutant de se donner de gros élans comme tu l'as fait. Si tu avais donné une pression plus forte sur un pied que sur l'autre, tu aurais dévissé et te serais retrouvé le dos à la paroi. Tu pourrais te faire mal. C'est quoi la règle d'or, Félix?

Dans son enthousiasme, il l'avait oubliée.

- Jamais de gestes précipités, dit Richard en martelant les mots.

Puis il s'approcha de Félix. Mit une main sur son épaule. Le secoua un peu et dit avec sincérité, en le regardant dans les yeux :

- Avec un peu plus de concentration, tu vas faire un sacré bon alpiniste. Je te souhaite beaucoup de plaisir, et beaucoup de prudence. Viens! On va aller escalader la Chico. C'est une voie facile, et de là-haut on a une superbe vue sur les Hautes-Laurentides. En espérant qu'il n'y ait pas trop de grimpeurs dedans aujourd'hui.

Félix trouvait Richard bien sérieux. Lui, si chaleureux et enjoué d'habitude, il semblait ne plus laisser de place à la rigolade et à la camaraderie. Félix fut un moment affecté par cette distance peu coutumière. Néanmoins, il réalisa que l'escalade d'une paroi rocheuse ne doit pas être prise à la légère. Sa confiance en Richard n'en fut que plus grande.

Dans son rôle d'assureur, gaillardement gréé, Félix se planta donc au pied du mont Césaire, alors que Richard, avec la corde bien amarrée à lui, les mousquetons à son baudrier, cherchait les prises et les grattons pour mener son ascension. Dans un endroit fréquenté comme celui-là, tous les pitons sont déjà en place. Comme Richard l'avait espéré, il n'y avait pas d'autres équipes de grimpeurs sur cette voie. Les conditions idéales. Une couche de nuages de haute altitude les préservait du soleil. Le temps semblait arrêté. L'espace laissant beaucoup de place à la détermination, l'émerveillement et l'amitié.

Dans le sentier derrière eux, des voix de femme. Puis, plus rien. Félix ne se retourna pas. Il s'était promis que rien ne le déconcentrerait. Richard n'était pas rendu bien haut. Il avait entendu lui aussi. Puis les femmes pouffèrent de rire. Et dirent :

- Salut les mecs !

Richard détourna la tête, ayant bien reconnu les voix de Lyne et Myriam. Il perdit pied. Et s'affaissa. Mais, heureusement Félix, veillait. Il banda la corde. Et Richard ne perdit pas les deux prises de ses mains. Il put se rétablir. Il resta là à reprendre son souffle pendant quelques instants et dit, frustré :

- Maudites folles!

A l'aide de Félix qui l'assurait, il descendit assez facilement de là.

Aussitôt parties de chez Myriam, le matin, les deux femmes avait pris la direction de Québec en vue de se rendre dans Charlevoix. Elles n'étaient pas très loin sur la 20 que Myriam avait dit :

- Depuis qu'on roule, tu n'as pas l'air bien, toi.

- La panique me reprend. Et je ne peux pas la contrôler. Pourtant, d'avoir vu Richard si accueillant ce matin devrait me rassurer. Je sens quelque chose au-delà des apparences. J'ai l'intuition que Félix est devenu comme un frère pour lui. Richard m'a souvent dit qu'il aurait aimé avoir un frère. Et puis je m'en veux d'avoir engueulé Félix cette semaine. Il n'y est pour rien. C'est à Richard que j'en veux, au fond.

Lyne se tourna vers Myriam qui conduisait et, riant comme si elle se trouvait ridicule, dit :

- Une idée folle vient de me passer par la tête.

- Quoi?

- Plutôt que d'aller marcher dans Charlevoix… on pourrait le faire tout aussi bien dans les Hautes-Laurentides. Il y a de très beaux sentiers, tu sais, dans le parc du mont Tremblant. On n'aurait pas à se taper quatre heures de route…

- Tu es drôle, toi! Ça te ferait tellement de bien de t'éloigner de tes hommes.

- Je ne dis pas ça parce que je m'ennuie. Je voudrais juste les voir, tous les deux, s'agripper au rocher. Ce serait toute une surprise! On les salue au passage, et on continue…Qu'est-ce que tu en penses?

Myriam arrêta l'auto sur l'accotement. Et dit à Lyne :

- Il paraît que c'est extraordinaire les hautes gorges de la rivière Malbaie. J'ai vraiment le goût d'y aller.

- Dans la vie, fit Lyne, il faut être capable de modifier son programme.

- Tu ne peux vraiment pas passer deux jours sans eux.

- Je me sens insécure de ce temps-ci. La rentrée scolaire m'a fatiguée plus que les autres années.

- N'importe quoi pour me convaincre, reprit Myriam. J'ai une idée. On tire pile ou face. Est-ce que ça te va?

- Oui! fit Lyne.

- Si tu perds, reprit Myriam, tu viendras là-bas de bon cœur? Tu me le promets?

- Oui!

Lyne était contente. Elle avait lancé l'idée, croyant que Myriam ne voudrait pas en entendre parler. Après avoir tiré au sort, Myriam en voulait à son amie. Mais ne dit rien. Elle organisa le voyage autrement, dans sa tête. Elle ne voyait pas pourquoi Richard, Félix, Lyne et elle passeraient la soirée dans les Laurentides, chacun de leur bord. Pourquoi ne feraient-ils pas la fête, tous les quatre? Mis à part le feu raté de la Saint-Jean-Baptiste, ils n'étaient jamais sortis ensemble pour s'amuser. Plus que cela. Pourquoi ne dormiraient-ils pas ensemble dans le même motel ? Mais de tout cela Myriam n'en parla pas à Lyne. Elle gardait cette carte cachée dans son jeu.

Richard ne semblait pas content de les voir là, au pied du rocher. D'abord, il avait failli se casser la gueule. Ensuite, Félix et lui auraient moins de temps à consacrer à la montagne. Agrippé à ses prises, Richard leur dit :

- Voulez-vous bien me dire ce que vous faites ici? Vous ne resterez pas là toute la journée à nous regarder faire.

- On a changé d'idée, reprit Lyne. On s'en va dans le parc du mont Tremblant.

Après les au revoir, Myriam dit :

- Où couchez-vous, ce soir?

- On a réservé un motel, à Val-Morin, répondit Félix.

- Est-ce qu'il y a une petite place pour nous? continua Myriam.

Lyne la regarda, agréablement surprise. Les deux hommes se regardèrent à leur tour.

- C'est que... balbutia Félix.

- Ça va! On a compris...reprit Lyne.

- Bien non! C'est des farces... Mais...il n'y a que deux lits. On va tirer au sort pour savoir qui va coucher avec qui.

Après qu'ils se soient entendus sur l'endroit et l'heure, elles quittèrent les lieux. Richard semblait contrarié par tout ce qui venait de se passer.

- Pas moyen d'avoir la paix! fit-il.

Puis, il ajouta :

- Allons-y! Continuons !

Félix s'installa à nouveau dans sa position d'assureur. Et Richard s'éleva lentement. Il avait pris la précaution d'apporter son marteau et des pitons. Normalement, sur cette voie très fréquentée, il n'en avait pas besoin. Félix frémissait en le voyant grimper. Il aurait à passer par là lui aussi. Il le trouvait habile, prudent et beau à voir s'agripper aux prises. Richard faisait corps avec la montagne. Il semblait tellement élégant dans ses mouvements que Félix avait hâte de relever le défi. On entendait de temps en temps la voix d'un grimpeur, dans une autre voie. Ou un petit caillou qui dégringolait. Mais à part ça, c'est la nature qui s'imposait. La nature dans ce qu'elle a de sacré. Sans les oiseaux et la brise qui faisaient vibrer les feuilles de tremble, les seules qui restaient encore aux arbres, on se serait cru dans une cathédrale, avec ses grands murs de pierre et surtout son ambiance séculaire. Au pied de ces rochers majestueux, comme dans ces superbes églises, on y devine le passage de milliers de personnes qui ont nourri leur âme en ces lieux, levé les yeux au ciel, palpé la pierre et quitté l'endroit en se promettant d'y revenir.

Les deux hommes concentrés, liés par la corde et par la même passion de grimper, semblaient animés d'une force qui les poussait vers le haut. Richard y était déjà. Et Félix mettait en pratique ses leçons. Il n'avait pas peur. Sa confiance dans la corde et la main vigilante de Richard le protégeait. Mais il avait chaud. La montée, lui semblait-il, ne ressemblait en rien aux petits essais du matin. Il était beaucoup plus difficile de repérer les prises qui lui semblaient de plus en plus des grattons que des prises. Au milieu de la paroi, il dut s'arrêter, faire le vide. « Qu'est-ce que je fous ici? » Curieusement, c'est l'image de Richard, qui l'attendait là-haut, qui lui redonna du courage. Il l'imagina lui donnant la main pour accéder au le rocher et le félicitant pour son exploit. Il fallut à Félix des instants de concentration extrême pour qu'il arrive là-haut, tellement ses jambes ne pouvaient plus supporter son corps. Juste avant l'arrivée, une de ses jambes se mit à trembler de fatigue. Richard, à portée de voix, lui donna des conseils pour relaxer.

Une fois les deux pieds sur le plat, et le corps redressé bien droit, c'était davantage sur le visage de Richard que se lisait la joie. Félix était encore sous l'effet de l'adrénaline; il ne prenait pas conscience de tout le chemin lorsque la corde se bandait, avait entendu Félix respirer, souffler, maugréer même, et finalement lancer le grand soupir du vainqueur.

Il le prit dans ses bras. Félix pleurait tellement il était épuisé. Richard lui dit :

- Mon beau-frère, tu es un as!

Ils se dégagèrent. Richard continua :

- Un moment, je croyais que tu n'y arriverais pas. Je faisais des plans dans ma tête pour te redescendre.

- Je suis content de moi, fit Félix en levant les deux bras en l'air. Moi aussi, j'ai bien cru que je n'y arriverais jamais. Je m'asseois, je l'ai bien mérité.

Tous les deux sur le rocher, les jambes allongées, les bras en extension derrière eux, le torse et le visage exposés à la brise d'automne, ils découvraient lentement tout le paysage qui s'offrait à eux. Toute la chaîne des Hautes-Laurentides. Des petites collines à coté des Rocheuses. Mais impressionnantes. Y a-t-il des paysages sur terre qui ne soient pas impressionnants ? Tout, autour d'eux, servait de décor à ce qui se jouait au dedans d'eux.

Richard faisait de l'alpinisme depuis une dizaine d'années. Chaque fois, un élément nouveau donnait à ce moment béni de l'arrivée un caractère inédit. D'abord, Richard recevait toujours ces instants de victoire comme un cadeau. Une surprise nouvelle l'attendait. Cette fois-ci, son bonheur lui venait de la présence de Félix. Cet homme un peu plus âgé que lui, avec qui dès la première rencontre il avait senti des affinités. Le *chum* de sa sœur jumelle, par surcroît, survenait dans sa vie à un moment où il avait besoin d'encouragement mâle, style tape dans le dos ou coup de pied au derrière. Il avait du mal à sortir de la culpabilité dans laquelle il s'était enfermé depuis qu'il avait quitté son ex-femme malade. Il n'avait nullement besoin d'un conseiller. Mais de la présence d'un ami qui ne le juge pas, d'un frère. Et Félix, depuis le vide créé derrière lui en quittant son monde religieux, ne demandait pas mieux que ce lien de confiance.

172

Tout en haut de la falaise rocheuse, avec les fruits, le fromage et les noix que Richard sortit de son sac pour combler leur appétit, il ne manquait plus rien. Oui! Quelque chose leur manquait. Sans cette petite paruline venue de nulle part qui, perchée sur un pied de bleuets, semblait s'être pointée là juste pour les accueillir, il aurait manqué quelque chose à leur bonheur.

Une heure plus tard, les deux alpinistes avaient déjà touché le sol au pied de la paroi.

- Du vrai bonbon! dit Félix. Tu avais bien raison. C'est un des beaux moments de l'escalade. Quand on descend, on oublie toute la peine qu'on a eue pour monter.

- Est-ce que ça veut dire que tu es d'attaque pour remonter? lui demanda Richard avec un petit air taquin.

Félix réfléchit un moment. Et demanda à son tour :

- Par la même voie?

- Oui! Ce sera plus facile, la deuxième fois.

Félix pensa à la joie du sommet. Oublia son éprouvante ascension. Et lança un oui convaincant.

Encore une fois se hisser tout en haut du mur de la cathédrale ne fut pas gagné d'avance pour Félix. À l'entendre travailler fort, Richard regretta même de lui avoir proposé cette seconde ascension. Mais la détermination de Félix à réussir à l'école de l'escalade le fit vaincre la montagne à nouveau.

Les mecs avaient rendez-vous avec les femmes à six heures, au motel des Alpes.

- Houille! Houille! Mes jambes! ne finissait pas de dire Félix en descendant de l'auto.

- Elles ne seront ici que dans une heure, fit Richard. Je vais aller chercher de la bière.

- J'entre à la chambre, poursuivit Félix. Je prendrai une douche.

Propres comme des chats, Félix et Richard s'assirent sur la petite galerie arrière, la rivière du Nord à leurs pieds. La fatigue s'additionnant aux effets de leurs deux premières bières, ils fredonnaient le premier couplet de la chanson de Jacques Michel :

Si le cœur te fait mal, si tu ne sais plus rire,
si tu ne sais plus être gai comme autrefois
...
peut-être qu'à deux nous trouverons la voie.

Rendus au refrain, les deux gars joyeux se levèrent, augmentèrent le volume et, s'entourant les épaules, désignèrent la rivière en chantant :

Si les gouttes d'eau parviennent à trouver les ruisseaux
...
peut-être qu'à deux, nous trouverons la lumière.

- Une chance que les femmes ne nous voient pas, lança Félix en terminant.

- Oui, on vous voit! lança Lyne de l'intérieur de la porte à moustiquaire.

La surprise provoqua chez Richard et Félix un rire qui n'en finissait plus. Lyne retourna vers l'intérieur. Félix la suivit, alors que Richard contemplait l'eau qui descendait la rivière... s'imaginant qu'un jour elle trouverait la mer.

- Vous avez passé une belle journée, ma pitte? Raconte-moi!

- Vous n'avez pas pu trouver un motel plus chic que celui-là? demanda-t-elle.

Son visage sérieux et défait cachait une grande fatigue ou une contrariété secrète. Félix ne pouvait pas déceler laquelle, vu la pénombre de la chambre. Même si, au timbre de sa voix, il aurait parié pour la contrariété, il s'inquiéta de sa fatigue.

- Tu as l'air fatiguée. Laisse! Je vais entrer tes bagages.

- Non! Non! fit-elle.

Comme il insistait, ils se retrouvèrent côte à côte dans l'embrasure de la porte.

- Je n'ai pas eu de bec, lui dit-il.

- Est-ce que tu en mérites un? lui demanda-t-elle.

- Bien sûr! Si tu savais la journée qu'on a passée. Je suis tellement fier de moi.

Il s'avança vers elle. Elle l'embrassa.

- Pour des gars fatigués, dit-elle, vous étiez drôlement détendus...

- On a pris seulement deux bières... C'est la fatigue.

Myriam arrivait de l'auto avec ses bagages.

- C'est le plus bel endroit que vous ayez pu trouver? demanda-t-elle.

Ce n'est pas l'extérieur en clabord d'aluminium brun et l'asphalte qui s'étendait jusqu'au mur de la maison qui allaient donner du standing à ce motel. Mais un motel en vaut bien un autre. Pour une nuit. L'important, c'était la propreté des lieux.

Une fois rafraîchie et son maquillage refait, Lyne avait perdu de son austérité. Félix soupçonnait quand même en elle une petite boule qu'elle ne digérait pas. Richard et Myriam attendaient, sur la petite galerie arrière, que tous soient prêts.

Richard dit :

- Je connais un endroit un peu plus chic qu'ici, même beaucoup plus chic, entre Sainte-Agathe et Saint-Adolphe, un restaurant où l'on peut danser.

- Oui! Oui! fit Myriam. J'ai le goût de m'envoyer en l'air.

Tous la regardèrent. Richard continua :

- À bien y penser... moi aussi! Pas vous? s'adressant à Lyne et Félix.

- Je veux bien m'envoyer en l'air avec Lyne... Oui! dit Félix en prenant celle-ci dans ses bras.

Sans que Lyne ait eu le temps de parler, Richard jeta :

- On y va!

Lyne le regardait fixement. Seul Félix s'en aperçut.

En auto, chacun s'intéressait à la journée de l'autre. Les filles avaient emprunté un sentier de dix kilomètres. Marcher à l'automne sur un tapis de feuilles fraîchement tombées, c'est comme marcher dans la neige folle. Tu ne vois pas tes pieds. Tu as le sentiment de flotter. C'est ce qu'avaient ressenti Lyne et Myriam toute la journée. Quant aux gars, ils étaient assez silencieux. Sans doute parce qu'ils avaient frôlé le bonheur de près.

Au restaurant, un superbe endroit éclairé par d'immenses vitrines séparées par des colonnes de cèdres de l'Ouest, Lyne prit un *marguarita*, Myriam aussi, alors que les gars optèrent pour la bière.

- Une autre bière, demanda Richard au serveur, après avoir calé la première.

- Heille! Mon moniteur!J'ai besoin de toi, demain. Il faut que tu sois en forme.

- Ne crains pas!répondit-il, l'index en l'air.

- Moi, j'ai le goût de bouger, dit aussitôt Myriam. Qui vient danser?

- Pas tout de suite, dit Richard.

Félix regarda Lyne. Et dit à Myriam :

- J'y vais! Mon conditionnement physique pour demain.

Pour un grimpeur et une marcheuse, il leur restait pas mal d'énergie. Richard dit à Lyne, aussitôt qu'ils furent seuls à table :

- Tu n'as pas l'air dans ton assiette, ma fleur.

- Ne m'appelle pas, « ma fleur », ce soir! Veux-tu? reprit-elle aussitôt. Si moi je ne suis pas dans mon assiette, toi, tu es complètement à côté de tes bottes. Je ne te reconnais plus Richard. Depuis un mois, tu ne m'as presque pas téléphoné. Quand tu viens à la maison, toi et Félix, vous ne parlez que de montagnes. Imagine ce que ce sera maintenant qu'il y a goûté. Et ce soir, tu ne t'es pas vu; toi et lui, vous chantiez aux corneilles, comme deux gars chauds.

- Je t'arrête tout de suite, Lyne, fit-il. Pas comme deux gars chauds. Comme deux frères. Tu ne peux pas savoir ce qui se passe entre Félix et moi. On est comme deux frères. C'est comme avec toi, mais moins fort. Je n'y peux rien. Ça s'est installé tout seul. Qu'est-ce que tu veux que je te dise : on est bien quand on se retrouve ensemble.

- C'est bien ce que je pensais, dit-elle, les yeux pleins d'eau. Qu'est-ce que je vais devenir, moi?

- Voyons donc, ma fleur! reprit-il aussitôt, prenant sa main dans les deux siennes. Il ne te vole pas ta place. Personne ne pourra jamais te voler ta place. On est liés pour toujours. C'est la vie qui l'a voulu ainsi.

- Pourquoi tu t'éloignes de moi alors ? dit-elle en reniflant.

- C'est vrai, jje t'ai téléphoné moins souvent. Je te promets que je vais reprendre mes bonnes habitudes. *Come on!* Ressaisis-toi! On n'est plus des enfants.Tu seras toujours ma jumelle. Mais…

- Mais quoi? reprit-elle aussitôt.

- Je ne suis plus un petit gars et tu n'es plus une petite fille. Tu es chanceuse d'avoir un gars comme Félix dans ta vie. Je t'assure.

- C'est pas pareil. Félix ne peut pas me donner ce que tu me donnes. Personne ne pourra jamais te remplacer. Arrange ça comme tu voudras.

Pour la première fois de sa vie, elle avait peur de s'effondrer. Elle qui semblait si forte d'habitude. Le prof de français autoritaire, en tailleur. La belle Lyne qui avait fait virer la tête et le coeur de Félix. Soudain, quelque chose de solide manquait à son existence, un appui, une confiance. Sa sécurité totale était ébranlée. Un câble de son pont s'était effiloché. Chaque existence n'est-elle pas reliée à la vie par un pont suspendu ? Attachée petit à petit par des liens, des fuites, des gestes de tendresses, des agressions, des manques, des trop-pleins, des jardins de fleurs. Souvent, on ne connaît pas bien ces ficelles, ces cordes, ces câbles. Lyne en connaissait un. Bien évident. Et elle voulait le conserver fort, intact...

- Venez danser, les jumeaux! lança Myriam, en arrivant à leur table. La musique est superbe!

Les jumeaux se tenaient encore la main. Ils sourirent à Myriam. Se levèrent et gagnèrent le plancher de danse.

- On leur laisse la place? demanda Myriam à Félix.

- Oui! répondit-il. Je vais boire un peu.

Myriam et Félix ne pouvaient s'empêcher de les regarder. Ils étaient aussi beaux à voir danser que les Séguin à entendre chanter. C'est Lyne d'ailleurs qui avait montré à danser à son frère. De longues soirées à regarder leurs pas.

- Chère grande! dit Myriam. C'est pas drôle, son Richard.

- J'ai connu deux couples de jumeaux dans ma vie, enchaîna Félix. Deux gars. Et deux filles. De la même cellule. Ça m'aide à comprendre Lyne et Richard. On dirait qu'ils sont de la même cellule eux aussi. Ils ne pourront jamais se quitter. Chaque petit écart se transforme en peur. Ça m'aide à comprendre Lyne.

- Tu es bien chanceux, reprit Myriam. Moi je trouve qu'ils sont esclaves de leur relation. Elle se prend pour sa mère. Lui pour son père. Faut couper les ponts à un moment donné.

- Veux-tu que je te dise franchement, ma belle Myriam...?

- Vas-y donc, mon beau Félix! ajouta-t-elle sur un ton léger.

- Vous autres les psys, vous êtes tellement habitués à aider le monde à bien fonctionner …

- À fonctionner tout court, corrigea-t-elle aussitôt.

- Oui! Si tu veux… que vous en êtes arrivés à vous fabriquer inconsciemment …

- Merci pour l'inconscient! fit-elle en riant.

- Laisse-moi parler! Oui, vous vous fabriquez un modèle de personne, je dirais, une espèce de seuil minimum, en deça de quoi nous sommes tous des malades. Laissez-nous vivre notre vie. Elle est si courte. Moi, je serais un beau cas pour un psy. J'ai passé vingt ans de ma vie privé de ma liberté. Pendant tout ce temps, je n'étais pas tout à fait moi-même. Et pourtant j'ai été heureux. Je suis content de ma vie. Heureusement que je n'ai pas rencontré un psy quand j'avais vingt ans.

- Tu te trompes royalement, mon petit garçon. Il n'y a pas un seuil, mais des milliards de seuils. Chaque personne a son seuil. Et c'est elle qui se le fixe, selon qu'elle en est consciente ou pas, qu'elle veuille s'en fixer un ou pas. Et ce seuil peut changer plusieurs fois au cours d'une vie. Ce beau couple sur la piste de danse par exemple… Tiens! Ils s'en viennent.

Le reste de la soirée, Lyne dansa presque toujours avec Félix. Lui aussi, il avait appris jeune avec sa sœur. Et Myriam n'avait pas trop l'air de se plaindre de la façon de danser de Richard. Surtout les *slows*.

Quand vint le temps de départager les lits au motel, Lyne et Myriam n'avaient pas objection à dormir ensemble. Comme Félix et Richard faisaient la moue, Myriam dit à Richard :

- Tu as le choix entre Félix et moi. Choisis!

- Tu pourrais coucher entre nous deux. Et Lyne dans l'autre lit… fit Richard.

Après avoir rigolé, il dit :

- O.K. d'abord! Je vais dormir avec toi. Mais tu as besoin de te tenir tranquille.

Tout le monde se tint effectivement bien tranquille cette nuit-là, vu les fatigues additionnées de la journée et de la soirée. Et le lendemain, pas de folies non plus. Les grimpeurs escaladèrent la voie de l'Aiguille au mont Condor. Une seule fois. Et les femmes, vu que le soleil s'était montré, ne chaussèrent même pas leurs bottes de marche puisque, pour prendre un verre aux terrasses de la rue principale de Sainte-Agathe, elles n'en avaient pas besoin.

CHAPITRE XII

- Toute la semaine prochaine, dit Lyne à Félix, je devrai aller chez Richard pour faire souper les enfants. Il n'entrera pas avant sept heures. Son travail le retiendra. Tu sauras très bien te débrouiller tout seul à la maison.

Lyne, au volant de l'auto, se détournait pour observer l'une après l'autre chaque maison, comme on fait en entrant dans le village de son enfance. Puis elle continua :

- En revenant de chez ma mère, on ira faire l'épicerie. J'ai listé quelques items. On a assez de légumes. Il manque un peu de viande, du pain, du lait, et de la sarriette aussi.

- Est-ce que tu veux que j'aille chez Richard avec toi, pour donner à manger aux enfants? Je ne les ai pas vus depuis un bon bout de temps.

- Après tes journées de travail, reprit Lyne, tu es fatigué. Non! Ne te dérange pas!

- Ça ne me dérange pas du tout. Au contraire. Quand je suis longtemps sans les voir, je m'ennuie. Juste à penser que je pourrais souper avec eux pendant une semaine, je me sens rajeunir. Ça me donne des ailes…

- Tu auras besoin d'ailes pour circuler d'une pièce à l'autre chez ma mère. Avec tout le *stock* qui traîne partout.

- Ah oui? Ta mère n'a pas beaucoup d'ordre?

- Le jour où mon père est parti, elle a commencé à se laisser aller.

- Tu verras, reprit Félix. Sachant que j'y vais, elle va se forcer.

- Penses-tu! Elle ne s'est jamais forcée. Pourquoi elle commencerait maintenant?

- Sais-tu, ma pitte? Tu n'as pas ta mère en très haute estime.

- Non, mon petit garçon. Et c'est réciproque.

- Qu'est-ce que tu veux dire?

- Elle ne m'a jamais eue en haute estime, non plus. Il n'y avait que son Richard! Ça m'étonne que je n'aie pas développé plus d'agressivité envers lui. Je me suis fait souvent chicaner à cause de mon frère. Autant ma mère aurait pu nous isoler l'un de l'autre, autant mon père, lui, travaillait fort, à sa manière, à nous unir. Il n'était jamais là. Il jouait du piano dans les bars du bas de la ville. C'est ce qu'il fait encore, je pense. Quand il couchait à la maison, il criait tout le temps après nous autres. Et quand il se choquait noir, il n'avait pas conscience de ce qu'il faisait. J'aime autant ne pas t'en dire plus. Alors, demande-toi pas pourquoi je ne veux plus le voir, pourquoi je viens visiter ma mère le moins possible, pourquoi je ne veux pas avoir d'enfants et pourquoi il n'y a que Richard qui compte pour moi dans la vie.

Félix regarda Lyne, surpris de ce qu'elle venait de dire. Elle reprit aussitôt :

- Excuse-moi, mon pit! Mais tu comprends, je pense. Je ne te le dirai jamais assez. Richard n'est pas de taille avec toi, sur ton terrain. Et sur son terrain, tu ne peux pas te mesurer à lui. Tiens!

Lyne indiqua du doigt une vieille bâtisse en brique.

- Tiens! C'est ici que j'ai fait mon cours primaire.

Félix s'imaginait Lyne à six ou sept ans. À l'âge de Soleille. Avec toute sa vie familiale d'alors sur les épaules. Une petite brune-blonde aux yeux bleus qui ne riait pas beaucoup. Une bouffée d'émotion monta en lui. Sans doute l'image de cette petite, qu'il avait envie de protéger. Et pourquoi pas cette grande aussi…

Félix mit sa main sur le genou de Lyne, qui lui sourit.

- Je te verrais bien, toi, Félix, avec une petite fille. Je te regarde faire avec Soleille… Tu as le tour… Avec les filles en général, tu as le tour!

- C'est curieux comme l'idée d'avoir une enfant me poursuit de ce temps-ci. Ce doit être Soleille qui a mis ce goût-là en moi.

- Eh bien! Mon pit! Il faudra que tu te trouves une femme qui a le même goût que toi…

- Oui, je sais! Vois-tu pourquoi je désire tant aller faire souper les enfants avec toi cette semaine.

- On arrive. C'est ici la rue où j'ai été élevée.

- Ta mère a toujours habité dans la même maison?

- Oui, mon petit garçon! Ça fait cinquante-sept ans qu'elle jaunit les murs avec ses Mark Ten.

- Elle n'a quand même pas commencé à fumer au berceau.

- Non! C'est vrai!

- Où elle prend son argent pour vivre? Elle ne travaille pas à l'extérieur ?

- Figure-toi donc que mon père lui a toujours payé une pension. Demande-moi pas où il prend son argent... Et je ne veux pas le savoir. Sans doute qu'il s'est senti coupable de nous avoir laissés. J'avais quinze ans. Il nous a toujours fait vivre tous les trois.

Ils venaient d'emprunter la rue Manseau à Sainte-Dorothée de Laval. Et en haut de la porte d'une petite maison recouverte de tuiles d'amiante rose à un étage, une plaque en bois verni portait le numéro 73. Sur le pas de la porte, Lyne dit à Félix en lui montrant la planchette avec le numéro dessus :

- C'est ma mère qui a sculpté les chiffres.

Elle n'avait pas fini sa phrase que la porte s'ouvrit. Une petite madame frisée avec des lunettes, la cigarette à la main. « Lyne doit ressembler à son père », se dit Félix. De son visage au long nez droit se dégageait une certaine honnêteté. Des yeux francs en tout cas. Noirs. Elle cadrait tellement peu avec l'image que Félix s'était faite d'elle qu'il regarda par-dessus son épaule pour voir s'il ne verrait pas une autre femme à l'intérieur.

- Bonjour, ma grande! fit-elle, sans embrasser Lyne. Je vous attendais plus tôt. Entrez!

- Alice! Je te présente Félix, mon *chum*.

- Je suis très heureux de vous connaître, dit Félix en lui serrant la main.

- Moi de même, répondit-elle sans le regarder, la tête baissée. J'avais hâte de vous connaître.

- Tu as fait ton grand ménage? dit Lyne en avançant dans le corridor.

- Tu veux rire? reprit sa mère. Je n'ai plus d'énergie.

- D'habitude, il n'y a pas de place pour passer.

- Avance un peu. Et tu verras. Je n'ai pas eu la force de ranger dans le salon, dit la mère de Lyne, sur un ton pleurnichard.

Félix en avançant avait hâte de voir le salon... Mon Dieu! Quel fouillis! Le corridor et la grande cuisine luisaient de partout. Le dos au salon, on se serait cru dans une maison à peu près normale. De salon, il n'y en avait tout simplement plus. Des boîtes sur le sofa. Des boîtes sur les meubles. Des boîtes partout. Et des ciseaux à bois de différentes sortes. Des couteaux plats de toutes les largeurs. D'autres en forme de V, petits et gros. Des gouges pour les petites et grandes cavités. Et des maillets, il y en avait de toutes les grosseurs aussi... Elle n'avait pas balayé, c'est sûr. Elle n'était sans doute pas rendue là, se dit Félix. De la ripe, de la poussière, des copeaux. Comme dans un atelier de menuisier. Ce qui jurait, c'était le voisinage des meubles avec les outils, les boîtes et la poussière.

- C'est votre atelier? demanda Félix. Vous travaillez le bois?

- Ah!... C'est bien vite dit : travailler le bois. C'est plutôt du gossage que je fais. Non! l'atelier, c'est dans ma cuisine. Je travaille sur la table.

Lyne n'avait pas honte de présenter à Félix une mère si désordonnée. C'est comme si ça ne la touchait pas. Sa mère, Alice, non plus d'ailleurs n'avait pas l'air de vouloir s'excuser pour son bordel. Le montrer ostensiblement, c'était sa manière à elle d'attirer la pitié. Les planchers de la cuisine, du corridor et de l'entrée, ça se voyait, elle les avait lavés. Des comptoirs à peu près rangés. Alice s'était forcée. Heureusement, ça sentait bon dans la maison. Du bœuf. Ça sentait le bon bœuf. Lyne fouinait partout, Félix était content de l'accueil. Si cette femme désordonnée et bohème avait donné un petit air de bienvenue à sa maison, c'est qu'elle les considérait. Peut-être n'en aurait-elle pas fait tant, juste pour Lyne...

- Ça sent bon chez vous, dit Félix.

- J'ai fait cuire une palette de bœuf. Est-ce que vous aimez le bœuf ?

- Oui! Surtout la palette.

- Est-ce que vous voulez boire quelque chose? Une bière? Un gin? J'ai du Gordon dry gin.

- Oui! fit Lyne. Elle l'achète à la caisse.

- Que tu as la langue sale, dit Alice à sa fille.

- J'avoue, continua-t-elle, en s'adressant à Félix, qu'un petit dry gin avec une Mark Ten, c'est pas méchant. Rien pour me déplacer, par exemple.

Lyne regarda sa mère, leva le nez en l'air brusquement, et sourit en regardant Félix.

Alice s'en aperçut et dit :

- Tu ne me crois pas? C'est vrai, je ne me déplace plus comme avant. Je suis bien plus sage que j'étais. Depuis que je sais que…

Alice hésita. Après avoir regardé Félix, elle continua :

- … les entités m'accompagnent et me protègent, je n'ai plus de grosses secousses d'ennuyance comme avant.

- Bon… C'est rendu que tu crois aux entités maintenant, lui dit Lyne.

- J'ai jamais cru à d'autre chose.

- Et les anges qui traînent partout dans la maison, c'est quoi?

- C'est ça les entités. Autrefois, on appelait ça des anges. C'est pareil.

Félix avait bien remarqué la statue d'un ange au fond du comptoir de la cuisine. Et une autre petite statuette près de l'entrée. Mais le gros ange du salon trônant sur un piédestal, comme on en voit sur les autels des églises, Félix ne l'avait pas vu, à cause des boîtes.

Lyne n'avait pas dit à sa mère que Félix avait été curé. Faut croire que Richard ne lui en avait pas parlé non plus. Alice, à ce moment-ci, lui aurait certainement demandé ce qu'il pensait de ses anges. Intrigué, Félix la questionna :

- Est-ce que vos entités se manifestent de quelque façon?

- Je les sens.

C'était visible, Alice était mal à l'aise de parler de cela. Elle demanda à Lyne :

185

- Et toi, Lyne? Qu'est-ce que tu vas prendre? Dis donc! Tu as fait couper tes cheveux, ma grande.

- Ça fait déjà deux mois. Si c'est pas plus. Tu ne m'as pas vue depuis ce temps-là? Je vais prendre une bière.

- Tu ne viens jamais me voir. Richard est plus fidèle que toi, lui. Tu sais que j'ai gardé les enfants, l'autre jour. Ils ne sont pas trop tannants. Loup, il est habile, le p'tit v'limeux! Viens voir ce qu'il a fait… Ah! c'est vrai! J'oubliais vos *drinks*.

Lyne ouvrit la porte qui menait sur la cour.

- Tu ne fais pas couper ton gazon? Tu devrais avoir honte.

- Ah!… Je ne suis pas bien vaillante, je le sais, répondit Alice en fermant la porte du réfrigérateur.

- Veux-tu bien me dire, reprit Lyne, qu'est-ce qu'il y a dans toutes ces boîtes-là? Le salon en est plein. D'habitude il en traîne deux ou trois, c'est tout.

- J'aimerais que vous me montriez ce que vous faites, dit Félix. J'ai vu les ciseaux à bois dans le salon.

- Mon pit! lui dit aussitôt Lyne. Tu n'as qu'à regarder sur les murs.

- C'est vous qui avez sculpté ces jolies maisons?

Puis, se tournant vers Lyne, il dit :

- Tu ne m'as jamais dit que ta mère était une artiste.

Sur des bouts de planche de pin Alice reproduisait sa propre maison, en bas-relief. Pas une pareille. Vue de l'avant, de la cour, de côté, allongée vers le haut, étendue sur le large. Depuis quelques années, elle s'était mise à sculpter des maisonnettes ayant la forme d'un fruit. Elle s'était inspirée d'un livre de contes pour enfants où elle en avait vu une en forme de bottine. Alors, elle s'était dit : pourquoi pas en forme de fruit ou de machine à laver, tant qu'à y être? Sur le mur avec les autres, figurait une mignonne petite maison en forme de pomme. Comme de raison, avec une queue en guise de cheminée.

- C'est génial, s'exclama Félix, en regardant les petits chefs-d'oeuvre. On y reconnaît toujours votre maison. Il y a toujours un petit trait caractéristique qui nous fait dire que c'est la vôtre.

- Vous trouvez ça beau, vous? demanda Alice, surprise. Je fais ça pour m'amuser. J'en ai des boîtes pleines.

- Montrez-moi ça tout de suite.

Elle but une gorgée de son verre, alluma une cigarette, et entraîna Félix dans le salon.

- Viens voir, ma grande, ce que Loup a fait l'autre jour.

- C'est pas vrai! Tu ne lui as pas mis un couteau dans les mains…

- Je lui ai montré comment faire pour ne pas se blesser. Il n'y a pas de danger! Tiens! Regarde s'il est habile pour un enfant de sept ans. Faut croire qu'il aimerait avoir un chien. Il a sculpté une cabane à chien. Si tu l'avais vu avec son petit marteau.

Puis elle indiqua à Félix les boîtes où se trouvaient les œuvres qu'elle avait accumulées depuis des années.

- Fouillez! Amusez-vous! Et apportez ce que vous voudrez.

- Et dans les autres boîtes? demanda Lyne.

- Figure-toi donc, ma petite fille, que… Tu te souviens de la pinède en bas de la rivière… Ils vont y construire une soixantaine de maisons. Toutes en lambris de pin verni. J'ai vu des photos. Un beau jour, quelqu'un s'amène ici et me demande où j'avais pris mon beau 73 au-dessus de la porte.

Alice venait de respirer longuement et délicieusement une bonne bouffée de fumée de cigarette.

- Ils m'en ont commandé soixante-quinze. Pour chacune des maisons de la pinède. Dans ces boîtes-là, il n'y a pas moins qu'une centaine de planches de pin. Du beau pin sans nœuds. Ça commence à 101 jusqu'à 175. Il me donnait trois mois pour les faire. Je trouvais que ce n'était pas beaucoup. Je lui en ai demandé six. Finalement, il a accepté. En attendant, il vont s'arranger avec des numéros en plastique. Faut pas que je niaise, mais j'ai en masse le temps.

- Va falloir que tu mettes la pédale douce sur le gin, Alice!

- Inquiète-toi pas, ma grande! Quand Alice veut, elle peut!

La petite madame frisée à lunettes était fière de conter cela à sa fille. Valorisée par une telle commande, son estime d'elle-même venait d'avancer d'une coche. Jusque-là, Lyne n'avait jamais réalisé que, du fouillis de cette petite maison rose de la rue Manseau, il pouvait sortir quelque chose de bon. Alice n'avait jamais offert une maisonnette sculptée à sa fille. Elle savait que Lyne n'était pas intéressée. Elles s'ignoraient, toutes les deux.

Félix ne finissait pas de s'exclamer : « Que c'est beau!… C'est-tu assez pété à mon goût!… Sortez-moi ça de vos boîtes! …Heille! J'en reviens pas!… Viens voir, Lyne! »

Alice, en retrait, fumait et buvait son gin.

- Tu es sérieux? Tu trouves cela beau, toi? finit par dire Lyne.

- Pas toi? reprit Félix, avec une interrogation dans le regard.

- Je ne m'y suis jamais arrêtée, vraiment.

- Êtes-vous prêts à manger? demanda Alice, en se rendant à la cuisine.

- Regarde ces deux-là, dit Félix. Quand elle déforme sa maison, elle l'interprète. Chaque fois, c'est une nouvelle vision de sa maison. Pourquoi toujours sa maison? Veux-tu bien me le dire ?

- Demande-le-lui.

- Regarde! Sur celle-ci, sa maison est allongée. On la reconnaît bien. En forme de banane. Et sa petite maison a gardé ses caractéristiques. C'est génial! tu ne trouves pas?

Pour qu'Alice n'entende pas, Félix dit à voix basse :

- Veux-tu? On va en apporter une à la maison? Celle-ci, en grille-pain? Ou celle-là plutôt, en tabernacle d'église.

- Je comprends, Félix, que tu trouves cela bien beau mais je ne suis pas prête à en voir une sur les murs de ma maison.

- Je la mettrai dans mes bagages alors.

- Ça ne me dérange pas.

- Venez manger, les enfants, lança Alice.

Une fois que Lyne et Félix furent assis à la table, elle lui demanda :

- Vous aimez la soupe aux tomates et au lait?

- Je ne connais pas ça, fit-il.

- Il n'y a rien qui bat la soupe de ma mère, ajouta aussitôt Lyne.

De ses bons souvenirs d'enfance Lyne avait gardé celui-ci. C'était bien à cause de Félix qu'Alice en avait fait une chaudronnée. Depuis vingt ans, Lyne n'avait pas mangé de cette soupe. Depuis son départ pour l'université.

- C'est une soupe bien ordinaire, dit Alice. Je prends des tomates fraîches et du lait. J'assaisonne et je passe le tout au blender.

Lyne ajouta :

- Et c'est délicieux!

Félix, toujours intrigué par le passe-temps d'Alice, dit :

- Comment vous est venue l'idée de reproduire votre maison sur du bois?

- Quand mon Richard est parti de la maison…

Félix fit un geste pour regarder Lyne, mais se ravisa. Alice ne s'était jamais gênée pour exprimer sa préférence pour Richard.

- Je me suis retrouvée toute seule avec mes Mark Ten.

- Et ton gin, ajouta Lyne sur un ton accusateur.

- En fait, c'est Richard qui s'était acheté un jeu de ciseaux à bois. Je n'ai fait que terminer une maison qu'il avait commencé à sculpter sur un bout de planche.

- Pourquoi vous reproduisez toujours votre maison?

- C'est bien simple! C'est la seule que je sais faire…

- Je me souviens en avoir vu une chez Richard…

- C'est justement la première que j'ai faite. Celle qu'il avait commencée quand il était jeune.

- Est-ce que vous avez objection à ce que j'en apporte une?

- Amenez-les toutes, si vous voulez. Qu'est-ce que vous voulez que j'en fasse?

- Vous pourriez faire une exposition.

- Êtes-vous fou, vous?

- Mange ta soupe, mon chéri! dit alors Lyne.

- Je vais prendre la maison en forme de tabernacle. Je la trouve originale. Et sexy.

Ils se mirent à rire.

- Oui, c'est vrai! Tu ne trouves pas, Lyne?

- Vraiment, mon pit!

- C'est curieux que vous disiez cela, dit Alice. Mais les petits voiles en soie, sur le devant des tabernacles, je les ai toujours trouvés sexy. J'aurais pas pu le dire avec ces mots-là. Mais maintenant que vous le dites...

- Avez-vous remarqué, reprit Félix, que votre maison-tabernacle est pleine de ligne courbes. D'habitude, un tabernacle c'est fait d'angles droits, une maison aussi.

- Il est drôle ton *chum*, fit Alice en recueillant les assiettes. Et, s'en allant vers le comptoir, elle ajouta en riant :

- Il dit que ma maison est sexy…

- J'ai hâte de goûter à votre bœuf, dit Félix. Depuis que vous avez enlevé le couvercle, ça sent encore meilleur dans la maison.

- D'habitude, ça sent le pin dans ma maison. C'est bien rare que ça sente d'autre chose. Je ne me fais quasiment pas à manger.

- Tu devrais faire plus attention à ta santé, lui dit Lyne.

Alice fut surprise de l'entendre parler ainsi.

- Veux-tu d'autre soupe, ma grande?

- Non, merci.

- Tu apporteras le reste de la chaudronnée. Moi, faut pas que je mange trop acide.

- Depuis quand? demanda Lyne.

- C'est le docteur qui m'a dit cela.

- Si elle ne veut pas l'apporter, je vais la prendre, moi, dit Félix. Elle était excellente.

Le bœuf aussi, Félix le trouva excellent. Au dessert, Alice s'adressa à lui :

- Comme ça, c'est vous le nouveau *chum* de ma fille. Richard m'a dit que vous travailliez comme…

- Homme à tout faire, enchaîna-t-il. Je fais l'entretien et la maintenance de six immeubles dans le bas de la ville. Cette année, je me spécialise dans la rénovation des cuisines et des chambres de bain.

- Ah… Ma salle de bain en aurait bien besoin, mais je m'en accommode.

- Avec l'argent de ton contrat de numéros de porte, fit Lyne, tu pourrais la rénover un peu.

Alice regarda Lyne. Puis Félix. Et dit :

- Ils me donnent mille piastres. Mais c'est certainement pas assez.

Félix avait bien remarqué tout ce qu'il y avait à faire pour rénover cette salle de bain. Il savait qu'il lui en aurait fallu deux à trois fois plus pour la rafraîchir un peu. Il calcula vite. Avec ce montant il pouvait acheter un bain neuf, une toilette, une vanité, les tuiles, le plâtre, la peinture, et renouveler la plomberie et l'éclairage. Il n'y en aurait sans doute pas assez pour une petite fenêtre neuve, qui avait pourtant grandement besoin d'être changée. Puis il regarda la mère de Lyne. Pourquoi ne lui offrirait-il pas ses services gratuitement? En deux ou trois fins de semaine, il avait le temps de terminer la besogne. Elle méritait bien une salle de toilette neuve. À ce moment-là, Lyne dit :

- Avec la rouille qu'il y a dans le fond de ton bain, tu ne dois pas manquer de fer dans ton alimentation. Et ton prélart? Je pense que tu avais le même quand j'étais petite.

- Non! Non! Es-tu folle? Il a été changé il y a une dizaine d'années.

Félix dit à Lyne :

- Je pourrais venir faire les travaux durant les fins de semaine d'octobre.

- Ah oui? Tu ferais cela?

- Richard et moi, on veut retourner en escalade une ou deux fins de semaine encore cet automne. Je pourrais m'entendre avec lui.

On ne pouvait pas détecter, à son air, si Lyne était contente ou pas. Bien sûr, elle se réjouissait pour sa mère. Elle avait grandement besoin d'une salle de bain neuve. Et c'était certain : elle n'avait pas assez d'argent pour engager un ouvrier. Mais elle ne se voyait pas venir passer trois fins de semaine avec elle.

- Alice finissait son assiettée sans lever la tête.

- Tu n'aurais pas à venir avec moi chaque fois. Je sais le chemin, dit encore Félix à Lyne.

- Tu ferais vraiment cela pour elle? reprit Lyne.

- Non, non! Ne vous dérangez pas pour moi, fit Alice. Je suis bonne pour l'endurer de même encore un bout de temps.

- Bien, voyons donc, Alice! Tu aimes ça, faire pitié, hein?

Cette réplique de Lyne la ramena plusieurs années en arrière… Elle devint songeuse.

Félix ne savait pas pourquoi. Pourtant, elle avait l'air contente qu'il se soit offert pour venir faire les travaux. Puis, alors qu'elle venait de prendre une gorgée de thé et déposait la tasse sur la table, elle dit à sa mère :

- As-tu des nouvelles de Léo?

- Il m'envoie mon chèque tous les mois.

À cinquante-sept ans, Alice était toujours tributaire de son ex-mari. Ayant vivoté avec la somme qu'il lui faisait parvenir, elle n'avait jamais fait d'effort pour sortir ni de sa maison, ni de sa situation de dépendance, ni de son isolement. De temps en temps, elle allait au bingo. Autrement, elle regardait la télévision, fumait ses Mark Ten. Heureusement que ces petites planchettes où elle reproduisait sa maison la faisaient s'exprimer. Dommage toutefois qu'elles se soient empilées dans les boîtes. Alice n'avait jamais accepté que son Léo l'ait quittée. Elle l'attendait toujours.

- Tu vois maintenant, dit Lyne à Félix, dans l'auto sur le chemin du retour, pourquoi je ne tiens pas à venir voir ma mère plus souvent. Ça m'enrage de la voir attendre son chèque de Léo tous les mois. Non seulement elle attend son chèque, mais elle l'attend encore, lui. Elle ne l'a sans doute pas vu depuis vingt ans. Je ne comprends pas qu'il lui envoie encore de l'argent. J'aime mieux ne pas penser à tout cela et me tenir loin. Tu es bien fin de t'être offert pour lui aider, mais je ne suis pas certaine que ce soit une bonne idée.

- Qu'elle soit ta mère ou pas, je ne peux pas laisser cette femme avec un bain tout rouillé. Et puis, je la trouve sympathique, au fond. Et créatrice! Sa collection de bas-reliefs, tu sais, m'impressionne beaucoup. Tu n'as pas l'air de te rendre compte. Je ne connais pas la valeur de ces œuvres...

- Ces œuvres! fit Lyne. Tu en mets trop? Tu ne penses pas?

- Mais je peux les apprécier. Alignées les unes aux autres, ces petites maisons transformées sont agréables à regarder... Tabarouette! J'ai oublié la maison-tabernacle qu'elle m'a donnée.

- Tu la prendras quand tu reviendras.

- Non seulement elles sont belles à contempler, mais aussi elles intriguent. On sent le calme ou le trouble qu'elle éprouvait quand elle les sculptait.

- Ma foi! tu es tombé en amour avec ma mère. Tu vas passer toute la famille!

Lyne avait fait une blague. Mais au fond, elle se sentait seule. Félix admirait ce que faisait sa mère. Elle devrait sans doute en faire autant. Mais ne le pouvait pas. Pour elle, sa mère ne pouvait rien produire de bon. L'image de la femme qui subit, qui se laisse faire et qui attend ne pouvait s'éffacer de sa mémoire. Elle avait trop consacré d'effort pour ne pas reproduire elle-même cette image. Elle s'en tenait loin. Et dans sa solitude, Félix n'était d'aucune utilité. C'est Richard qu'elle aurait aimé voir à ses côtés. Elle pensa aussi à Léo, son père. Depuis vingt ans, jamais elle n'en avait demandé de nouvelles. Et puis soudainement, aujourd'hui, elle s'était informée à son sujet. Elle aurait tellement aimé que cet homme la prenne sur lui, la berce, lui aide à faire ses devoirs, joue avec elle. Mais Lyne était une femme qui ne voulait pas fouiller le passé. Bâtir l'aujourd'hui sur la journée d'hier. Et pas plus. Mais là, elle ne pouvait esquiver l'image de Léo. Où était-il alors? Dans quel club jouait-il du piano maintenant? Jouait-il encore? Non! Elle ne voulait pas revenir en arrière. Elle ouvrit la radio. Inclina son siège. Et dit à Félix :

- Je vais roupiller un peu.

Autant Lyne pouvait se sentir seule, autant Félix se sentait plein. Il sortait de chez la mère de Lyne, rempli de son histoire. La salle de bain où, adolescente, elle s'était maquillée pour la première fois; la cuisine où sans doute Léo faisait éclater sa colère; le salon où probablement on avait dû déballer des cadeaux de Noël et où on avait certainement connu des moments de joie... La chambre de Lyne et sa fameuse garde-robe, Félix n'y était pas entré.

Félix conduisait, le cœur gros. Il trouvait triste l'histoire de Lyne. Et en même temps le peu de contact avec sa mère l'avait nourri. Quelque chose d'elle était passé en lui. Au-delà de la tristesse profonde d'Alice, une lueur d'espoir la gardait en vie : sa maison. C'est tout ce qui lui restait. Et elle lui donnait continuellement vie. Une maison-fruit! Y a-t-il quelque chose de plus vivant? Félix regrettait d'avoir oublié sa maison-tabernacle. Alice s'en apercevrait et trouverait qu'il avait eu beau s'extasier devant ses planchettes... il n'avait pas voulu en apporter une avec lui.

Félix triste, Lyne seule. Pour les accompagner, à la radio les Beau Dommage chantaient :

Dimanche au soir à Châteauguay...

CHAPITRE XIII

- Est-ce que tu veux prendre ton bout, Richard? On va sortir le bain en le levant de ton côté d'abord. Attends un peu, continua Félix, j'ai une autre paire de gants de travail dans l'auto. Tu pourrais te blesser. Je vais les chercher.

Alors que Félix avait voulu proposer à Richard de devancer les week-ends d'escalade, ce dernier avait offert à Félix de venir l'aider à faire les travaux chez sa mère. Il fut donc convenu qu'ils iraient grimper une fois la salle de bain terminée. Richard avait bien quelques notions de bricolage, mais aucune idée de la façon dont on s'y prend pour enlever un vieux bain et remettre en place un bain neuf. Félix était le *boss* du chantier.

- Tiens! Mets ça. Ménage tes petites mains de biologiste. Un bain de fonte sur pattes comme celui-là, c'est très pesant. Il arrive parfois qu'on soit obligé de le briser à la masse pour le sortir. Il devait être magnifique quand il était neuf.

Le biologiste et l'ancien curé entreprirent donc de décoller le mastodonte de sa place. Ils réussirent à le lever debout. Félix faisait son connaisseur, mais il n'en était qu'à sa troisième salle de bain. Une fois le bain rendu dans la cour, ils purent attaquer les réparations du plancher et des murs. Sans doute que le budget de mille dollars ne suffirait pas. Richard et Félix s'entendirent pour ne pas en parler à Alice et combler eux-mêmes la différence. Ils iraient même jusqu'à poser une fenêtre neuve. Ce premier samedi d'ouvrage, ils refirent le plancher en neuf, prêt à recevoir la céramique, et les murs en gypse autour du bain.

- Est-ce que vous allez remettre la toilette en place avant de partir? leur demanda Alice, inquiète.

- Bien sûr, chère Alice, lui répondit Félix.

Elle reprit en soupirant :

- Vous donner tout ce trouble-là pour moi…

Quand Richard et Félix quittèrent la rue Manseau, à la fin de l'après-midi, Alice était heureuse. Mais son bain neuf n'était pas encore en place. Félix lui promit pour le dimanche soir. Elle ne pourrait pas prendre de douche avant la fin de semaine suivante cependant, seulement des bains.

Lyne n'avait pas voulu les accompagner. Pourtant, elle était libre. Richard lui avait demandé de garder les enfants, mais à la dernière minute son ex-femme, Lorraine, qui n'avait pas donné signe de vie depuis quatre mois, manifesta le désir de les prendre avec elle pour le week-end.

Richard allait donc passer sa soirée seul. La femme avec qui il était allé grimper dans la région de Kamouraska et qu'il aurait bien aimé connaître davantage n'avait pas répondu à la demande. Alors, Lyne invita son frère à souper et à dormir à la maison.

- Bonsoir ma pitte! lui dit Félix en arrivant.

- Bonsoir les gars! répondit-elle de la cuisine.

Richard s'y rendit pour la saluer. Et puisqu'elle ne levait pas la tête du comptoir où elle tranchait des oignons et ne fixait pas ses yeux rieurs sur les siens comme elle le faisait chaque fois qu'ils se rencontraient, il dut dire :

- Bonsoir, ma fleur!

Il le répéta, en touchant son épaule.

- Bonsoir, ma fleur!

- Bonsoir, Richard! répondit-elle, en le regardant cette fois.

Richard voyait bien qu'elle ne réagissait pas comme d'habitude à sa présence, mais n'insista pas. Elle dit :

- Félix, est-ce que tu veux éplucher des patates?

- Je suis sale comme un cochon. Je prends ma douche et j'arrive.

- Non! Tout de suite, s'il te plaît. J'aimerais faire des frites.

- J'en ai pour dix minutes. Non! Huit minutes. Je me suis chronométré l'autre jour.

- Je vais les peler, moi, fit Richard, pendant qu'il se lave.

- Non! Non! Félix va le faire, insista Lyne.

- O.K. d'abord! dit Félix, contrarié.

- Si la douche est libre, annonça alors Richard, je vais me laver.

- Les serviettes sont dans la lingerie, lui cria Lyne.

Félix avait vu lui aussi, au timbre de voix légèrement enroué de Lyne, que quelque chose ne tournait pas rond. Depuis le soir où ils avaient dansé, Lyne n'avait pas une seule fois manifesté qu'elle se sentait menacée par les amitiés de son frère jumeau et de Félix. Mais là, alors que Richard allait passer plusieurs fins de semaine de suite en compagnie de Félix pour rénover la salle de bain d'Alice, elle craignait qu'il s'éloigne encore d'elle.

Au comptoir, avec Félix seul, elle allait déjà mieux. Du moins son malaise ne paraissait pas du tout.

- As-tu eu le temps de nettoyer ton jardin et de le préparer pour l'hiver? lui demanda Félix.

- Oui! Il est prêt pour l'hiver. Remarque que ça ne presse pas. La neige est encore bien loin. Il reste les framboisiers à émonder et attacher. Il y a encore des framboises, tu sais. Une variété qui mûrit jusqu'aux premières gelées d'automne. On va en manger ce soir. J'ai fait un bon pouding aux framboises comme tu les aimes, avec de la crème à 35 %.

Félix s'approcha d'elle. Lyne hésita. Ils s'embrassèrent. Puis, elle dit :

- Comment va Alice? Elle devait être contente?

- Crois-le ou non, la maison était aussi propre que lorsque nous y sommes allés. Et il y avait un peu plus d'ordre dans le salon.

- Et la salle de bain?

- Son maudit bain rouillé, il est rendu dehors. Un ferrailleur viendra le prendre. Demain, nous allons refaire la plomberie en neuf et brancher le bain. La fin de semaine prochaine, comme c'est le week-end du lundi de l'Action de grâce, en trois jours je pense qu'on aura le temps de terminer. Et ta petite maman va se croire à l'hôtel.

« Ta petite maman ». Ce sont des termes que Lyne ne connaissait pas. Même le mot maman, elle ne se souvenait pas de l'avoir prononcé. Elle appelait sa mère Alice, depuis son adolescence. Sans doute, toute jeune, avait-elle dit maman, comme tous les bébés. Cette expression « ta petite maman », à consonance tendre, la toucha. En ce moment de sa vie où elle se sentait fragile, tout arrivait en même temps. Richard, son brin de sécurité avoué, semblait avoir moins besoin d'elle qu'elle avait besoin de lui. Sa mère, dont elle s'était délibérément éloignée revenait dans le décor à cause de Félix qui se faisait bon samaritain. Que faisait donc ce Félix dans sa galère? Séparée de son mari depuis plusieurs années déjà, Lyne se serait bien contentée d'une vie de célibataire rangée avec ses petites douceurs et ses habitudes consolantes. Ses élèves prenaient beaucoup de place. Myriam et Richard comblaient le reste. Fallait-il donc que Félix se soit ajouté en plus? Depuis son arrivée pourtant, elle avait vécu des moments de sécurité totale, comme elle disait. Le cœur a-t-il donc des limites? Quelqu'un peut-il compter trop de personnes dans sa vie?

- Veux-tu? Mon pit! Ne l'appelle pas comme ça. Une expression comme celle-là attire la pitié. Et c'est ce qu'elle veut, elle, faire pitié. C'est ce qui me choque le plus en elle. Elle ne s'est jamais grouillé le cul pour sortir de sa petite crisse de maison. Quand je te voyais l'autre jour t'extasier devant ses maisons... C'est pas une artiste, ma mère. C'est une malade.

- Ça n'empêche pas qu'elle soit artiste quand même!

- Non! Ce qui serait important, c'est qu'elle sorte de sa maison. Elle n'a que cinquante-huit ans. Qu'elle sorte de sa pitié. Sculpter des numéros de porte, c'est une bonne chose. Ça la met en contact avec l'extérieur au moins.

- Je vais prendre des informations pour voir s'il serait possible qu'elle fasse une exposition de ses œuvres quelque part. Je trouve que c'est de l'art naïf. Demain, je vais apporter plusieurs planchettes. Et je verrai ce que je peux faire.

- Tu vas faire rire de toi!

- Lyne! Tu n'es pas objective et tu es injuste.

- Oui… je sais.

- Comment veux-tu que je coupe les patates ? Épaisses ou minces?

- Minces. C'est plus facile à cuire.

- Comme ça? fit-il, en lui montrant une coupe qu'il venait de faire.

- C'est très bien, mon pit. Tiens! continua-t-elle en voyant Richard, voilà l'*helper* tout propre.

- Oui, ma fleur! Je suis un homme neuf.

- Je vais aller me laver à mon tour, reprit Félix.

- Tu laveras le bain, mon pit, après ta douche, lui cria-t-elle, alors qu'il fut entré dans la salle de bain.

Félix sortit et dit :

- Est-ce que j'ai l'habitude de ne pas laver mon bain?

- Oui! reprit-elle aussitôt.

Félix claqua la porte légèrement. Il n'avait pas d'autre façon de lui répondre. Mais elle avait raison.

- Mon *bird*, voudrais-tu finir de couper les patates en petits bâtonnets.

- Pourquoi voulais-tu que ce soit Félix qui épluche les patates tantôt?

Lyne hésita. Puis dit :

- Parce que je ne voulais pas te voir dans mon espace.

- Qu'est-ce que j'ai fait encore ?... dit-il avec un peu d'impatience.

- Ah... Excuse-moi! C'est à moi que j'en veux. Depuis que je suis allée chez Alice avec Félix, je suis toute à l'envers.

- Je me suis aperçu la semaine dernière que tu n'étais pas la Lyne des grands jours.

- On dirait que je suis moins sûre de moi, que j'ai moins d'assurance. À l'école, j'avais l'impression que mes élèves me montaient sur la tête. Et en plus, parfois, je me sens coupable envers Alice. Je me dis qu'elle ne mérite pas la vie qu'elle vit en ce moment. Ah... je ne sais plus.

- Tu sais, Alice, c'est elle qui a choisi de vivre ainsi. Combien de fois je lui ai répété de sortir de là. Je l'ai souvent invitée à venir chez moi. Elle disait que les enfants la fatiguaient. Je ne la prends pas en pitié.

- Moi non plus. Ce n'est pas ce que j'ai voulu dire. Je me sens coupable de l'avoir ignorée si longtemps.

- Tu peux te reprendre. Elle n'est pas morte encore. Aujourd'hui, si tu l'avais entendue. On aurait dit qu'elle n'avait pas sa petite voix plaignarde qu'elle a de coutume. Félix faisait des farces avec elle. En tout cas, elle va avoir une belle salle de bain. Et toute la pièce était vide. Il ne reste plus qu'à bâtir en neuf. On lui a acheté un beau bain en fibre de verre avec des poignées de chaque côté. Ce sera plus sécuritaire. J'ai bien l'impression qu'elle n'en aura pas assez de son mille piastres. On ne lui dira pas et, Félix et moi on payera la différence.

- Je veux participer moi aussi, fit Lyne aussitôt.

- Non! Non! Laisse faire.

- Je te dis que je veux participer.

- O.K. d'abord. On te dira le montant à la fin des travaux. J'aime ça travailler avec ton *chum*. Ne sois pas jalouse, ma fleur. On s'entend bien ensemble. Pourquoi je n'aurais pas le droit d'aimer sa compagnie? Tu l'aimes bien, toi!

- On ne recommencera pas cette discussion-là. Tu sais à quoi t'en tenir.

- Voilà mon *boss*, propre lui aussi, lança Richard en voyant Félix sortir de la salle de bain.

- Est-ce que tu veux cuire les patates, Félix? L'huile est déjà dans la friteuse.

- J'arrive tout de suite, fit Félix.

Si cela n'avait été des appréhensions de Lyne vis-à-vis de Richard, ce mariage à trois aurait fonctionné à merveille. Félix ne ressentait plus que Lyne lui volait du temps lorsqu'elle placotait avec Richard au téléphone. Et le petit brin de jalousie qui lui pinçait le cœur lorsqu'il surprenait leur regard amoureux avait disparu. Il apprenait lentement à connaître Lyne. Il l'aimait différemment. Il ne l'aimait plus seulement parce qu'elle l'aimait, parce qu'elle le valorisait, parce qu'elle lui donnait du plaisir. Mais pour autre chose. Il ne savait pas quoi.

- Des frites maison, c'est bon! dit Richard après les avoir goûtées. Dommage que les enfants ne soient pas là. Eux qui aiment tant cela.

- Comment va Lorraine? lui demanda Lyne.

- Je l'ai vue deux minutes lorsqu'elle est passée chercher les enfants. Elle semblait plus calme. Elle habite avec sa mère encore. Loup et Soleille étaient craintifs. La dernière fois qu'ils l'avaient vue, elle était en crise. Ils n'avaient pas le goût de la revoir dans cet état. Ils étaient sur la défensive. Quand ils l'ont aperçue, détendue, souriante, ils sont partis à courir et lui ont sauté dessus. C'était émouvant. Je ne demanderais pas mieux qu'ils puissent habiter avec elle à mi-temps. Si seulement elle voulait prendre son lithium régulièrement. Les enfants ne demanderaient pas mieux. Faudrait qu'elle ou moi, on déménage, pour l'école des enfants. Boucherville, c'est trop loin de leur école. En tout cas, je suis content pour les enfants. Quand au reste, on verra.

- Ils sont adorables, tes enfants, dit Félix. Loup, je n'en reviens pas de voir un enfant si autonome. Il peut passer des heures à s'amuser tout seul. Il se fabrique des jeux. C'est pas un enfant difficile à garder. Et Soleille, c'est la mienne, celle-là. On a beaucoup de plaisir ensemble. Elle aime poser des questions.

Lyne enchaîna :

- Je disais à Félix, l'autre jour, qu'il ferait un bon père. Mets-toi à la recherche d'une mère, Félix.

- C'est ce que je fais, répondit-il. Quelque part en toi, il doit y avoir un petit coin qui voudrait être mère.

- Tu vas chercher longtemps, mon garçon.

- Je ne sais pas ce que c'est que d'être mère, reprit Richard, mais la paternité c'est merveilleux. C'est certainement une des merveilles du monde. Ce n'est pas quelque chose que tu décides un bon matin. Faut pas que tu réfléchisses trop. Avant de t'embarquer, si tu pèses le pour et le contre, tu es cuit. Faut que tu suives ton instinct. Comme les animaux. Un bébé qui naît, c'est le plus beau cadeau que tu puisses recevoir. Après... c'est la marde qui commence. Non! Je fais des farces. Quand tu regardes ton petit garçon grandir, ou ta petite fille, tu te vois vivre tout le temps. C'est comme si tu te prolongeais dans la vie. Tu te sens grandir par en avant.

- La descendance, dit Félix, aujourd'hui on rit de cela. On est habitué à voir plein de monde qui n'ont pas d'enfants. On a perdu le sens de la progéniture. C'est même un mot qui fait rire. Moi, je ne sais pas pourquoi je voudrais avoir un enfant. C'est sans doute à cause de Soleille. J'aimerais avoir une fille.

- Vous commencez à me pomper l'air avec vos considérations. Moi je ne veux pas me prolonger pantoutte. J'ai toujours eu l'impression que je n'avais pas été désirée. Je ne me vois pas en train de désirer un enfant. Lâchez-moi avec votre progéniture. Les femmes qui désirent en avoir, qu'elles en aient. Celles qui n'en désirent pas, qu'elles n'en fassent pas. Viarge !

Toutes les fois où Lyne avait abordé ce sujet, elle s'était emportée.

- Les curés, continua-t-elle, qui obligeaient les femmes à avoir des grosses portées, c'étaient des criminels. Ils savent pas eux autres ce que c'est pour un enfant de venir au monde sans être désiré.

201

- Ma fleur! dit Richard. Tu recommenceras pas ça, ce soir.

- Excusez-moi! dit-elle en se levant. Mais, s'il vous plaît, changez de sujet.

Pour un moment, ce fut silencieux dans la maison blanc et bleu de la route du Moulin. Le temps où Lyne préparait l'assiette de fromages et les gars desservaient la table. Sans demander s'il fallait ouvrir une autre bouteille de vin, Lyne s'apprêtait à le faire, lorsque Félix dit :

- Il en reste encore dans celle-ci.

- On la boira bien... répondit-elle en continuant de visser le tire-bouchon.

Lyne se voyait déjà en train de boire quelques coupes de plus...

Le lendemain matin, elle dormait encore lorsque Félix et Richard partirent pour Sainte-Dorothée. Avant de fixer le nouveau bain et la belle toilette neuve, il fallait refaire à neuf la plomberie. Les arrivées d'eau comme les renvois. Une bonne journée d'ouvrage. Alice les attendait.

- Vous vous donnez bien du trouble pour moi, leur dit-elle en entrant.

Richard était habitué à ses jérémiades. Félix lui répondit en farce :

- Oui... c'est du gros trouble... ça m'a pris une heure à me décrasser hier soir...

Alice ne savait plus quoi dire. Félix ajouta :

- Mais, pour une artiste comme vous, qu'est-ce qu'on ne ferait pas?

- Allez donc! Vous!

- Par où on commence, demanda aussitôt Richard.

- Par prendre un café.

- Justement, j'avais prévu ça, dit Alice, qui s'empressa vite vers la cuisine.

- Tu n'es pas sérieux, dit Richard. Qu'est-ce que je peux faire en attendant?

- Tu vas prendre un café avec le *boss*.

Avant de s'asseoir à table, Félix passa au salon. Il avait hâte de regarder à nouveau les sculptures d'Alice pour voir si elles lui faisaient toujours le même effet. Pas de doute. Il ne fallait pas que ces œuvres pourrissent plus longtemps dans des boîtes.

- Est-ce que je peux apporter une boîte de vos oeuvres?, lui demanda Félix.

- Apportez tout ce que vous voudrez. Une chance que je n'ai pas de poêle à bois. Je les aurais brûlées. Vous êtes le seul à trouver ça beau. Vous me faites rire quand vous appelez ça mes œuvres.

- J'insisterai pas plus longtemps là-dessus. Faites-moi confiance.

- Qu'est-ce que vous voulez faire avec ça?

- M'man, commença Richard, Félix pense que ça pourrait intéresser du monde. Tu sais, pour que quelque chose soit beau, il suffit parfois que la personne qui l'a fait y ait mis du cœur.

- Je sais pas si j'y ai mis du cœur. Mais j'avais tellement mal au ventre quand je sculptais ces petites maisons-là. Aussitôt que je rangeais mes couteaux, je n'avais plus mal. Comme j'y ai pris goût, j'endurais mon mal. Je me disais : c'est le métier qui rentre, ma vieille.

Elle riait. Félix ne l'avait pas vu rire encore. Elle ne voulait pas l'avouer, mais elle ne pouvait qu'être fière que Félix s'intéresse à ses œuvres! À tout moment, durant la journée, elle venait mettre son nez dans la porte, et leur disait :

- Vous n'avez besoin de rien ? Du coke? De la bière? Du gin?

Richard et Félix durent souper avec elle. Il était six heures, et le bain n'était toujours pas en place.

- Si ça a du bon sens de faire travailler du monde de même. D'abord que j'ai ma toilette. Le bain, laissez-le faire. Je me laverai à la mitaine.

- Non! fit Félix, on vous l'a promis, vous l'aurez.

Il faisait noir lorsqu'ils sortirent du 73 Manseau. Dans l'embrasure de la porte, Alice dit à Richard :

- Mon petit garçon! Tu sais pas comme je suis contente que tu sois venu avec Félix.

Et à Félix elle dit :

- Jetez-moi donc ça aux vidanges, ces boîtes-là.

Tout de suite le lundi soir, Félix se mit à la recherche d'un endroit pour exposer la série de sculptures d'Alice. Il pensa à Constant et sa belle madame, propriétaire d'une galerie à Québec. Félix voyait grand! Pourquoi pas? Non pas qu'il considérait Alice comme une grande artiste. D'ailleurs, qu'est-ce que cet ancien curé connaissait à l'art? Les quelques années qu'il avait passées à fabriquer des vases sur son tour à poterie l'avaient-elles équipé pour porter un jugement sur les œuvres d'Alice? Ce n'est pas que Félix ait eu une grande confiance en lui comme critique d'art, mais il était quand même sensible à ce que dégageaient les planchettes d'Alice. Et il voulait que d'autres personnes en profitent. Aussi, quelle magnifique occasion pour Alice de faire un petit virage dans sa vie!

La belle madame de Constant, fallait pas y penser, Constant ne l'avait pas revue. Et Aimé, lui, le grand ami de Félix, qui avait partagé avec lui la vie du presbytère pendant quatre ans, lui qui embellissait tout ce qu'il touchait, avec toute sa sensibilité, il saurait bien reconnaître dans les creux et les bosses des planches de pin d'Alice plus que des bien drôles de cabanes. Félix lui envoya sept ou huit planches de bois, bien ficelées, par autobus. La réponse d'Aimé fut tout aussi rapide. Oui! Ces planchettes ne devaient pas rester dans des boîtes quelque part à Sainte-Dorothée. Et Aimé connaissait une petite galerie à Montréal sur la rue Marie-Anne. Une formule nouvelle. Un artiste pouvait louer la galerie pour un soir, deux, une semaine, ou plusieurs. Il devait s'occuper de la disposition et de l'installation des œuvres sur le plancher ou le mur. L'éclairage était fourni. Quatre-vingts dollars pour une soirée. Cent vingt-cinq pour deux.

Il fallait maintenant convaincre Alice. Elle qui s'était encabanée depuis si longtemps. Non seulement fallait-il la convaincre de sortir, mais aussi fallait-il lui donner suffisamment confiance en elle pour qu'elle accepte de montrer au grand jour les cabanes enfantines que, presque malgré elle, malgré ses maux de ventre, elle avait senti le besoin de gosser jour après jour pendant des années. Comment lui présenter la chose pour qu'elle accepte? Pour qu'elle s'y implique aussi ?

Lyne finit par se rallier derrière Félix, qui lui dit :

- Laisse-moi faire! J'arriverai bien à la convaincre. J'ai une idée. Je vais d'abord l'inviter à sortir avec moi.

- Je te l'ai dit l'autre jour : tu vas nous passer, l'une après l'autre.

- Je vais l'amener visiter l'exposition en cours à la Maison des arts de Laval. Je ne crois pas qu'elle me refuse. Si mes calculs sont bons, en voyant de l'art naïf, elle me dira qu'elle est capable d'en faire du pareil. Elle ne pourra plus reculer.

- Si tu réussis ça, toi… fit Lyne.

Félix avait visé juste. Alice a même dit : « Je suis capable de faire bien mieux que ça! » en se promenant à travers les tableaux de l'exposition. Il n'y avait aucun bas-relief, mais des peintures sur bois. Quelques-unes même sur de vieux bouts de contreplaqué. Sur place, à chaud, Félix lui apprit qu'il était possible de réserver un endroit, un soir ou deux, pour exposer ses œuvres. Après avoir réfuté toutes ses objections, il finit par la convaincre. Il fut convenu qu'il s'occuperait de la location des lieux, de l'accrochage et des invitations. Avec ses petites économies, elle défraierait les coûts de la location et préparerait les pièces pour l'accrochage.

En revenant à Saint-Basile, Félix flottait. Qui aurait dit, un mois plus tôt, alors que Félix n'avait d'Alice que l'image d'une mauvaise mère, paresseuse et plaignarde, qu'elle deviendrait la vedette d'un soir, dans une petite galerie de la rue Marie-Anne? Quelques jours plus tard, Félix revint voir Alice pour l'empêcher de paniquer. Elle avait changé d'idée… Elle ne cessait de répéter qu'elle s'était fait avoir… et qu'elle n'avait rien d'une artiste… Elle n'arriverait pas à tenir le coup… Elle n'avait rien à se mettre sur le dos… Personne ne viendrait voir ses cabanes…

Félix n'abandonna pas. Le lendemain, c'est avec Lyne qu'il vint cette fois sur la rue Manseau. À la vue de la maison à nouveau en désordre, Lyne eut un mouvement d'impatience :

- Ah… Alice…

Elle allait lui dire : « Criss, que tu m'écoeures! » mais se retint. Depuis quelque temps, Lyne s'était mise à espérer que sa mère devienne une femme un jour. Elle lui en voulait d'avoir reculé après avoir fait un pas.

- Alice! Tiens-toi debout! Viarge! Ramasse-toi!

Alice la regarda avec l'air de dire : « Ne me frappe pas dessus! Tu vois bien que je suis à terre! » D'habitude, les regards d'Alice sur sa fille disaient plutôt : « Tu ne veux rien savoir de moi?… Moi non plus! »

- Excuse-moi! lui dit Lyne.

Puis elle ajouta :

- Félix a raison à propos de ton gossage, comme tu dis. Plus je regarde tes maisons, plus elles me font de l'effet.

-Tu dis cela pour me faire changer d'idée.

- Non! Non! Je suis sérieuse. Tu devrais accepter l'offre qu'on te fait. Tu verras : tout va bien se passer. Si tu veux, je peux aller avec toi t'acheter du linge.

Ils réussirent à la remettre sur les rails à nouveau, et il fut décidé que l'exposition aurait lieu le lundi, 28 octobre.

- Je vais me forcer pour ne pas vous faire honte, leur dit-elle à leur départ.

- Fais pas ta misérable, lui dit Lyne. Tu vaux plus que tu penses.

- Samedi matin, Richard et moi, on continue notre job de salle de bain, lui dit finalement Félix. À samedi!

Il ne fut pas facile de faire admettre à Alice d'inviter le plus de monde possible. Elle ne voyait pas ses frères, ses sœurs, ses neveux, ses nièces, à cette exposition. Des étrangers, ça allait. Mais que diraient-ils, ceux de sa famille, et ses amis? « Alice a viré sur le top! » Soixante personnes figuraient sur la liste. Toute la famille de Félix. Enfin, Lyne connaîtrait ses parents, ses frères, ses sœurs. De Saint-Juste, Félix espérait qu'Aimé puisse venir, lui qui l'avait confirmé dans son intuition. Des amis de Lyne, de Richard, des amis de Myriam aussi. Et d'autres que Félix avait connus du temps où il était potier. Quarante-cinq tableaux exposés et soixante invités. On s'était entendus pour les vendre entre vingt et quarante dollars. Là aussi Alice n'était pas d'accord. Elle trouvait que ça ne valait pas plus que dix piastres chacun.

Qu'Alice se soit laissé embarquer dans cette aventure dépassait Lyne. Elle n'aurait jamais cru que sa mère aurait pu accepter de sortir de sa complaisance maladive. La voir ainsi suivre Félix dans son projet forçait Lyne à revoir l'image qu'elle s'était faite de sa mère. Non pas qu'Alice soit devenue audacieuse et sûre d'elle-même. Mais elle relevait la tête et se regardait beaucoup moins le nombril. Lyne ne comprenait pas qu'elle baisse elle-même la tête, alors que sa mère la relevait. Elle se sentait coupable d'avoir ignoré sa mère pendant tant d'années. Elle avait même perdu un cran de l'assurance qu'elle avait réussi à acquérir. Faut dire aussi que Richard ne l'aidait pas beaucoup. Comme prévu, les deux gars partirent en escalade les week-ends après ceux de la salle de bain. Forcément, Lyne recevait moins d'attention de la part de Richard. Malgré tout, elle participa aux préparatifs de l'exposition : les téléphones d'invitation, le magasinage avec Alice. Elle dut même s'occuper de lui procurer des médicaments pour dormir.

La semaine avant le grand soir, Alice était tellement nerveuse qu'elle fuma trois paquets de Mark Ten par jour. Heureusement, ses bonnes entités veillaient sur elle. Sa ration de dry gin demeura la même. Ses bonnes entités, Alice ne les a jamais tant suppliées que pendant les deux semaines qui précédèrent sa grande sortie publique. Elle leur demandait juste une chose : « être à la hauteur! »

Le soir donc du 28 octobre, la petite madame, fraîchement frisée, la tête plus relevée que d'habitude, vêtue d'un petit tailleur bleu marine, fière comme une hôtesse de l'air, descendait de l'auto en face de la galerie d'art, en compagnie de Lyne et Richard. On devine que c'est Lyne qui lui avait suggéré le tailleur. Pour la dignité. L'autorité. Pour être à la hauteur! Félix suivait dans une autre auto avec Aimé et Luce, venus de Saint-Juste la veille. Ils étaient les premiers arrivés. De l'extérieur, par la grande vitrine, on voyait bien la salle d'exposition dans le noir. Félix entra vite pour illuminer la pièce.

Il avait demandé à Aimé d'arriver une journée ou deux d'avance pour aider à l'aménagement des lieux, connaissant son talent de décorateur. Félix avait pris congé l'après-midi. Ils avaient trimé fort pour réaliser le plan d'Aimé. Trimer fort physiquement. Une surprise attendait Alice au milieu de la pièce. Sur les murs en petites lattes de bois blanc, les multiples spots faisaient bien ressortir les quarante-cinq œuvres d'Alice Belhumeur. Et dans un coin, sur une table, Richard, après son travail, était venu disposer des verres ainsi qu'un punch à base de dry gin.

Quand Alice vit le tout, bien éclairé, par la vitrine, elle s'écria :

- Mon bain!

Aimé et Félix avait obtenu du ferrailleur qu'il transporte le bain sur les lieux, pour le soir de l'exposition. Avec une petite couche de peinture blanche vite vaporisée, et dix sacs de terre dedans, toutes les plantes de Lyne y avaient été transplantées. Un effet magique! Ce magnifique bain sur pattes en fonte qui, neuf, avait sans doute fait la gloire de la salle de bain d'Alice, trônait maintenant parmi toutes ces petites maisons multiformes qui témoignaient de son histoire. Alice n'avait pas été émue de la sorte depuis longtemps. Félix ressortit. Lyne s'approcha de lui et l'embrassa sur la joue, en disant :

- Merci, mon amour!

- Il faut que tu embrasses Aimé aussi, reprit-il.

Ce qu'elle fit aussitôt. Et Aimé répondit à son geste en montrant l'exposition :

- C'est beau comme Alice!

Et Alice reprit à cela :

- Je me demande pourquoi vous en faites tant pour moi.

- C'est tellement beau ce que vous faites, continua Aimé.

Depuis que Luce était descendue de l'auto, elle n'avait même pas jeté un coup d'œil sur la salle éclairée, elle regardait Richard.

- Puis, vous avez fait un beau garçon… dit-elle lentement en martelant bien chaque mot.

On eut le temps de rire. Tout de suite après, d'autres autos se stationnèrent dans les parages de la vitrine illuminée. Les frères de Félix et leur femme, une sœur d'Alice avec son mari, une potière que Félix et Aimé n'avaient pas vue depuis longtemps, Myriam avec une amie.

Quarante-cinq personnes circulèrent autour du bain durant la soirée. On ne saura bien sûr jamais si les trente-cinq personnes qui achetèrent une pièce d'Alice le firent parce qu'elles trouvaient cela beau ou bien pour encourager « cette pauvre Alice ».

Dans son costume bleu marine, Alice ne tint pas la tête haute bien longtemps. De quelques personnes elle sentit autant de sincérité que celle d'Aimé et Félix. Mais pour plusieurs, cet art naïf ne les rejoignait pas beaucoup. « Ça ressemble à des dessins d'enfants. » Elle entendit cette phrase quelques fois. Même si elle savait bien que ses gossages entraient dans la catégorie des arts naïfs, comme Félix lui en avait montré à la Maison des arts de Laval, elle, qui avait mis son cœur et des heures sur chacune des planches, ne trouvait pas flatteur du tout qu'on les compare à des dessins d'enfants, eux qui gribouillent une maisonnette en deux minutes. Heureusement qu'elle ne fut pas laissée seule. Félix lui présenta les personnes qu'elle ne connaissait pas. À un certain moment, ses parents, ses frères, ses sœurs, Lyne et lui faisaient cercle avec Alice.

L'un des frères de Félix qui, comme les autres de la famille, rencontrait Lyne pour la première fois, lui lança, au cours de la conversation :

- Est-ce que Félix fait toujours sa prière avant de se coucher ?

Lyne, voyant bien qu'ils étaient en train de lui faire passer le test de la nouvelle arrivée dans la famille, répondit aussitôt :

- Il lui arrive de sauter des soirs.

- Comment tu le sais ? reprit le frère de Félix.

Lyne hésita un moment, puis dit :

- Ça se voit. J'ai l'oeil à ça.

- Vous n'y êtes pas du tout, avança Félix. Moi, c'est le matin, quand je me réveille. J'ai besoin de me connecter pour la journée.

En répondant ainsi, sur un autre registre que celui où s'était aventuré son frère, Félix avait voulu se porter au secours de Lyne. Pourtant, elle était de taille à les affronter. Elle aurait d'autres occasions de montrer à Félix qu'elle n'aurait pas de mal à s'intégrer à la famille Thivierge.

Nicole, la soeur de Félix, celle qui avait été la première à apprendre qu'il quittait la prêtrise, et Anita, sa mère, s'entretenaient toutes les deux avec Alice. Anita lui dit :

- Où prenez-vous le temps pour sculpter tout ça? Il y a de l'ouvrage, là-dedans!

- Il faut bien que je m'occupe. Je suis toute seule à la maison depuis vingt ans.

- C'est beau ce que vous faites, lui dit Nicole. Est-ce que vous avez suivi des cours?

- Non… répondit Alice. Je faisais cela pour m'amuser.

- Moi, je prends des cours de peinture, reprit Nicole. Des sessions d'expression plutôt. D'un professeur qui est sorti des ateliers du frère Jérôme. Vous connaissez le frère Jérôme?

- Non… répondit Alice, avec l'air de celle qui ne connaît rien à tout cela.

- Je suis certaine qu'il apprécierait beaucoup ce que vous faites. On voit que vous n'avez pas copié nulle part. Ça vient de votre imagination et surtout de vos émotions.

- C'est ma maison que je copie tout le temps, fit Alice.

- Celle que je voulais acheter, dit la mère de Félix, elle est déjà vendue. Je vais vous en prendre une autre.

- Ne vous sentez pas obligée, vous savez, reprit Alice.

- Est-ce que vous en ferez d'autres? demanda Nicole.

- Je ne crois pas, non. Je n'ai plus le goût de gosser des maisons.

- D'autre chose, je veux dire.

- Je ne sais pas.

- Est-ce que vous auriez le goût de venir à nos sessions d'expression?

- Non-on-on… fit aussitôt Alice, j'ai pas ce qu'il faut…Et puis je reste au bout du monde, à Sainte-Dorothée.

- Bien! C'est la meilleure! Mes cours ont lieu sur le boulevard Saint-Martin à Laval. C'est pas loin de chez vous.

Puis, s'adressant à Félix qui, sans doute faisait des farces avec Lyne et les autres de sa famille puisqu'ils rigolaient tous, elle ajouta :

- Je suis sûre que madame Belhumeur aimerait ça suivre des cours aux ateliers où je vais. Elle dit que ça ne l'intéresse pas parce qu'elle n'a pas ce qu'il faut.

- Je n'ai pas dit que ça ne m'intéressait pas, reprit Alice.

- Je suis convaincue, dit encore Nicole, que mon prof sera enchantée de vous connaître. On a toujours l'impression que c'est lui qui apprend de nous autres, et pas le contraire. Venez! Je vous en prie. Vous verrez. Vous allez finir par aimer ce que vous faites.

Nicole ne savait pas qu'Alice trouvait que ses planches n'étaient bonnes qu'à mettre dans le poêle. Mais c'est d'ailleurs cette dernière phrase de Nicole qui ébranla Alice. Elle dit :

- Je vais voir…

Lyne avait entendu et se dit : « Est-ce que ça se peut que ma mère sorte de chez elle toutes les semaines pour aller à des cours de quelque chose? »

Le punch de Richard était épuisé depuis longtemps quand l'heure de la fermeture arriva. Depuis la conversation avec Nicole, Alice avait repris de la fierté des hôtesses de l'air. Et s'était même permis une tournée de ses œuvres. À son entrée dans la salle, elle s'était dirigée vers le bain et l'ensemble floral qui en surgissait noblement, sans faire autre chose que jeter un regard circulaire sur l'ensemble de l'exposition. Faut dire aussi que les gens de sa famille et ses amis avaient hâte de la saluer et surtout étaient curieux de voir ce qu'Alice pouvait bien avoir gossé pour que ça vaille la peine d'être exposé. Et ceux qui ne la connaissaient pas et donnaient de l'importance à ses gossages étaient contents de lui serrer la main et de s'entretenir avec elle. Alice, en revoyant donc une après l'autre ses petites maisons, en forme allongée sur le haut ou sur le travers, de derrière et de côté, en forme de banane, de pomme, de fraise, de tabernacle, de machine à laver, ou de boîte à pain, c'est toute sa vie qu'elle repassait. Richard était à ses côtés. Sa vie qu'elle avait, tout au long de son gossage, défaite comme un vieux chandail qu'elle avait défait autrefois pour sa mère en tirant la laine et la pelotant. En voyant passer ces maisons qui lui avaient donné mal au ventre, elle s'apercevait qu'elle n'avait rien construit depuis que Léo était parti de la maison. Toute cette laine défaite, pelotonnée dans son ventre, aurait-elle le courage de la tricoter de nouveau? Son vieux bain avait bien servi à faire du neuf! Pourquoi ne tricoterait-elle pas sa vie en neuf aussi? Une idée qui lui passa par la tête un bref instant.

Les lumières de la salle s'éteignirent. Alors, Alice, dehors face à la vitrine, contempla pour la dernière fois son vieux bain rajeuni en blanc qui reflétait la lumière de la rue.

CHAPITRE XIV

Félix avait pris une demi-journée de congé pour monter l'exposition, et le lendemain, un avant-midi pour la défaire, avec Aimé. Il aurait voulu passer l'après-midi avec Luce et Aimé à la maison. Mais Béatrice avait manifesté à Félix le désir qu'il ne prenne qu'un jour de congé, étant donné que la rénovation des cuisines et chambres de bain de l'immeuble de la rue des Pignons n'avançait pas vite et que la locataire la pressait d'en finir. Comme Félix avait habitué les sœurs Robitaille à beaucoup de générosité de sa part, qu'il se sentait responsable de la lenteur des travaux, et qu'il avait établi avec elles une relation d'amitié beaucoup plus que de travail, il n'osa pas décevoir Béatrice.

Les travaux de rénovation de cet immeuble avaient pris la tournure d'un marathon. Au début, Béatrice avait bien spécifié que Félix pouvait rénover ces espaces à son rythme, tout en ne négligeant pas la maintenance de routine des autres logements. Mais plus le temps passait, plus elle était devenue exigeante. Dans son sondage, les locataires avaient répondu qu'ils n'avaient aucune objection à ce que les travaux se fassent dans leur logement pendant qu'ils y habitaient : ils n'avaient pas conscience de la poussière et du dérangement que ça occasionnerait. Tous les locataires impliqués, sauf Victor et Momousse, une fois la cuisine ou la salle de bain sens dessus dessous, avaient téléphoné à Béatrice pour lui dire qu'ils avaient hâte que ça finisse. Félix ne connaissait pas le stress. Curé, il avait connu le trac du sermon du dimanche, mais le stress occasionné par la peur de ne pas être à la hauteur, ou de ne pas arriver à temps ou encore de ne pas livrer la marchandise, c'était la première fois qu'il le vivait. Et il n'aimait pas cela du tout. Mais une fois dans l'engrenage, il tentait de le gérer comme il le pouvait.

Félix adorait son métier. Il n'était plus question pour lui de solliciter un emploi dans aucun autre domaine. Dans ce genre d'ouvrage, tu vois des résultats tout de suite. Ce qui n'est pas le cas en éducation, en travail social ou dans le ministère paroissial. Quand chaque soir Félix finissait de balayer, d'enlever ses polythènes des meubles et d'épousseter un peu, et que le locataire entrait et s'exclamait : « Mon Dieu! que les travaux sont avancés… » ou « Que c'est beau! » ou « Ah! Ça c'est à mon goût… » ou « J'apprécie que vous laissiez la place propre tous les soirs », il avait l'impression de recevoir tout de suite une partie de son salaire. Les locataires n'appelaient quand même pas Béatrice tous les jours pour se plaindre. Et chaque fois que les travaux étaient terminés, cette dernière venait jeter un coup d'œil sur l'ouvrage de Félix et disait immanquablement : « Ça va faire du bien… Ça va faire du bien… » Ce n'est pas sur cette appréciation que Félix comptait pour savoir si le travail était bien fait ou pas.

Quand il avait été curé du village de Saint-Juste, c'est vrai, il n'avait pas vécu de stress. Mais le doute s'était souvent emparé de lui. Quand il avait fait la collecte pour la famille de Ti-Louis Lévesque afin de lui permettre de s'en remettre après sa faillite et que certains l'avaient pratiquement jeté dehors en disant « Y aura pas une cenne de moé c'te criss-là », il avait douté de son opération. Quand il partait en moto pour aller distribuer la communion aux vieux, comme s'il partait en voyage la tête dans le vent, il n'était pas certain s'il agissait ainsi pour son petit plaisir ou pour la plus grande gloire de Dieu. Quand il faisait son jars devant les belles femmes de la paroisse et que certaines même s'étaient amourachées de lui, là, le doute s'était emparé de lui un peu trop tard! Quand il avait répondu publiquement aux marguilliers qu'Hector avait menti et qu'il n'avait pu les voir Lyne et lui faire l'amour dans un petit bois de cèdres, il avait douté qu'il soit capable de supporter le regard de ses paroissiens. Et quand, plusieurs mois après l'événement du petit bois de cèdres, l'image de Lyne revenait hanter le cœur de Félix, il se doutait bien qu'il ne pourrait tenir le coup bien bien longtemps.

Mais là, sur la rue des Pignons, à quatre pattes, en train de poser des tuiles, il n'y a pas de doute possible. Ces tuiles sont alignées ou elles ne le sont pas. La tuyauterie du renvoi du bain, elle est bien collée ou elle ne l'est pas. Les joints de plâtre sont invisibles ou pas. La séparation entre la peinture bleue des boiseries et le blanc du mur, elle est nette ou pas. Félix n'avait qu'à s'appliquer pour bien faire son travail et à voir. La satisfaction du travail bien fait, ça aussi c'était du neuf pour lui. Et c'était très valorisant. En paroisse, quand on est curé, il y a bien quelques petites tâches administratives dont on peut être pleinement satisfait, mais tout le reste, l'annonce pertinente de l'Évangile, le témoignage quotidien de sa foi en Dieu, et surtout la pratique de sa religion à la suite de Jésus, en donnant la parole aux sans-voix, la main à ceux qui sont en péril, son cœur aux mal aimés, ou son toit aux mal logés, tu ne peux jamais en être satisfait. Ce qui peut t'arriver de mieux, c'est d'avoir l'assurance que tu es en train de faire la volonté de Dieu. C'est lui-même qui te le confirme au fond de ton cœur. Faire la volonté de Dieu, voilà la plus grande satisfaction humaine pour un croyant. C'est la même chose qu'avoir l'intime conviction qu'on est à la bonne place au bon moment. Elle passe avant les grandes illuminations, les voyages astraux, les extases sexuelles, ou les saintes euphories aux fines herbes ou aux fines poudres.

Pourquoi parler de cela alors que Félix était à genoux en train d'aligner ses tuiles? C'est qu'à cette heure-là, trois heures et quarante-cinq, il n'était pas convaincu d'être au bon endroit. Il s'en voulait de ne pas avoir insisté auprès de Béatrice pour prendre congé cet après-midi-là. Il n'était pas fier de lui. Aimé et Luce avaient dû rester seuls à la maison de la route du Moulin. Félix avait hâte de rentrer pour les revoir, particulièrement Luce avec qui il n'avait pratiquement pas parlé, vu les préparatifs de l'exposition.

Lyne était en grande conversation avec Luce au comptoir de la cuisine lorsque Félix entra.

- Salut, mon pit! lança Lyne quand elle le vit.

- Bonjour, mon amour! lui répondit-il avant de venir l'embrasser.

- Que c'est beau l'amour! fit Luce.

- Est-ce que tu veux un bec, toi aussi, demanda Félix, en tentant de l'embrasser.

- Non! fit-elle en l'éloignant. Tu n'es plus curé, pour embrasser toutes les femmes que tu rencontres.

- Raconte-moi! lui demanda Lyne.

- Vous sembliez en grande conversation quand je suis arrivé. Je vous laisse. Et je vais me laver. Je suis plein de colle à céramique.

- Si tu voulais garder tes mains blanches, t'avais qu'à rester curé, lui lança Luce.

Après qu'ils eurent ri tous les trois, elle dit à Lyne à voix basse :

- Est-ce qu'un ancien curé, ça fait un bon mari?

- Tu n'y vas pas par quatre chemins, toi, ma fille!

Et Lyne ajouta :

- C'est quoi un bon mari, pour toi?

Luce regarda Lyne, ses yeux clairs légèrement grossis à cause de ses vitres de lunettes épaisses, esquissa un petit sourire et dit :

- Est-ce que tu veux que j'te réponde franchement?

- Oh là là!… Parce que tu pourrais me donner une réponse qui n'est pas franche?

- Évidemment! C'est rare qu'on parle franchement.

- Alors, vas-y!

- C'était quoi la question déjà?

- C'est quoi un bon mari… lui répéta Lyne.

- J'ai un peu honte de t'dire ce que j'pense… Pour moi, les hommes, ce sont tous des cochons. Pire encore. Pire que le mâle de la porcherie chez Hector. Ils veulent te sauter même si t'es pas en chaleur. Ça fait que, premièrement, un bon mari, c'est celui qui te saute juste quand t'es en chaleur. Deuxièmement, c'est celui qui te laisse élever tes petits en paix. Comme les chats. Un mari, c'est bâdrant dans la maison.

Elle se mit à rire. Puis dit :

Félix, il doit être ben bâdrant, lui. Il sait tout faire dans une maison. Puis troisièmement…

Elle leva la tête, regarda vers le haut et pensa :

- Est-ce qu'il y a un troisièmement?… Oui, ben sûr! Faut pas qu'il soit paresseux. Ça c'est ben important. Parce qu'un gars paresseux…

Elle s'arrêta, ne sachant trop comment développer sa pensée. Puis son visage s'éclaira :

- Y veut te sauter tout le temps!

Elle la trouva bien drôle elle-même.

- Puis, l'amour là-dedans? lui demanda Lyne. Un bon mari n'a pas besoin d'être amoureux?

- T'es-tu folle, toé?

- Dans un couple marié, le mari veut sauver sa peau et la femme veut garder le pouvoir qu'elle a dans la maison. Y'a pas de place pour l'amour là-dedans. Veux-tu que je te parle franchement?

- À ce que j'entends, tu es partie pour cela.

- Le vrai amour, moi je l'ai vu chez des gens qui n'étaient pas mariés. Tu connais mère Teresa. Elle, elle aime! Félix…

Luce mit sa main sur le bras de Lyne, et continua presque confidentiellement :

- Je suis loin de dire qu'il ressemble à mère Teresa.

Elle se pencha davantage vers Lyne :

- C'est un petit vicieux comme tous les autres.

Après s'être relevée, le corps bien droit, elle dit :

- Je pense que c'est un homme qui sait aimer. Ah! Des fois, il se force un peu. Il veut sauver la façade. Il veut conserver son image de bon gars. Et bon gars… bon gars… il l'est trop, ben souvent. Des fois, au presbytère, y en a que j'aurais sorti à coups de pied au cul. Mais non, lui, il endurait. Un trop bon gars. Oui, ma fille, t'as entre les mains un trop bon gars.

Elle fixa Lyne. Elle pensait à ce qu'elle venait de dire. À Félix, qu'elle aurait bien aimé garder tout proche d'elle. Luce le connaissait bien pour l'avoir côtoyé pendant quatre ans : Félix était un *Vagabond* dans l'âme. Elle l'avait vu à l'œuvre dans son village. Comme elle, il était attaché à Dieu. Et les humains n'étaient pas de taille. On aurait dit qu'il patinait sa vie. Il donnait sa vie pour eux, en ne s'accrochant véritablement à personne. Il avait l'air heureux à patiner sa vie. Luce savait qu'il lui serait fidèle jusqu'au bout. Pourquoi donc s'était-il attaché à une humaine en particulier? Cette question cependant, elle n'avait pas l'intention de la lui confier. Là, elle lui cacherait la vérité. Elle lui dit plutôt :

- Est-ce que j'ai répondu à ta question?

- Oh… oui! Puis franchement à part de ça….

- Tiens! V'là ton mari! lança Luce qui vit sortir Félix de la salle de bain. Pas un mot de ce qu'on a dit, hein!

- Vous étiez en train de comploter contre moi? dit Félix... Où est Aimé?

- Dans le sentier près de la rivière.

- J'espère qu'il n'y a pas trop de boue, reprit Félix. Il a beaucoup plu, ces derniers temps. Est-ce que je peux aider pour le souper?

- Viens pas nous bâdrer, lui dit Luce.

Félix vint près de Lyne, passa une main sur sa fesse sans que Luce le voit, et lui dit : « Est-ce que je t'ai embrassée en arrivant? »

- Oui! c'est déjà fait, lui répondit-elle.

- Je peux recommencer?

- Qu'est-ce que je te disais! fit Luce.

- Vraiment! Vous deux! dit Félix. Vous avez l'air drôlement complices. Est-ce qu'on soupe bientôt? Je vais chercher Aimé.

- Prenez votre temps! répondit Luce.

- Avant de sortir, ajouta Lyne, est-ce que tu voudrais mettre de l'huile dans le poêle à fondue?

- En revenant. Juste avant le repas, ça fera pareil?

- J'aimerais mieux tout de suite. La table est mise. Il reste juste ça à faire.

Félix ne protesta pas. Il mit de l'huile et sortit.

- Et docile... en plus, dit alors Luce avant de pouffer de rire.

- Pas du tout! répondit aussitôt Lyne, sérieuse. Il comprend tout simplement le bon sens.

- Je te l'ai dit : c'est pas la place d'un homme dans une maison. Ça les dénature!

- Où tu as pris ces idées-là, toi?

- J'ai pas des bons yeux, je suis pas ben ben intelligente, mais je vois clair. Toi, tu n'as pas répondu à ma question : est-ce qu'un ancien curé, ça fait un bon mari?

Lyne ne voulait pas s'adonner à un échange trop sérieux avec elle. Elle fut tentée cependant de lui parler franchement comme Luce l'avait fait. Quelque chose l'empêchait de lui accorder sa confiance. Luce était une femme qui, au fond, se foutait des gens. Les tournait en ridicule parfois. Peu importe qui ils étaient. Elle ne prenait au sérieux que Dieu seul. Comme Lyne tardait à répondre, Luce lui dit :

- Non! J'aime autant que tu ne me répondes pas.

Elle s'était aperçue que Félix était heureux. Ce qui déjouait passablement ses pronostics. Un *Vagabond* comme lui, ne pouvait, selon elle, s'attacher à une humaine en particulier. Elle ne voulait pas savoir comment Lyne l'avait cuisiné pour qu'il en soit rendu là. Ou quelle recette il avait suivie pour que ça donne ce résultat. Elle passa aux choses pratiques :

- On peut leur dire de venir souper?

- Oui! C'est prêt.

- Ils arrivent, justement!

Sur la galerie, Aimé dit à Félix :

- Tu n'as pas changé. Quand tu étais curé, tu étais un homme disponible. Tu l'es resté.

Félix n'avait pas de mal à prendre les compliments. Comme la plupart des gens, auparavant il avait le réflexe de s'excuser, de nier ou de faire des farces. S'étant senti longtemps faux dans cette manière d'agir, il avait résolu d'affronter carrément la réalité et d'accepter les compliments s'il croyait qu'ils étaient fondés. Ou tout au moins de les diluer légèrement.

- Comme mon père, répondit-il, je suis une bonne pâte d'homme. J'ai de la misère à refuser. C'est bon pour les autres, mais, pour moi, parfois c'est néfaste.

Félix s'arrêta avant d'entrer, et dit une dernière phrase à Aimé :

- On s'en aperçoit davantage quand on vit en couple que lorsqu'on vit en groupe.

Aimé ne répondit rien. Et ils entrèrent.

- Je me suis ennuyée de toi, mon bien-Aimé, dit Luce.

- Je ne te crois pas du tout, répondit-il.

- Tu ne parles pas toujours franchement, toi, lui dit Lyne. Venez vous asseoir. Aimé, ici. Luce… Assis-toi là, à côté de Félix. C'est Luce qui a préparé l'entrée. Un œuf à la coque fourré. Ne lui demandez pas ce qu'elle a fourré là-dedans…

- C'est une création… fit Luce.

- Si c'est comme les vins que tu faisais, répliqua Félix, je ne sais pas si je vais prendre une chance.

- Non! Non! reprit Lyne. Je l'ai vue! faire. Ça devrait être mangeable.

- Tu es chanceux Félix, commença Aimé, d'être atterri à un si bel endroit. Le sentier du bord de la rivière, c'est merveilleux.

- Aimé, dit Félix, est-ce que tu veux fermer la télé derrière toi.

- Non! fit Luce brusquement. S'il te plaît, Félix... C'est le *Vagabond* qui commence... S'il te plaît!

Tous se regardèrent. Allait-on la laisser regarder son *Vagabond* pendant le souper?

Félix connaissait bien cette émission. Il la regardait parfois. Son petit cœur sensible vibrait chaque fois qu'il voyait le chien berger allemand partir à la fin de l'émission tout seul sur la route à la recherche d'un mal pris à aider ... Ne révélant pas qu'il avait un faible pour ce programme, il dit :

- On peut bien lui laisser écouter... Pas fort... Qu'est-ce que vous en dites?

- À la maison, dit Aimé, on n'écoute presque pas la télé Moi, je ne m'assois jamais devant cet appareil-là. Et à l'heure des repas, c'est sacré : pas de télé. Le jour de son *Vagabond*, on mange plus tard.

Pendant qu'elle regardait évoluer son chien berger, Félix jetait un coup d'œil discret de temps à autre, jusqu'au moment où Aimé se mit à parler d'un film qu'il avait vu à la télé.

- L'autre jour, on présentait le *François d'Assise* de Zefirelli. Je m'assois pour l'écouter. Ça faisait bien deux ans que je ne m'étais pas assis devant la télé. À tout bout de champ, on nous passait des spots publicitaires. Je ne me suis pas rendu jusqu'au bout du film. Je ne comprends pas. Un si bel outil pour informer et pour distraire. On dirait que toutes les fois qu'on invente quelque chose de bon, les forces du mal s'en emparent pour le dénaturer.

- Tu parles comme s'il y avait des forces sataniques qui agissent mystérieusement un peu malgré nous. Je pense plutôt que c'est l'esprit humain égoïste qui est à l'œuvre. Comme le bel outil de la télé rejoint beaucoup de monde, et en couleur en plus, les fabricants, à partir de ceux qui font du *Cheeze-Whiz* jusqu'à ceux qui fabriquent des autos, se bousculent pour nous annoncer leur produit. Ils ont besoin de nous pour faire marcher leur entreprise. Pour créer des emplois, comme ils disent. Tout le monde sait que la vraie raison pour laquelle ils se bousculent tant que cela pour nous inonder de leur publicité, c'est pour faire plus de profit. C'est vrai que les forces du mal agissent. Mais elles ne sont pas mystérieuses du tout.

- Parlez pas si fort, dit Luce. J'ai de la misère à entendre.

- C'est vrai que c'est plate de se faire couper un film par la publicité, dit Lyne à Félix mais, le mois passé, quand tu as acheté ton équipement d'escalade, tu fouillais bien dans des catalogues de plein air. C'est de la publicité, ça aussi. Pour satisfaire tes besoins, tu as eu recours à la publicité. C'est une roue qui tourne. Un mal nécessaire.

- Tu as bien raison, Lyne, répondit Félix. Il en faut. Mais ce dont j'avais besoin, c'est une photo de l'objet : les tenons, le baudrier ou la corde, les caractéristiques et le prix. Je n'ai pas besoin de voir une fille en bikini qui descend en rappel. C'est là qu'elles sont les forces du mal. Chacun y va de son astuce pour attirer l'attention afin qu'on achète son produit. Et c'est là que commence le cercle infernal de la compétition. C'est à celui qui aguicherait le plus. Voilà d'où vient la pollution de la publicité même pendant un bon film comme *François et le chemin du soleil*.

- Félix! tu parles trop fort! fit encore Luce.

Aimé parlait plus posément, et moins fort que Félix. Il dit :

- Je ne peux parler de ça aussi bien que toi. Je n'ai pas fait d'études. Mais j'ai remarqué aussi que les jolies filles qui, en passant, sont toujours parfaites, ont l'air de respirer le bonheur. Pour nous donner l'impression qu'en achetant leur truc on va être heureux nous aussi. Je trouve ça criminel. C'est de la fausse représentation. C'est vrai que le bonheur est souvent dans les petites choses. Mais pour eux le bonheur semble automatique. C'est pour cette raison, je pense, que je ne peux regarder la télé. Je ne peux pas supporter leur mensonge continuel. Ceux qui écoutent ça toute la soirée, ils doivent bien, à la longue, être influencés. Je ne sais pas.

- Vous avez raison, les gars, dit Lyne. Vous voyez clair. Et après? Qu'est-ce qu'on peut y changer? Qu'est-ce qu'on peut faire?

- Mon cher amour, lui dit Félix en souriant. C'est toi qui demandes cela. Tu la sais la réponse. Faut y penser deux fois avant d'acheter leurs maudites bébelles de bonheur. Tu achètes des choses, des fois, dont on n'a pas besoin. Ils veulent nous créer des besoins. Faut pas les croire.

En mettant l'index sur son front, Félix lui dit, en prononçant bien le mot :

- Le dis-cer-ne-ment!

Ce n'était pas la première fois qu'ils en parlaient ensemble. C'était devenu un sujet de risée plus que de confrontation.

- Toi, chez les curés, ils ne vous ont pas appris à prendre du plaisir.

Ce fut autour de Lyne à prononcer un mot en insistant sur les syllabes :

- Le plai-sir!

- Oui, chérie, je sais. Dans ce domaine-là j'ai encore beaucoup à apprendre de toi.

- Le plaisir du magasinage. Tu ne sais pas ce que c'est. Et tu ne veux pas apprendre non plus. Le plaisir de la recherche. C'est un plaisir intellectuel. Tu te promènes, et tu fais des liens entre ce que tu as, l'espace dont tu disposes, ton corps, ta maison, tes amis, ton *chum*… et les objets que tu vois passer devant toi. Tu fais des comparaisons. Tu doutes. Tu te décides. Tu penses à faire un cadeau. Tout le plaisir que l'autre ressentira en recevant son cadeau. C'est tout cela le magasinage. Et le plaisir de l'achat. Tu te fais un cadeau, et tu reçois un cadeau. C'est un plaisir double. Y penses-tu? Au fond, ce n'est pas important qu'on en ait besoin ou pas… Non! Non! Je ne suis pas sérieuse. Ça, c'est pour te faire sauter.

- Mais pour cela, chérie, reprit Félix, il faut de l'argent. Et ce n'est pas tout le monde qui en a. Et même ceux qui n'en ont pas consomment pareil. À crédit. Et là, les compagnies de finance entrent dans le jeu. Elles font de la publicité à la télé. Et ça recommence.

- Vas-y, mon *Vagabond*, lança Luce.

- Elle, elle s'en fout de tout cela! dit Félix.

- Ils étaient excellents tes œufs à la Luce, dit Lyne en desservant les assiettes. Tu nous laisseras ta recette.

Le temps d'allumer le poêle à fondue, d'apporter les viandes, les légumes, les patates, servir le vin… et le programme de Luce était terminé. On entendait le chant thème de l'émission. Avec le chien qui s'en allait sur la route. Content de son coup!

- Sers-toi, Luce, fit Lyne en lui présentant l'assiette de viande. C'est pour cuire dans le caquelon.

- Non, merci, répondit-elle. Je suis fatiguée. Je vais aller me coucher. Hier soir, j'ai veillé trop tard. Et je veux pas faire de crise d'épilepsie. Je fais attention.

- Pauvre fille! lui dit Lyne. C'est dommage que tu ne manges pas de fondue avec nous.

- Mon œuf, c'était ben assez. Bonsoir tout le monde.

Chacun lui souhaita de passer une bonne nuit. Et elle monta l'escalier pour se rendre à sa chambre.

- Depuis qu'elle vit avec toi, demanda Félix à Aimé, comment va sa santé?

- Elle n'a fait qu'une crise depuis qu'elle habite chez moi. Ce qui m'inquiète, c'est son pied. Tu te souviens, elle s'est foulé un pied l'an dernier. Elle ne s'en est jamais remise totalement. Elle boite un peu. Et elle dit qu'elle a mal. Je lui fais tremper le pied dans l'argile. Ça lui fait du bien, mais elle n'est pas guérie.

- Et la vie avec elle?

- Je n'aurais pas cru qu'on aurait pu s'adonner si bien. Depuis le jour où j'ai compris qu'il fallait que j'arrête de vouloir lui donner des responsabilités, je fais comme si j'étais responsable de tout dans la maison. Elle ne se gêne pas : quand elle a le goût de faire quelque chose, elle le fait. C'est un charme de vivre avec elle quand elle ne fait face à aucune contrainte. Sa vie, c'est déjà une sacrée contrainte. Je ne trouve pas drôle tout ce qu'elle raconte, mais parfois elle a de ces paroles sages qui me font réfléchir. J'apprends à l'aimer pour ce qu'elle est. Sans vouloir qu'elle change. C'est déjà tout un contrat.

- En si peu de temps? lui dit Lyne. Vous êtes rendus loin.

- On avait déjà fait un bon bout de chemin ensemble au presbytère, lui répondit Aimé. Tu te souviens, Félix, la fois où elle avait fabriqué sa galette en argile à l'atelier... C'est là que j'ai commencé à comprendre ce qu'elle était, et à l'accepter un peu plus. Avant cela, elle m'énervait tellement. Elle cherchait toujours à me provoquer, et je mordais à tout coup.

- Elle m'a toujours fasciné, ajouta Félix. Je n'avais pas de mérite à l'accepter telle qu'elle était.

- Faut croire que tout le monde te fascinait, dit Lyne. Tu agissais de la même façon avec les autres du presbytère. Moi, est-ce que je te fascine?

- Toi, tu m'éblouis, ma pitte! Je ne vois plus clair. J'en perds mes moyens.

Lyne avait fait baisser la conversation d'un cran d'intensité.

- Ne te gêne pas, Aimé, reprit-elle, sers-toi à nouveau si tu le veux.

Aimé reprit, après avoir regardé Félix un moment sans rien dire :

- Est-ce que ça te manque de ne plus prêcher?

Et avant que Félix ne réponde, il continua :

- Nous, ça nous manque de ne plus te voir en avant le dimanche pour faire le lien entre les événements de la semaine, nos vies, et l'évangile du jour. C'est comme si chaque fois tu nous connectais sur du solide, du grand, de l'absolu. Tu nous projetais en avant. Ça nous faisait du bien. L'autre curé, il n'a pas la même méthode que toi. C'est différent.

- Pour te répondre franchement : non, ça ne me manque pas, répondit Félix.

- Ah, non?....

- Ce dont je m'ennuie parfois, c'est de la vie de groupe au presbytère. Je pense souvent à vous. Mais ma tâche de curé ne me manque pas. C'est bien curieux à dire, mais je n'ai pas l'impresion d'avoir changé de vie au fond. J'ai échangé ma vie de groupe pour ma vie avec Lyne.

- J'en vaux plusieurs, dit Lyne, fière et souriante.

Félix acquiesca avec un sourire. Et continua :

- Je ne dis plus la messe et ne prêche plus. Mais pour le reste j'ai l'impression que rien n'est changé. Mon cœur n'a pas changé. Je crois que la volonté de Dieu sur moi, présentement, c'est de faire ce que je fais. Il y a peut-être une autre différence. Quand tu ne prêches plus le dimanche, et que tu ne proposes plus aux autres la façon de Jésus de prendre la vie, sa façon de te détourner de ta petite personne et de t'ouvrir aux autres, tu viens que tu oublies vite Jésus. J'avoue que je me suis éloigné de lui.

- C'est ce que tu crois? demanda Aimé avec surprise.

Comme Lyne ne comprenait pas le jargon qu'ils employaient, elle se leva pour préparer la laitue. Félix, sachant que les questions religieuses ne l'intéressaient pas, n'insista pas pour continuer dans le même sens, mais Aimé lui dit :

- Entre vous deux, dans votre amour, je sens beaucoup de respect. Le respect de l'autre, c'est la marque de commerce de Jésus.

- Tu crois? fit Lyne, surprise, qui avait entendu, alors qu'elle lavait la laitue.

- Vous ne le saviez pas? reprit Aimé. Et la soirée d'hier ? Vous pensez que Jésus n'était pas là-dedans.

- Tu vois Jésus partout, toi! lui lança Lyne.

- Oui! Je le vois partout où il y a de l'amour et du respect. Et c'est plus rare que vous pensez.

Aimé et Félix auraient pu continuer sur ce sujet pendant des heures. Sur des sujets comme l'art, la religion, le sacré, ils étaient intarissables. Félix était venu à la poterie autrefois par Aimé, qui était resté son mentor en ce domaine de l'art. Alors qu'Aimé considérait Félix un peu comme son parrain dans la foi. Quand deux hommes se sont liés d'amitié par l'art et le sacré, il n'y a pas de distance et de temps pour les séparer. Au cours de ses années à Saint-Juste, au temps où Aimé était bedeau, Félix avait vécu des moments forts avec lui, comme l'aventure de la crèche de Noël, qui avait remué tout le village; le geste significatif et émouvant de l'offrande des petits cœurs en terre cuite par Aimé à tous les participants de la messe d'un jeudi avant Pâques; et la grande raflée des statues et leur descente, non pas aux enfers, mais dans le sous-sol de l'église.

Ils restèrent longtemps à table à se remémorer les petites anecdotes et les grands événements de leur vie commune. Lyne s'y intéressa beaucoup plus qu'à leur envolée sur la foi en Jésus. Aimé souligna que la longue histoire du curé de Saint-Juste avait commencé par une aventure, celle de son arrestation par la police le prenant pour le voleur de la caisse du curé de Cabano, et s'était terminée par une aventure… avec une belle fille de la ville.

Il y a des soirées de bavardage autour d'une table qui nous fatiguent et même nous vident complètement. Et d'autres, d'où l'on sort la tête riche, le cœur plein ou l'âme nourrie. Aimé avait le don de s'attaquer toujours à l'essentiel de la vie. Sans peur et sans pudeur, il posait la bonne question pour décoller au-dessus de mon-char-mon-ordinateur-mon-régime-amaigrissant-la-publicité-Bell-la-température-bien-sûr-et-les-menteries-des-politiciens, ou amenait la conversation à descendre au niveau des motivations et des pourquoi.

Il était tard. Félix et Lyne travaillaient le lendemain. Aimé et Luce s'en retourneraient à Saint-juste. Après avoir aidé à dégarnir la table et à entasser les assiettes et les casseroles sur le comptoir, Aimé dit :

- Je suis fatigué. Je vais me coucher. Laissez la vaisselle là. Demain avant de partir, Luce et moi, nous la laverons.

- Je te remercie, lui répondit Lyne. Mais je crois que je la laverai ce soir. Ce sera plus propre pour le déjeuner.

- Non, laisse faire! insista Aimé. Tu es fatiguée, toi aussi. La table est toute dégagée pour le déjeuner. Ça suffit.

- Bon! Bon! fit Lyne. Je verrai. Va te coucher en paix.

Félix n'avait pas parlé. Il était du même avis qu'Aimé. Après que ce dernier fut disparu dans sa chambre, il dit à Lyne :

- C'est vrai : lui et Luce, demain matin, ils auront le temps. Et je suis certain qu'ils le feront avec plaisir. Pourquoi leur enlever ce plaisir? Toi qui voulais me donner des leçons de plaisir…

- Je la fais ce soir! dit Lyne. Si tu n'as pas le goût, ne la fais pas.

- Nous sommes fatigués tous les deux. Pourquoi ne pas leur laisser. Il me semble que c'est le gros bon sens.

- Je la fais ce soir… chéri. Je veux que ce soit propre demain quand on se lèvera. Va te coucher, toi. Je ne te demande pas de la faire avec moi. Je suis sérieuse. Va te coucher. Ça ne me fait rien de la laver toute seule. Il ne me faudra pas plus qu'une demi-heure.

Félix croyait vraiment son idée meilleure que celle de Lyne. Pourquoi ne pouvait-elle pas le comprendre? Allait-il se mettre à essuyer de la vaisselle à cette heure-là alors qu'il était fatigué et qu'il n'en avait pas le goût? Pour un bon gars comme lui, c'était difficile de la laisser toute seule faire la tâche et d'aller se coucher. Non! Il en avait assez! La plupart du temps, quand il s'agissait de choses pratiques à faire, il devait s'aligner sur sa volonté à elle. Dans un cas comme celui-là, comment aurait réagi Aimé, lui qui était toujours disponible et ne comptait pas son temps? Il serait allé se coucher. La preuve, c'est qu'il y était déjà.

Félix décida donc d'aller se coucher. Avant de quitter la cuisine, il plaça les chaises autour de la table, fit un peu de rangement dans la pièce, vida le cendrier que Luce et Aimé avaient rempli, regarda tout autour pour voir si tout était en place et se dirigea vers l'escalier. Il s'arrêta. Et revint vers Lyne :

- Bonne nuit! lui dit-il en l'embrassant. Je dormirai sans doute quand tu vas monter.

Puis il s'éloigna. Lyne chantonnait l'air du *Vagabond*. Félix semblait calme, mais au fond il était déchiré. Pas la grande déchirure. Mais la petite fissure dans son image de bon gars. Ça n'avait pas de bon sens qu'il la laisse faire toute seule.

CHAPITRE XV

On a besoin, au mois de novembre, de belles journées ensoleillées pour nous consoler du vide laissé par les feuilles tombées, de la tristesse provoquée par les pluies répétées, et de la peur inconsciente que l'été chaud ne revienne pas. Félix et Lyne eurent besoin de ces jours réparateurs, car leur couple était devenu plus frileux.

Lyne traversait une période difficile. Elle souffrait d'une baisse de confiance en elle. À l'école, ses nouveaux groupes d'élèves exigeaient plus de discipline. Les hauts et les bas d'Alice l'influençaient. Et elle se sentait menacée par l'attitude parfois hautaine de Félix qui, d'humeur égale, semblait flotter au-dessus des misères humaines et sortir gagnant d'à peu près toutes les situations. Sa façon élégante de sauver la face, et de tenir à son image de bon gars, l'empêchait de révéler son vrai visage. En ce mois de novembre, cette attitude de Félix agressait Lyne. Comment se faisait-il qu'elle ne se soit pas aperçue avant de ce vice caché ?

Et Félix frissonnait d'entendre Lyne insister pour qu'il accomplisse l'une ou l'autre petite tâche anodine, alors qu'elle aurait pu très bien la faire elle-même. Lorsque Lyne tenait coûte que coûte à sa façon de faire, Félix ne se sentait pas respecté. Même si Aimé avait découvert du respect dans leur amour. Félix ne trouvait pas juste qu'il soit obligé de céder tout le temps. Pourquoi elle, qui d'habitude possédait un jugement fiable pour faire un état de compte de leur amour, n'arrivait-elle pas à s'apercevoir de ce qui pourtant sautait aux yeux? Félix ne pourrait pas supporter cette domination bien longtemps, c'est sûr. Il lui fallait faire quelque chose.

Plus Lyne s'imposait, plus Félix prenait conscience de sa nature profonde de bon gars. Elle lui venait de son père. Qui, lui, était un sacré bon gars. Toute sa vie de prêtre rebondissait. Jeune, il avait dit oui à Dieu, à la pression familiale, à l'appel intérieur qui l'attirait vers la prêtrise. Et comme sa nature de bon gars avait collé tellement bien à sa fonction de prêtre, et qu'il en avait tiré une valorisation importante, il avait flotté sur le bonheur de sa tâche. On prend tellement de plaisir à donner. Ce qui l'avait empêché de se rendre compte qu'il y a des limites à donner. À dire oui. À vivre en couple, il se rendait compte que, sous cette peau de bon gars qui cède tout le temps, se cachait une peur de l'autre. Peur de l'hostilité, peur du froid, peur de la confrontation, peur de se retrouver seul. Peur de ne plus être. Peur d'exister par lui-même. Et il ne s'aimait pas du tout ainsi. Sa belle histoire d'amour à Saint-Juste ne l'avait pas amené à prendre conscience comme Lyne pouvait le faire maintenant. Particulièrement cet automne où, se sentant plus insécure, elle forçait la note, sans s'en rendre compte, et excerçait sur lui un pouvoir domestique accru. Pour se sentir bien vivante. C'était pour elle une façon inconsciente de faire dégringoler Félix de son piédestal…

La relation de Félix avec Béatrice ne s'était pas améliorée. À son travail aussi, sa nature de bon gars le faisait souffrir. Il voulait dire non à sa patronne parfois et ne le faisait pas. Maintenant qu'il avait pris de l'assurance et qu'il croyait achever ses travaux aussi bien qu'un ouvrier patenté, huit piastres de l'heure ne lui suffisait plus. Il se sentait exploité. Mais n'avait osé en parler aux sœurs Robitaille. Blanche, qui signait les chèques, ajoutait toujours un dix ou un vingt de plus à son dû hebdomadaire. Mais ça, personne d'autre que Félix et elle ne le savaient. La première fois qu'elle avait ajouté un pourboire, Félix s'était objecté. Mais Blanche l'avait pris à part et lui avait fait comprendre qu'il le méritait, et qu'il ne devait pas en parler à ses soeurs. Mais un pourboire ne vaut pas une augmentation de salaire. Félix ne rouspétait jamais. Un samedi, Béatrice lui avait demandé de travailler en temps supplémentaire. Il avait accepté. Durant le temps des fêtes qui s'en venait, Félix voulait prendre autant de jours de congé que Lyne. Mais toujours à cause des locataires qui pressaient Béatrice d'en finir avec ses travaux, Félix allait s'efforcer de contenter tout le monde.

Après leur petit déjeuner, Félix et Lyne montèrent sur la terrasse. Un jour ensoleillé comme celui-là, à la fin de novembre, il fallait s'en saisir et en profiter. Bien vêtus, ils prenaient leur deuxième bol de café au lait. Devant eux s'étendait à perte de vue un immense champ de tiges de maïs coupées et déchiquetées. Depuis peu on avait fait la récolte des épis. Malgré le beau soleil qui illuminait tout, le champ de déchets végétaux restait désolant. Au cours des derniers mois, depuis l'arrivée de Félix en fait, ce champ s'était montré à eux sous des visages tellement différents : à partir de la terre vierge et brune qui attend ses graines, en passant par les petites pousses d'un vert délicat, puis le grand tableau lumineux des feuilles matures qui reflètent le soleil, pour aboutir au spectacle sonore du vent d'automne sur les cotons séchés. Depuis l'arrivée de Félix, les événements s'étaient bousculés dans la vie de Lyne. Auparavant, elle savourait, seule, tous ses samedis matin. C'était sacré. Après une semaine intensive à l'école, elle méritait bien un petit samedi matin tranquille. Elle allait en savourer un autre. Ce jour-là, Félix ne figurait pas parmi les éléments de son bien-être. La sainte paix. Voilà ce qu'elle savourait, dans sa campagne, bien confortablement assise à la terrasse de sa maison blanc et bleu de la route du Moulin. Félix croyait ne pas perturber son espace vital. Il ne disait pas un mot. Et il n'avait presque rien dit du déjeuner, puisque chacun avait lu le journal. Ils restèrent ainsi, allongés sur leur chaise au soleil, en silence les yeux fermés, une bonne demi-heure. Félix dit alors :

- Qu'est-ce qu'on fait aujourd'hui?

- Tu parles tout le temps! lui dit Lyne, impatiente.

- C'est la première phrase que je dis depuis une heure…

Lyne voulait la paix. Du temps pour laisser décanter ses problèmes d'école, de famille, de couple… ou même de chatte et de plantes. Certaines n'avaient pas résisté à la double transplantation lors de leur pèlerinage au bain d'Alice. Et son minou, il n'avait pas donné signe de vie depuis une semaine. Félix ne pouvait pas deviner que, ce matin en particulier, elle avait grand besoin d'être seule. Et elle n'en avait pas manifesté le désir non plus. Ce n'était pas le moment pour que Félix soit offusqué de ce qu'elle ait dit. Mais le ton ne lui plut pas. Il ajouta à sa réplique, sur un ton quand même amical :

- Parfois, tu es injuste avec moi, je trouve…

Lyne voulait la paix. Sans faire d'effort, elle répliqua, sans ouvrir les yeux, offrant toujours son visage au soleil bienfaiteur :

- Tu vois des injustices partout…

Félix décida de poursuivre. Et de lui dire ce qu'il ressentait à mesure que les émotions se manifestaient. Il avait tellement l'habitude de respecter la personne qui s'imposait en face de lui qu'il n'avait pas appris à se défendre. Et avec les personnes qu'il aimait, ou de qui il voulait se faire aimer, c'était pire encore. Il faut croire que son heure était arrivée. Il dit, en se redressant sur sa chaise longue :

- Regarde-toi aller!… Regarde comment tu agis avec moi. Tu me bouscules, tu me charries. De ce temps-ci, tu ne me respectes pas beaucoup, je trouve. Qu'est-ce que tu as, donc?

Lyne vit qu'elle n'aurait pas la paix. De toute façon, Félix venait par sa dernière phrase de la lui enlever pour de bon. Elle se redressa elle aussi sur sa chaise. Et avec un regard pour le jeter par terre, elle lui dit, en élevant le ton :

- Qu'est-ce que j'ai?

Elle s'était fait accuser à son tour, comme si Félix la jugeait tout d'un bloc. Atteinte dans sa fragilité, elle continua avec force :

- J'ai… que tu me fatigues! Ce matin, j'aimerais mieux ne pas te voir dans mon décor. Tes airs de curé me fatiguent. Tes airs de bonté m'écrasent. À force de vouloir sauver la face et de te montrer toujours bon… Du haut de ta… de ta perfection… tu m'écrases…

- Ça adonne bien, reprit Félix sur le même ton. Moi, je suis tanné d'être le bon gars qui fait le petit chien devant toi. Tu es toujours en train de me bosser. J'en peux plus. Il faudra que ça change ou bien…

Félix regrettait de s'être avancé sur ce terrain. Il savait bien qu'il n'abandonnerait pas Lyne, mais il ne savait pas non plus comment il se sortirait de cette position où sa nature de bon gars l'avait fourré. Lyne reprit :

- Moi, en train de te bosser? Voyons donc! Quand ça?

Félix chercha des exemples. Il croyait qu'il n'aurait pas de mal à en trouver. Mais, peu habitué à la confrontation, il ne lui vint rien à la mémoire. Il attaqua dans une autre direction :

- Si mes airs de bonté te dérangent tant, c'est que… tu es trop orgueilleuse.

La voix de Félix tremblait, tellement il n'était pas habitué à dire des choses semblables. Et d'ailleurs, il savait qu'il n'avait pas raison de lui avoir dit cela. Ses mots avaient dépassé sa pensée. Mais il ne pouvait plus souffrir de se faire bosser aussi souvent. Il venait de l'attaquer là où il ne fallait pas. Lyne se leva carrément de sa chaise, regarda Félix avec colère, une colère que Félix n'aurait jamais voulu provoquer et lui dit :

- Moi, c'est la paix que je veux. Et c'est pas toi, Félix Thivierge, qui vas me l'enlever ce matin.

Et elle entra dans la maison.

Félix ne fit aucun mouvement pour la retenir. Ils étaient tous les deux responsables de ce qui venait de se produire. Il fut tenté d'en prendre toute la charge. Mais non. Ils allaient vivre avec leur colère et leur peine, chacun de leur bord. Même si Félix n'avait pas beaucoup d'expérience en ce domaine, il avait suffisamment de connaissance de l'âme humaine pour savoir qu'il devait laisser Lyne en paix, comme elle le souhaitait. Plus tard dans la journée… il verrait. Pour l'instant, c'est de son âme à lui qu'il devait prendre soin. Une fatigue extrême venait de s'abattre sur lui. Et une grande inquiétude. Il ne savait pas du tout comment Lyne allait ressortir de là, comment elle allait rebondir. Et de cela, il avait même peur. C'était l'inconnu.

Une fois la porte franchie, Lyne n'avait pas su quel bord prendre. Elle n'allait quand même pas s'enfermer dans sa chambre. Personne ne l'avait mise en pénitence. Elle avait dominé la situation. Elle voulait en rester maître. Sans dépendance aucune. Elle voulait la paix. Chez elle. Et le plus bel endroit pour profiter de cette paix dans sa campagne de la route du Moulin, c'était sur sa terrasse. Elle l'avait fait construire exprès. Elle décida donc d'y retourner. Peu importe que Félix y soit ou pas. Elle l'ignorerait. Elle passa donc à sa chambre pour chercher un livre. Et revint sur la galerie. Félix n'y était plus. Malgré son piètre état, il était revenu à sa question initiale « Qu'est-ce qu'on fait aujourd'hui? » et il avait répondu : « D'abord, je vais prendre une douche pour me redonner des forces… »

En sortant de la salle de bain, Félix s'inquiéta de savoir où se trouvait Lyne. Mais il ne la chercha pas. Il importait surtout de la laisser en paix. Pourtant, il aurait aimé faire des projets avec elle pour ce samedi. Seul, il ne savait quoi entreprendre. Il se promenait dans la maison, en peine de quelque chose à faire de ses mains. C'est à cela qu'il prenait le plus de plaisir, bricoler. C'est là qu'il se réfugiait pour se sentir exister. Il n'avait pas le goût de lire. Il ne voulait pas se laisser emporter quelque part par quelqu'un d'autre. Il voulait fabriquer. Assembler. Créer. Il se souvint que, lors de son voyage avec Lyne dans les Rocheuses, c'est le débordement de ses émotions intenses qui l'avait incité à jeter sur le papier quelques phrases. Et après, il s'était senti libéré. Il s'installa donc au salon avec une tablette d'anciens formulaires de certificat de baptême dont l'endos était blanc. Comme il n'avait plus de montagnes pour l'impressionner, mais une cascade d'émotions accumulées en lui, il voulut les transcrire sur papier. Non pas tellement pour se libérer, mais pour se comprendre. Il avait choisi un fauteuil d'où il pourrait voir les allées et venues de Lyne. Après avoir regardé un moment droit devant lui, il écrivit :

> *Le regard de Lyne me poursuit. Ses paroles, pourtant dures à entendre, n'étaient rien à côté de son regard méchant posé sur moi. Comme on dit d'un chien méchant. Ai eu peur. Me suis senti tout d'un coup fondre, détruit, abandonné. Son amour, qui me fait tant de bien d'habitude, qui parfois m'aide à me tenir debout... là, il me coupe les jambes. Ne sais pas ce qu'elle fait maintenant, ni où elle est. Sans doute sortie marcher dans le sentier, ou peut-être retournée sur la terrasse. Veux savoir si elle maintient son regard méchant sur moi. Ne peux pas le supporter. M'aime-t-elle encore? Ai besoin de savoir. Juste un tout petit brin de certitude pour m'agripper, pour m'empêcher de basculer. N'en reviens pas comme j'ai besoin de son amour.*

Dans sa vie, Félix n'avait pas rencontré souvent de gens qui lui aient manifesté une forte hostilité. Deux fois, en fait. Et toutes les deux à Saint-Juste. L'une, le jour où Bertrand Lagacé, en plein bureau de poste, lui avait dit : « Oui, mon Félix! Si tu veux te mettre dans mon chemin, tu vas me trouver! » Et l'autre, c'était à l'occasion de ses démêlés avec Hector. Mais pour virer Félix à l'envers de la sorte, c'était la première fois. Les bons gars ont le don de se protéger contre de telles attaques. Ils ne les provoquent pas. Ils ne cherchent pas l'affrontement. Ils ne veulent pas la guerre.

Il s'était allongé dans le fauteuil. L'orage était passé. Mais il resta néanmoins détrempé jusqu'aux os. Il s'inquiétait pour Lyne. Il voulut écrire à nouveau, mais ne le put pas. Il voyait Lyne triste, seule. La peine de Lyne l'atteignait à le rendre triste à son tour. Il savait qu'elle venait de traverser un dur mois de novembre. Le pire, c'est qu'il ne pouvait rien pour l'aider. Lui qui était habitué à ce que les âmes en peine se confient à lui, la personne qui vivait à ses côtés, à qui il voulait éviter toute peine, et qu'il aurait tant aimé soutenir dans sa difficile marche d'automne, ne requérait pas son aide. Elle se débrouillait toute seule comme une grande fille. Il pensa même que son amie Myriam en connaissait beaucoup plus long sur les quêtes intérieures de Lyne. Félix, peu à peu s'y était fait. Mais ce matin-là, il souffrait de son impuissance à lui porter secours. Elle voulait la paix.

Au même moment, bien vêtue pour ne pas frissonner de la fraîcheur du temps, en plein soleil, sur sa chaise longue, Lyne dégustait *Monsieur Melville* de Victor-Lévy Beaulieu. Elle était une inconditionnelle de Beaulieu. *Race de monde* l'avait séduite. Et depuis, elle n'en avait pas raté un, *Jos Connaissant, Pour saluer Victor Hugo, Les grands-pères, Jack Kerouac.* Elle était toujours curieuse de découvrir une facette nouvelle de ce monument de l'écriture québécoise. Elle aimait le voir se faufiler derrière l'un ou l'autre de ses personnages pour nager dans les bassesses de la vie ou pour tâter de la grandeur humaine. Elle se glissait dans l'atmosphère de ses récits et ne s'en défaisait que difficilement. Particulièrement celle de *Monsieur Melville*, qui s'imposait comme le meilleur qu'elle ait lu de lui.

Après avoir lu, à la page 195 : " *Courage, mon vieux navire, j'espère te voir bientôt à un jet de biscuit de la joyeuse terre.* " *Voilà ce qu'écrit Melville au tout commencement de* Taïpi, *pour changer la monotonie de l'océan dans laquelle il reconnaît ce qu'il y a de vide en lui et dont il voudrait, par une phrase lumineuse, sortir brutalement* », elle leva les yeux vers les champs. Le soleil montait et réchauffait davantage son petit coin de galerie. Entrée dans le monde de Beaulieu aussitôt arrivée sur la terrasse, la scène avec Félix bien incarcérée dans un petit coin d'elle-même, elle avait lu sans arrêt, sans revenir en arrière un seul instant. L'affaire était classée. Elle la ressortirait du classeur en temps et lieu. Pour l'instant, elle avait la paix.

Ce n'est pas pour rien qu'elle s'était arrêtée de lire à cet endroit. *À la monotonie de l'océan*, Melville reconnaissait *le vide en lui*. Ces mots avaient eu un écho en elle. Depuis quelque temps elle avait l'impression qu'elle ne servait plus à rien, qu'elle n'allait nulle part, qu'un vide s'était creusé en dedans d'elle-même. En fait, depuis le réveil de sa mère. Richard avait bien réussi à la déstabiliser un peu en se liant d'amitié avec Félix et donnant quelques moments de relâche à la relation soutenue avec sa sœur. Mais depuis que sa mère avait fait le saut dans la vraie vie, Lyne ne comprenait plus rien, ne se comprenait plus. Tous les mercredis soir, Nicole, la sœur de Félix, prenait Alice chez elle, sur la rue Manseau, pour l'amener à ses soirées d'expression artistique. Effectivement, comme l'avait prévu Nicole, Alice avait impressionné son professeur. Et finalement était impressionnée elle-même de ce qui sortait de ses mains. C'est avec la glaise qu'elle s'exprimait le mieux. Elle n'en revenait pas comme le matériau qu'elle utilisait répondait vite aux intuitions qui sourdaient d'elle. Tellement plus vite que ses gossages. Alice n'était pas devenue une tout autre femme. Elle restait timide, peu sûre d'elle-même, attirant parfois encore la pitié. Mais au moins elle sortait de chez elle. Et avec plaisir.

C'est cela que Lyne avait du mal a accepter de sa mère. Le plaisir qu'elle prenait maintenant à tâter la vie. Elle s'était remise à soigner son alimentation avec des menus variés. Pour en savoir davantage sur ses entités, elle s'était abonnée à la bibliothèque. Et pour ses soirées d'expression, elle avait ressorti sa machine à coudre pour se faire une belle salopette qu'elle avait brodée. Lyne avait bâti sa vie en éliminant sa mère. Si elle avait réussi à apprendre à se gâter, à prendre le plaisir inhérent aux petites choses faciles de la vie, à ne pas rêver des grands bonheurs qui ne sont pas à notre portée, c'était bien malgré sa mère. Pour y parvenir, elle avait dû éliminer Alice de sa vie.

Et voilà qu'Alice, qui était morte, ressuscitait. Pourquoi Lyne avait-elle tant de mal à voir sa mère prendre du plaisir? Elle aurait dû s'en réjouir. Lyne avait mis tellement d'effort pour y arriver. Jour après jour, depuis qu'elle avait quitté la maison, à force de courage, elle s'était reconstruite. Elle avait du mal à s'expliquer pourquoi elle réagissait ainsi. C'est de la relation avec sa mère que venait le vide en elle. Mais comment? Comment surtout réussirait-elle à remplir ce vide? Elle ne le savait pas. Et cet avant-midi-là, elle ne voulait pas chercher. Elle voulait la paix. Elle continua de lire.

À midi, elle descendit à la cuisine, se prépara un sandwich et remonta lire *Monsieur Melville* sur la terrasse. Félix la vit de sa chaise dans le coin du salon. Comme Lyne ne manifesta pas le désir de communiquer avec lui, il en conclut qu'elle voulait toujours la paix. D'ailleurs, à ce moment-là, il était occupé à écrire une lettre à Luce. Il avait cuvé sa peine et décidé d'écrire à ses amis du presbytère. Ils étaient encore bien présents en lui. Il avait pensé sortir, aller chez Richard, chez Nicole, ou même voir Alice la ressuscitée. Mais il espérait tellement de Lyne un regard plus clément, qu'il ne voulait pas le manquer.

Il disait à Luce qu'elle avait été un rayon de soleil dans sa campagne de Saint-Basile, les deux jours qu'elle y avait passés. Il lui donna des nouvelles du beau Richard! N'ayant pas eu l'occasion de lui parler beaucoup à la table, à cause de son *Vagabond*, il lui répétait comment il appréciait toujours ses sentences lapidaires. Il termina sa lettre en écrivant :

> *Ma chère Luce, tu sais, le* Vagabond *que je suis ressemble beaucoup au chien qui va sur la route à la fin de l'émission. Pour l'instant je m'attarde à l'épisode numéro un, qui dure depuis plusieurs mois déjà. J'espère de tout mon coeur ne jamais passer à l'épisode numéro deux. Mais la vie, comme tu sais, a de ces caprices… Et Dieu aussi… Je t'embrasse… Prends bien soin de ton bien-Aimé.*

Félix avait écrit à Aimé d'abord, à qui il s'était souvent confié alors qu'ils habitaient ensemble. Dans sa solitude pesante, Félix avait tout de suite pensé à lui. Il s'ennuyait de sa chaleur, de son amitié inconditionnelle. Il en aurait eu long à lui conter. Mais, comme entre eux parfois il suffisait de quelques mots pour faire le plein, il griffonna trois ou quatre lignes au milieu d'une page :

> *Tu connais, dans la bible, le prophète Jérémie, le plaignard…*
> *J'aimerais bien entendre aujourd'hui la parole qu'un jour Dieu lui adressa :*

« *Je n'aurai plus pour toi un visage sévère,*
car je suis ton ami. »

Félix pensait souvent à Laurent. Ce grand mâle efflanqué au cœur d'enfant. Félix se prit à s'ennuyer tout à coup de sa face. De sa face magnifiquement encadrée de boucles blondes. Mais qui malheureusement ne s'illuminait que rarement. Il lui dit, entre autres mots :

> *Il y a des jours où Florence me manque. Pour me faire rire, pour me raconter des histoires invraisemblables, ou pour qu'elle me fasse un pansement… Tu te souviens du jour où nous avions tellement ri tous les trois, alors qu'elle pansait ton pied écorché. Je te revois encore. Avec ton rire du dimanche. Et ça me fait du bien.*

Pour écrire à Rémi, Félix se leva et prit une bible dans la bibliothèque. Il avait apporté quelques livres avec lui. Lyne n'avait aucun livre religieux en sa possession. Comme Rémi ne pouvait pas dire deux phrases sans en citer une de la Bible, Félix voulut blaguer en rehaussant sa lettre de quelques phrases bibliques :

> *Aimé m'a raconté que toi et Laurent, vous vous entendez bien. Il paraît que vous ne bavardez pas inutilement. Qu'on entend voler les mouches, chez vous… « Le sage sait se taire. Et l'insensé manque l'occasion » dit un proverbe de la Bible. Quand dans ma vie, je côtoie des gens vrais, qui n'ont pas peur de parler franchement, je pense à toi. Tu as le don de dire les choses qui vont droit au cœur. J'ai beaucoup à apprendre de toi. J'aurais avantage à lire plus souvent le beau passage de l'Ecclésiastique : « En frappant l'œil on fait couler les larmes, en frappant le cœur on fait apparaître les sentiments. » Tu me manques, cher Rémi.*

À Jennifer et Alcide, il écrivit une seule lettre. Aux funérailles de Florence, Jennifer y était mais pas Alcide; il gardait la petite Esther. Félix s'adressa davantage à lui, puisqu'il ne l'avait pas vu depuis son départ de la paroisse.

> Je m'ennuie des patentes d'Alcide. Pour nourrir
> mon émerveillement. Son audace me surprenait tout
> le temps. Et sa turbine? Donnez-moi de vos
> nouvelles. Il y a des jours où les pleurs d'enfants me
> manquent. Un enfant, c'est un tellement beau résumé
> de vie. Je pense parfois qu'en avoir un me ferait
> renaître à nouveau. Embrassez votre petite amour
> pour moi. Et écrivez-moi. Parlez-moi d'Esther.

Félix n'avait toujours pas bougé de son siège, sauf pour
prendre la bible. Une toute petite faim mijotait en lui. Comme
écrire tour à tour à ceux-là qui avaient réchauffé son cœur le
distrayait de sa peine, il résolut d'écrire sa dernière lettre avant
d'aller manger. Il restait Ronald et Joce.

> On entend beaucoup parler, ce temps-ci, de la
> tordeuse d'épinette. Est-ce que ça change quelque
> chose pour Ronald? Comment cela affecte les
> bûcherons? Et toi, Joce? Toujours aussi mère
> dénaturée? comme disait Florence. Nos grandes
> conversations sur l'évolution et la compréhension
> des mystères me manquent. Disons que j'ai moins
> l'occasion d'en parler... Lyne n'est pas très portée
> sur la chose. Judith va bien? Tu l'éduques toujours
> à l'autonomie et à la liberté? Prenez bien soin de
> vous. Écrivez-moi.

Après avoir adressé les enveloppes, Félix les empila toutes
sur la table à café du salon, et vint à la cuisine. Lyne avait laissé
traîner le pain, le beurre, le céleri. Et même la viande.

Comme une adolescente! Ce n'était pas son habitude. Félix
essayait de s'imaginer ce qu'elle vivait à ce moment-là. Il la
connaissait assez pour savoir que, si elle lisait, elle était toute à
son livre. Est-ce qu'elle voulait avoir la paix pour toute une
journée? C'est elle qui avait claqué la porte, c'était à elle de
revenir. Il s'occupa à manger lui aussi. La même chose qu'elle.

Aussi tard en automne, Lyne ne se trouvait bien assise
dehors qu'à cause du soleil. Mais comme le ciel s'ennuageait,
elle dut rentrer. De là-haut, elle entendit Félix qui se préparait
à manger. Que faire? Il restait une centaine de pages à lire. Et il
lui était impossible de s'arrêter. Par son écriture juste et
vigoureuse, Beaulieu lui révélait un Melville si proche d'elle en

ce moment. Elle n'était pas une personne d'écritures, comme Melville. Mais qu'est-ce qu'une prof de français si ce n'est une femme d'écritures? Elle avait dû interrompre sa lecture au beau milieu de ce passage que Beaulieu fait dire à Melville, et qui la touchait particulièrement.

> « J'ai eu beau écrire Moby Dick… J'ai eu beau me colletailler désespérément avec tous les mots, je ne suis pas arrivé à me rendre pacifique… je ne suis pas arrivé à résoudre le problème des contraires qu'il y a en moi… Et maintenant que je pourrais montrer au monde quel ingénieux fabricant de livres je peux être, je m'y refuse… Je ne suis pas homme de lettres. Je suis un homme tourmenté, qui cherche la paix, qui la désire, qui l'appelle, qui la supplie et qui l'invoque. »

Elle voulait suivre Beaulieu jusqu'aux confins de l'océan de Melville. Sur son lit, adossée à tous les coussins et oreillers qu'elle avait pu trouver, elle reprit le passage sur lequel elle s'était arrêtée un moment et continua. Plus rien, plus personne n'existait autour d'elle.

Félix l'avait entendue fermer la porte de la chambre. Au moins, elle était toujours vivante! Il mangea son sandwich, malgré tout avec appétit. Il chercha pour trouver un *May West* dans l'armoire. La boîte était vide. Après un sandwich, il lui fallait un *May West*. Il se contenta d'une pointe de tarte que Lyne avait faite le jeudi. Et pour le souper, qu'allait-il préparer? Le week-end, c'est souvent lui qui s'occupait de la cuisine. Il tint pour acquis que Lyne descendrait souper à un moment ou l'autre. Il pensa préparer une béchamel au poulet sur timbale. Lyne aimait bien les tymbales. Surtout les croustillantes de la pâtisserie du village. Il décida d'aller en acheter. Comme il avait quelques heures devant lui, une balade en auto dans la campagne lui ferait du bien. Il posterait ses lettres en même temps.

Avant de sortir, il se dit qu'il avait une excellente raison d'aller parler à Lyne. Un petit acte de présence fouineur. Peut-être avait-elle besoin de quelque chose au village? Il monta, frappa à la porte de la chambre et dit d'une voix neutre :

- Je vais au village. Est-ce que tu as besoin de quelque chose?

Elle dormait sans doute, puisqu'elle ne répondit pas. Au bout d'un moment, elle dit d'une voix nette et ferme :

- Non!

Il aurait bien aimé pouvoir lire quelque émotion entre les lignes. Une fois à la pâtisserie, il acheta aussi des feuilletés à la pâte d'amande. Il ne lui refilerait quand même pas sa tarte du jeudi. En auto, Félix était calme. Les lettres à ses amis l'avaient distrait de ses revirements d'entrailles du matin, et l'expectative d'un souper où chacun pourrait s'expliquer calmement lui donnait quelque espoir que la vie continuerait son cours. Mais attention! Il tenait à faire certaines mises au point. Il ne s'était pas emporté le matin pour rien. Il était tanné de se faire bosser.

Faire la cuisine le relaxait. C'était le bon jour pour ça! Après avoir préparé les légumes pour la cuisson, il entreprit de mélanger sa béchamel. Un expert en la matière. Myriam l'appelait sa sauce aux fesses. Il faisait d'abord revenir un peu d'oignons dans une quantité de beurre égale à celle de la farine. Il mettait des oignons dans toutes ses sauces. Ça évite les grumeaux. Ensuite il retirait la poêle du feu et versait du lait froid par petites quantités, bien lentement, et brassait. Ç'est là que ses fesses entraient en action! Myriam avait remarqué que, lorsqu'il faisait un mouvement de rotation dans la poêle avec la cuillère de bois, il ne pouvait s'empêcher de brasser ses fesses. Même ce jour-là, il eut beau essayer de tenir ses fesses au beau fixe, elles bougeaient quand même.

Une fois la table mise, sans extras, il voulut s'informer de l'heure où Lyne descendrait souper. Il frappa de nouveau à sa porte. Encore une fois, elle tarda à répondre :

- Oui!

- À quelle heure veux-tu souper?

- Je ne sais pas. Je n'ai pas terminé mon livre. Ne me dérange pas, veux-tu?

Félix mit la main sur la poignée de porte. Elle était barrée.

- Fais comme si je n'étais pas là. Mange! fit-elle de l'intérieur.

- Je t'ai préparé un bon souper.

- Tant mieux pour toi. Laisse-moi! Veux-tu?

Qu'est-ce que fait un bon gars dans ce temps-là? Il respecte l'autre. Et descend manger sa sauce aux fesses. Et dans la soirée, qu'est-ce qu'il fait? Il ronge son frein, parce que madame n'est pas descendue de la veillée. Et quand vient le temps de se coucher... que la porte est toujours barrée et qu'elle ne répond pas, que fait-il? Là il commence à avoir mal à la tête, parce qu'il s'est demandé toute la soirée ce qu'il ferait s'il ne pouvait entrer dans la chambre quand il aurait sommeil. Plusieurs solutions s'offrent alors à lui. La première. Il descend et dort dans le salon. Il ne serait pas le premier homme à coucher sur le sofa! La deuxième. Il essaie de la convaincre d'ouvrir la porte. S'il ne réussit pas, il ont un sérieux problème de couple. La troisième. Il prend une échelle et passe par la fenêtre ou bien il défonce la porte. Et une fois à l'intérieur, qu'est-ce qu'il fait? Il la brasse un peu pour lui faire entendre raison? Non pas cette solution-là. C'est pas une solution de bon gars.

Félix, lui, qu'est-ce qu'il fit? Lui qui le matin même était prêt à l'affrontement, il n'allait pas reculer. Il revint à sa méthode du matin, même si elle avait bien mal fonctionné : agir en accord avec les émotions du moment. Planté devant la porte de la chambre, à dix heures, croyant bien que Lyne ne dormait pas. Mais il n'avait aucune preuve de cela. La lumière était éteinte depuis une bonne heure déjà. Félix ne pouvait pas croire qu'elle ait pu s'endormir l'âme si chargée. Fallait qu'elle soit malheureuse pour agir ainsi. Il avait seulement provoqué de la colère en elle... Fallait qu'elle en revienne! On ne peut pas être heureux en colère... Pas Félix en tout cas. Les bons gars ne sont pas heureux en colère. Il frappa. Rien. Il frappa plus fort. Et entendit le son de quelqu'un qui se réveille en sursaut.

- Hun!
- Est-ce que tu dormais? fit-il.

À nouveau le silence. Lyne, en fermant la lumière, était bien décidée à dormir toute seule. Félix s'organiserait pour dormir dans le salon. Rien de dramatique là-dedans. Toute sa vie, il avait dormi seul. Il n'en mourrait pas pour un soir. Ce n'était pas qu'elle voulait le punir. Mais dans leur conversation du matin, elle s'était sentie jugée de haut. Elle ne l'avait pas trouvé compatissant du tout. Mais plutôt centré sur ses petits problèmes de chien docile. Elle avait répondu à son insouciance naïve de grand seigneur par un regard perçant de méchanceté. Du fond de son vide, elle avait perçu une distance infranchissable entre eux. Une distance que, selon elle, Félix lui-même avait établie. Toute la journée, elle n'avait pas souffert d'être loin de lui. Et dans son lit, en position de fœtus, elle s'était endormie en couvant sa solitude du mieux qu'elle pouvait. Comme Alice, au fond, elle s'était couchée sur son malheur. Elle faisait pitié. Mais jamais, au grand jamais, elle ne voulait que Félix ait pitié d'elle. Voilà pourquoi, sans agressivité, elle répondit enfin :

- Si ça ne te fait rien, Félix, j'aimerais mieux dormir seule. Tu seras confortable sur le divan en bas. Bonne nuit!

Elle se recroquevilla à nouveau, et tenta de s'endormir. Félix ne dit pas un mot. Machinalement, il descendit. Dans sa voix, il n'avait senti aucune colère. Au moins il pouvait dormir sans craindre la foudre du lendemain. Mais le mystère de Lyne restait pour lui entier. Il ferma les portes françaises du salon, ouvrit le divan-lit, se coucha, et après un bon moment s'endormit en pensant aux entités d'Alice.

Félix se réveilla tôt le lendemain. Et ne se rendormit pas. En venant vivre chez Lyne, il ne s'était pas douté qu'une nuit ils dormiraient chacun de leur bord. Il avait hâte au déjeuner. Il se leva. Des bons croissants chauds, il avait le goût de bons croissants chauds. Il partit en chercher au village. Et rapporta aussi *Le Devoir* de la fin de semaine. Comme il ne savait absolument pas à quelle heure Lyne allait se lever, il déjeuna. Le dimanche matin, quoi de mieux qu'un café au lait avec le cahier des sports, de l'économie, des arts, des livres, et des informations générales. C'était l'ordre dans lequel Félix lisait le journal du dimanche matin. Quoi de mieux? Faire l'amour en prenant bien son temps... Mais ce matin-là, ce n'était pas au programme. Il pleuvait. Lyne dormirait sans doute tard. À dix heures, Félix l'entendit descendre. Elle fila droit à la salle de bain, en lui disant un beau « bonjour » poli. Il n'était pas suivi de mon chéri, mon pit, ou mon amour. Mais il semblait sincère. Au son de l'eau qui coulait, Félix vit qu'elle prenait sa douche. Il devrait donc attendre encore pour participer au dénouement de leur première grande chicane de couple.

Toute la journée de la veille, Félix avait été à la remorque de Lyne. Il guettait ses réactions, ses allées et venues. Accordait ses émotions à quelques informations qui filtraient de ses déplacements ou de sa voix. Assis à la table, rendu au cahier des livres, il n'avait plus l'esprit à la lecture. Il prenait conscience de sa dépendance. Cette image d'une personne qui guette tout autour d'elle ne lui plaisait pas du tout. Il résolut de la remplacer par celle de l'homme qui regarde droit devant . Elle cadrait plus d'ailleurs avec la mise au point qu'il avait faite la veille. C'est alors que Lyne sortit de la salle de bain. Toute fraîche. Légèrement maquillée. Juste assez pour cacher ses relents de trouble intérieur. En prenant sa douche, elle avait longuement pensé à tout cela. Son entêtement de la veille à lire jusqu'au bout son merveilleux *Monsieur Melville* en bousculant tout autour d'elle, sa persistance à vouloir dormir seule et son ignorance de Félix jusqu'au matin. Cette retraite fermée lui avait fait du bien. Son congé de Félix lui avait donné de l'assurance. Il avait l'impression, ce pauvre Félix, qu'elle le bossait. Et pourtant c'est elle qui se sentait dominée. Et là, elle lui avait montré que lorsqu'elle voulait la paix elle pouvait l'obtenir. Dans le miroir, après sa douche, elle se trouvait belle. Il lui importait peu que Félix l'ait traitée d'orgueilleuse. Au fond d'elle-même, elle le savait, elle sortirait victorieuse de cette chicane. Une victoire sur elle-même. Mais au sortir de la salle de bain, il ne fallait afficher ni victoire ni conciliation. Encore moins demander pardon. Pourquoi se faire pardonner d'avoir cherché la paix? Et surtout ne pas être condescendante envers celui qui se plaignait de ne pas avoir de pouvoir. S'il en voulait davantage, fallait qu'il le gagne. Elle ne lui donnerait pas. Elle fut surprise que Félix parle le premier. Il avait opté pour l'humour, non sans une légère hésitation :

- Douze heures de sommeil! Tu dors mieux toute seule?

Elle n'attendit pas bien longemps avant de lui répondre, décontractée, mais sans sourire :

- Toi qui aimes te lever tôt et lire ton journal le dimanche matin, tu pourras dormir sur le divan tous les samedis soir.

Félix ne voulut pas continuer sur ce sujet, ni revenir tout de suite sur l'affaire de la veille :

- Le four est encore chaud. Est-ce que tu veux des croissants?

Félix avait fait un geste pour se lever.

- Ne te dérange pas, lui dit-elle. Je vais me servir.

Félix se sentait responsable de la conversation. Était-il donc né pour être toujours dépendant de quelque situation que ce soit. Il pensa parler de la température. De la pluie qui tombait abondamment. Non, c'était trop facile. Il se tut. Lyne, pendant que les croissants réchauffaient, prit le cahier des livres du *Devoir*. Après avoir parcouru une ou deux pages, elle le déposa et alla chercher ses croissants chauds. Puis elle reprit le journal.

Elle fut tellement surprise de voir que Anne Hébert avait publié un autre roman qu'elle dit, en oubliant la stratégie du moment :

- Tiens! le dernier roman d'Anne Hébert : *Héloïse*.

Félix prit cette déclaration pour une invitation à dialoguer. Il dit :

- Qu'est-ce que tu as lu d'elle?

Lyne ne répondit pas. Elle fit comme si cette parole ne lui était pas adressée. Finalement elle fit :

- Hum? Quoi?

- Qu'est-ce que tu as lu d'elle?

- Pourquoi tu me demandes cela? Tu sais que j'ai lu *Kamouraska*. Tu m'as vue le lire en voyage dans les Rocheuses. Dis-le donc franchement que tu veux engager la conversation et que tu ne sais pas comment t'y prendre. D'habitude, tu ne t'intéresses pas à mes lectures.

- Wow! fit Félix. Cherches-tu la chicane encore ce matin? Ça ne t'arrive jamais de meubler la conversation, toi?

- Rarement, répondit-elle. Surtout pas avec toi. Je te respecte trop pour cela. Toi qui me disais hier que je ne te respectais pas de ce temps-ci…

Lyne ne jouait plus de jeu. Ni n'appliquait aucune stratégie. Elle lui parlait de femme à homme.

- … je trouve que tu es bien mal placé pour me reprocher cela.

Félix était coincé. Elle avait raison : il avait voulu meubler la conversation. Mais pour ce qui est du manque de respect, il avait eu le temps de trouver des exemples où elle le bossait.

- Le plus bel exemple, c'est quand on est en auto tous les deux et que je suis au volant. Tu es tout le temps en train de me dire quoi faire.

- Tu es un danger public en auto. Je ne comprends pas que tu n'aies pas eu plus d'accidents.

- C'est pas une raison pour tout le temps me dire quoi faire: « Mets-toi à gauche! » ou « Mets-toi dans la voie de droite ! » ou encore « Attention! Il y a un stop! ».

- Tu ne les fais pas, tes stops, reprit-elle aussitôt, en riant de lui.

- C'est pas vrai! Le plus choquant, c'est quand je regarde dans le miroir de droite, et que tu regardes à ton tour pour voir s'il vient une autre auto.

- Deux coups d'œil valent mieux qu'un.

- La prochaine fois, j'arrête l'auto, en pleine rue, et je te laisse conduire. Et dans la maison, tu es toujours en train de me commander. J'ai l'air de mon oncle François, qui se faisait mener par le bout du nez. Ce n'était pas beau à voir. Je croyais, à cette époque-là, que c'était le seul couple au monde où la femme avait le pouvoir.

- C'est tellement important pour toi, ton image. Hein!

Même si Félix avait l'esprit récriminateur, l'atmosphère était détendue.

- Si tu es assez nono pour obéir, tant pis pour toi.

- J'entrevois tout de suite la crise que tu ferais si je n'obéissais pas.

- Est-ce que j'ai déjà fait une crise?

- Non! Mais tu t'organises pour que je fasse comme tu veux. Je commence à m'apercevoir que vous, les femmes, êtes des manipulatrices nées.

- Veux-tu que je te dise? Tu étais habitué, comme curé, d'avoir tout le pouvoir. Maintenant qu'il faut que tu le partages, tu as l'impression que je te bosse tout le temps.

Lyne se souvint de ce qu'elle avait reproché à Félix la veille : qu'il l'écrasait du haut de sa perfection. Elle ne voulut pas revenir là-dessus. Elle aurait pu lui remettre sur le nez son pouvoir de bon gars qui tire toujours profit des situations. Mais non. Elle était contente d'avoir un homme comme lui à ses côtés. Un bon gars, c'est pas emmerdeur, c'est d'humeur égale. C'est comme de l'huile dans la machine. Et c'est tellement pratique! Et il n'était pas si menaçant que cela. À cause de son état, elle s'était sentie écrasée, mais ce matin, en le voyant devant elle qui se débattait comme un enfant qui a menti, il fallait qu'elle soit honnête : elle ne le lui reprochait plus d'être menaçant. Elle le trouvait plutôt amusant, simple, inoffensif malgré ses griffes. Une bonne pâte d'homme dont elle ne pouvait plus se passer. Dont elle ne pouvait se passer deux nuits de suite…

Félix ne comprenait plus rien. Il n'avait pas rêvé. En auto. Dans la cuisine. Partout. Il se sentait souvent charrié. Il serait vigilant! Très vigilant! Il provoquerait des crises, s'il le faut. Il n'endurerait plus cela. Le plus choquant, c'est que tout le long de cette conversation, des plus sérieuses pour Félix, Lyne prenait tout en souriant. Ce qu'il appelait de l'abus de pouvoir, elle considérait cela comme le normal de la vie domestique. Était-il né pour ne pas avoir de femme? Pour ne rien comprendre aux femmes? Il la regarda avec un sourire dans lequel il y avait autant de tendresse que de suspicion, et il se dit : « Moi qui essaye de la changer… Elle est trop fière d'être ce qu'elle est… Qu'est-ce qui m'attire tant en elle? La clarté et la douceur de ses yeux, c'est sûr! Son humour. Sa façon de prendre la vie. Malgré la fragilité de son existence, elle réussit à tirer tant de plaisir de la vie. Oui! C'est cela. Son plaisir me fait plaisir. »

Il lui dit :

- Et ton *Monsieur Melville*, c'était bon? Ça m'intéresse vraiment de le savoir, tu sais!

- Beaulieu n'aurait écrit que celui-là, et il faudrait l'en remercier. J'étais mûre pour le lire. Si tu savais comme la journée d'hier m'a fait du bien… Je me suis donné un congé de vie. J'ai mis ma vie entre parenthèses hier.

- Et moi aussi, comme de raison, ajouta Félix.

- Si tu n'étais pas monté sur tes échasses, j'aurais pris le temps de t'expliquer que je voulais une journée de paix. Mais non, monsieur voulait en profiter pour me livrer son petit message et me dire que je le bossais.

- Monsieur, tu sauras, avait été provoqué par madame, qui s'était levée du mauvais pied.

- Mon pauvre petit pit, c'eut été le temps hier matin, de comprendre ta petite chérie.

Félix approcha sa chaise de la sienne.

- Pas trop vite, fit-elle en avançant la main. Laisse-moi le temps de me faire à ta présence dans mon espace. Pour vingt-quatre heures, je t'avais chassé de mon territoire. Je suis contente que ma belle bête réapparaisse. Mais progressivement. Toi, tu serais prêt à venir manger tout de suite dans ma main. C'est toi qui me disais hier que tu ne voulais plus faire le petit chien devant moi.

Le visage tout rouge de honte, Félix se mit à rire. C'est elle maintenant qui ne pouvait plus s'empêcher de le toucher. Prendre sa tête de ses deux mains en la brassant légèrement et dire :

- Sacré mon petit chien, va!

Félix mit les deux mains sur ses épaules. Et le visage tout près du sien, il dit :

- J'ai eu peur de te perdre. Je ne peux plus vivre sans toi.

- Moi, lui répliqua-t-elle, j'ai pu vivre vingt-quatre heures sans toi. Mais j'avais hâte de revoir ma belle grande frimousse naïve. Je tiens tellement à toi, Félix. Mais je tiens à ma paix aussi.

Puis, elle lui demanda :

- Sais-tu ce que j'aimerais faire aujourd'hui?

- Non!

Avant qu'elle ne reprenne, le téléphone sonna.

- J'y vais, fit Félix.

C'était son ami Constant. Il devait venir à Montréal le mardi. Félix et lui s'entendirent pour manger ensemble. Avant de revenir à table, Félix regarda par la fenêtre et dit :

- Il ne pleut plus. Peut-être que les nuages vont se dissiper. Tu me disais que tu avais le goût de faire quelque chose de spécial aujourd'hui.

- Oui! fit Lyne. C'est assez spécial. Je n'ai jamais vu mon père jouer du piano. Qu'est-ce que tu dirais si on allait l'entendre. Alice doit bien savoir où on peut le trouver. Peut-être que son bar est ouvert le dimanche après-midi. On ne sait jamais.

- Bien sûr que j'irais avec toi. J'aimerais beaucoup cela. Veux-tu que j'appelle Alice pour lui demander où il se produit?

- Oui!

Lyne et Félix étaient assis face à face. Ils se penchèrent l'un vers l'autre. Lyne pris les mains de Félix dans les siennes, elle appuya son front sur le sien, et les yeux dans les siens, elle lui dit :

- Peut-être qu'un jour, pour avoir la paix, je n'aurai plus besoin de m'absenter de toi.

CHAPITRE XVI

Un curieux endroit pour un rendez-vous, l'aréna de Verdun. Constant avait rappelé Félix pour lui proposer d'aller patiner avec lui. À six heures, le mardi, ils s'élançaient sur la glace comme deux enfants. Ils n'avaient même pas pris le temps de manger, tellement ils avaient hâte de se retrouver. C'est le plaisir de la vitesse, je crois bien, qui est si attirant dans ce sport. La sensation de la glisse aussi. C'est grisant de se voir avancer dans l'air frais sans trop d'effort. Constant était un maniaque du patin et du hockey. Ses patins ne quittaient pas son coffre d'auto.

Après quelques tours de dégourdissement, Constant s'approcha de Félix et lui dit, tout en continuant de patiner :

- J'ai trouvé un club de hockey beaucoup plus intéressant cette année. Les gars sont moins jeunes. Je me fais moins bousculer. À quarante ans je m'essouffle vite quand je me fais bardasser. Toi, tu ne joues pas cet hiver?

- Je t'avoue que je n'y ai même pas pensé. Je n'ai pris aucune information à ce sujet-là. Mais le fait de patiner me donne le goût de recommencer.

Constant ne put s'empêcher de redémarrer à toute vitesse. Félix tenta de le rejoindre mais n'y parvint pas. Ils foncèrent ainsi pendant une bonne quinzaine de minutes comme des enragés. Peu de monde patinait à l'heure du souper. Ils s'arrêtèrent un moment sur le bord pour se reposer. Appuyé à la bande, Constant demanda :

- Est-ce que Lyne aime le patin?

- Elle n'a pas patiné depuis des années. Elle n'a même plus de patins. À part le ski de fond et la marche en montagne, elle ne pratique pas de sport. C'est son amie Myriam qui l'a entraînée. Lyne, son sport, c'est la lecture. Et toi, parle-moi donc de Julie. L'autre jour, au téléphone, tu m'as dit que tu n'avais pas revu ta belle madame, mais Julie?

- Ah… Julie! On s'est revus.

Le long de la bande, ils virent venir une petite bonne femme. Elle semblait faire le tour de la patinoire toute seule en touchant la bande. Ils durent s'écarter pour la laisser passer.

- On se revoie. Mais on sait que ce ne sera jamais le grand amour, nous deux.

- Comment le sais-tu?

- Je crois qu'elle vise plus haut que moi.

- Qu'est-ce que tu veux dire?

- Je ne suis pas assez bien pour elle. Tu ne peux savoir comme cette femme réussit à me faire mal. Non, c'est moi qui me fais du mal. Je suis accroché à elle. Je me sens comme un gamin. Je devrais la quitter, ne plus la rappeler. Je me demande d'ailleurs comment il se fait qu'elle accepte de me revoir. Pour le sexe, je pense. Pour ça, elle me trouve à la hauteur…

- Vous vous voyez souvent?

- Toutes les fins de semaine. Ça gruge de l'énergie un amour comme ça. J'ai toujours peur de lui déplaire. Je ne veux pas la perdre. Je sais pas qu'est-ce qui m'attire tant chez elle. Tu me disais que tu aimais Lyne pour ce qu'elle t'apportait : parce qu'elle t'aimait, parce qu'elle te faisait exister. Moi c'est rien de tout cela. Je suis accroché. C'est tout.

Constant fit un mouvement. Et dit :

- On patine encore un peu.

Sans démarrer en vitesse comme au début, ils continuèrent côte à côte en parlant :

- Et toi avec Lyne? continua Constant.

- J'ai vécu quelque chose de beau, dimanche après-midi.

- Ah oui?

- Son père est pianiste. Dans les bars. Il fait cela depuis toujours, qu'elle dit. Elle ne l'a pas connu autrement. Elle ne sait même pas où il a appris : elle ne l'avait jamais vu jouer. Elle était adolescente quand il les a laissés, sa mère, son frère et elle. À la maison, quand il était là, c'était le bordel. Elle n'a jamais voulu le revoir. Et là, dimanche passé, on venait de se chicaner Lyne et moi. Notre première grosse chicane. Et elle me dit qu'elle aimerait entendre son père jouer du piano. Juste l'entendre jouer. Où le trouver? On ne savait pas le nom du bar. À cause de quelqu'un que sa mère connaissait, on a réussi à le savoir. Sur la rue Clark. Un peu au nord d'Ontario. Lyne se demandait même si elle le reconnaîtrait. C'était émouvant de la voir, à la porte. Elle avait le trac... Quand on est entrés, il n'y avait pas de musique. Pas de monde non plus. Deux hommes dans la pénombre, à une table non loin du piano. Et la *barmaid*. On a pris une table. Lyne regardait en direction des deux hommes.

Les deux patineurs avaientt diminué de vitesse. Ils s'étaient même arrêtés au milieu de la glace et, plantés là, alors que des jeunes tournaient autour d'eux, il continuèrent :

- Heille! Penses-y! Elle n'avait pas vu son père depuis vingt ans. Elle était nerveuse. Je lui tenais la main. Les deux hommes portaient des lunettes. Son père n'en avait pas autrefois. Ils étaient chauves tous les deux. Et son père avait des cheveux autrefois. Elle m'a dit tout bas qu'elle croyait que c'était celui de gauche. J'étais sûr que c'était lui. Elle lui ressemblait. Quand il se leva, se dirigea vers le piano et l'autre vers la contrebasse, elle me dit : « C'est bien lui. » Elle m'avoua, après qu'on soit sortis de là, qu'avant même qu'il touche le piano elle savait qu'il jouerait divinement bien. Ce n'est pas un joueur de jazz. Son répertoire, les comédies musicales américaines. Françaises aussi. C'est vrai que c'était beau. Je me suis laissé bercer pendant deux heures par le père de Lyne. Il y a des bouts où j'oubliais même pourquoi j'étais là. J'écoutais Léo. Lyne elle, était tournée vers moi et ne le regardait pas. Elle ne pouvait pas le voir. Elle revoyait trop l'homme violent qui battait sa mère. Elle ne voulait que l'entendre. « Je voulais entendre l'envers de son cœur », qu'elle m'a dit. Elle n'est pas allée lui parler. Rien. Aussitôt qu'il eut fini de jouer, on est sortis.

Félix glissa de côté légèrement sur la glace, et dit à nouveau :

- Par moments, je les regardais tous les deux, et je me disais : la vie a des ratés, des manques, des accidents nécessaires... Et malgré ce qu'elle a vécu, Lyne s'est relevée, s'est reconstruite. Je suis chanceux de vivre à ses côtés. Quelle bonne femme qui se tient debout! J'apprends beaucoup d'elle. Avant, être égoïste, c'était pour moi un gros défaut. Maintenant je considère que ça peut devenir une grande qualité. La volonté de se sauver.

Tu te souviens, faire son salut, comme c'était important pour les catholiques. En fin de semaine, elle avait besoin d'être seule. Elle voulait la paix. Elle ne voulait même pas que je dorme avec elle. J'ai dû dormir sur le divan.

Constant rit. Il dit :

- Ça m'est arrivé souvent du temps où Julie rédigeait sa thèse…

- Comme tu vois, continua Félix, si j'aime Lyne, ce n'est plus seulement parce qu'elle m'aime, mais parce que je ne pourrais plus me passer d'une personne comme elle à mes côtés. Nous autres, les missionnaires, on aime côtoyer les personnes qui ont eu un passé composé. On les aime mieux qu'au passé simple. Ça nous donne une raison d'être de plus.

Félix se remit à patiner avec la foule qui avait grossi depuis qu'ils parlaient au centre de la glace. En se tournant vers Constant, il ajouta :

- Est-ce que tu commences à avoir faim?

- Ça fait un quart d'heure qu'on est arrêtés, répondit Constant. Je peux encore attendre. Envoye! Faisons de l'exercice. Suis-moi! … Si tu peux!

Les deux hommes repartirent. Ils étaient beaux à voir patiner. Ils allaient bien plus vite que la majorité des gens sur la patinoire. Ils volaient. En filant de la sorte sur la glace, Félix pensait à Constant. Chaque fois qu'ils parlaient de leur blonde ensemble, Félix semblait filer le beau bonheur alors que Constant n'avait pas encore atteint sa vitesse de croisière. Félix s'était attaché à son ami Constant, un peu pour les mêmes raisons qu'il trouvait Lyne extraordinaire. Si tant est que l'amitié ait besoin de raison. Ce que Félix admirait en Constant c'était sa fureur de vivre. Et la fureur qu'il exerçait à faire vivre les autres. Constant avait un fond de femme en lui. C'était un enfanteur. Un missionnaire. Voulait-il donc aussi sauver Julie? Était-ce pour cela qu'il collait à elle? Félix n'aimait pas voir son ami dans cet état. Au bout de quelques tours, il le rejoignit, et patina longuement à ses côtés en silence. Ils se regardaient et souriaient. Deux anciens curés, dans la quarantaine, qui se sourient sur une patinoire…

- Ne trouves-tu pas, dit finalement Félix, qui hésitait à lui poser la question, que tu devrais laisser Julie pour de bon? Tu te fais du mal. Lequel de vous deux a voulu reprendre la relation?

- C'est moi, répondit Constant. Il me semble que j'ai encore quelque chose à apprendre de cette relation-là. Je ne sais pas quoi. Mais je sais qu'il faut qu'elle dure encore. Pour nous deux. Ne t'en fais pas pour moi.

- Je ne veux pas que tu te blesses.

- Viens-tu? fit Constant. On va manger. Il doit y avoir des bons hot-dogs ici? Des steamés. Ce sont les meilleurs. Avec tout plein de chou qui déborde.

- Comment tu fais pour manger cela, lui dit Félix, en le laissant passer dans la porte de la bande. Il n'y a rien comme un hot-dog toasté. Viens! je te paye le lunch.

- Les steamés, c'est bien plus sensuel, continua Constant. C'est très rare qu'on ait ce feeling-là en mangeant. C'est mou, c'est gros, c'est chaud. Et quand tu atteins la saucisse avec la moutarde, c'est un cadeau. Et tu te retrouves avec une saveur de Forum dans la bouche… As-tu déjà goûté aux hot-dogs du Forum?

- Tu marques des points, dit Félix à son ami. Tu m'impressionnes. Si c'est vrai ce que tu dis, il faut que j'essaye. Je prendrai un toasté et un steamé. Moi ce que j'aime dans le toasté, c'est le croustillant! Et parle-moi pas du chou dans les hot-dogs. Un vrai hot-dog, c'est relish-moutarde. Pas d'autre chose.

- Tu n'es pas convaincant du tout, reprit Constant.

Ce n'était pas le lieu pour un souper d'hommes d'affaires, sur une grosse table à pique-nique en bois, dans cette pièce au plancher de ciment et aux grosses colonnes de métal. Mais un endroit comme celui-là convenait très bien à Félix et Constant. À leur sujet de conversation, on voyait bien d'ailleurs qu'ils étaient à l'aise n'importe où.

- Est-ce que je commence par manger le steamé ou le toasté? demanda Félix.

- Tu es mieux de prendre le toasté en premier… Sinon, il va te sembler fade après le steamé!

À la suite de leur première bouchée, ils firent ensemble :

- Huummm! C'est bon!

- Et les frites? questionna Constant. Comment sont-elles?

Après y avoir goûté, Félix dit :

- Pas très bonnes. Trop molles. Les meilleures que j'aie mangées, ce sont celles de la petite cantine de Saint-Basile.

Félix leva les yeux vers un panneau publicitaire et dit :

- Mon Dieu! Regarde la vieille annonce de 7up avec une femme en costume de bain. C'est vieux. Ça date des années cinquante. J'en ai posé des tonnes avec mon père.

- On était *flo* dans ce temps-là reprit Constant. On commençait juste à regarder les femmes.

- Et on s'est arrêtés, pas longtemps après, fit Félix en riant.

- Tu ne regardais pas les femmes quand tu étais curé, toi? questionna Constant.

- Pas de la même manière qu'aujourd'hui, répondit Félix. Quand j'étais curé, je voulais les séduire. Aujourd'hui, elles m'intriguent.

- Tu voulais les séduire? Voyons donc!

- C'était pas le grand jeu de Don Juan mais, pour me prouver que même curé j'étais un mâle moi aussi, je faisais opérer ma petite machine à séduction.

- Moi, c'est ma façon de voir les humains qui a changé. Avant, quand j'étais curé, les hommes, les femmes, c'étaient tous des humains pareils. Des êtres en chemin, en devenir. Ceux qui étaient ouverts et ceux qui étaient fermés. Ceux qui comprenaient et ceux qui ne comprenaient pas.

- Et bien, moi, dit Félix, j'ai toujours eu un faible pour les femmes. J'ai toujours aimé leur annoncer l'Évangile! Aujourd'hui, je veux davantage les connaître. À vrai dire, auparavant, en même temps que je cherchais à les séduire, je me tenais sur mes gardes et me protégeais. Je ne pouvais pas les connaître vraiment. Lyne m'ouvre les yeux. Vivre au quotidien avec une femme me fait voir comment elles sont différentes de nous. Ou tu les hais ou tu les aimes.

- C'est étonnant que tu dises cela, répliqua Constant. C'est là que j'en suis avec Julie. Parfois je la hais, parfois je l'aime. Parfois, je la trouve terriblement égoïste. Et d'autres fois elle me séduit par sa ténacité. On n'a pas fini de découvrir les femmes.

- En fin de semaine passée, je te le disais, on s'est disputés. Pendant vingt-quatre heures, je me suis retrouvé tout seul de mon bord. J'ai eu le temps de réfléchir. Je me suis rendu compte que j'étais attaché à elle, quoi qu'elle me fasse. J'étais content, d'une certaine façon, qu'elle me donne congé pour une journée. J'étais forcé de penser. C'est étonnant ce que j'ai trouvé.

- Dis-moi ça! Et on retourne patiner, lui dit Constant. Et puis? Le steamé?

- Tu avais bien raison! À l'avenir je prendrai un de chaque sorte.

- Alors? Qu'est-ce que tu as trouvé?

- Je me suis rendu compte que j'étais terriblement dépendant de Lyne. Durant la chicane de l'autre jour, je guettais ses réactions. Je m'ajustais sur elle. C'est elle qui imposait son rythme. J'ai remarqué ça dans beaucoup de couples. Les gars sont à la merci des femmes. On dirait qu'elles mordent dans la vie plus que nous. On dirait des êtres féroces. Comme les bêtes qui protègent leur couvée. C'est pour cela qu'elles nous paraissent égoïstes. J'ai remarqué qu'elles sont fières aussi. Fières d'avoir sauvé leur couvée, je suppose. Lyne est fière de s'être construite elle-même.

Constant allait se lever pour retourner patiner. Félix poursuivit :

- J'ai eu en masse le temps de réfléchir. J'ai couché sur le divan.

- Une vraie chicane alors!

- Oui! Une vraie! Je me disais qu'une des raisons qui nous font tant nous attacher aux femmes, en tout cas moi avec Lyne, c'est qu'elles travaillent fort pour sauver l'essentiel de la vie. L'entre-humain. Elles gardent le cap sur les relations. Je te le dis, s'il reste de la vie sur la terre dans X temps, ce sera à cause des femmes.

Constant dit en se levant :

- Tu oublies qu'elles sont souvent des emmerdeuses!

- Ça c'est l'évidence même, mon cher. Mais ces emmerdeuses-là sont belles à regarder en tabarouette! On dirait qu'aujourd'hui elles savent toutes mettre en valeur leur petit quelque chose d'accrocheur.

- Et nous autres? Les hommes? fit Constant en prenant son cabaret pour se diriger vers la poubelle. Qu'est-ce qu'on a fait pendant tout ce temps-là?

- C'est un autre chapitre, répliqua Félix.

En sautant sur la patinoire, Constant ajouta :

- Tu devrais écrire un livre : « Un curé se convertit aux femmes. »

Puis il s'élança, laissant Félix derrière lui. La patinoire était à moitié remplie. Comme il y avait beaucoup d'enfants, nos fins patineurs durent faire davantage attention et réduire leur vitesse. Félix aurait entretenu Constant encore plus longuement sur les femmes si ce dernier y avait consenti. Alors qu'ils se rejoignirent et patinaient côte à côte, Félix ne put s'empêcher de dire à son ami :

- Ça ne te fatigue pas, toi, que les femmes…

Ils partirent tous les deux à rire. Constant dit :

- Pas encore parler des femmes. Tu en fais une obsession…

- Hein? continua Félix. Est-ce que cela t'agace qu'elles tiennent tant à garder le pouvoir dans le couple? Dans les familles d'autrefois, je comprends. Les hommes n'étaient pas à la maison. Mais aujourd'hui? Je n'avais jamais remarqué cela avant. As-tu l'impression que c'est Julie qui a le pouvoir dans ton couple?

- À un soir par semaine… je n'appelle pas ça un couple. Mais l'année où on a vécu ensemble, j'ai découvert une chose : si les femmes mènent à la maison, ou dans le couple si tu veux, c'est que nous, les hommes, on a le pouvoir partout ailleurs. C'est un réflexe collectif de défense. Alors, le partage du pouvoir domestique… oublie-ça! Tant qu'il n'y aura pas un équilibre dans le reste. Les femmes sont en train de prendre leur place partout sur la planète. Tant qu'on n'aura pas redéfini la nôtre… Je te le dis : oublie-ça! Alors, le gars qui en a plein son casque que sa femme le bosse, il a deux possibilités. Non : trois. Ou bien il casse tout. Ou bien il continue à développer du stress. Ou bien il arrête de se prendre pour le nombril du monde et va en thérapie pour travailler à se retrouver.

- Tu ne penses pas qu'il pourrait y avoir une petite place pour la négociation?

Constant s'arrêta net de patiner. Et dit :

- Sincèrement! Je ne le pense pas.

Et il ajouta en démarrant :

- Vas-tu enfin me ficher la paix avec tes histoires de femmes, et me laisser patiner?

Jusqu'à huit heures, Félix et Constant glissèrent à grandes enjambées au milieu de gens qu'ils ne connaissaient pas mais qui visiblement communiaient au même plaisir qu'eux: patiner sur la glace.

Dans le stationnement, avant de quitter Constant, Félix dit :

- Si tu reviens en ville, fais-moi signe! On reviendra patiner. Je doute que je patine beaucoup cet hiver. Salut, mon grand!

- Tu réfléchiras à la condition des hommes, ajouta Constant en montant dans son auto.

- Oui! Oui! reprit Félix.

En rentrant chez lui, Félix pensait à Léo, le père de Lyne, à Richard. Ils avaient quelques ressemblances. Il pensait à Alice. Il lui vint tout à coup une idée. Elle et son contrat de soixante-quinze planchettes à sculpter. Elle devait en avoir marre de gosser ces rainures dans le bois, elle qui maintenant s'exprimait bien autrement, par l'argile. Pourquoi n'irait-il pas lui aider à se débarrasser de son contrat le plus vite possible? Pourquoi même ne demanderait-il pas à Richard? Il avait bien rénové la chambre de bain avec lui? Fier de son idée, il arrêta chez lui en passant. Richard était au téléphone avec Lyne.

- Il faut que je te laisse, fit Richard. On frappe à la porte… Oui! Oui! Je te rappelle.

Richard se tourna vers Félix qui entrait.

- Ma fleur ne va pas tellement bien de ce temps-ci, dit Richard. J'étais en train de parler avec elle au téléphone. Et toi? Ça va?

- Les enfants sont couchés? demanda Félix.

- Ils viennent de monter. Tu peux aller leur dire bonsoir. Ils seront contents de te voir. Vas-y! Je vais ranger leurs affaires.

Soleille était assise dans son lit. En l'apercevant, elle tendit les bras vers Félix pour qu'il l'embrasse. Félix s'assit sur le bord du lit. Elle lui demanda s'il croyait que les petits hérons étaient déjà rendus dans le Sud. Félix lui répondit qu'elle devait plutôt demander cela à son père. Après un moment, elle s'étendit. Félix lui fit une bise, la couvrit comme il faut, ferma la lumière et sortit.

Loup l'attendait aussi, mais debout près de ses tortues. Elles se croyaient en plein jour, sous le petit réflecteur au-dessus d'elles, et s'occupaient, l'une à pousser une pierre et l'autre à grimper le long de la vitre. Félix laissa Loup à son monde et sortit après avoir passé brusquement la main dans ses cheveux.

Richard et Félix parlaient rarement de Lyne ensemble. Ce qui se passait entre Lyne et Richard, Félix avait appris à le respecter. Et l'histoire de leur famille, on en parlait depuis peu seulement puisque, avant la visite de Lyne et Félix chez Alice, c'était de l'histoire ancienne à laquelle on ne s'intéressait pas.

- Lyne est assaillie de tout côté de ce temps-ci, commença Richard. Elle m'a raconté votre brouille de samedi. Dont elle est sortie pas trop amochée, je pense. Même plutôt grandie.

- Ah bon! fit Félix.

- C'est surtout Alice qui la dérange. Elle la déstabilise. Mais elle est en train de s'en sortir. Je te le dis : votre chicane a été bénéfique pour elle. « J'ai pris de l'assurance », qu'elle m'a dit. Elle était rendue qu'elle n'avait plus confiance en elle. Et puis, elle s'est aperçue, le soir où elle a dormi toute seule, qu'elle était rendue, elle aussi, comme Alice, à s'apitoyer sur son sort, couchée sur son malheur. Cette image d'elle-même, elle ne pouvait pas la supporter. Ce n'était pas elle. « Ce n'est pas parce qu'Alice prend goût à la vie que je dois le perdre, moi, qu'elle m'a dit. Je ne me ferai pas avoir! » Et Léo, qui vient d'entrer dans le décor. Je me demande ce qu'elle a pensé d'aller le voir jouer dans un bar. Là, je reconnais ma sœur. Quand elle a une idée, faut que ça se fasse tout de suite.

- Elle était curieuse de l'entendre jouer, dit Félix. Elle le désirait sans doute depuis longtemps. Elle ne voulait pas autre chose que « d'entendre le revers de son cœur ». Après notre chicane, ça avait l'air important pour elle d'aller l'entendre.

- Et puis, il y a moi.

- Quoi, toi?

- Elle est toujours inquiète. Tu sais comme le mois d'octobre a été difficile pour elle. Toutes les fins de semaine, nous étions ensemble tous les deux. Elle dit que je n'ai plus besoin d'elle comme avant. Que c'est toujours elle qui m'appelle. Que je ne suis plus tout à elle... Qu'elle nous sent moins complices. Qu'elle sent moins de feu dans mes yeux.

- Toi, est-ce que tu as l'impression que tu as changé? lui demanda Félix.

- Je ne vois pas comment le fait d'être devenu chum avec mon beau-frère ait pu me transformer à ce point-là. Je fais attention pourtant. Il me semble que je lui téléphone aussi souvent qu'elle. Enfin, le temps va arranger ça.

- Je l'espère bien. Si je suis arrêté te voir, c'est que je veux te proposer quelque chose. Tu sais comme Alice se sent coincée avec son contrat de soixante-quinze numéros civiques. Si on allait lui aider, pour qu'elle s'en débarrasse le plus tôt possible. Ça n'a pas de bon sens qu'elle passe six mois de sa vie à sculpter ces bouts de planche, maintenant qu'elle est convaincue qu'elle peut faire autre chose que de gosser du bois. On pourrait même y aller toute la gang. Les enfants, toi, Lyne et moi. C'est facile à faire. Le contracteur ne s'en rendra même pas compte.

- On pourrait même amener Myriam, fit Richard. Une de plus, ça irait plus vite.

- Bien sûr. Je n'en ai pas glissé un mot à Lyne. Je viens tout juste d'avoir cette idée, en venant de patiner.

- Tu es allé patiner? Ce soir?

- Oui, avec un ami. À l'aréna de Verdun.

- Faudra y aller avec les enfants. Ils adorent cela. C'est leur mère qui tenait à ce qu'ils apprennent à patiner.

- Comment va-t-elle?

- Elle va beaucoup mieux. Elle les prend une fin de semaine par quinze jours maintenant.

- Bon! Je te quitte. J'en parle avec Lyne. Et on décide d'une date pour la corvée de gossage.

- O.K. À bientôt!

Quand Félix, entra Lyne était au téléphone, assise à la table. Elle fit un signe à Félix de la main. Il s'avança vers elle. Se pencha pour l'embrasser. Elle lui tapota la joue en signe de tendresse. Puis il l'embrassa. Félix l'entendit dire :

- Il ne m'a pas parlé de ça… Il vient de passer chez toi? Ah! Le v'limeux! C'est donc lui qui frappait à ta porte tantôt.

Félix eut le temps de prendre sa douche avant que Lyne ne laisse le téléphone. Elle resta assise à la table, jongleuse. Elle était vexée que Félix ait exposé son projet à Richard avant elle. Lorsque, vêtu de sa robe de chambre, il vint dans la cuisine s'asseoir près d'elle pour lui parler de sa rencontre avec Constant, la voyant préoccupée, il fut tenté de s'enquérir de ce qui la tracassait. Il dit plutôt :

- Constant et moi, on volait sur la glace, tellement on était contents de patiner ensemble.

- Ah, oui? fit Lyne, pas du tout intéressée.

- Le tabarouette, il patine plus vite que moi. J'avais du mal à le suivre.

Lyne le regarda sans dire un mot. Ses yeux n'exprimaient rien d'autre qu'une parenthèse qui s'ouvrait entre deux bouts de phrase. Félix dit alors :

- Qu'est-ce que tu as à me regarder comme ça?

- Un chat regarde bien les oiseaux! répondit-elle, sans agressivité, mais sérieuse.

- Je me sens justement comme un oiseau pour qui il ne fait pas bon de voler dans tes parages.

- Vole! Mon vieux! Vole! Je n'ai même pas de griffes.

Quand Richard lui avait parlé au téléphone du projet d'aider Alice, Lyne était furieuse de ne pas avoir été mise au courant. Mais plus la conversation progressait, plus elle se rendait compte qu'il serait ridicule d'engueuler Félix. Qu'il était temps qu'elle réagisse. Qu'à tout moment elle ne devait pas se sentir menacée par le moindre agissement de Félix ou Richard. Qu'avait-elle à craindre? Même si elle avait décelé des fissures dans les fondations de sa demeure, elle ne devait pas s'affoler chaque fois que le vent faisait craquer la maison. Elle se ressaisit et dit :

- Qu'est-ce que tu disais à propos de Constant?

- Il patine plus vite que moi.

Lyne réussit à sourire. Et dit :

-Vous êtes comme deux enfants... Comment ça va, ses amours? Quand il est venu dormir ici, en juin, sa blonde et lui, ils venaient de se quitter.

- Ils se revoient. Mais pour le sexe...

- C'est déjà ça...

- Non! C'est des farces... Constant croit qu'il ne doit pas abandonner maintenant. Il l'aime encore.

- De quoi vous avez parlé?

- Des femmes. Un beau sujet, hein? Et en revenant, je pensais à Alice, qui est prise avec son contrat de soixante-quinze numéros civiques. Je suis certain que, maintenant qu'elle a goûté au modelage d'argile, elle doit être tannée de gosser des chiffres.

Lyne ne put s'empêcher de lancer :

- Tu aurais pu m'en parler avant.

- Comme j'avais travaillé chez Alice avec Richard, j'ai d'abord pensé à lui.

- Et penses-tu qu'Alice va vous laisser faire?

- Je crois. Oui!

- Tu verras bien!

Quinze jours plus tard, toute la bande se rendit chez Alice. Même Nicole, la sœur de Félix était venue l'aider. Félix n'avait pas eu de mal à convaincre Alice. Effectivement, elle en avait marre de se remettre aux couteaux à bois. Elle regrettait même d'avoir accepté ce contrat. Elle voulait bien qu'on l'aide, mais sa crainte, c'était que les chiffres ne se ressemblent pas tous d'une plaque à l'autre. Mais comme elle avait découpé dix modèles de chiffres en carton, elle était assurée qu'ils auraient tous la même forme. Il ne lui resterait qu'à superviser la profondeur des rainures. Elle accepta l'offre. Myriam y était aussi; Richard était passé la prendre avec Soleille et Loup. On aurait dit un salle d'arts plastiques de polyvalente : Soleille et Félix sur la machine à coudre; Lyne, Myriam, Alice et Nicole sur la table de la cuisine; et Loup et Richard sur une autre table dans le salon. Ça gossait, là! Pour éviter les blessures, Alice avait livré quelques instructions, puis s'était mise à distribuer les modèles des chiffres.

- Passe-moi le six, dit Richard.

On était en décembre, il neigeait. Une petite neige fine qui annonce du froid. Mais il faisait chaud dans la petite maison de la rue Manseau. Jamais de toute sa vie, Lyne n'avait connu ce lieu si vivant. Alice passait de temps à autre pour le contrôle de la qualité. Nicole était tout heureuse de connaître la famille de sa belle-sœur Lyne. Richard, ce jour-là, était particulièrement joyeux. Plusieurs fois, Félix le vit venir se placer entre Lyne et Myriam, et dire quelques mots à sa fleur. Il blaguait sur sa façon de tenir son couteau. Une fois, Félix s'aperçut que Richard ne mit pas seulement une main sur la hanche de Lyne, mais l'autre sur la hanche de Myriam. Faut croire, se dit Félix, que lorsqu'il est joyeux il touche à tout le monde. Félix jetait un coup d'œil sur Lyne de temps à autre pour voir comment elle agissait et parlait avec sa mère. Il ne comprenait plus rien. Lyne semblait avoir changé d'attitude avec Alice. Elle lui parlait moins brusquement. Et surtout, se sentant peu sûre avec un ciseau à bois dans les mains, elle lui demandait des conseils. À un moment donné, Lyne s'en vint voir Richard, mit la main sur son épaule et lui dit quelques mots à l'oreille. Richard fit un signe affirmatif de la tête. Puis elle revint à sa place. Loup était ravi de pouvoir sculpter comme les grandes personnes. Comme on s'aperçut que Soleille avait du mal à tenir son couteau, on lui donna comme tâche de tracer les chiffres au crayon. Lorsqu'on avait besoin d'elle, on criait : « Soleille! Le huit! » Et elle venait faire son tracé sur la planche de bois, à l'aide du modèle.

Avec la neige qui tombait, on se croyait au temps des fêtes. Alice était toujours discrète comme d'habitude. Fort heureusement Richard l'avait avertie de ne pas préparer de repas, qu'on ferait venir des pizzas. Ainsi, Alice fut dégagée de bien des tracas. Silencieuse, à sa tâche, la petite bonne femme frisée aux lunettes se demandait bien ce qui lui arrivait. Pourquoi on faisait tout cela pour elle. C'était trop pour son cœur longtemps laissé en panne. Ce n'est que bien timidement qu'elle se réjouissait. Malgré que depuis deux mois elle sortait de chez elle toutes les semaines, voyait du monde, et adorait les sensations que lui donnait le contact de l'argile, elle attribuait sa chance à ses bonnes entités qui, faut croire, de ce temps-ci, la favorisaient. Elle remerciait ses entités, sans vraiment prendre conscience qu'elle-même était en train de ressusciter. Félix croisa son regard et lui sourit. Habituellement, elle baissait les yeux. Là, elle soutint son regard et lui sourit aussi.

Vers l'heure du diner, Richard claqua des mains et dit :

- Écoutez, tout le monde! Même toi, Félix.

Ce dernier s'amusait avec un crayon à contourner ses doigts et les petits doigts de Soleille sur un papier.

- Je vais aller chercher les pizzas. *All dressed*, est-ce que ça convient à tout le monde?

- Est-ce que tu as besoin d'aide, lui demanda Myriam?

- Oui! Si tu veux!

- J'y vais, moi aussi, dit Soleille.

- Je reviens tout de suite, lui répondit Richard. Reste avec Alice, pour l'aider à mettre la table.

La petite n'insista pas. Alors que Nicole était en train de dire à Loup qu'elle avait un petit garçon de son âge, Lyne vint vers Félix. On aurait dit qu'elle voulait lui cacher sa joie. Elle passa le revers de sa main sur sa joue et lui dit :

- Ça va? Monsieur le curé est content de ses paroissiens?

- Monsieur le curé est surtout content de sa paroissienne préférée…Tu es tout épanouie, ma pitte!

- C'est la neige, reprit-elle aussitôt.

Félix et elle, la main dans la main, regardaient Alice.

Lyne dit à Félix à voix basse :

- C'était son anniversaire la semaine dernière. J'ai demandé à Richard de lui acheter un gâteau. Il doit bien y avoir plusieurs années qu'elle n'a pas eu de gâteau de fête.

Lyne pensait à toutes ces années qu'Alice avait passées à pleurnicher sur son sort. Toutes ces années où elle-même avait évité sa mère pour ne pas se blesser. Maintenant qu'Alice se tenait davantage debout, pourquoi lui refuserait-elle le droit de lever sa petite tête frisée? Alice ne devrait pas être une menace pour elle... Elle sourit de se voir en compétition avec sa mère. Lyne avait bien réussi, elle, à trouver une porte de sortie à la prison où sa vie familiale l'avait enfermée... C'était au tour de sa mère. Le geste de souffler les chandelles du gâteau aurait une signification plus large pour Lyne. Elle verrait sa mère souffler sur son passé. Éloigner les mauvaises entités qui la tenaient captive. Lyne entoura de son bras la taille de Félix. Et appuya la tête sur son épaule. Alice passa devant eux et dit :

- C'est beau l'amour.

Quand Richard et Myriam entrèrent, personne ne sut ce qui les faisait rire ainsi. Lyne dit :

- Qu'est-ce qui se passe? Tu es donc bien joyeux aujourd'hui.

- C'est la neige! fit-il.

Comme Alice avait préparé la table avec Soleille, on mangea, aussitôt les pizzas déballées. Richard somma Alice de rester assise. Il s'occupait du service avec Myriam. Tout le long du repas, Alice s'effaça derrière les rires et les blagues. Une fois les assiettes vides, Richard et Lyne se levèrent. Quelques minutes plus tard, ils apparurent avec le gâteau illuminé en entonnant :

- Ma chère Alice, c'est à ton tour de te laisser parler d'amour...

Alice, saisie par des émotions qu'elle ne put contrôler, porta ses deux mains à son visage. Puis, laissant ses mains sur sa bouche, elle jeta les yeux tout autour de la table, pour arrêter longuement son regard sur Richard. Et enfin sur Lyne. Sans dire un mot. Après qu'Alice eut éteint les chandelles, pendant qu'une fine fumée montait dans la cuisine, et que tous criaient bravo, Lyne se retira dans la chambre de bain. C'était trop. Dans l'auto, au retour, Félix dit :

- Une journée qui devait être une corvée s'est vite transformée en fête.

- Ma mère était coquette dans sa salopette brodée, reprit Lyne.

C'était la première fois que Félix entendait Lyne parler d'Alice en l'appelant sa mère. Puis Lyne continua :

- Et Richard, tu l'as vu ? Je le sentais proche de moi autant qu'aux grands jours de tourmente de notre enfance. Cette atmosphère familiale lui faisait du bien.

- Tu es certaine que c'est à cause de cela, reprit Félix ?

Ce dernier comprit que Lyne ne s'était pas aperçue que Richard frôlait Myriam plus que de coutume. Au cas où tout cela ne serait que pure invention de sa part, Félix n'ajouta pas un mot. Surtout que Lyne ne lui posa aucune question à ce sujet. Elle digérait la belle journée qu'elle venait de passer. Elle aurait bien pu dire à Félix : « Je suis heureuse! » ou « J'ai vu aujourd'hui ma mère sous un autre jour… » ou « Le poids que je portais depuis un petit bout de temps s'est allégé. » Elle exprima simplement :

- Cette journée m'a fait du bien…

CHAPITRE XVII

Le lundi, alors que Félix et Lyne allaient partir pour travailler, il lui dit :

- C'est aujourd'hui que je négocie mon augmentation de salaire et mes vacances de Noël. Je leur demanderai treize piastres de l'heure. J'en mériterais quinze. Et un congé comme le tien : du 23 décembre au 6 janvier. C'est à prendre où à laisser. Elles sont bien charitables pour la paroisse, mais je doute qu'elles le soient autant avec leur employé. Béatrice est de plus en plus exigeante. Elle ne peut pas supporter les pressions des locataires. Son projet de rénovation des cuisines et chambres de bain de l'immeuble de la rue des Pignons n'a pas été assez planifié. Ça n'a aucun bon sens de faire ces travaux alors que les loyers sont tous occupés. Je vais voir avec elles s'il n'y a pas moyen de faire quelques arrangements. Tu m'enverras de bonnes ondes, n'est-ce pas, pour que je sois ferme avec elles.

- Oui! Mon beau bon-gars… fit Lyne en l'embrassant.

- Bonne journée, à l'école. Ma pitte ! Il te fait bien, ce tailleur ! Il fait ressortir tes beaux yeux…

Dans la cohue du pont Jacques-Cartier, Félix eut grandement le temps de se motiver à être ferme dans ses négociations. Il voulait treize piastres. Pas moins. Il trouvait qu'un homme comme lui valait ce prix. Pas seulement un homme de main, mais un homme de confiance. Et la confiance, ça se paye! Il se le répétait pour en être bien convaincu.

En passant dans le salon des sœurs Robitaille, avant de se rendre à la cuisine pour prendre son café et son muffin, il fut estomaqué. En fin de semaine, elles avaient monté leur décor de Noël. Il n'y avait pas une surface horizontale qui n'était pas garnie d'une nappe d'ouate. Vraiment partout. Comme si on entrait dans une pièce enneigée. Toutes sortes de scènes d'hiver. Sur le grand buffet, là où se trouvaient représentés différents métiers, à la fête du Travail, un village entier, avec ses rues, son église, sa patinoire, des lampadaires. Tout le tour du sapin, par terre, un train électrique circulait à travers d'autres maisonnettes dans la neige.

Laquelle des trois sœurs Robitaille avait eu la brillante idée d'installer la gare juste en face de la crèche et d'écrire le mot « crèche » sur l'enseigne qui identifiait l'arrêt du train? Sans doute Blanche ou Béatrice, puisque la tâche de Fernande s'arrêtait une fois que les boîtes étaient déballées et remisées à la cave. Le haut du vaisselier représentait le toit d'une maison, avec ses glaçons qui pendaient. Pas de meilleur endroit pour stationner la carriole et les rennes pendant que le père Noël s'apprêtait à descendre dans la cheminée. En face de la fenêtre, le fauteuil servait de support à une colline enneigée, toujours tapissée d'ouate, où des dizaines de petits enfants glissaient sur des traîneaux. C'était le plus beau spectacle de la pièce. On aurait dit les pentes du parc de la Montagne un dimanche après-midi. Et toutes ces architectures étaient minutieusement éclairées du dedans. La plus grande surprise, on l'avait en entrant dans la pièce. À droite sur un tabouret, un petit ange à la tirelire, tel qu'on en voyait autrefois dans les églises au temps de Noël et qui disaient merci lorsqu'on leur donnait une pièce de monnaie.

Devant un tel débordement d'imagination Félix avait perdu toute sa détermination à négocier serré. Les sœurs Robitaille n'en revenaient pas que Félix s'extasie tant devant leur montage de Noël.

- On ne sort pas l'hiver. Et pas plus dans le temps des fêtes. Ça fait que… on fait neiger en dedans. Ça nous amuse. Il y a des années qu'on décore notre maison de cettte façon. Notre mère avait commencé avec la petite ville sur le buffet. Nous, on a ajouté le reste. Le petit ange, c'est monsieur le curé qui nous l'a donné.

- Est-ce qu'on passe à la cuisine? dit Félix. J'aimerais discuter de quelque chose avec vous.

- Moi aussi? fit Fernande, qui partait pour s'enfermer dans le salon de coiffure.

- Oui! Toutes les trois.

Félix était nerveux. Il n'avait aucune stratégie. Leur faire sa demande, c'est tout. Il dit :

- Je sais que les locataires de la rue des Pignons vous talonnent pour finir les travaux le plus tôt possible. À Noël cependant, j'aimerais prendre congé du 23 décembre jusqu'au 6 janvier. Je veux être en vacances en même temps que ma blonde. J'ai une autre faveur à vous demander.

« Qu'est-ce que j'ai dit là? » pensa Félix. « Ce n'est pas une faveur, c'est un dû. » Et il continua :

- J'aimerais avoir une augmentation de salaire. Les hommes à tout faire comme moi, des hommes de confiance, ils gagnent entre quatorze et dix-sept piastres de l'heure. Je vous en demande treize.

- Treize! crièrent-elle d'une seule âme.

Puis elle se regardèrent. Béatrice prit la parole.

- Pour ce qui est du congé de Noël, je ne crois pas qu'il y ait de problème. Mais pour le salaire… c'est trop cher pour nos moyens.

Fernande faisait un grand signe affirmatif de la tête, alors que Blanche ne disait pas un mot.

- On en a justement parlé ensemble, reprit Béatrice. On pensait vous faire un cadeau de Noël. Et vous augmenter à neuf.

- Je considère, continua Félix, que je fais un très bon job. Et vous pouvez avoir confiance en moi en tout temps. Tout cela vaut cher Mesdames. Pensez-y. Je ne veux pas une réponse ce matin. De toute façon, je dois terminer le logis commencé. J'en ai jusqu'à Noël.

Il se leva, les salua et s'en alla travailler, pendant que, assommées par une telle requête, les trois sœurs Robitaille firent, toujours d'une seule âme :

- Ouf!

Vu les bonnes relations établies entre elles et lui dès le début, Félix ne croyait pas qu'il aurait du mal à obtenir ce qu'il voulait. Elles tenaient à lui, c'était certain. Des hommes comme lui, ne couraient pas les rues, pensait-il. Il n'avait aucune crainte. Et si elles lui offraient douze? Que ferait-il? À douze, il accepterait. Mais jamais moins, il se l'était juré. Il ne voulait pas être exploité. Il en avait marre de toujours être conciliant. Il ne leur devait rien, aux sœurs Robitaille… Il leur devait bien de l'avoir engagé alors qu'il n'avait pas d'emploi. Mais jamais un employeur ne peut se glorifier de cela. La seule chose pour laquelle il devait les remercier, c'était de lui avoir payé une formation de six mois. Il ne fallait pas qu'il l'oublie. Mais ce n'était pas une raison pour le faire plier. Et puis, peut-être forçait-il la note parce qu'au fond de lui il désirait faire autre chose? Il aimait son nouveau métier. Mais ce n'était pas en rénovant des chambres de bain qu'il allait sauver le monde. Douze piatres. Et pas moins!

Dans la circulation lente de la rentrée en ville, sur le pont Jacques-Cartier, le matin, il avait pensé que les circonstances le pousseraient peut-être à changer de travail… Que ferait-il? Il n'en avait aucune idée. Il avait même chassé tout de suite cette pensée.

À l'heure du lunch, le midi, son téléphone cellulaire sonna. C'était Lyne. Elle ne viendrait pas manger à la maison. Richard l'invitait à souper. Félix était invité aussi. Mais pour le dessert seulement.

- Tu parles d'une affaire! se dit Félix à haute voix, en fermant l'antenne de son appareil. Ah! Je crois comprendre. Mon intuition était juste ! Il veut lui annoncer la nouvelle! C'est quand même curieux qu'elle ne se soit aperçue de rien.

Tout l'après-midi, Félix pesta contre sa plomberie, alors que Lyne lisait des extraits du dernier roman d'Anne Hébert à ses élèves, pour illustrer comment employer le mot juste pour exprimer sa pensée.

C'est Lyne qui prit Loup et Soleille à la garderie pour les amener à la maison. Quand Richard arriva enfin, les enfants jouaient au sous-sol. Il déposa son manteau. Ses yeux amoureux repérèrent tout de suite Lyne. Il vint vers elle en silence. Lyne remarqua son regard, un peu plus rieur que de coutume. Puis, plutôt que toucher délicatement son épaule, sa taille, ou son cou, comme il le faisait avant et avait recommencé à le faire en fin de semaine chez Alice, il la prit dans ses bras et la serra fort, en disant :

- Je suis heureux, ma fleur ! Que je suis heureux… Je suis en amour!

Lyne s'écarta un peu pour mieux voir son visage. Il reprit :

- Tu ne peux savoir avec qui…Avec ta chum Myriam.

Lyne fronça les sourcils. Puis lui sourit. Un sourire plein d'émotions.

Elle était bouleversée. Que se passe-t-il quand ta meilleur amie devient l'amie de ton meilleur ami? Une petite peur naît. La peur de la boucle. Quand la boucle se referme, que les lignes se rencontrent, l'amitié perd sa teneur d'ouverture et d'infini. C'est le syndrome du cercle fermé. Puis, après la peur, s'installe le bonheur de la famille agrandie, de la fluidité des relations, le bonheur du cœur qui s'éclate, du cadeau inespéré de la vie. Lyne sauta au cou de Richard à son tour. Et dit :

- Mon *bird* ! que je suis heureuse pour toi.

Lyne savait que la relation de son frère avec Myriam n'était pas une menace pour elle. Elle en avait pour preuve les autres fois où Richard avait eu des relations amoureuses. Au contraire, il était porté à se rapprocher de sa sœur jumelle à ce moment-là. Elle dit :

- Raconte-moi tout! Depuis quand c'est commencé?

- En fait, pour elle, c'est commencé depuis longtemps.

- Oui! Je sais.

- Mais moi, j'ai été ébranlé le jour de l'initiation de Félix en escalade. Le soir, sur la piste de danse. Et au motel.

- Vous n'avez pas fait l'amour ce soir-là, à côté de nous...

- Non! Non!

- Vous m'avez caché cela... Mes v'limeux! Ah! La Myriam!

- En fait, on est accrochés pour de bon, depuis une dizaine de jours seulement. Je l'ai invitée à prendre le dessert, elle aussi, ce soir.

- Tu es un sacré ratoureux! Je ne te connaissais pas ainsi. Est-ce que les enfants savent que tu as une nouvelle blonde?

- Non! Je vais leur dire maintenant. Ils sont au sous-sol?

- Est-ce que je peux commencer à préparer le souper?

- Oui! Je veux bien! Fais la salade de tomates. Tu peux laver la laitue aussi.

Quand Richard voulut apprendre la chose aux enfants, ils répondirent :

- On le savait! On t'a vu l'embrasser dans l'auto, samedi, quand tu l'as laissée chez elle. On ne dormait pas.

C'est au repas qu'ils posèrent les questions d'usage : « Est-ce qu'elle va venir habiter ici? » « Il y a longtemps que tu la connais… pourquoi tu ne l'as pas aimée avant? » « Est-ce qu'elle aime les animaux? » « Est-ce qu'on peut le dire à maman? »

Lyne n'en revenait pas. Richard avec Myriam! Quand cette dernière apparut dans la porte, elles crièrent toutes les deux. Volèrent l'une vers l'autre. Et s'étreignirent comme si l'une d'elles revenait d'un grand voyage.

- Cachottière! Va! lui dit Lyne.

Myriam passa embrasser Richard, puis les enfants. Loup et Soleille n'avaient pas les yeux assez grands pour suivre tout ce qui se passait. Puis ce fut au tour de Félix d'arriver. Quand il vit Myriam, il sut qu'il avait deviné juste. Il leur raconta comment il avait découvert leur cachotterie.

En s'adressant à Richard, il dit :

- Samedi, quand tout le monde gossait autour de la table, chez Alice, tu es venu taquiner Lyne sur la façon dont elle tenait son couteau. Tu as mis une main sur sa hanche…et l'autre main sur la hanche de Myriam. Je trouvais curieux aussi qu'elle s'empresse tant de partir avec toi chercher les pizzas. Et surtout, votre façon de rire quand vous êtes entrés dans la maison avec le dîner.

- Nous aussi, on le savait! redirent les enfants à Myriam.

- Ils ne nous reste plus qu'à le vivre au grand jour, dit Richard en embrassant Myriam.

Aussitôt leur dessert mangé, les enfants se retirèrent. De chaque côté de la table, le vieux couple de six mois et le jeune couple d'une semaine. On aurait dit que Richard et Myriam étaient plus réservés dans leurs manifestations amoureuses. Ils se reprirent un peu plus tard… Car Myriam dormit chez Richard ce soir-là, pour la première fois.

En entrant à la maison, Félix demanda à Lyne :

- Est-ce que tu as déjà imaginé que ces deux-là formeraient un couple, un jour?

- Oui! Je savais que ça arriverait un jour… Comme nous!

- Tu es une sacrée devine!

- Une devineresse.

- Est-ce que tu peux deviner si mes patronnes vont accepter d'augmenter mon salaire autant que je le veux?

- À quoi tu t'attends, toi?

- Je crois qu'elles diront oui. Elles m'ont déjà avoué que j'étais un rayon de soleil dans leur vie. Elles ne peuvent plus se passer de moi.

- Tu en es bien sûr?

- On verra bien, conclut Félix.

Le lendemain, il avait hâte d'arriver sur la rue Frontenac. Aussitôt qu'il eut sonné à la porte, on ouvrit. C'était Blanche. Pourtant la portière officielle, c'était bien Fernande. Elle lui adressa un beau bonjour poli. Comme elle avait coutume de le faire avec Félix. Puis elle glissa dans sa main une petite enveloppe pliée en deux en disant :

- Cachez ça.

Puis, elle ajouta :

- On vous aime, vous savez.

À la cuisine, une tasse de café l'attendait. Mais pas de muffins. Blanche le suivait. Béatrice et Fernande étaient assises. Elles se levèrent, à son arrivée. Ce qu'elles ne faisaient pas d'habitude. Puis se rassirent. Félix vit tout de suite que leurs rapports n'étaient plus les mêmes. Blanche contourna la table, vint à l'armoire et sortit les muffins. Béatrice la regarda sévèrement. Mais Blanche n'hésita pas à en offrir à Félix.

La veille, les trois femmes avaient délibéré. Elles n'en revenaient pas que Félix soit tout à coup si exigeant. Quelqu'un lui avait monté la tête! Sa blonde, sans doute. Lui qui avait l'habitude d'être si conciliant. Non, on ne pouvait pas lui offrir autant. En fait, on ne pouvait pas lui offrir plus que neuf. On ne voulait pas. Blanche était prête à aller jusqu'à onze. Mais les autres ne voulaient pas en entendre parler. Et sur ces entrefaites, le curé de la paroisse était arrivé. Il connaissait un homme à tout faire aussi, dont la femme venait d'avoir des jumeaux, ça lui en faisait quatre, et qui travaillait au salaire minimum. Il le leur recommandait.

- Prenez au moins un bon muffin avant de partir, lui dit Blanche.

Félix les regarda toutes les trois.

- Avant de partir pour aller où?

Il avait prononcé ces mots, mais savait bien qu'il venait de perdre son job. Il vint pour dire : « Bien voyons donc! On n'est pas pour se quitter de cette façon. Tout ce qu'on a vécu de beau ensemble, qu'est-ce que vous en faites? Qui va terminer les travaux commencés? » Mais les visages de Fernande et de Béatrice exprimaient bien que tout était fini. Félix devint très triste tout d'un coup. Il avait même un motton dans la gorge. Il était incapable de demander des explications. Il avait bien vu l'enveloppe sur la table. Sans doute sa paye. Béatrice la glissa vers lui sans le regarder. Elle aussi, elle était triste. Ni elle ni Fernande n'avaient le courage de parler à Félix. Blanche tourna subitement la tête et se retira dans sa chambre. Félix n'avait jamais vécu pareil revirement dans sa vie. Il prit l'enveloppe. Déposa leur téléphone cellulaire sur la table, les clés. Il pensa à ses outils. Et dit :

- Je vais aller chercher mes outils.

Il se leva. Incapable de partir sans les saluer. En leur serrant la main, il se crut obligé de dire :

- C'était un plaisir de travailler pour vous.

Il regarda vers la porte de chambre de Blanche ... Après un moment, il prit un muffin. Et le mit dans sa poche. Les deux femmes se levèrent, mais ne le reconduisirent pas à la porte. En passant dans le salon, devant l'ange à la tirelire, Félix s'arrêta. Il ne sut pas pourquoi il fit cela : il prit une pièce de monnaie et la déposa dans la main de l'ange, qui lui dit merci. Et il sortit.

Dehors, il faisait froid. Il ventait. La neige de la fin de semaine était restée. Plutôt que monter dans son auto, Félix marcha. Son manteau n'était pas suffisamment chaud pour marcher longuement dehors. À bonnes enjambées, pour ne pas prendre froid, il descendit la rue Frontenac, tourna vers l'est sur la rue Ontario, et marcha ainsi pendant une heure. Son cœur avait besoin de tout ce temps pour amortir le coup qu'il venait de subir. Il allait la tête haute, droit devant. Les yeux à demi fermés à cause du vent. Il se refusait à penser. Il aurait pu se poser des questions. Il y avait tant de questions à se poser. Aucune rage ne montait en lui. Aucune agressivité. Juste de la peine. La peine de la brisure qui fait gonfler le cœur. Il aimait ces femmes. Leur humour, leur créativité, leur café, leurs muffins. Que s'était-il passé? Non! Il se refusait à répondre à cela. Plus tard. Une fois dépassé le boulevard Pie IX, il fit demi-tour. Puis s'arrêta dans un restaurant pour prendre un café. Il se souvint de la petite enveloppe de Blanche. Elle l'intéressait plus que l'autre. Au milieu d'une feuille de papier qui entourait un cent dollars, Blanche avait écrit : « On vous aime. » Et tout en bas, dans le coin : « Moi aussi ». Félix vint les yeux pleins d'eau. Lui aussi, il les aimait.

Vous ne passez pas cinq mois de votre vie à prendre un café et manger un muffin tous les matins avec trois belles vieilles madames que vous gâtez et qui vous dorlotent sans que naisse quelque chose qu'on appelle chez les humains l'amour. Non! Ce n'était pas fini. Impossible que ça se termine ainsi. Il laisserait passer la tempête, le vent, le froid. Et il retournerait les voir. Ce n'est pas parce que Béatrice et lui, ces derniers temps, avaient stressé à cause des locataires, qu'il devait nier la beauté de leur aventure. Il était bien plus que leur homme engagé, et elles bien plus que ses patronnes. Il ouvrit l'autre enveloppe. Une feuille blanche aussi, sans doute arrachée à la même tablette à écrire, qui enveloppait son chèque de paye. Avec des mots dessus.

Tard dans la veille, alors que Fernande dormait déjà, Blanche avait signé le chèque de Félix, et s'en était allée dormir aussi. Béatrice, seule, avait voulu écrire un mot à Félix. Plusieurs fois, elle s'était reprise. Elle avait commencé par écrire « Monsieur Thivierge », mais l'avait raturé. Puis, « Félix, dommage que vous nous demandiez si cher… » Elle raya cela aussi. Finalement, elle avait écrit : « La vie est cruelle, des fois. » Et en bas de la page : « Bonne chance! » Félix était tout aussi ému que pour l'autre enveloppe. Il termina son café. Et sortit.

Quel était donc son destin? Il avait été honnête, lui semblait-il, dans tout cela. Faut croire que c'était la volonté de Dieu qu'il se retrouve ce matin-là sur le trottoir de la rue Ontario. En chômage. Il avait mal en lui. Mais n'était pas malheureux. Profondément, sa nature de nomade était nourrie. Il ne se posait même pas les questions qui auraient dû émerger de lui. Pourquoi avoir demandé une si grosse augmentation? Pourquoi ne pas avoir essayé de leur parler, de négocier ultimement un compromis? Voilà ce qui arrive quand on ne veut pas toujours être conciliant! Méritait-il vraiment le salaire qu'il demandait? Était-il vraiment exploité à huit piastres de l'heure? Était-il trop orgueilleux? Il allait son chemin avec de plus en plus de certitude. C'était bon pour lui. Il allait trouver autre chose. Le bon gars, ancien curé, missionnaire dans l'âme, vagabond sur les bords, retrouvait même la joie. Lui revenait en tête, alors qu'il courait presque, la chanson thème de l'émission que Luce aimait tant regarder : ...*Il se peut qu'un jour je me repose enfin... Jusqu'à ce jour, je poursuis mon parcours.*

En entrant dans l'immeuble de la rue des Pignons pour ramasser ses outils, Félix croisa Momousse, qui sortait acheter du lait. Il l'invita à prendre un café. Félix ne put s'empêcher de lui conter qu'il ne travaillait plus pour sa propriétaire. Il se retrouva néanmoins chez eux après avoir remisé tous ses outils.

Momousse avait mis Victor au courant. Ce dernier dit à Félix lorsqu'il entra :

- Coudonc! Félix! Tu as de la misère à garder tes jobs! ... Viens nous raconter ça...

Victor et Momousse connaissaient très peu les sœurs Robitaille. En fait, ils n'en connaissaient qu'une, Béatrice. Félix ne finissait plus de dire comment ces femmes étaient extraordinaires.

- Heille! fit Victor. Est-ce qu'elles t'ont viré? Oui ou non?

- On ne s'entendait pas sur le salaire, répondit tout simplement Félix, qui ne voulait pas les abaisser à leurs yeux.

- Qu'est-ce que tu vas faire maintenant? dit Momousse.

Puis, il ajouta :

- Est-ce que tu veux un café ou un thé?

- Un thé, répondit Félix. Je ne sais pas du tout ce que je ferai. Aujourd'hui, je prends congé, ça c'est sûr.

Victor et Momousse se regardèrent. Et ce dernier dit :

- Pas si sûr. On a acheté trois bibliothèques. Est-ce que tu voudrais les assembler. On n'a pas le goût, ni l'un ni l'autre.

- Je vais les monter avec plaisir.

- C'est quoi ton tarif?

- Pour vous, aujourd'hui c'est gratuit.

- Non! Non! On va te donner le montant que tu demandais à Béatrice. Est-ce que ça marche?

Félix ne refusa pas. Il entra les outils requis et s'exécuta au beau milieu du salon.

- Pourquoi tu n'offres pas tes services de menuisier... tu pourrais te bâtir une clientèle? lui demanda Momousse, qui pratiquait la guitare non loin de lui. Mes copines infirmières à l'hôpital ont toujours du mal à trouver quelqu'un de fiable pour faire leurs rénovations. Elles ont souvent des petites bricoles à réparer. Et elles n'ont personne à qui s'adresser. Je pourrais te trouver quelques clientes, facilement.

- Je ne sais pas si je continuerai dans le même domaine. Il y a tellement à faire...

Les seuls mots qui venaient à l'esprit de Félix, c'était « pour sauver le monde ». Mais il ne les dit pas. Il eut peur que Momousse rie de lui. Momousse se concentra sur sa musique et ne lui parla plus. Une fois le travail terminé, on lui donna son salaire. Il les salua et sortit.

Félix avait réalisé, lors de sa courte conversation avec Momousse, comment il était idéaliste. Naïf même. Il se voyait en train de se chercher un emploi sous la rubrique « Pour sauver le monde ». Pauvre Félix! Il était désemparé. Il n'aimait pas cette image de lui-même. La tête au ciel... et rien sous ses pieds. De se voir dans cette position le rendait triste. Et même très seul. Il s'assit à la table de la cuisine. À cet endroit, où si souvent il avait trouvé la paix. Tout s'était si vite passé. Quelques heures auparavant, tout tournait bien rond... Puis, comme un chemin d'asphalte qui passe subitement au gravier, la vie, tout d'un coup le brassait. Il n'en était pas à sa première secousse. Mais ils surprennent tout le temps, ces passages cailllouteux à la suite de l'asphalte. Il avait hâte que Lyne arrive. Lorsqu'il entendit son auto dans la cour, il se leva.

- Qu'est-ce qui t'arrive, mon pit? Tu es déjà là? lui dit-elle, en entrant.

Avant qu'elle n'arrive à lui, elle s'arrêta et dit :

- Non! ... Tu n'as pas eu ton augmentation?

- Mieux que cela, Madame! J'ai été remercié....

- Mais... raconte-moi comment ça s'est passé, fit-elle avec empressement en déposant sa serviette. Viens t'asseoir. Est-ce que tu veux un verre d'eau? J'ai soif, moi.

- Non merci, fit Félix.

Il lui raconta tout. À partir de la lettre de Blanche jusqu'à la pièce de monnaie dans l'ange. Sa marche solitaire pour digérer ses émotions. Sa visite chez les deux garçons. Et la découverte de sa naïveté et de son idéalisme. Elle l'écoutait comme rarement elle avait été attentive à lui. Mais à la fin, elle pouffa de rire.

- Idéaliste? Naïf? Toi? Voyons donc!

Elle se leva, et dit :

- Je vais te préparer un bon petit souper.

Félix s'était senti compris jusqu'à la fin. Mais là, il ne comprenait pas qu'elle le tourne en dérision. Il lui dit :

- Tu ne sais pas ce que c'est, toi, quelqu'un qui réalise tout d'un coup qu'il est idéaliste.

- Tu ne savais pas que tu étais naïf, mon pit? ...Tu es mon beau naïf préféré. Et idéaliste? Ce n'est pas un défaut. Il n'y a rien de mal à vouloir sauver le monde.

- Ce que je réalise surtout, c'est que je manque de moyens pour arriver à mes fins. C'est inscrit là-dedans, ici...

Il montra son cœur.

- ...que certains sont responsables du malheur de bien des gens. Le monde ne peut pas continuer comme cela. Ce n'est pas en votant oui à un référendum qu'on va changer les règles du jeu. Je n'y crois pas à la politique.

- Mon pauvre pit! Comment veux-tu changer le monde si ce n'est par la politique? Si on devenait indépendants, on serait maîtres de nos lois, de nos politiques sociales, de nos politiques fiscales surtout. C'est comme ça que les pauvres deviendraient moins pauvres et les riches moins riches.

- Bien voyons donc ! Ma pauvre toi ! Tu dis qu'on serait maîtres. Qui ça on? Ces politiciens ont été dans les mêmes écoles que ceux qui appauvrissent les pauvres. Et ceux-là n'ont qu'un désir: faire profiter leur capital. Ce sont eux qui nous assomment de leur publicité pour qu'on achète, et qui engagent et congédient du monde selon que ça leur profite ou pas. Les politiciens pataugent dans les mêmes piscines qu'eux. Comment veux-tu qu'ils arrivent à établir des politiques sociales et fiscales qui ont du bon sens?

Félix avait élevé le ton. Lyne restait calme, et préparait le souper. Elle répliqua :

- Oui! C'est vrai ce que tu dis. Mais comment arriveras-tu à le sauver ton monde?

Félix regarda Lyne. Et dit :

- C'est là que je me désole. Je manque de moyens pour être content de ma vie.

Lyne continua de peler les carottes, après avoir mis la viande à chauffer. Finalement, elle dit :

- Tout ce que tu peux, c'est être content de ce qui est à ta mesure à toi. Dans ta paroisse, tu as accompli des choses merveilleuses. À ta mesure à toi. Tu ne manquais pas de moyens, là-bas. En vous regroupant, vous avez créé des coopératives, des emplois, des services. Vous avez aidé bien des gens.

- Oui! Mais maintenant, je n'en ai plus de paroisse.

- Au fond, toi, tu as encore une âme de curé… Mon pauvre pit! tu n'en sortiras jamais.

- Oui! Je vais m'en sortir. Je trouverai d'autres moyens. Il faut que je trouve des moyens.

- Pourquoi cette découverte te trouble-t-elle tout d'un coup? Tu rénovais des salles de bain et des cuisines pour les sœurs Robitaille. Ton petit café et ton muffin avec elles le matin te donnaient de l'énergie pour la journée. Tout ce que tu fais pour Alice. Ta vie familiale, ton travail. Tout cela semblait te suffire. Et voilà maintenant qu'il te faut plus.

Félix s'en vint au comptoir près de Lyne. Et dit, troublé :

- Et ce qui est là, là en dedans, reprit-il en montrant son cœur, qu'est-ce que je fais avec? Ce mal quand les autres ont mal? Cette lourdeur quand d'autres sont écrasés? Et même cette pitié quand d'autres font vraiment pitié? Je ne peux pas le taire. Lyne, c'est trop vrai.

Lyne laissa son couteau. Et lui dit :

- Tu étais là quand j'avais mal. Tu étais là quand Alice faisait pitié.

- Et pour les autres? Je peux faire quelque chose aussi… J'ai de la haine en dedans de moi. De la haine contre ceux qui fabriquent le mal des autres. Je veux les venger. Il devrait y avoir moyen de s'organiser. On ne peut pas laisser aller le monde de même.

Félix, les deux mains sur le comptoir, regardait les épluchures de carottes. Il dit :

- C'est pas possible tous les déchets humains que fabrique la société aujourd'hui.

Lyne s'approcha de lui. Et, tout doucement, passa la main sur son dos, en disant sérieusement :

- Et ton Dieu? Il ne peut pas faire quelque chose?

Félix garda le silence un moment. Il se retourna. Puis il prit lentement Lyne dans ses bras.

- Oui! C'est vrai. Il est là. Il m'a fait cadeau de toi. Il pourrait bien aussi me donner les moyens que je cherche. Des moyens qui me contenteraient... Non! Je ne serai jamais content.

- C'est mieux comme ça, fit Lyne.

Et ils restèrent ainsi appuyés l'un sur l'autre devant les épluchures de carottes...

CHAPITRE XVIII

À quarante-deux ans, au beau milieu de sa vie, sans emploi pour la première fois, Félix, assis à la table de la cuisine, s'apprêtait à rédiger son curriculum vitae. Jusqu'au jour où il s'était retrouvé curé de Saint-Juste-du-Lac, il avait occupé des tâches de professeur, d'animateur à la vie étudiante, de potier. Tous des postes qui camouflaient bien sa véritable identité. Mais, entre 1976 et 1980, il avait été curé de village. Difficile d'appeler ça autrement. Si Félix voulait dissimuler le fait qu'il ait été prêtre sur son c.v., ce n'est pas qu'il avait honte mais il croyait indisposer moins ses employeurs éventuels en le taisant.

En 1980, à Montréal, on était bien loin du temps où l'on se glorifiait d'habiter la ville aux cent clochers. La révolution tranquille avait eu lieu. Sur la place publique, on avait pesé et soupesé le poids qu'avaient exercé la religion et les curés sur la vie quotidienne et politique. Les curés, les frères et les sœurs, à l'œuvre sur la ligne de front, avaient été visés les premiers. Avoir été curé signifiait avoir trempé dans la sauce des bondieuseries, avoir été l'agent prêcheur du Dieu vengeur et, pour les plus clairvoyants, avoir été profiteur de pouvoir et jouisseur bourgeois à l'ombre de la plus belle maison de la paroisse, le presbytère. Félix savait bien, par expérience, que cette opinion n'était pas partagée par tous. Très souvent, lors de ses travaux de rénovation, ou d'autres contacts, on était content d'apprendre qu'il avait été prêtre. Par ce statut d'ex-curé, qui portait encore des traces de sacré, il méritait vite la confiance des gens. Mais au-delà de cela, Félix aimait mieux que son expérience de curé ne figure pas en grosses lettres dans son curriculum vitae.

Par la fenêtre de la petite maison blanc et bleu de la route du Moulin, Félix voyait la vapeur monter de la rivière. Il faisait froid en ce dernier samedi avant Noël. Peu de neige encore, mais une bonne épaisseur de frimas sur les pierres dans le rapide. Depuis son arrêt de travail, Félix, pour éviter de se tracasser en pensant à son avenir, avait passé son temps en compagnie de l'inspecteur Maigret. Depuis le temps du collège, Simenon l'avait toujours passionné. Ses atmosphères surtout. Félix aimait tremper dans l'ambiance des états d'âme de ses suspects et de leur environnement. Il lut presque tous ceux qui se trouvaient sur le rayon de la bibliothèque de Lyne. C'est en pensant à Maigret que l'idée lui était venue de rédiger son curriculum. À la suite de *Maigret et la vieille dame*, Félix se demanda d'où cet homme pouvait-il bien tenir son calme et sa perspicacité? Quelle formation s'était-il donc donnée pour arriver à être un si bon flic? Félix ne voulait pas sauter sur l premier job qui se présenterait à lui. Il voulait prendre son temps. Évaluer ses forces et ses faiblesses. Dégager ses goûts et ses désirs véritables. Investiguer toute la formation qu'il s'était donnée au cours des années. Il était tout jeune encore. Mais à quarante ans, on ne se lance pas dans la vie comme à vingt ans. Félix se souvenait de sa lancée juvénile où il avait plutôt obéi à Dieu que réfléchi à son avenir. S'attabler et écrire un texte qui servirait à s'offrir en marchandise lui déplaisait. Mais cette opération avait le grand mérite de lui faire réécrire sa vie sous un angle différent. À quoi, à qui il pourrait bien être utile? Compte tenu de ce qu'il était, de ce qu'il avait reçu, s'était donné, et était devenu. Après des jours de lecture enfoui dans un fauteuil du salon, ou même au lit, il était heureux de se mettre à l'ouvrage.

Lyne avait donné rendez-vous à Myriam à la place Versailles, en milieu de matinée. Il lui restait plusieurs cadeaux à acheter pour Noël. Elle en faisait à tous ses proches. C'était une façon pour elle de renforcer les liens. Exactement comme Léo, son père. Noël, c'était le moment pour lui de se faire pardonner toutes les gaffes de l'année. C'est dans le même esprit que Lyne, religieusement, tous les ans, apportait un superbe cadeau à Alice. Cette année, il serait encore plus beau.

Depuis plusieurs années, Noël rendait Félix triste. En fait, depuis le jour où, jeune professeur, il avait distribué des paniers de Noël avec un élève. S'étant retrouvé dans une famille très pauvre, l'élève qui l'accompagnait avait reconnu le père. Il travaillait à l'usine de son père, au salaire minimum. Félix avait réalisé que Noël n'était rien d'autre que la fête de la contradiction. Les chrétiens célébraient un Dieu qui avait voulu se faire pauvre pour s'approcher des humains. Alors que Noël devenait de plus en plus l'occasion de se rendre compte comment les humains s'éloignaient les uns des autres. À Noël, le cœur de Dieu se confond avec celui de l'homme. Un rappel de la création de l'univers. La fête de la fusion des cœurs. Félix s'attristait de voir Noël devenir la fête de la distraction des cœurs. Tout est organisé pour distraire les gens de l'essentiel. On dirait une conspiration. Alors qu'il était curé de son village, à la messe de minuit, il aurait désiré de tous ces gens devant lui tellement plus de vérité. Il les soupçonnait d'accomplir un geste beaucoup plus folklorique que religieux. Une distraction de plus. Dans son sermon, il souffrait en silence. Il aurait aimé leur crier : « Arrêtez-donc de courir! Jusqu'à la dernière minute, vous n'avez pensé qu'à ce que vous donnerez en cadeau, ce que vous allez porter, ce que vous allez manger. Vous oubliez l'essentiel : la communion des cœurs et le pardon. Regardez-vous! Vous avez des faces de carême, tellement vous êtes inquiets, stressés. Nous sommes à Noël! »

Félix voyait venir Noël encore cette année. Il n'irait dans sa famille qu'au jour de l'An. Une belle occasion pour Lyne de les revoir tous. Elle avait hâte. Et Félix aussi. Lyne avait même trouvé un cadeau pour les parents de Félix. Félix n'avait encore acheté que celui de Lyne. À part ses parents, il ne savait pas s'il en offrirait à d'autres. C'était évident pourtant. Richard, les enfants, Myriam, Alice, avec qui il passerait la fête, seraient tous heureux de recevoir un cadeau de Félix. Et il éprouverait beaucoup de bonheur à leur en offrir un. Alors, qu'est-ce qu'il attendait? Quand il habitait au presbytère avec sa gang, Félix ne faisait de cadeaux à personne. Il en recevait quelques-uns de ses paroissiens, c'est tout. Jaloux de sa liberté, il considérait qu'un cadeau le lierait à certains plus qu'à d'autres. Tout le monde sur le même pied. Au fond, il aurait été obligé de se rendre à l'évidence : il avait des préférences. Luce aurait certainement trouvé son petit cadeau en dessous de l'arbre, comme Aimé. Alicia aussi. Félix se mentait. Son image d'homme disponible à tous l'aveuglait. Mais là, à Saint-Basile, il n'était plus en fonction. Il avait des préférences, c'est sûr. Il se trouvait ridicule d'hésiter à acheter un petit cadeau à chacun. L'important, c'était qu'il n'oublie pas l'essentiel.

Félix n'avait pas l'air de se rendre compte qu'en offrant un cadeau Lyne visait justement l'essentiel. C'était pour elle l'occasion de resserrer les liens. Surtout qu'elle mettait beaucoup de temps à dénicher la petite perle qui ferait vraiment plaisir.

- Myriam ! As-tu vu la petite paire de bottes vert lime? Et l'imperméable de même couleur? Pour Soleille. Elle sera heureuse de porter un bel ensemble comme celui-là. Je l'achète! Je la vois avec ce costume de pluie, en train de jouer dans une mare d'eau.

- Tu lui achètes les bottes. Et moi le manteau de pluie, O.K.?

- Ce n'est pas très cher, reprit Lyne. Je peux le payer en entier. Tu trouveras autre chose. J'en suis sûre. D'autant plus qu'elle ne le portera qu'au printemps. Achète-lui quelque chose qu'elle utilisera tout de suite.

Jusqu'à l'heure du repas, bombardées de musique de Noël, elles entrèrent et sortirent des nombreuses boutiques et magasins alignés les uns à côté des autres, offrant tous l'objet, la pièce de vêtement, le jeu, le truc ou l'accessoire, utile, nécessaire, indispensable ou agréable à la vie. Il leur restait encore chacune trois achats à faire. Une fois bien assises confortablement dans un restaurant, Lyne et Myriam profitaient de ce samedi entier sans hommes.

Depuis leur déclaration, Myriam dormait presque toujours chez Richard. Et soupait avec lui et les enfants. Trois ou quatre fois par semaine, après la vaisselle, et souvent pendant, Richard se retirait pour prendre des nouvelles de Lyne au téléphone. La première semaine, Myriam profita de ce moment pour se rapprocher davantage des enfants. Elle et Loup avaient toujours été bons camarades. Et Soleille, elle avait cru bon l'initier à la lecture. Certains soirs, il approchait huit heures et Richard et Lyne conversaient toujours au téléphone. Que pouvaient-ils bien se raconter après seulement vingt-quatre ou quarante-huit heures d'absence. Myriam hésitait à aborder le sujet avec Lyne. La dernière fois qu'il en avait été question, Myriam avait promis à Lyne de ne lui en reparler que le jour où elle la sentirait malheureuse à cause de sa relation particulière avec son jumeau. Or, pour l'instant, Lyne se portait très bien. Cette dernière et Richard filaient dans la vie comme deux jeunes chiens de la même portée laissés libres dans un parc, qui gambadent chacun de leur côté mais qui ont besoin de temps à autre de venir se côtoyer et se mesurer. Myriam aimait bien les chiens.

Elle et son ex-mari en avaient justement élevé deux. Mais cela ne l'aidait pas du tout à accepter le comportement de Lyne avec son jumeau. Si Félix avait fini par comprendre que cette relation, aussi surprenante qu'elle soit, avait tout simplement le droit d'exister, et qu'il lui arrivait même de l'admirer, Myriam continuait de croire qu'elle était nocive, et pour Richard et pour Lyne. Chose certaine, c'est qu'elle était très embarrassante pour elle.

Assise en face de Lyne, qui semblait rayonnante, Myriam regardait son amie. Malgré tout ce que sa formation de psychologue l'amenait à en penser, elle se trouvait bien chanceuse d'avoir une amie comme elle. Une amitié qui durait depuis vingt ans.

- Tu te souviens, fit Lyne, du cadeau que j'avais acheté à Félix l'automne dernier?

- Oui! Oui! Un foulard en soie sauvage. Tu ne lui as jamais offert?

- Non! J'attendais une occasion spéciale.

- Tu n'attends pas à Noël?

- Non! Ce soir!

- On est le 20 décembre. Qu'est-ce qu'il y a de spécial?

Lyne avait trop parlé... Mais, il était encore temps de se reprendre. Elle dit à son amie :

- Ça fait sept mois aujourd'hui que Félix et moi sommes ensemble. Il paraît qu'après le septième mois une relation a des chances de durer.

- Où est-ce que tu as pris cela, toi?

Lyne venait d'inventer cette théorie. Myriam la crut.

Très vite Félix avait laissé de côté son projet de c.v. pour écrire quelques cartes de Noël à Saint-Juste. Et une autre. Encore plus importante. Plus émouvante à écrire. Aux sœurs Robitaille. Il voulait l'écrire avant de manger. À jeun. On a l'esprit plus libre. Juste à y penser, son ventre devint tout à coup sensible. Une présence. Ces femmes l'avait conquis. Des amours de femmes. Une foule de petites délicatesses, de sa part et de leur part à elles, lui revenaient. Blanche et ses muffins. Sa coupe de cheveux aussi… Il s'en souviendrait toujours. Fernande, et ses bonbons. Béatrice? Pas de muffins ni bonbons, mais c'est elle qui lui avait fait confiance, le premier jour où il était débarqué chez elles. Félix aussi s'était beaucoup dépensé pour elles. Il leur avait confié vite son amitié. N'avait pas épargné son temps, ses efforts pour leur faire plaisir. Avait bien rempli son rôle de rayon de soleil... et de charmeur. Non! Ce n'était pas fini. Il fallait qu'il fasse les premiers pas pour rétablir le lien. Noël, c'était bien la fête de la fusion des cœurs. Peut-être eut-il été mieux d'aller frapper à leur porte. Fallait pas les obliger. Il commencerait par leur envoyer un mot. Il écrivit :

> *Fernande, Blanche et Béatrice. J'ai passé un tout petit bout de ma vie en votre compagnie. Merci de m'avoir fait confiance. Dans vos loyers, j'ai beaucoup appris. Grâce à vous j'ai maintenant un métier.*

Félix vint pour ajouter qu'il s'excusait d'avoir demandé une si forte augmentation, que c'était de sa faute si... Il chassa tout de suite ces idées et continua :

> *C'est Noël. Votre superbe décor le montre bien. Je vous souhaite de belles fêtes... et, sincèrement, un bon homme de confiance pour vos travaux. Je passerai vous saluer bientôt.*

Félix croyait qu'une levée de lettres s'opérait à Saint-Basile le samedi à deux heures. Il se rendit en hâte au village pour poster ses cartes. Et revint s'attabler pour manger.

À ce moment, Lyne et Myriam se levaient pour entreprendre leur virée de l'après-midi. Lyne ne voulait pas confier à Myriam ce qu'elle offrait à Félix pour Noël.

- Tu le verras le 24, lui dit-elle.

- O.K., alors! fit Myriam. Toi non plus, tu ne le sauras pas. Je propose qu'on se quitte pour une heure. Le temps que je trouve le cadeau de Félix. Et on se rejoint ici, à l'entrée du restaurant, ça te va?

- Très bien! Je suis d'accord. À tantôt.

Toute seule, Lyne, pressée par la masse de gens qui circulaient et étourdie par la publicité omniprésente, finit par perdre contact avec tout ce bruit et fuir dans la lune. Elle se voyait avec Félix. Comme elle aurait aimé que l'homme de sa vie joue du piano... Félix, elle le croyait bien être l'homme de sa vie, mais ne jouait pas du piano. Cependant, ses refrains l'enchantaient toujours. Ce qui en lui l'avait séduite demeurait intact. La bonté de son cœur. Un bon gars, ça reste un gars bon. Et ce grand idéaliste naïf gardait malgré tout un pied bien ancré à la terre. Lyne aimait s'appuyer sur lui. Véritablement. Qu'il la prenne dans ses bras, les jours où le sol fuyait sous ses pieds. Faire l'amour, alors que Félix, debout, les deux pieds bien plantés par terre, la tenait dans ses bras, et qu'elle lui entourait les hanches de ses cuisses. S'abandonner dans le plaisir qu'ils s'offraient. Entendre le mouvement de leurs corps qui s'affolent. Sentir la sueur qui les baigne. Et crier aux pierres verglacées de la rivière qu'en toute saison l'eau coulera claire...

C'est un gros agent de sécurité en costume vert sur lequel Lyne vint se buter qui la ramena à la réalité :

- Tout va bien, ma bonne petite dame?

- Excusez-moi! fit-elle, en ramasant un sac qui était tombé par terre.

- Ça va aller? ajouta-t-il.

- Oui! Oui! Merci!

Comment Félix allait-il donc présenter son curriculum vitae pour qu'on soit porté à le demander en entrevue? Sans insister sur les postes qu'il avait occupés, surtout le poste de curé de village, il résolut d'attirer l'attention sur les expériences qu'il avait acquises au cours de sa vie, sur les atouts qu'il possédait. Il ne se voyait pas cependant frapper à plusieurs portes à tout hasard. Il ne savait même pas s'il s'adresserait à des patrons en bonne et due forme, cravatés et bien assis derrière un bureau sur une chaise à haut dossier. Il se voyait bien plus en train d'offrir ses services à un groupe communautaire ou une organisation non gouvernementale. Il comptait faire valoir son expérience en développement rural davantage que ses aptitudes à conseiller les âmes.

C'est en alignant les différentes fonctions occupées durant sa vie et les habiletés acquises à ces différents postes qu'il se rendit compte qu'il avait beaucoup plus à offrir qu'il ne le croyait. Lui qui s'était toujours vu comme un vagabond qui n'a d'autre objectif que de faire exister les êtres que la vie lui offre, décortiquer l'une après l'autre ses tâches lui ouvraient grandement les yeux. Se construisait lentement sur le papier devant lui un homme capable d'animer et de gérer une maison d'accueil, assurer une présence active à une population donnée, sensibiliser la population d'un village aux besoins des plus mal pris, conduire un groupe de pression, organiser une manifestation, faire des évaluations par objectifs, travailler en équipe, animer une assemblée, présider un conseil d'administration, rédiger une demande de subvention, travailler de ses mains.

- Wâw! fit-il tout haut, en se renversant sur sa chaise.

Il regarda l'heure. Cinq heures.

- Mon Dieu! se dit-il. Le temps passe vite à se regarder le nombril. Lyne va arriver bientôt.

Félix relisait son texte lorsque Lyne arriva :

- Bonjour, mon pit! lui dit-elle en franchissant la porte.

- Salut, mon amour! reprit Félix.

Puis, elle se rendit directement à l'étage. Félix lui cria :

- Tu vas cacher mon cadeau?

Elle ne répondit rien. Mais peu après, elle descendit, les deux mains derrière le dos. Des yeux d'enfants qui reviennent de l'école avec un beau bulletin à montrer à leurs parents. Des yeux d'adultes abandonnés, à la veille de Noël. Des yeux bleu ciel, qui révèlent un cœur grand comme celui d'une femme qui désire un enfant.

Lyne était quand même surprise de le voir attabler avec tous ces papiers :

- Qu'est-ce que tu fais? demanda-t-elle.

- Mon curriculum vitae.

- Ferme tes yeux! reprit-elle.

Elle vint derrière lui. Déroula le superbe foulard en soie sauvage qu'elle cachait derrière son dos. Enfouit son visage dedans avant de l'enrouler amoureusement autour du cou de Félix. Et dit :

- Que je t'aime, mon amour!

Elle entoura ensuite son cou de ses bras pour lui dire :

- Mon amour, j'ai une grande nouvelle à t'annoncer… Mon cœur est prêt… J'aimerais faire un enfant avec toi. Et si c'est un garçon, j'aimerais qu'il s'appelle Guillaume.

Félix ne bougeait pas. Depuis quelques mois, l'idée d'avoir un enfant n'avait pas refait surface. Ce furent ses jambes, son ventre, son cœur, qui éprouvèrent le coup les premiers. Il ne bougeait toujours pas. Oubliait le foulard sur ses épaules. C'est lorsque le tout monta dans sa tête et qu'il la sentit inondée de soleil qu'il réagit. Lentement, l'une après l'autre, il déposa ses grosses mains de prêtre recyclé en menuisier sur les bras de Lyne, toujours enroulés à son cou. Les yeux mouillés de joie, il inclina la tête pour l'appuyer sur la sienne. Et dit :

- C'est le plus beau jour de ma vie.

Ils restèrent un moment ainsi, immobiles, possédés par l'élan puissant de la nature, riches du passé qui a engendré leur oui et fondus dans le même désir de pousser la vie toujours plus loin.

Ni Félix ni Lyne ne voulaient ajouter un mot. Poser de questions. Briser le silence du plein. L'eau en cascade dévalait devant eux…

Il ne leur restait plus qu'à faire l'amour.

La première édition
du présent ouvrage
composé en Book Antiqua 12 pt
publié par
Les Éditions du Cram Inc.
a été achevé d'imprimer
le vingt-cinquième jour d'octobre
de l'an deux mille
sur les presses
de l'imprimerie l'Éclaireur
à Beauceville (Québec)